Unsere goldene Zukunft

Benny Lindelauf

Unsere goldene Zukunft

Aus dem Niederländischen von Bettina Bach

Bloomsbury Kinderbücher & Jugendbücher

Die deutsche Übersetzung wurde ermöglicht durch die freundliche Unterstützung des Nederlands Letterenfonds.

Die Originalausgabe erschien 2010 unter dem Titel
De hemel van Heivisj
bei Em. Querido's Uitgeverij BV Amsterdam/Antwerpen

Umschlaggestaltung: Rothfos & Gabler, Hamburg, unter Verwendung zweier Bilder von © plainpicture
Gesetzt aus der Stempel Garamond und Barbera durch psb, Berlin
Druck und Bindung CPI – Clausen & Bosse, Leck
Printed in Germany
ISBN 978-3-8270-5480-7

www.bloomsbury-verlag.de

B L O O M S B U R Y
BERLIN • LONDON • NEW YORK • SYDNEY

Für meine Familie –
die des Blutes und die des Herzens

Bless the beasts and the children
Light their way when darkness
surrounds them
Shirley Bassey

DEUTSCHLAND
KASEMATTE
NEUN OFFENE ARME
VERSCHLAG
FRIEDHOF
HOHLWEG
SCHLAMMBAMS SAHARA
SCHMIEDE VON NASEHERMES
ALTSTADT
MÄDCHENSCHULE

KAPELLE DER HEILIGEN ROSA
KRUMMBROTBERG
PATERSKULL
OLIVENHAIN
HEXENBERGWEG
HAUS DES ZIGARRENKAISERS
WAISENHAUS
RATHAUS
HAUS VON JOFFER VROON
BETJE GARENS LADEN

Inhalt

TEIL 1

Eine goldene Zukunft

1938–1939

Im Himmel

Eines Tages musste ich in den Himmel.

»Nichts Schlimmes, mach dir keine Sorgen«, sagte die Nonne, die mich an diesem regnerischen Nachmittag aus dem Unterricht geholt hatte, aber das war natürlich *Kwatsch*. Niemand ging einfach so in den Himmel.

Es sprach sich schnell herum. Noch vor der Treppe war ich von lauter Mädchen umringt, die sich die Neuigkeit aufgeregt plappernd erzählten, als wäre ich gar nicht dabei.

»Sie muss in den Himmel!«

»Wer?«

»Fing.«

»Fing Boon?!«

»In den Himmel?«

»Was hat Fing denn da zu suchen?«

»Was die Fregatte bloß von ihr will?«

Sie wunderten sich mindestens so sehr wie ich. Die Direktorin zitierte einen nur herbei, wenn man etwas angestellt hatte, und ich hatte bestimmt nicht den Ruf eines Wildfangs oder einer Draufgängerin. Ich konnte mir nur vorstellen, dass Müllche wieder einmal etwas ausgefressen hatte. Aber dann hätte es nicht viel Sinn gehabt, mich herzubeordern. Meine Schwester hörte auf nichts und niemanden, schon gar nicht auf mich.

Der Himmel befand sich im Dachgeschoss unserer Schule.

Außer dem Büro der Fregatte gab es da noch das Lager mit Kostümen und Zubehör für die Prozessionen, darunter hundertzwanzig Engelsflügel aus Hühnerfedern. Ich stieg die steile Treppe hinauf, die mit einem himmelblauen Treppenabsatz endete, und klopfte an eine große Eichentür. Als ich hineindurfte, war nur die Direktorin im Raum. Erstaunt blickte ich mich um.

»Setz dich, Kind.«

Die Fregatte beugte sich gerade über einen Stapel Papiere. Sie war die einzige Weltliche an unserer Schule. Ihr Haar war dick und grau und sie trug es als enormen Dutt auf dem Kopf. Beim Gehen wogte ihr riesiger Busen sanft auf und ab wie ein Schiff in einem ruhigen Hafen.

Ihr Stuhl schabte über den Boden. Sie sah mich an. Ihr Blick war durchdringend, aber nicht unfreundlich. »Wie geht es deiner Oma?«

»Äh … gut.«

»Deinen Brüdern?«

»Auch gut.«

»Papp?«

Ich hielt es nicht mehr aus. »Was hat Müllche ausgef…, äh, getan?«

»Müllche?«

Sie schüttelte den Kopf und der Dutt rutschte ein Stück nach vorn. Von Nahem war er wirklich groß. Wenn jemand sagen würde, ein kleines Tier schlafe auf ihrem Kopf, wäre es vollkommen glaubhaft. Sie tastete vorsichtig mit den Händen danach, rückte den Dutt zurecht und steckte ihn mit zwei Haarnadeln fest.

»Fing?«

»Ja, Frau Direktorin?«

»Hast du schon mal über später nachgedacht?«

»Über später?«

»Wenn du mit der Schule fertig bist.«

Ich zuckte die Achseln. Mädchen wurden Hausangestellte oder arbeiteten in einem Laden, wenn sie Glück hatten, aber die meisten kamen in die Strickwarenfabrik Rosita, wo Unterwäsche hergestellt wurde, und schlimmstenfalls wurden sie Putzhilfe im Schlachthof. Bis sie heirateten und Kinder bekamen.

Die Fregatte nahm eine Mappe von dem Stapel mit Papieren. Überrascht sah ich, dass es mein Zeugnis war.

»Dein Verhalten ist gut, fleißig bist du auch«, sagte sie. »Du hast gute Noten. Nur in Erdkunde bist du nicht so stark.«

Ich nickte. Selbst wenn ich stundenlang auf die Landkarte starrte, herrschte immer noch ein einziges Durcheinander in meinem Kopf. Müllche sagte stets, es liege daran, dass ich Umziehen so schrecklich finde.

»Aber davon abgesehen«, fuhr die Fregatte fort, »bist du eine der Besten in deiner Klasse.« Sie ließ eine kurze Pause folgen.

»Fing.«

»Ja?«

»Würdest du gern Lehrerin werden?«

Ich sah sie verständnislos an.

»Es steht noch nicht fest. Aber würde dir das gefallen?« Als sie sah, dass ich keinen Ton herausbrachte, ergänzte sie: »Es kommt vielleicht ein bisschen überraschend für dich, das verstehe ich schon. Du musst es dir durch den Kopf gehen lassen. Wir reden später noch mal darüber. Und noch was, Fing …«

»Ja?«

»Behalten wir es erst mal für uns. Verstanden? Wir denken

in Ruhe darüber nach.« Und mit diesen Worten beugte sie sich wieder über ihre Papiere. Sie nahm den Füllfederhalter in die Hand und fing an zu schreiben.

»Ziehst du die Tür hinter dir zu?«

Vor der Schule glühten meine Wangen, als wäre ich geohrfeigt worden. Müllche und Ness, die beim Tor auf mich gewartet hatten, kamen angerannt.

»Was wollte sie von dir?«

»Nichts«, sagte ich.

»Nichts?«, fragte Müllche erstaunt. »Wegen nichts musstest du in den Himmel?«

Ich wurde noch röter. »Sie wollte wissen, wie es Oma geht«, sagte ich schnell. Zum Glück ließen sich meine Schwestern leicht ablenken.

Am Kiosk auf dem Markt hing ein großes Plakat:

SONNTAG, 10. SEPTEMBER, 10 UHR ABENDS
GROSSES FEUERWERK AM RUDERTEICH
ZU EHREN DES VIERZIGJÄHRIGEN
THRONJUBILÄUMS
UNSERER GELIEBTEN KÖNIGIN WILHELMINA

»Glaubst du, wir dürfen hin?«, fragte Ness.

»Fing und ich schon«, antwortete Müllche.

»Ich auch.«

»Du bist zu klein.«

»Bin ich nicht.«

»Kleine Kinder müssen ins Bett«, sagte Müllche.

»Sag ihr, dass sie damit aufhören soll, Fing.«

Eh ich mich versah, schlichtete ich schon wieder ihre Streitigkeiten. Eine Schwesternmaschine, deren Zahnräder wie geschmiert ineinandergriffen, das waren wir.

Wir kamen am Krämerladen von Betje Garen vorbei, die trotz des Nieselregens wie besessen ihre zwei großen Fensterscheiben putzte. Das tat sie jeden Tag, genauso wie sie jeden Tag den Bürgersteig vor dem Laden schrubbte und nach Tratsch lechzte.

»Was habe ich da gehört?«, fragte sie, kippelte auf ihrer Leiter und blies sich dabei das pechschwarze Haar aus dem Gesicht. »Euer Kretjeng hat jetzt ein Mädchen? Papp war erkältet? Und ihr habt Ratten im Keller?«

Wir sagten nichts.

»Richtet eurer Großmutter aus, dass ich wieder Sunlicht-Seife habe«, rief sie uns hinterher. »Nicht vergessen!«

Wir gingen durchs Brunnentor und ließen die Stadt hinter uns. Hier fingen die Felder und Wiesen an und ein langer gewundener Weg namens Schlammbams Sahara. Kaum hatten wir ihn erreicht, hörten wir es hinter uns quietschen, und ein Automobil, blau wie junger Lauch, glitt an uns vorbei.

Autos sah man hier nur selten. Nur das erste Stück des Weges war befestigt. Hinter der Schmiede ging Schlammbams Sahara in einen holprigen Lehmweg über und dann kam nichts mehr, außer unserem Haus.

Es hatte aufgehört zu regnen. Die Sonne spiegelte sich in der Heckscheibe, also konnten wir nicht sehen, wer im Wagen saß. Aber damals gab es noch nicht viele Autos, und schon gar keine lauchblauen.

»Der Zigarrenkaiser!«, rief Müllche.

Von allen Zigarrenherstellern hier war er der größte, er war einer der mächtigsten Männer in der Stadt. Und er war der Einzige, der seine Zigarrenwerkstatt mit Maschinen ausgestattet hatte. Es gab noch andere kleinere Hersteller: die Zigarrenkönige. Seit Kurzem gehörte Papp zu ihnen.

»Er fährt zu uns!«, rief Ness aufgeregt.

Sie rannten los.

Der Zigarrenkaiser konnte einem Münzen aus der Nase ziehen und Taschentücher in Spielkarten verwandeln und umgekehrt. Eines Tages hatte er auf dem Markt von Zent Jupp vor aller Augen einen Ochsen verschwinden lassen. Jedenfalls erzählten die Leute sich das. Und man wusste nie, wann und wo ihm wieder ein neuer Zaubertrick einfallen würde.

»Zusammenbleiben!«, rief ich. »Wir sollen immer …«

»Dann komm doch, *Bokseschüßer*«, rief Müllche und lachte so laut, dass sie die Spatzen in den Büschen aufscheuchte. »Wir sind gar nicht zu schnell. Du bist nur zu langsam!«

Jedes Mal, wenn am Ende des Hohlwegs unser Haus sichtbar wurde, versuchte ich es so zu sehen, wie jemand anders es sehen würde, jemand, der es nicht kannte. Neun Offene Arme war kein sehr einladendes Haus. Trotzig kehrte es der Welt den Rücken zu, weit vor den Toren der Stadt, neben dem Friedhof. Man konnte es wirklich nicht als Schmuckstück bezeichnen mit seinen verwitterten, bröckligen Backsteinen, den verzogenen Fenstern und dem Dach, das mit seinen kunterbunt durcheinander gewürfelten roten und schwarzen Ziegeln aussah wie die Flügel eines Vogels in der Mauser.

Trotzdem atmeten wir immer auf, wenn Neun Offene Arme in Sicht kam – als hätten wir den ganzen Tag lang die Luft ein kleines bisschen angehalten und könnten erst jetzt wieder richtig durchatmen.

Die Heilige Boon (I)

Das Auto stand vor unserem Haus, der Motor tickte noch. Müllche und Ness liefen zum Tor, das sich mit einem Quietschen öffnete, und rannten über den frisch gekehrten Weg durch den Garten zur Küchentür.

»Wartet auf mich«, rief ich noch, aber da waren sie schon drinnen.

Ich war auf das übliche Durcheinander im Haus gefasst. Unsere vier Brüder und Papp machten meist gerade Pause, wenn wir von der Schule zurückkamen, und Omm Maij kochte Kaffee. Immer war etwas los – Lachen und Gezänk, stampfende Schritte und Türen, die zugeschlagen wurden.

Aber jetzt war es still.

Ich stolperte über meine Schwestern, die dicht hinter der Tür standen.

Omm Maij kramte umständlich in den Küchenschränken herum. Die Uhr schlug halb fünf.

»Wo ist der Zigarrenkaiser?«, fragte Müllche.

»Erst die Mäntel aufhängen«, sagte Omm Maij. »Müllche, steck deine Haarnadeln wieder fest. Du siehst aus wie eine *Schloddermatant*. Ness, halt dich gerade. Oder willst du so krumm werden wie ein großes C?«

Ihre Worte waren dieselben wie sonst, doch ihre Stimme klang irgendwie anders. Müllche sah sich mit ihren Generalsaugen um und zeigte dann auf die Schiebetür zur Wohnstube. Da, durch den Spalt zwischen den Türen, konnten wir gerade noch ein Stück Sofa und ein paar Füße in knallroten Lackpumps erkennen.

»Die *Prüüszesche*! Die Prüüszesche!«, rief Müllche aufgeregt, als hätte sich ein exotischer Vogel in unserer guten Stube niedergelassen.

Es hieß, der Zigarrenkaiser habe die Prüüszesche in Deutschland auf einer seiner Geschäftsreisen kennengelernt und sei gleich verheiratet mit ihr zurückgekommen. Sie mit einem Diamanten besetzten riesigen Ring am Finger, und seiner war auch nicht viel kleiner. Man zerriss sich das Maul darüber. Die Stadt war glatt um ein Fest gebracht worden, von dem alle Ladeninhaber profitiert hätten, und außerdem: Wieso musste es ausgerechnet eine Prüüszesche sein? Hätte er dafür wirklich eine unbequeme siebenstündige Zugfahrt auf sich nehmen müssen? Wenn es unbedingt eine Deutsche sein musste, hätte der Samstagsmarkt es doch auch getan, wo es trotz des »ganzen Ärgers da drüben« von *Prüüsze* nur so wimmelte.

Natürlich sprach es keiner laut aus. Die Reichen machten ja sowieso, was sie wollten.

Omm Maij scheuchte uns in die Stube.

»Ach, die Boon-Kinder«, sagte die Frau des Zigarrenkaisers.

Wir machten einen Knicks und gingen widerwillig hinein. Es war ein komisches Gefühl, als wäre es auf einmal nicht mehr unsere Wohnstube. Ness versteckte sich hinter meinem Rücken, aber Müllche schüttelte ihre Verlegenheit ab wie eine Ente die Wassertropfen und ließ sich neben der Prüüszesche aufs Sofa fallen.

»Später will ich auch solche Schuhe«, sagte sie. »Und dann bin ich noch viel schöner als Sie.«

Die Prüüszesche lachte. Es klang genauso heiser, wie wenn sie redete.

»Viel, viel schöner«, sagte sie in ihrem tadellosen Niederländisch und strich dabei über Müllches dickes Puppenhaar.

»Ja, nicht?«, seufzte Müllche glücklich.

Die Prüüszesche klopfte aufs Sofa und ich setzte mich ebenfalls neben sie, Ness auf meiner anderen Seite. »Wie geht's in der Schule?«

»Die Schule kann mich nicht ausstehen«, lautete Müllches kurze und bündige Antwort. »Und Ness darf natürlich immer alles, aber das liegt daran, dass sie einen Rutschel hat.«

»Einen Rutschel?«

»Einen Wirbel, der manchmal verrutscht«, erklärte ich.

»Und sie kann schön singen«, fügte Müllche hinzu. »Das macht sich immer gut. Aber Fing ist wirklich gut in der Schule. Weil sie so brav ist und immer aufpasst.«

Das sollte kein Kompliment sein. Müllche hatte mir oft genug unter die Nase gerieben, dass ich von uns drei Boons die Heilige sei und so todlangweilig, dass ich eines Tages noch vor Langeweile sterben würde.

Die Prüüszesche lächelte. Dann wurde es still. Aus der Zigarrenwerkstatt kamen die Stimmen von Papp, unseren Brüdern und dem Zigarrenkaiser. Wir konnten ihre Worte nicht genau verstehen, weil das Oberlicht über der Tür geschlossen war, aber es klang ernst.

Omm Maij kam in die Stube.

»Besonders viel ist es ja nicht«, sagte sie und stellte das Tablett mit der Kaffeekanne und drei Vierteln eines selbst gebackenen Aprikosenkuchens ab.

»Doch, doch«, rief die Prüüszesche, »es ist ganz wunderbar.«

»Wenn Sie sich kurz vorher angekündigt hätten«, sagte Omm Maij, »hätte ich das Durcheinander hier noch aufräumen können.«

Verwundert sah sich die Frau des Zigarrenkaisers um. Die gute Stube von Neun Offenen Armen strahlte vor Sauberkeit. Omm Maij war sehr dahinter her, dass bei uns alles immer so blitzblank war wie Betje Garens Schaufenster. Jeden Tag nach der Schule gab sie uns eine ellenlange Liste von Dingen, die wir tun mussten. Jetzt, da meine Großmutter (unter lautem Protest der Prüüszesche) den Kuchen in große Stücke schnitt, fiel ihr die Liste ein.

»Wir haben kein Wasser mehr«, sagte sie. »Und im Nähkorb liegen noch ein paar Strümpfe zum Stopfen.«

»Doch nicht schon wieder Müllches?«, fragte Ness.

»Und wenn ihr damit fertig seid: Im Gemüsegarten habe ich Unkraut gejätet, das gehört auf den Kompost. Und die Äste zum Brennholz. Du nicht, Ness.«

Wir gingen auf den Friedhof, wo der Brunnen war. Es war Anfang September und der Hochsommer vorbei. Die Sonne ging feuerrot hinter der Friedhofshecke unter, nur noch eine glimmende Glut schimmerte durch das dichte Grün.

»Was hat der Zigarrenkaiser hier zu suchen, glaubst du?«, fragte Müllche, als wir den Eimer unter die Pumpe stellten.

»Woher soll ich das wissen?«, fragte ich zurück.

Müllche wusste es natürlich auch nicht, aber wie immer machte sie sich nichts daraus. Innerhalb kürzester Zeit hatte sie eine Räuberpistolengeschichte erfunden – über wilde Banden, die halbe Städte ermordeten und Zigarren über unseren Grenzweg ins Ausland schmuggelten.

»Das stimmt doch gar nicht«, sagte Ness ängstlich. »Oder, Fing? Sag, dass es nicht stimmt!«

Doch dabei guckte sie so gespannt, dass Müllche keine weitere Ermutigung brauchte, um ihre Geschichte noch wüster und mörderischer auszuschmücken.

Genau dann, als es so blutrünstig war, dass selbst mir mulmig dabei wurde, hörten wir den Motor des Autos starten. Im nächsten Moment sahen wir einen blauen Streifen am Loch in der Hecke vorbeigleiten. Müllche und Ness liefen hin, aber zu spät. Das Auto war weg.

»Jetzt wissen wir immer noch nicht, was er hier zu suchen hatte«, sagte Ness enttäuscht.

»Das ist doch völlig wurscht«, rief Müllche aufgebracht. »Aber er ist ohne Zaubertrick weggefahren. Das ist viel schlimmer!«

Transportchef

In der Küche herrschte trotzdem eine Stimmung, als hätte der Zigarrenkaiser gezaubert. Unsere Brüder saßen so kerzengerade da, dass wir ihnen die Stühle unterm Hintern hätten wegziehen können. Wie hypnotisiert sahen sie Papp an, der wiederum zu Omm Maij hinüberblickte.

»Was ist?«, fragte ich.

Pitt stieß einen Pfiff aus.

»Das ist kein *Meälepess*«, sagte Kretjeng.

Jrades, Pitt und Et nickten schwer beeindruckt.

Wir blickten alle drei auf Omm Maijs Eulenauge, denn wenn es kreiste, drohte Gefahr. Andere konnte sie damit in Angst und Schrecken versetzen, aber für uns war es nur eine Art Kompass, nichts weiter. Zu unserer Erleichterung bewegte es sich kaum.

»Der Zigarrenkaiser hat Papp gefragt, ob er Chef werden will«, sagte Kretjeng. Wieder drehten sich alle zu Papp, der sich im selben Moment zu Omm Maij drehte. Wenn Müllche, Ness und ich eine Schwesternmaschine waren, dann war der Rest der Familie die Fabrik, in der die Maschine lief.

Angestrengt versuchte unsere Großmutter, sich nichts anmerken zu lassen. Ganz umsonst, wir wussten natürlich längst, was sie davon hielt. Bevor Papp der fünfte Zigarrenkönig geworden war, hatte er es mit Korbflechten versucht, hatte sich als Dachdecker verdingt, hatte seidene Kissenbezüge verkauft und noch allerlei Gelegenheitsarbeiten gemacht, und immer war es früher oder später auf eine Katastrophe hinausgelaufen.

»Transportchef«, sagte Omm Maij.

»Was ist das?«, fragte Ness.

»Irgendwas mit Reisen«, antwortete Kretjeng. Papier lag auf dem Tisch. Briefpapier.

SPEDITIONSFIRMA MOLS
INTERNATIONALES TRANSPORTUNTERNEHMEN
VERPACKEN ABFERTIGEN LAGERN

»Aber er ist doch Zigarrenkaiser?«, fragte Müllche.

»Das ist schon lange nicht mehr seine einzige Tätigkeit«, antwortete Papp. »Es wird ihm zu viel, sagt er. Er schafft es nicht mehr alleine.«

»Also sollst du sein Transportchef werden«, sagte Omm Maij.

Nachdenklich kaute Papp die Innenseite seiner Wange. Wir versuchten ihm die Worte aus der Nase zu ziehen, doch als schließlich jemand etwas sagte, war es nicht er.

»Nein! Nein, nein und noch mal nein!« Ness stampfte zornig auf den Boden. Ihr pechschwarzes Haar ließ ihre dunklen, wütenden Augen noch dunkler und wütender wirken. Müllche sah mich an und tippte sich mit dem Finger an die Stirn, aber nicht sehr überzeugt.

Papp verstand es sofort. »Nein, nein, natürlich nicht!«, rief er und packte Ness' Hände, bevor sie wütend weglaufen konnte.

»Du lügst!«, schrie Ness.

»Wie denn? Ich hab doch gar nichts gesagt.«

»Trotzdem lügst du!«

»Ness!«, sagte Omm Maij streng.

»Vielleicht glaubst du das jetzt, aber du wirst deine Meinung ändern. Wie immer!«

Papp sah sie ernst an. »Wir brauchen nicht wieder umzuziehen. Transportchefs müssen nur dafür sorgen, dass auf der Reise alles glattgeht. Sie verreisen nicht selbst.«

Ness fuchtelte immer noch wütend herum und in ihrer Miene lag Misstrauen, mit gutem Grund. Wir waren Weltmeister im Umziehen. Norden, Süden, Osten, Westen, überall kannten wir uns aus, aber zu Hause waren wir nirgends gewesen. Bis wir nach Neun Offene Arme zogen.

Ich konnte ihren Trotz gut verstehen. Schlimmer noch, ich glaube, dass wir ihn alle gut verstehen konnten. Es wäre schrecklich, wieder alles einpacken und umziehen zu müssen.

»Wir ziehen nicht um«, sagte Papp, wiederholte es noch einmal und betonte jede einzelne Silbe. »Und wir brauchen uns noch nicht zu entscheiden«, fügte er hinzu. Auf seinem Gesicht war ein Ölstreifen von den Zigarrenpressen, und als er den Kopf auch noch schief legte, sah er trotz seines verwitterten Gesichts und der Falte zwischen Nase und Mund aus wie ein junger Hund. »Wir denken einfach noch eine Weile darüber nach.«

Unser Großvater in der Zwiebackdose

Natürlich übernahm Omm Maij einen Großteil des Nachdenkens. Kaum waren wir an dem Abend nach oben gegangen, hörten wir sie schon, wie sie unsere Brüder und Papp aus dem Zimmer hinauskomplimentierte, damit sie in aller Ruhe mit unserem Großvater reden konnte.

Unser Großvater befand sich in der Zwiebackdose. Genau wie unsere Mutter in der *Niehzüüg*-Schachtel lag. Das stammte noch aus der Zeit, als wir frisch eingezogen waren und das Dach so sehr leckte, dass an einem regnerischen Nachmittag die ganze Sammlung Familienfotos komplett durchnässt wurde. Aber seit die Dachziegel erneuert und die schlimmsten Lecks beseitigt waren und – was noch viel wichtiger war – seit auch unsere Großmutter fand, dass wir alle hierbleiben konnten, waren die Fotos wieder zum Vorschein gekommen. Sie hatte sie nicht aufgehängt, das ging ihr dann doch zu weit. Aber es war ein wichtiger Schritt auf dem Weg dahin und wir hüteten uns, auch nur die geringste Bemerkung darüber zu machen. Also lag unser Großvater jetzt in der wiederverschließbaren Zwiebackdose, und wenn meine Großmutter ein offenes Ohr brauchte, holte sie das Foto heraus. Manchmal aber nicht mal das.

»Der Zigarrenkaiser hat eine Festanstellung zu bieten«, hörten wir Omm Maij zur Zwiebackdose sagen. »Und Gott weiß, dass es in Zeiten wie diesen am besten ist, eine Festanstellung zu haben.«

Dass sie mit unserem Großvater redete, war nichts Neues. Neu war aber, dass sie anscheinend klar und deutlich seine Antworten hörte, denn nach einer kurzen Pause schnäuzte sie sich kräftig und sagte: »*Onsen!*«

Unsere Großmutter hatte sich sehr darüber gewundert, dass mit Zigarren tatsächlich ein wenig Geld zu verdienen war. Und sie war stolz auf Papp und unsere Brüder, als nach dem ersten Auftrag weitere Aufträge kamen (obwohl sie sich eher die Zunge abgebissen hätte, als es laut auszusprechen). Aber wenn es hart auf hart kam, schien ihr »eine Festanstellung immer noch sicherer als das Dasein eines Gewerbetreibenden«.

»Wir sprechen hier vom Zigarrenkaiser, oder?«, rief unsere Großmutter verärgert. Wir hörten die Dose unter ihren Händen knacken. Unser Großvater bot ihr zwar ein offenes Ohr, aber er war noch lange nicht immer ihrer Meinung.

»Wir müssen es sagen«, sagte Ness schläfrig.

»Sonst macht sie kein Auge zu«, fügte Müllche hinzu.

»Sonst machst *du* kein Auge zu«, erwiderte Ness.

»Du.«

»Nein, du.«

»Hundertmal du.«

»Tausendmal du.«

»Unendlich Mal du.«

»Unendlich gibt es nicht.«

»Unendlich gibt es wohl.«

»Nein.«

»Doch.«

»Hundertmal nicht.«

»Tausendmal doch.«

»*Verdöllt!*«, zischte ich. »Hört ihr auf, wenn ich es sage?«

Sie hoben die Hand zum Schwur.

Ich seufzte.

»Schlaf schön, *Nümelefümel.*«

»Gute Nacht, Boon-Kinder«, sagten Ness und Müllche im Chor.

»Schlaf schön, Kal.«

»Gute Nacht, Boon-Kinder.«

Wir blieben totenstill liegen. Ich spürte den Arm von Ness, den sie an mich drückte.

Achchchch …

Das vertraute Geräusch kam aus dem Keller, kroch an den verwitterten Wänden nach oben. Es ächzte sich seinen Weg über den Dielenboden in unserem Zimmer, an den Stäben unseres Bettes hinauf und nistete sich schließlich unter unserer Schädeldecke ein. Wir kannten keinen anderen Laut, von dem wir so viel Gänsehaut bekamen und der uns gleichzeitig so sehr das Gefühl gab, zu Hause zu sein.

Achchchch … Achchchch …

Der Sonntag kam. Papp musste sich den Mund fusselig geredet haben, wir durften nämlich alle drei zum Feuerwerk. Unsere Großmutter war normalerweise nicht gerade großzügig. Aber diesmal durfte Papp uns mitnehmen, unter der Bedingung, dass er uns auch wieder heil nach Hause brachte.

»Mit dem Bier und deinen sonstigen Geschäften musst du also warten, bis die Mädchen im Bett liegen«, fügte Omm Maij warnend hinzu.

An diesem Abend wehte ein laues Spätsommerlüftchen, der Himmel war karminrot und aus der Ferne drangen Musikfetzen einer Militärkapelle zu uns. Ness und Müllche tanzten zusammen über Schlammbams Sahara.

Bei unserer Ankunft herrschte schon Hochbetrieb. Leute in Sonntagskleidung saßen auf der Wiese oder auf mitgebrachten Stühlen um den Teich. Auf dem Wasser trieben vier große Ruderboote, in der Mitte zwischen ihnen lag eine schwimmende Plattform. An den schaukelnden Booten war ein großes Tuch aufgespannt:

DIESES FEUERWERK PRÄSENTIERT IHNEN
IHR ZIGARRENKAISER:
DEM LIEFERANTEN VON
RAUCHERN MIT FORMAT!

Ich breitete die Decke aus, die Omm Maij uns mitgegeben hatte, Ness setzte sich dicht neben mich. Müllche stocherte mit einem Stock im morastigen Boden des Teiches. Unsere Brüder und Papp unterhielten sich mit den anderen Zigarrenkönigen.

Die Blaskapelle begann zu spielen und zum Klang eines straffen Marschs knatterte das Feuerwerk los. Dieses Jahr hatte sich der Zigarrenkaiser selbst übertroffen. Ein Regen aus blauen, roten und goldenen Funken und Streifen erhellte eine gute halbe Stunde lang den Himmel.

Bei jedem Knall zuckte Ness leicht zusammen. Ihr Einatmen passte genau zu meinem Ausatmen. Aus dem Augenwinkel sah ich Müllche am Ufer hin und her rennen und mit den Armen wedeln, als würde sie das Feuerwerk dirigieren.

Nachdem die letzten Explosionen verstummt und die Blitze erloschen waren, wurde ausgiebig geklatscht und gepfiffen. Man rief nach dem Zigarrenkaiser, doch der war spurlos verschwunden. Einige fragten sich schon, ob er überhaupt da gewesen war. Andere waren sicher, ihn gesehen zu haben. Aber als er sich auch auf den Aufruf des

Bürgermeisters hin nicht blicken ließ, zerstreute sich die Menge. Niemand machte sich ernsthaft Sorgen, die Vorliebe des Zigarrenkaisers für Verschwindetricks war schließlich nichts Neues.

Auf dem Rückweg hakten sich Müllche und Ness bei Papp unter. Ab und zu schaute er von der Seite zu mir und grinste, einen Getreidehalm im Mundwinkel. Wie so oft wirkte er kaum älter als unsere Brüder.

»Kein schlechtes Leben so als Zigarrenkönig«, sagte er schmunzelnd. »Oder was meinst du, Fing?«

Im Haus war alles dunkel, bis auf das kleine Licht der Petroleumlampe in der Küche. Wir gaben Papp einen Gutenachtkuss und stiegen in der Dunkelheit die Treppe hinauf. Obwohl wir uns sehr bemühten, leise zu sein, hörten wir nach drei Stufen die kristallklare Stimme unserer Großmutter: »Ness, Fing, Müllche?«

»Wir sind wieder da.«

»Gute Nacht.«

»Gute Nacht.«

Ich wachte furchtbar durstig auf. Verschlafen setzte ich mich auf und ging in die Küche hinunter. Nicht nur im Haus war es mäuschenstill, sondern auch draußen – eine der wenigen Nächte, in denen der Wind nicht über Schlammbams Sahara fegte. Ich nahm eine Tasse und tauchte sie in den Eimer. Das Plätschern klang seltsam laut. Die Küche war in silbrigblaues Mondlicht getaucht, wie eine kolorierte Zeichnung in einem alten Märchenbuch.

Vielleicht lag ich ja noch im Bett und träumte meinen Durst nur. Nein, nicht nur den Durst, sondern auch das Feuerwerk, Papp mit dem Getreidehalm im Mundwinkel und das Gezanke von Ness und Müllche. Und so verrückt es klingen mag: Weil ich mir vorstellte, dass alles nur ein Traum war, wagte ich plötzlich wieder, an die Worte der Fregatte zu denken, als wäre alles im Schlaf nicht verschwommener, sondern klarer.

Ich, Fing Boon, sollte also Lehrerin werden?

Aber wie? Weiter in die Schule gehen war etwas für die Töchter von wohlhabenden Händlern oder reichen Leuten, das wusste doch jeder. Nicht für die älteste Tochter eines bettelarmen Zigarrenkönigs. Die Fregatte glaubte doch wohl nicht, dass Papp genug Geld hatte? Hatte Müllche etwa in der Schule irgendwas herumerzählt? Oder Papp? Hatte er etwas gesagt, das die Fregatte falsch verstanden hatte?

Wenn es in dieser Nacht nicht windstill gewesen wäre, dann hätte ich es nicht gehört. Es kam aus der Richtung des sandigen Teils von Schlammbams Sahara. Noch ehe ich mich fragen konnte, was es sein mochte, tauchte das Auto des Zigarrenkaisers leise knirschend im Küchenfenster auf.

Es war Dreiviertelmond und so konnte ich alles klar erkennen. Die Prüüszesche saß am Steuer. Das erkannte ich an ihrem Kometenhut. Ich glaubte sogar, ihr Gesicht zu sehen und dass sie angespannt geradeaus starrte. Es war ein seltsamer Anblick. Alle wussten, dass die Prüüszesche nicht Auto fahren konnte.

Und zu allem Überfluss schob der Zigarrenkaiser seinen Wagen, was das Ganze noch seltsamer machte. Er krümmte seinen Rücken wie ein vom Wind gebauschtes Segel und fluchte leise, aber aus tiefster Seele, und so wusste ich, dass ich doch nicht träumte.

Das Fenster war wieder leer.

Was hatte der Zigarrenkaiser hier mitten in der Nacht zu

suchen? Warum schob er seinen Wagen? Warum rollten sie mit ausgeschaltetem Motor an unserem Haus vorbei? Und noch viel wichtiger: Wohin waren sie um Himmels willen unterwegs? Es ging hier doch nirgendwohin?

Bis vor nicht mal einem Jahr führte nur Schlammbams Sahara nach Deutschland. Aber seit es den neuen befestigten Grenzweg gab, wurde die alte Strecke nicht mehr genutzt. Innerhalb eines Jahres hatten sich die Äcker rechts und links des Weges derart ausgebreitet, dass Schlammbams Sahara mitten im Feld endete.

Ich wartete bestimmt noch eine halbe Stunde, doch in dieser Nacht geschah nichts mehr.

Meine goldene Zukunft

Nach dem Katechismus sagte die Bedrövvde, wir dürften unsere Tafeln beiseitelegen, und dann erzählte sie uns die Geschichte unserer »goldenen Zukunft«.

Erst nahm sie den verbeulten Globus aus dem Vitrinenschrank und bat eine von uns, auf die Niederlande zu zeigen. Dann formte sie mit zwei Fingern einer Hand ein Männchen, das von dort aus Anlauf nahm. Mit der anderen Hand stupste sie den Globus an, er kreiselte, die Erde wurde zu einem verschwommenen blauen Fleck, dann blieb er wieder stehen und das Männchen landete auf der anderen Seite der Erdkugel.

»Früher waren die Niederlande an einer anderen Stelle«, sagte die Bedrövvde. »Dort, wo heute Surinam liegt.« Sie erklärte, dass die Erdkruste aus Platten bestünde, die ständig in Bewegung seien. »Wie Puzzlestücke, die suchen, wie sie zusammenpassen, Mädchen.«

Alle waren ganz Ohr – aber nicht wegen der Dinge, die sie erzählte. Es ging um das, was sie verschwieg.

Es war ein offenes Geheimnis, dass die Bedrövvde jahrelang Missionsschwester in Afrika gewesen war. Die ganze Schule wusste, dass sie im Urwald bei den Eingeborenen gelebt hatte, wo sie die Heidenkinder vor dem Fegefeuer rettete, indem sie sie im Amazonas taufte – in der einen Hand das Kind und in der anderen eine Pistole, um die Krokodile fernzuhalten. Es hieß, sie habe in Lagern geschlafen, wo Löwen zwischen den Segeltuchzelten umherschlichen, dabei scherenschnittscharfe Schatten an die Zeltwände warfen und einen so durchdringenden Geruch verbreiteten, dass niemand, nicht mal die Eingeborenen, ein Auge zumachte.

Eigentlich hieß sie Schwester Immaculata, aber so wurde sie nie genannt. Obwohl sie nicht viel größer war als die Maria aus Gips neben dem Schulaltar und genauso zart wie sie – die Bedrövvde war wie gemacht für ein Leben in den Tropen. Es wurde gemunkelt, dass sie mit unendlicher Geduld Kannibalen bekehrt hatte und mit hochgeschürzter Schwesternkutte auf wacklige hohe Leitern gestiegen war, um Kokosnüsse von den Bäumen zu schlagen. Sie habe sich auch nicht davor gescheut, tagelang in einem Holzkanu den Fluss hinunterzufahren, um das Wort Gottes in noch nicht bekehrten Ansiedlungen zu verkünden.

Bis sie eines Tages Malaria bekam. Ihr Fieber war so hoch, dass ihr Herz fast den Dienst versagte. Am ganzen Amazonas betete man für sie. Und als sie wieder gesund war, wurde sie unwiderruflich zu uns verbannt. Es war strengstens verboten, ihr Fragen über diese Zeit zu stellen, die für immer der Vergangenheit angehörte. Man wusste nicht, wie viel ihr von Fernweh geplagtes Herz noch ertragen würde. Auf ihrem Pult stand immer ein Fläschchen Riechsalz, doch vorwiegend diente es dazu, beim Diktat oder beim Morgengesang den Takt anzugeben.

Die Bedrövvde ließ den Blick durch den Raum wandern. »Aber Mutter Erde reist nicht nur um die Sonne«, sagte sie und sah sich in der Klasse um, »sie ist auch auf der Reise zu sich selbst.« Blieb ihr Blick wirklich einen Moment länger an mir hängen?

Die nun folgende Geschichte handelte davon, wie es war, von zu Hause auszuziehen und ohne Landkarte zurechtzukommen, von Flüssen, die ihren eigenen Lauf finden mussten. Die Bedrövvde ließ sich immer mehr von ihrer Bildsprache und ihren Erinnerungen mitreißen. Sie fuhr mit den Händen über ihre Kutte, sodass sie aussah wie ein Vogel, der sich die Federn glatt streicht, um gleich auf und davon zu fliegen. Aber alle wussten, dass die Bedrövvde für immer hierbleiben würde, in diesem Klassenzimmer, mit den ausrangierten Karten, auf denen nicht mehr bestehende Länder verzeichnet waren und die zusammengerollt in der Ecke standen und einstaubten.

Der Markt war fast zu Ende, die Stände wurden abgebaut und hier und da versuchte ein Händler mit lautem Geschrei seine letzte Ware an den Mann zu bringen. An dem Musikpavillon aus Holz hing ein neues Plakat:

DIE NIEDERLÄNDISCHE
LUFTSCHUTZVEREINIGUNG
KÜNDIGT AN:
EINEN KURS, BESTEHEND
AUS SIEBEN UNTERRICHTSSTUNDEN,
GEGEN GEFAHR AUS DER LUFT

»Was ist Gefahr aus der Luft?«, fragte Ness.

»Nichts«, antwortete ich.

Müllche nahm einen Stein und wog ihn in der Hand. »Das ist, wenn die Prüüsze aus der Luft auf uns schießen.«

Ich legte schnell die Hände auf Ness' Ohren.

»Aber es stimmt doch?«, fragte Müllche.

»Müllche Boon!«, rief ich.

»Jaha!«, sagte Müllche. »Ich halt ja schon den Mund!« Sie sah Ness übertrieben freundlich an und schrie los: »Gefahr aus der Luft ist, wenn die Wolken zu schwer werden und uns allen Regen auf den Kopf fallen lassen!« Mit einem Platsch fiel der Stein in den Sand.

»Tu nicht so doof!«, schimpfte Ness. »Ich bin kein kleines Kind mehr!« Sie stapfte wütend vor uns her, in Richtung Schlammbams Sahara.

An diesem Abend standen wir alle zusammen im Dunkeln am Küchenfenster und schauten nach draußen. Es machte aber keinen großen Unterschied. Draußen sah man genauso wenig wie drinnen.

»Wie lange muss es dunkel bleiben?«, hörte ich Müllche fragen.

»Die ganze Nacht«, sagte Papp.

»Warum?«

»Es ist eine Probe«, antwortete Omm Maij. »Um zu schauen, ob alles abgedunkelt werden kann.«

»Aber warum?«, fragte Müllche wieder.

»Wenn man mir für jedes Warum Geld geben würde«, sagte Omm Maij, »könnte ich die Brücke über die Maas kaufen und Maastricht gleich dazu.«

Aber wir waren ja nicht dumm. Die ganze Stadt schwirrte vor Gerüchten über die völlig übergeschnappten Prüüsze. Sie waren in die Tschechoslowakei eingefallen, einem Land, von dem alle Erwachsenen glaubten, es läge so weit weg, dass wir uns keine Gedanken darüber machen mussten. Aber anscheinend war es doch nah genug, um uns hier im Stockdunkeln sitzen zu lassen. Das war übrigens nicht die einzige Vorsichtsmaßnahme. In hundert Meter Entfernung von unserem Haus hatte man eine Kasematte gebaut, einen niedrigen Betonbunker, für den unwahrscheinlichen Fall, dass es doch noch Krieg gäbe.

Wir saßen beim Abendessen. Müllche war wieder einmal zu spät. Wir hatten keine Ahnung, wo sie steckte. Dann sahen wir sie mit vor Aufregung glühenden Wangen durch den Garten rennen.

»Was macht das Auto vom Zigarrenkaiser hinter der Kasematte?!«, rief sie schon von Weitem.

Plötzlich schlich sich etwas Wachsames in den Blick unserer Großmutter. Und Papp fiel auf, dass sein Schnürsenkel aufgegangen war, er machte sich umständlich daran, ihn zuzubinden.

»Du kommst zu spät«, sagte Omm Maij. »Wasch dir die Hände und setz dich.«

»Warum steht der Wagen da? Und warum ist er mit Zweigen bedeckt?«

»Der Wind«, ließ Papp beiläufig fallen.

Natürlich verbot uns Omm Maij, zur Kasematte zu gehen und nachzusehen. Und natürlich schleifte uns Müllche hin, damit wir ihre Entdeckung mit eigenen Augen bewundern konnten.

»Das gibt Ärger!«, sagte ich.

»Blödsinn«, erwiderte Müllche, »Omm Maij kommt doch gar nicht auf die Idee, dass wir ihr nicht gehorchen!«

Wir bogen auf den Acker ab, wo die Kasematte hinter einem nicht besonders abschreckenden Zaun stand. Es war ein unauffälliges kleines Gebäude ohne Fenster, aber mit länglichen Schlitzen im dicken Beton.

»Da stecken sie ihre Gewehre durch«, sagte Müllche. »Wenn sie schießen.«

Sie klang so, als wäre es ihre eigene Erfindung. Dann zeigte sie uns das Auto. Es war nicht mal richtig versteckt, aber immerhin stand es an der Rückseite des Gebäudes, sodass man es kaum sah, wenn man nicht gerade über den niedrigen Zaun stieg. Müllche begann an den Zweigen zu zerren, aber ich hinderte sie daran.

»Sonst geht es vielleicht noch kaputt«, sagte ich.

Zum Glück trat Ness in dem Moment in einen Maulwurfgang. Nachdem wir sie schließlich daraus befreit hatten, behauptete ich, jemanden kommen zu hören.

»Aber warum steht es denn da?«, fragte Müllche auf dem Rückweg.

»Vielleicht hatte es eine Panne?«, antwortete Ness.

»Zwanzig Meter vom Weg entfernt?«

Ich hatte meinen Schwestern nichts von der Nacht erzählt, als der Zigarrenkaiser seinen Wagen an unserem Haus vorbeigeschoben hatte. Müllche hätte schon aus einem geringeren Anlass die Welt auf den Kopf gestellt, um den Grund dafür herauszufinden. Und wenn Müllche etwas auf den Kopf stellte, konnte man davon ausgehen, dass es Ärger gab.

Zigarren aus dem eigenen Garten

Es dauerte eine Woche, bis Papp sich entschieden hatte. Seltsamerweise fand ich sonst immer, dass er Entscheidungen zu schnell traf, aber diesmal konnte ich es kaum erwarten. Und als er sich endlich äußerte, hätte ich mir am liebsten die Finger in die Ohren gesteckt.

»Ich werde nicht Transportchef«, sagte er.

Als daraufhin alle Omm Maij anschauten, rief sie: »Ich habe doch gar nichts gesagt?!« Aber das war auch nicht nötig. Ihr wild kreisendes Eulenauge und die wummernden Schritte ihrer Schuhe in Größe dreiundvierzig, die die Teelöffel im Glas klirren ließen, taten ihre Meinung deutlich kund.

»Können wir dann jetzt den Abwasch machen?«, fragte sie.

»Äh ... einen Moment«, sagte Papp. Wir sahen, wie er sich umschaute, als würden die Worte in der Küche schweben. Es blieb still, bis Jrades es nicht mehr aushielt. Noch bevor Papp ein einziges Wort herausbrachte, platzte er mit ihrem ganzen Plan heraus. Papp sah ihn erschrocken an.

Omm Maij blinzelte derart heftig, als könnte sie damit jedes einzelne Wort zermalmen.

»Was willst du?!«

»Oberhalb der Maas machen sie es auch«, sagte Papp. »Kenner sagen, der Tabak ist genauso gut wie der amerikanische. Das Geschäft läuft wie geschmiert. Der Zigarrenkaiser macht es auch so und er fährt gut damit, oder?« Er schaute auf den Tisch, als würde er wie Gott von oben hinunterschauen und auf der Erde den Zigarrenkaiser in Saus und Braus leben sehen.

Bisher hatten wir eine Werkstatt gehabt, wo Zigarren gedreht wurden. Wir bauten den Tabak nicht selbst an, sondern ließen ihn anliefern. (So nannte es Papp jedenfalls. In Wirklichkeit mietete er selbst einmal pro Woche ein klappriges Lastenrad vom Bäcker, fuhr damit los und holte ein paar Ballen fertiger Einlagenmischung.)

»Und jetzt willst du also Tabak anbauen?«, fragte Omm Maij.

»So schwer kann es nicht sein«, sagte Papp. »Und die Zigarrenwerkstatt läuft doch gut?«

Unsere Großmutter sprang auf, als hätte sie sich gerade in Brennnesseln gesetzt.

»Gerade mal so!«

»Aber sie läuft.«

»Weißt du überhaupt, in was für einer Zeit wir leben?«

»In was für einer Zeit leben wir denn?«, fragte Müllche gespannt.

»Dieser ganze Ärger ist drüben, hinter der Grenze«, antwortete Papp.

»Welcher Ärger?«, wollte Ness wissen.

»Kann ich mal kurz mit eurem Vater reden«, fragte Omm Maij, »ohne dass ihr wie Spatzen dazwischenplappert?«

»Geht mal draußen spielen«, sagte Papp.

»Draußen spielen ist was für kleine Kinder«, protestierte Müllche. »Außerdem redet ihr sowieso immer so laut, dass wir euch noch auf dem Hohlweg hören!«

Allmählich wurde Omm Maij verdächtig rot. Ich zog Müllche hinter mir her nach draußen.

»Und jetzt gehen wir alle was trinken«, sagte Papp nach dem Gespräch, das wir wirklich Wort für Wort hören konnten und das vorwiegend aus einem Haufen Elend (Omm Maij) und einer Menge Hoffnung (Papp) bestand. Diesmal hatte Omm Maij den Kürzeren gezogen.

»Zieht eure Mäntel an. Modder Maij?«

Wer weiß, warum sie mitging: Sie sah immer noch aus, als würde es gleich ein Donnerwetter geben.

»Es wäre nicht das erste Mal«, sagte Papp und zog das klapprige Tor hinter sich zu, »dass eine kleine Idee großen Erfolg bringt. Was glaubt ihr, wie der Zigarrenkaiser angefangen hat?«

»Mit seiner Vernunft«, antwortete Omm Maij gewieft, »und dem Familienvermögen.«

»Ach was«, sagte Papp. »Man muss einfach das richtige Gespür haben. Man muss spüren, wann der richtige Moment gekommen ist. Das richtige Gespür ist alles.«

Mitte Oktober pachtete Papp von Wetsels ein neues Stück Land, das hinter unserem Gemüsegarten lag. Mit großen Schritten maß er aus, wohin die Beete für die Tabakpflanzen kommen sollten. Unsere Brüder zogen mit übereifriger Miene Striche in den Boden und wischten sie wieder weg.

»Ist Oktober nicht ein bisschen spät?«, fragte Omm Maij.

»Ach was.«

An diesem Nachmittag lag der ganze Garten vorm Haus voll mit dicken Rollen dunkelbraunem Papier. Es fühlte sich fettig und steif an.

»Wachspapier«, sagte Papp.

»Zum Schutz«, erklärte Kretjeng.

Wir sahen zu, wie sie geschäftig hin und her liefen, unsere Brüder hatten alle einen Zimmermannsbleistift hinterm Ohr und stachen sich gegenseitig mit Berechnungen aus.

»Stellt euch das mal vor«, sagte Papp verträumt, »bald ernten wir den Tabak einfach im eigenen Garten.« Er lehnte sich auf dem Küchenstuhl zurück und gestikulierte so überschwänglich, dass er mitsamt dem Stuhl hintenüberkippte.

»Ich will nur hoffen, dass dein Vorhaben auf festeren Beinen steht als der Stuhl«, meinte Omm Maij, aber auch sie schaute eines Abends hinten im Garten auf die nackte Erde und die Beete, auf denen noch nichts wuchs.

An dem Tag, an dem die Pflanzen ausgesät wurden, kam eine Flasche Sekt aus dem Keller und wir mussten auf dem matschigen Boden stehend anstoßen. Das im Wind flatternde Wachspapier knatterte und knallte wie ein Feuerwerk. Kretjengs Mädchen war auch dabei. Sie trug einen Hut wie eine umgedrehte Tulpe und lachte über alles, was Kretjeng sagte. Und darüber, was er nicht sagte. Müllche und Ness sahen sich an und verdrehten die Augen zum Himmel.

Der Herbst setzte stürmisch ein. Erst goss es in Strömen und dann peitschte der Wind. Ein paar Dachziegel fielen herunter (einer davon sauste haarscharf an Papp vorbei), und als nach zwei Wochen die Sonne endlich wieder zaghaft durch die Wolken brach, waren die meisten Bäume auf Schlammbams Sahara kahl. Nur die frisch gestutzte Koniferenhecke am Friedhof blieb grün und starr wie immer.

Sie war nicht das Einzige, was so geblieben war wie vorher. »Das Auto steht immer noch da«, sagte Müllche.

»Vielleicht hat der Zigarrenkaiser ja ein neues«, schlug ich vor.

»Aber dann würde er das alte doch nicht einfach so stehen lassen? Und wo ist er überhaupt?«

»Woher soll ich das wissen?«, fragte ich zurück.

»Keiner hat ihn gesehen«, sagte Müllche dickköpfig.

»Na und?«

»Und die Prüüszesche ist auch verschwunden.«

»Meinetwegen.«

»Du hörst mir ja gar nicht zu!«

Sie hatte recht. Ich hatte andere Sorgen. Große Sorgen.

Zwei Tage vorher, einen Monat nach unserem ersten Gespräch, hatte die Fregatte mich wieder zu sich gerufen. Diesmal war sie ohne Umschweife zur Sache gekommen.

»Es gibt da einen Ausschuss. Der ist eingerichtet worden, um Mädchen wie dir eine Ausbildung zu ermöglichen. Jedes Jahr bieten sie eine sogenannte Förderstelle an. Wenn sie der Meinung sind, dass du ein fleißiges, ehrbares und arbeitsames Mädchen bist ...«

»Ist das alles?«

»Die Familie muss natürlich arm sein.«

Das war wohl kein Problem, schien mir. Omm Maij gab uns oft genug zu verstehen, dass wir nur drei Schritte vom Armenhaus entfernt waren. Selbst wenn sie übertrieb (wofür sie eine Begabung hatte): Reich waren wir sicher nicht.

Es schien alles so einfach, so selbstverständlich, dass ich die goldene Zukunft, die die Bedrövvde uns ausgemalt hatte, plötzlich klar und deutlich vor mir sah.

»Aber kannst du es ohne deine Schwestern aushalten?«

»Wie bitte?«

»Das Lehrerseminar ist in Geelen. Man darf nur alle zwei Wochen einmal für einen Tag nach Hause.«

Ich sah sie erschrocken an. »Kann ich nicht zu Hause bleiben? Ich könnte doch jeden Morgen mit dem Bus ...«

Die Fregatte schüttelte den Kopf. »Die Frühmesse fängt um Viertel nach sechs an. So früh fährt kein Bus.«

»Ich könnte zu Fuß hingehen.« Dann müsste ich zwar jeden Morgen furchtbar früh aufstehen, aber was die Bauern können …

Erneut schüttelte sie den Kopf. »Es gehört sich nicht, dass die Mädchen ins Kloster rein- und rausflattern wie die Tauben in einem Taubenschlag.«

Ich schwieg.

»Fing?«

»Ja?«

»Du musst sicher sein, dass du es willst. Es gibt nur eine Förderstelle. Ich habe schon gehört, dass die Goretti-Schule eine Anwärterin hat, der man gute Aussichten zuschreibt. Und es gibt noch mehr.«

»Ich bin mir ganz sicher«, sagte ich schnell.

Sie sah mich prüfend an. »Wir werden sehen. Und noch was, Fing.«

»Ja?«

»Es wird nicht einfach, deine Großmutter davon zu überzeugen.«

Omm Maij und die Fregatte waren seit ihrer Kindheit befreundet. Das war auch der Grund, weswegen wir auf diese Schule gingen.

»Deine Großmutter mag keine Almosen – das ist das Mindeste, was man sagen kann. Du darfst also nicht darüber reden, schon gar nicht mit ihr. Verstanden?«

Auf dem Nachhauseweg klopfte mein Herz so wild, als wäre ich durch die ganze Stadt gerannt. Ich mochte Geheimnisse nicht. Meine Wangen glühten und ich hatte das Gefühl, dass mir alle auf der Straße meine Vereinbarung mit der Fregatte ansehen konnten.

Im Haus war ich in Sicherheit. Papp und unsere Brüder waren überaus beschäftigt damit, die Tabakpflanzen aus dem Boden herauszuschauen. Das Dachgeschoss musste zu einem Trockenplatz und Lager für die Blätter umgebaut werden. Und am Sonntag nach der Messe hockten unsere Brüder immer beim Vater von Fejj, unserer früheren Nachbarin, der einen Taubenschlag auf dem Dachboden hatte und Preistauben züchtete.

Omm Maij hatte alle Hände voll zu tun, nicht nur mit unserem Haushalt in Neun Offenen Armen, sondern auch mit dem von Nettchen, Nölls Frau. Sie erwartete wieder ein Kind. Zweimal am Tag ging unsere Großmutter mit ihren schwarzen Herrenschuhen von unserem Haus über Schlammbams Sahara zum Haus von Nettchen und Nöll.

Abends steckte sie ihre zu großen Füße in die zu kleine Zinkwanne voll dampfendem Sodawasser. Sie beklagte sich nie, aber ihr Gesicht sprach Bände.

»Du bist auch nicht mehr zwanzig«, sagte Papp.

Sie guckte, als wollte sie ihm eine gehässige Antwort geben, aber ihre Erschöpfung trug den Sieg davon und sie seufzte nur.

»Kannst du dir nicht Nettchens Fahrrad leihen?«

»Das braucht Nöll.«

Es gab nur einen Menschen, vor dem ich so gut wie nichts geheim halten konnte.

»Was hast du nur?«, fragte Ness.

»Nichts.«

»Du benimmst dich so komisch.«

»Tu ich nicht.«

»Doch.«

»Gar nicht.«

Und als würde das alles nicht genügen, fing Müllche an zu schlafwandeln. Oder in ihrem Fall eher zu schlafrennen. Ness und ich wurden nachts von ihrem Gestrampel wach. Ness, die in der Mitte lag, bekam immer am meisten ab.

Das dauerte drei Nächte. In der vierten Nacht stand Müllche so leise auf, dass wir es nicht merkten, und schlafwandelte bis an den Treppenabsatz. Es war nur Omm Maijs scharfen Ohren zu verdanken, dass Müllche nicht die Stufen hinunterstürzte.

Ohne dass wir ihn gerufen hatten, kam der Arzt bei uns nach dem Rechten sehen. Er habe nämlich gehört, dass Boons Wildfang beim Schlafwandeln durchs offene Fenster gestiegen sei und sich den Kopf schwer verletzt habe.

»Falls Sie die Person, die Ihnen das gesagt hat, wiedersehen«, sagte Omm Maij, die den Verdacht hatte, dass es sich bei dem *Flatschmull* um Betje Garen handelte, »würden Sie ihr bitte ausrichten, sie täte besser daran, sich um ihre eigenen Angelegenheiten zu kümmern. Und wenn Sie schon dabei sind, sagen Sie ihr auch, dass sie das nächste Mal, wenn sie meinen Enkelinnen Schälerbsen verkauft, den Finger besser von der Waage nimmt. Es sei denn, sie will mir den Finger dazugeben.«

Der Arzt untersuchte Müllche. »Sie hat gerade einen Wachstumsschub«, sagte er. Und dass Kinder dann öfter mal anfingen zu schlafwandeln.

»Ich habe also gar nichts?«, fragte Müllche enttäuscht.

Danach untersuchte er Ness' Rutschel. So gern Müllche die Untersuchung über sich hatte ergehen lassen, so unwillig war Ness.

»Bin ich jetzt fertig? Bin ich jetzt fertig? Und jetzt? Aber jetzt, oder?«

Der Arzt tastete über ihr Rückgrat, klopfte ihre Lunge

ab. Er drehte sich zu Omm Maij um. »Trägt sie das Korrekturkorsett noch täglich?«

Omm Maij schaute zu mir. Ich nickte.

»Gewachsen?«

Unsere Großmutter guckte verdrießlich. »Ein paar Millimeter.«

»Genug?«, fragte Ness hoffnungsvoll. »Ist das genug, um …«

»Nein«, antworteten der Arzt und Omm Maij gleichzeitig.

Jedes Mal hoffte Ness, dass sie ihr Korrekturkorsett nicht mehr zu tragen brauchte. Es war eine Art Lederrüstung mit Eisenschnallen, die sie einengte und bei der leisesten Bewegung hässlich quietschte und knarrte.

»Aber wie wäre es mit einem neuen Korrekturkorsett?«, fragte der Arzt, der genau wusste, dass Ness das alte Korsett nicht leiden konnte. »So einem aus Gummi, das keinen Krach macht?«

Omm Maij schüttelte energisch den Kopf. »Das hier ist gut genug.«

Ness sah enttäuscht aus, aber unsere Großmutter war unerbittlich. »Und wenn du dir das Salz aus den Tränen weinst«, sagte sie, als der Arzt wieder weg war, »dafür haben wir kein Geld.«

Zwei Tage später schleppte Papp das Wundergesundheitsbett an. Er hatte es gegen ein paar Kisten voll Zigarren eingetauscht und sagte, die Bäuerin, von der er es hatte, habe so lange unter Rückenschmerzen gelitten, bis sie sich das Bett zugelegt hatte. Es war kein richtiges Bett, sondern bloß ein nackter Rahmen auf Beinen, bespannt mit einem Federboden mit Spiralfedern.

»Das Wundergesundheitsbett hat grenzenlose Möglichkeiten!«, las Papp aus der beigelegten Gebrauchsanweisung vor.

»Und warum wollte sie es dann loswerden?«, fragte Omm Maij.

»Vielleicht, weil sie keine Rückenschmerzen mehr hat?«

Omm Maij drückte ihr Lid mit dem Finger zu, um ihr rebellisches Eulenauge zu bändigen.

Das war wieder einmal typisch Papp: lieb gemeint, aber völlig blödsinnig. Erstens durfte Ness nur auf einer harten Unterlage liegen. Zweitens wollte sie gar kein eigenes Bett. Das Ding landete im dritten Keller, wo noch mehr Ergebnisse solcher misslungenen Tauschgeschäfte standen, zum Beispiel ein Papageienkäfig, dem die Tür fehlte, ein schimmliger Imkeranzug und ein Bücherregal – es war derart windschief, dass kein Buch aufrecht darin stehen blieb.

Seither passierte das mit Müllche mindestens einmal die Woche. Milch trinken half nicht, auch mit kalten Fußbädern war nichts auszurichten, und schließlich fand Omm Maij sich damit ab, dass es eine der vielen Phasen in der langen, unüberschaubaren Reihe von Phasen war, in der Kinder groß wurden. Papp ließ sie ein Häkchen an der Innenseite unserer Zimmertür anbringen, mir sagte sie, ich solle dafür sorgen, dass das Häkchen nachts immer eingehängt war. Sie selbst legte auf Müllches Seite unseres Bettes einen Strohsack auf den Boden, und damit war der Fall für sie erledigt.

Niimelefiimels Rückkehr

Der Wind blies so stark, dass er in die Koniferenhecke fuhr und sie auseinanderwehte wie das Fell eines Tiers. Ich zwängte den Kinderwagen durch das zu klein gewordene Loch in der Hecke. Es war eine Weile her, dass sie zuletzt gestutzt worden war.

Ein Junge harkte den Weg auf der Westseite. Andächtig verteilte er Kieshaufen, während die Blätter um ihn herum aufwirbelten. Es war der Schwachkopf, der jüngste Sohn des Totengräbers Daams.

Er ließ sich leicht vertreiben. Ich hob die Hand. Der Schwachkopf lief feuerrot an, tat einen Schritt zur Seite, stolperte und verschwand hinter den Bäumen. Kurze Zeit später hörte ich, wie sich eine Schubkarre quietschend entfernte.

Die Wasserpumpe befand sich in einer abgelegenen Ecke. Der Rest des Friedhofs war gut belegt, doch in diesem Teil gab es noch keine Grabsteine. Keiner wusste, warum. Das Einzige, was hier lag, war die alte Türschwelle von Neun Offenen Armen. Direkt daneben stand eine riesige, uralte Linde.

Ich bewegte den Pumpenschwengel auf und ab, die Pumpe quietschte und gab ein ersterbendes Röcheln von sich. Kurz darauf spritzte klares Wasser in die Zinkwanne. Der Wind drückte das Gras platt, in der Dämmerung schoss ein Hase vorbei. Als er mich sah, schlug er einen scharfen Haken, stolperte über seine langen Pfoten und verschwand in der Hecke.

Ich setzte mich auf die alte Schwelle.

»Eine goldene Zukunft«, sagte ich leise.

Ich versuchte, es so hoffnungsfroh klingen zu lassen wie die Bedrövvde, doch mir schnürte sich bei diesen Worten nur der Magen zusammen, weiter nichts.

Ich musste an die Geschichte von dem Tag denken, an dem Ness, Müllche und ich ein siamesischer Drilling gewesen waren. Es war eine meiner Lieblingsgeschichten.

Mamm lebte damals noch. Eines Morgens war sie mit uns zum Stadtfotografen gegangen. Da war Ness zweieinhalb Monate alt. Sie wendeten allerlei Tricks an, damit wir still sitzen blieben, aber nichts half. Als der Fotograf nicht mehr aus noch ein wusste, nahm er einen breiten Gurt und band uns zusammen. Vor Schreck schnappten wir wie Fische auf dem Trocknen für einen Moment nach Luft, dann brachen Ness und Müllche in ohrenbetäubendes Geschrei aus. Ich war die Einzige, die nicht weinte.

»Du hast so zufrieden ausgesehen wie noch nie«, sagte Omm Maij immer, als wäre sie dabei gewesen.

Oft genug trieben mich meine Schwestern in den Wahnsinn. Manchmal, wenn sie sich wieder den ganzen Tag gezankt hatten, konnte ich es kaum ertragen, im selben Bett zu schlafen wie sie.

Aber ob ich wirklich ohne sie auskommen konnte?

Wie ich an dem Abend eingeschlafen bin, weiß ich nicht mehr, nur noch, dass ich mitten in der Nacht aufschreckte und bevor meine Augen überhaupt offen waren, wusste, dass Müllche weg war. Ihre Bettdecke lag auf dem Boden.

Die Tür war einen Spaltbreit geöffnet. Ich hatte vergessen, das Häkchen zu schließen! Im Stillen verfluchte ich mich. Dann sprang ich leise stöhnend auf und schlich auf Zehenspitzen in den Flur.

Papp und meine Brüder schnarchten im Chor, sonst war an der Treppe nichts zu hören. Ich stellte mich mit wild klopfendem Herzen auf die oberste Stufe und sah nach unten, konnte jedoch nichts erkennen.

»Bestimmt hatte sie Hunger«, flüsterte da eine Stimme dicht hinter mir.

Vor Schreck wäre ich fast selbst die Treppe hinuntergefallen.

»Mensch, Ness!«

Wir spitzten die Ohren. Von unten drang kein Laut herauf.

»Sollen wir Omm Maij wecken?«, fragte Ness, während wir fröstelnd unsere Pullover, die sie sich im Gehen noch geschnappt hatte, über die Nachthemden zogen. Ich dachte an unsere Großmutter, die an dem Abend todmüde ins Bett gefallen war.

»Nein, Müllche ist bestimmt unten. Wir würden sie nur umsonst aufscheuchen.«

Doch unten in der Küche war auch nichts zu hören. Nichts als ein leises Quietschen.

»Oje«, sagte ich.

Die Tür zum Garten stand weit offen.

Der Mond hing groß und tief über Schlammbams Sahara. Es sah aus, als wäre die Nacht in zwei Teile zerbrochen, ein Teil rechts vom Weg und der andere links davon. Und dazwischen schlängelte sich Schlammbams Sahara wie ein leuchtendes Band.

»Ich gehe auf keinen Fall nach draußen«, sagte Ness.

»Ein kleines Stück«, sagte ich. »Ein ganz kleines nur.«

Hand in Hand schlichen wir zum Gartentor. Es war so hell, dass man den lang gestreckten Mondschatten der Friedhofshecke sah, die kurz hinter unserem Haus endete. Dahinter war der Blick auf hügelige Felder und Wiesen überwältigend.

Müllche war an der Hecke vorbei zur Kasematte schlafgewandelt. Jetzt stand sie still, mitten auf dem im Mondschein leuchtenden Sandweg. Ihr Nachthemd flatterte leise im Wind.

Es grenzte an ein Wunder, dass sie nicht aufgewacht war. Der Herbst war zwar mild, aber der Boden trotzdem eiskalt, und Müllche stand da mit nackten Füßen. Sie hielt die Arme halb in die Höhe und hatte den Kopf ein wenig schief gelegt, wie ein kleines Kind, das hochgehoben werden will.

»Was macht sie da?«, fragte Ness.

»Schlafen«, antwortete ich.

Riesige Wolken zogen vorüber, ihre fedrigen Schatten glitten wie die Flügel ungeheuer großer Vögel über den Weg. Und am merkwürdigsten war, dass es sich gar nicht merkwürdig anfühlte. Wir gingen zu Müllche, als täten wir jede Nacht nichts anderes, als sie vom Weg zurückzuholen.

»Sie schläft gar nicht«, sagte Ness, als wir näher kamen. »Ihre Augen sind offen.« Sie hielt Müllche die Hand hin. Ich konnte sie gerade noch zurückhalten.

»Schlafwandler darf man nicht wecken!«

»Wir können sie doch nicht hier stehen lassen.«

»Ich gehe Omm Maij holen«, sagte ich widerstrebend. »Du bleibst solange hier.«

»Nie und nimmer.«

»Aber jemand muss doch auf sie aufpassen!«

»Dann mach du doch!«

Müllche bewegte sich ruckartig.

»Pscht! Hör mal …«

Auf einmal erklang ein lautes Knattern. Im nächsten Moment badete der Weg in Licht. Wir schnappten beide nach Luft, aber das lag weder am Knattern noch am Licht. Im breit gestreuten Lichtkegel kurz vor der Kasematte erblickten wir unseren Hausgeist Niimelefiimel.

Es war nicht die erwachsene Niimelefiimel, sondern Niimelefiimel als Kind. Sie trug den zu großen Frack ihres Zigeunervaters, ihr Gang war steif und ihr Blick leer, als hätte sie unter der Erde gelegen. Und als wäre das nicht schaurig genug, tauchte hinter ihr einer ihrer Zigeunerhunde auf. Als der Hund uns erblickte, riss er das Maul auf und lachte.

Ich hatte noch nie einen Hund lachen hören. Es war das gruseligste Geräusch, das ich je gehört hatte.

Ich weiß nicht mehr, wer von uns beiden zu schreien anfing, aber was danach passierte, weiß ich noch. Müllche zuckte zusammen, ihre Knie gaben nach, ihre erhobenen Arme fielen herab. Dann richtete sie sich auf wie eine Marionette, deren Fäden mit einem Ruck hochgezogen werden. Mit weit aufgerissenen, nichts sehenden Augen rief sie: »Pardauz! Da!« Ihre Stimme klang schlaftrunken und kristallklar zugleich.

Das Licht erlosch, das Knattern ging in Maschinengeblubber über. Dann erstarb das Geräusch des Autos. Denn natürlich war es das Auto. Ich hätte mich vor den Kopf schlagen können. So viel Dummheit und Angst, und alles für nichts und wieder nichts!

Niimelefiimel war verschwunden. Ein Mädchen, das den Mantel des Zigarrenkaisers trug, ging an uns vorbei und der Hund (kein Geist, kein Gerippe, einfach nur ein klapperdürrer weißer Hund) folgte dem Mädchen auf dem Fuß. Hinter ihnen erschien die Prüüszesche, sie trug Handschuhe und hielt zwei Koffer und eine Hutschachtel in den Händen.

»Ach, hallo!«, sagte sie mit ihrer leisen heiseren Stimme, als wäre es helllichter Tag und als wären wir uns in der Stadt über den Weg gelaufen und nicht mitten in der Nacht auf Schlammbams Sahara.

Der Zigarrenkaiser tauchte als Letzter auf, er zog an seiner Zigarre, an deren Ende ein roter Punkt aufleuchtete. Er sah uns ein wenig verstimmt an und fragte: »Boon ist sicher nicht mehr wach, oder?«

»Papp schläft«, erwiderte ich.

Er nickte. »Na denn, meine Damen …« Sein weißer Hut schwebte einen Moment nach oben und landete dann wieder ordentlich auf seinem Kopf. Er schlenderte um die Kurve, verschwand in der Nacht.

Ich weiß nicht, wie lange wir da noch stehen geblieben sind. Doch als wir uns schließlich wieder in Bewegung setzten, war alles still und dunkel. Nichts deutete darauf hin, dass der Zigarrenkaiser und seine Begleitung aufgetaucht waren und sich wieder in Luft aufgelöst hatten.

»Ihr hättet mich wecken sollen!«, meckerte Müllche am nächsten Morgen.

»Du warst doch wach!«, entgegnete ich.

»Ich kann mich aber an nichts erinnern!«

Omm Maij donnerte von unten mit dem Besen gegen die Zimmerdecke.

»Beeilung!«, sagte ich.

»Seid bloß still«, sagte Ness. »Sie dreht durch, wenn sie hört, dass wir gestern Nacht …«

»Natürlich!«, antwortete Müllche. »Ich bin doch nicht lebensmüde.«

Nach der Schule war Müllche immer noch furchtbar schlechter Laune, und das nicht nur wegen des verpassten Abenteuers. Freitag war Handarbeitstag, und Handarbeiten gehörten nicht gerade zu Müllches Lieblingsbeschäftigungen – und das ist noch schwach ausgedrückt. Die Ergebnisse ihrer Bemühungen erinnerten einen irgendwie an die Mordanschläge einer Irren, mit Stichen wie Wundklammern, die in grellen Farben kreuz und quer führten. Und beim Sticken verknotete sich bei ihr alles immerzu, sodass sie zu Hause wieder von vorn anfangen musste.

»Hilf mir doch«, bettelte Müllche.

»Ich habe dir schon so oft geholfen«, sagte ich.

»Weil du so unglaublich gut bist«, versuchte sie mir zu schmeicheln.

»Vergiss es.«

»*Verdöllt!*« Sie hatte den Mund schon halb geöffnet, bestimmt, um mir noch mehr Freundlichkeiten an den Kopf zu werfen. Da hörten wir erst ein kurzes Schnauben und dann das Quietschen einer Karre.

Ein Pferd kam um die Kurve gezuckelt. Es war ein belgisches Zugpferd mit Hufen wie Suppenteller und einer Brust wie ein Kleiderschrank. Sofort war Müllches schlechte Laune wie weggeblasen.

»Da kommt *Noh Heäm*!«, rief sie. »Noh Heäm, das Mörderpferd!«

Ness konnte nicht schnell genug den Erdwall hinaufklettern. Sie blieb mit ihrem Rock an einem Brombeerstrauch hängen und riss sich aufgeregt los.

Hinter dem Pferd bog die Karre um die Kurve. Auf dem

Kutschbock saß Nasehermes, der Schmied, ein Kerl wie ein Baum, dessen rote Haare wie widerspenstige Borsten abstanden.

»Tag«, sagte er.

Noh Heäm hatte jahrelang zweihundert Meter tief unter der Erde Karren voll Steinkohle über ein schmales Gleis gezogen. Das belgische Zugpferd kannte sich in der Grube blind aus. Am Ende der Woche brauchten die Grubenarbeiter nur »Noh Heäm« zu rufen. Dann trottete er ganz von selbst durch das Labyrinth stockdunkler Stollen zu dem großen Aufzug, der ihn hinauf und nach Hause brachte: eine sumpfige kleine Weide neben der Grube.

Jahrelang ging alles gut. Bis Noh Heäm eines Tages nicht mehr wollte, weder vor noch zurück. Der Pferdeknecht, der ihn mit einem spitzen Stock antreiben wollte, bezahlte es mit dem Leben. In seiner Todesangst überrannte ihn das Tier.

Seither geriet Noh Heäm bei Dunkelheit in Panik. Für die Grube war er unbrauchbar geworden. Und um ein Haar wäre er beim Schlachter gelandet.

»Stimmt es, dass an seinen Hufen noch Blut klebt?«, fragte Müllche eifrig.

Statt einer Antwort ließ Hermes die Zügel schnalzen und Noh Heäm setzte sich wieder in Bewegung. Hinter die Karre war das Auto des Zigarrenkaisers gespannt. Das Pferd zog die beiden Fahrzeuge hinter sich her, als wären sie federleicht.

Müllche stupste mich an. »Es hat ein Ohr aus Jute!«

Noh Heäm trabte vorbei und zu meiner Überraschung sah ich, dass sie recht hatte. Das Jute-Ohr war am Zaumzeug befestigt. Und sein Schwanz war aus Flachs, sodass das Riesenpferd an ein Plüschtier erinnerte.

Das Ende von Quietsch und Knarr

Der Nikolausabend kam. Unser belgischer Kanonenofen schnurrte wie eine verliebte Katze und alle saßen erwartungsvoll am Tisch.

Unsere Großmutter hatte sogar Opa Pije und Mamm aus ihrem Versteck geholt, beide hatten einen eigenen Platz am Tisch bekommen. »Rührseliger *Onsen*, natürlich«, schimpfte Omm Maij sich selbst aus, »gleich kippt noch jemand heiße Schokolade darüber und dann sind die Fotos endgültig futsch.« Aber sie ließ sie trotzdem stehen.

»Bin ja mal gespannt, ob der gütige, heilige Nikolaus an uns gedacht hat«, sagte Papp immer wieder. Meine Brüder ließen sich von seiner Aufregung anstecken und waren noch überdrehter als sonst.

»Hihi«, lachte Kretjengs Mädchen, das auch da war und seinen Tulpenhut noch trug.

»Ruhe!«, donnerte Omm Maij. »Sonst sage ich dem Nikolaus, dass er alles den Nachbarn bringen kann!«

Das war natürlich blanker Unsinn. Ganz am Ende von Schlammbams Sahara gab es überhaupt keine Nachbarn.

»Es sei denn, der Nikolaus geht auch zu den Kaninchen«, flüsterte Kretjeng.

Die Tulpe bekam einen Lachanfall, sie kriegte sich gar nicht mehr ein. Ness und Müllche gaben Geräusche von sich, als müssten sie sich gleich übergeben.

Endlich durften wir in die Wohnstube. Ness bekam beim Anblick der Geschenke vor lauter Schreck einen Schluckauf.

»Ist das für uns?«, fragte Müllche.

»Das … hicks … das … hicks … das alles?«, fragte Ness.

»So viel ist es doch gar nicht?«, meinte Papp und sah sich mit gespieltem Staunen in der Stube um. Der ganze Tisch war beladen mit in Stoff oder Tapetenstücke verpackten Geschenken.

Müllche bekam ein deutsches Buch mit Gruselgeschichten. Für unsere Brüder gab es lange Hosen und neue Kappen. Kretjengs Mädchen bekam ein besticktes Tuch mit kleinen Seifenstücken darin. Das Geschenk für Ness steckte in einer braunen Papiertüte und war ganz leicht.

»Was … hicks … ist … hicks … das?«

»Guck's dir an«, sagte Papp nur. Im Haus wurde es still, der Wind warf sich von draußen gegen die Dachbalken und die Hausgeister unter uns beschwerten sich lautstark über so viel Lärm.

Achchchch … Achchchch …

Ness' Hände zitterten beim Auspacken.

»Nein!«, sagte sie. Es war das Korrekturkorsett aus Gummi. »Darf ich's behalten?«

Papp floss das Herz über, er schnäuzte sich. »Was glaubst du denn? Dass der Nikolaus seine Geschenke verleiht?«

An Omm Maijs Schweigen merkten wir, dass sie nichts davon gewusst hatte. Wahrscheinlich genauso wenig wie von den meisten anderen Geschenken. Aber dann meinte sie nur: »Das ist ein schönes Geschenk.«

Ich bekam einen Füllfederhalter. Er steckte in einer schmalen Schachtel, die man auf- und zuklicken konnte. Ich hatte noch nie einen Füller besessen. Außer den Schwestern in der Schule kannte ich niemanden, der einen hatte. Ich wurde rot.

Omm Maij schenkte jeder von uns einen neuen Mantel. Wider Erwarten (Omm Maij war nicht gerade eine begnadete Näherin) waren sie schön. Pitt sagte später, dass sie den halben Gemüsegarten gegen Stoff getauscht und Nettchen von Nöll die Mäntel im Wochenbett genäht habe.

»Streicht das Papier glatt und legt es ordentlich zusammen«, sagte Omm Maij. »Wer will noch heiße Schokolade?«

»Ich gerne«, antwortete die Tulpe.

»Sie liebt heiße Schokolade«, sagte Kretjeng.

»Hihihihihi«, lachte die Tulpe.

»Hicks«, machte Ness.

»Wir sind noch nicht fertig«, sagte Papp.

»Alle waren schon an der Reihe«, warf Omm Maij ein.

»Hicks«, machte Ness wieder.

»Vielleicht sollte mal jemand in die Werkstatt schauen«, schlug Papp vor. Unsere Großmutter warf ihm einen misstrauischen Blick zu.

»Modder Maij vielleicht?«

»Alles mit einem ›Zu‹ am Anfang ist nicht gut«, sagte sie und reckte ihr kantiges Kinn in die Luft. »Zu viel, zu verwöhnt, zu … äh … alles, außer zufrieden. Ich bin sehr zufrieden. Sehe ich etwa nicht zufrieden aus? Ist das der Grund?« Sie ließ sich erst erweichen, nachdem meine Brüder ihr versichert hatten, dass es Zufriedenheit überhaupt erst gebe, seit sie das Licht der Welt erblickt hatte.

»Du musst mir versprechen, nicht böse zu werden«, rief Papp ihr hinterher.

»Gar nichts verspreche ich«, rief Omm Maij zurück. »Ich mache mir nichts aus dem Blödsinn, das weißt du doch. Wenn meine Enkel sich gut benehmen, ist es das größte

Ge...« Ihre Stimme wurde leiser, als sie um die Ecke bog. Dann ging die Werkstatttür quietschend auf und mindestens fünf Sekunden lang war kein Ton zu hören.

»Was hat das Fahrrad hier zu suchen?«, drang Omm Maijs Stimme schließlich durch das offene Oberlicht über der Tür.

»Was glaubst du denn?«, rief Papp nervös zurück.

»Ich hoffe sehr, dass es nicht das ist, was ich glaube.«

»Das hängt davon ab, was ... äh ... was du glaubst, äh ...«, sagte Papp.

Wir schauten zwischen Papp und der Wand, die uns von Omm Maij trennte, hin und her. In der Stille hörte ich, wie der Wind heulend über die Felder jagte und sich wüst gegen die Fenster warf.

»Es ... es ist ein Geschäftsrad«, rief Papp und sah sich hilfesuchend um.

»Auf Dauer ist es natürlich günstiger, selbst ein Fahrrad zu haben ...«, begann Kretjeng.

»... als ständig eines mieten zu müssen«, ergänzte Et.

Jetzt kamen sie richtig in Fahrt.

»Viel günstiger«, meinte Pitt.

»Wir brauchen es aber nicht jeden Tag ...«, fügte Jrades hinzu.

Kretjeng erklärte vehement, es wäre doch schade, wenn so ein Fahrrad den Rest der Woche nur einstaubte. Nein, nicht schade, sondern jammerschade!

Die Küchentür ging auf. Omm Maij hatte leicht gerötete Wangen, aber das dürfte kaum etwas mit der Kälte zu tun haben. Wir wussten alle, wie sehr sie sich ein Fahrrad gewünscht hatte.

»Ein Geschäftsrad.«

»Deswegen ist es auch ein Lastenrad.«

»Und ich darf es mir ausleihen.«

»Genau.«

»Manchmal. Nicht immer.«

»Natürlich nicht!«

Sie kniff ihr gesundes Auge misstrauisch zu. »In aller Deutlichkeit: Ihr habt es nicht für mich gekauft.«

»Aber woher denn!«, rief Papp und setzte eine möglichst empörte Miene auf.

Sie wusste, dass sie in der Klemme steckte. Sie wusste, dass alles haarklein im Voraus ausgetüftelt worden war – das Fahrrad war für sie und niemand anders gekauft worden, aber sie stand mit dem Rücken an der Wand.

Sie schnaubte laut. »Nun denn«, sagte sie und versuchte, gleichgültig zu klingen, aber es gelang ihr nicht recht. »Es hat eine Klingel«, fügte sie hinzu.

Ness rannte durch den Raum. Wie ein Feuerwerk knatterte der Dielenboden unter ihren Füßen. Sie stürmte die Treppe hinauf bis zum Dachboden und wieder hinunter und dann mussten alle gut lauschen. Wir standen um sie herum, legten die Hände demonstrativ an die Ohren und versicherten ihr, dass wir nichts hörten, kein noch so leises Quietschen, kein sanftes Knarren, gar nichts. Anschließend war sie so erschöpft, dass unsere Großmutter sie ins Bett brachte, und weil Papp und unsere Brüder die Tulpe nach Hause begleiteten und danach noch bei *Ajjen Eck* etwas trinken wollten, bat Omm Maij Müllche und mich die Zigarrenwerkstatt aufzuräumen.

Es war ein wildes Durcheinander. Überall lag Papier herum. Die Stühle standen kreuz und quer, und da, wo Papp das Fahrrad abgestellt hatte, war alles voll Schlamm. Wir wischten den Fußboden, schleppten die Werkbank zurück und setzten uns dann für eine Weile darauf, die Füße auf die

Zigarrenpressen gelegt. Es roch nach Schweiß, Öl und Tabak. Obwohl der Holzofen aus war und Kälte vom Boden aufstieg, war es schön, hier zu sitzen.

»Glaubst du, dass Papps Idee funktioniert?«, fragte ich.

Müllche zuckte die Schultern.

»Das Gegenteil von Sorgen«, antwortete sie. Es war Papps Lieblingsspruch, mit ihm wehrte er allerlei Unheil ab. »Das Gegenteil von Sorgen, Kinder.«

»Wo er wohl das Geld für die Geschenke herhat?«, fragte ich, obwohl ich mir nicht sicher war, dass ich es wissen wollte.

Müllche zuckte die Schultern. »Ach, das ist doch egal. Dann ist Omm Maij eben eine Woche lang sauer, ändert wieder unsere alten Kleider um und wir machen uns lächerlich, es gibt den Rest des Winters nur *Küehl* und am Ende ist alles wie immer.«

Vielleicht hatte sie ja recht. Und vielleicht lag es an ihrem grenzenlosen Vertrauen in alles und jeden, dass ich plötzlich den geheimen Plan der Fregatte ausplauderte.

Sie machte ganz große Augen. »Was?!«

»Pscht!«

»Mensch, Fing!« Dann sah sie mich eine Weile argwöhnisch an. »Was ist denn?«

»Es gibt ein Aber.«

»Was denn?«

»Ich muss interne Schülerin werden.«

»Was heißt das?«

»Dass ich nur alle zwei Wochen einmal nach Hause darf!«

Müllche dachte den Bruchteil einer Sekunde über meine Worte nach und zuckte dann erneut die Schultern. »Wenn du nicht zu uns darfst, können wir doch zu dir.«

Plötzlich schnürte sich mir der Magen zusammen. Müllche tat so, als hätten sie mich schon genommen.

»Da wird bestimmt nichts daraus«, sagte ich. »Das Mädchen, das sie suchen, muss bettelarm sein, fleißig *und* ehrbar noch dazu!«

»Die Einzige, die dir auch nur annähernd das Wasser reichen kann, ist die Heilige Rosa höchstpersönlich«, lautete Müllches Meinung.

»Da gibt es noch ein anderes Mädchen«, sagte ich. »Maria Gerritsen.«

»Gerritse Schmerritze!« Müllche schnalzte geringschätzig mit der Zunge und packte meine Hände. »Fing!«

In meinem Bauch kribbelte es. Es fühlte sich an, als wäre das Kribbeln schon die ganze Zeit da gewesen und hätte sich nur nicht getraut herauszukommen.

»Ja«, sagte ich.

»Ja.«

Und dann mussten wir beide plötzlich lachen. So sehr und so laut, dass unser Gelächter in der leeren Zigarrenwerkstatt widerhallte und Omm Maij die Treppe hinunterkam, an die Wand donnerte und fragte, ob es auch etwas leiser ginge.

In den Wochen vor Weihnachten herrschte immer ein Durcheinander und es gab viel zu tun: das Haus von oben bis unten aufräumen, die zusätzlichen Weihnachtsbestellungen in der Zigarrenwerkstatt fertig machen (»das letzte Mal ohne eigenen Tabak«, rief Papp), der Todestag unseres Großvaters, der Friedhofsbesuch und die Pflege von Mamms Grab.

Dann aber war der Tag gekommen, an dem wir bei strahlend blauem Himmel in unseren neuen Mänteln zur Heiligen

Messe gingen. Es fror Stein und Bein und sogar der Hohlweg – der Teil von Schlammbams Sahara, der sonst immer schlammig war – war jetzt knüppelhart gefroren. Diesmal durften wir unsere Sonntagsschuhe anziehen und mussten sie nicht wie letztes Jahr in der Hand tragen und in unseren alten Schuhen hingehen.

Abends las Müllche uns eine Gruselgeschichte aus ihrem deutschen Buch vor. In unserer Stadt hörte man auf der Straße neben dem Limburger Dialekt öfter Deutsch als Niederländisch, also konnten wir es ohne Probleme verstehen.

Als Müllche geendet hatte, fragte Omm Maij nur: »Und das soll eine Gruselgeschichte gewesen sein?« Mehr war nicht nötig. Papp, der gerade die Zeitung von gestern durchlas, nahm seine Lesebrille ab. Unsere Brüder, die über die Flugrouten der Preistauben debattierten, rückten ihre Stühle heran.

Kochen konnte unsere Großmutter nicht besonders gut und nähen schon gar nicht. Aber Geschichten erzählen konnte sie wie sonst keiner.

»Fragt mich, was *Trüdd Rüüsel* mitten in der Nacht in der *Paterskull* machte«, sagte sie.

Trüdd Rüüsel hatte neue Schuhe. Goldene Lackschühchen aus allerfeinstem Leder. Die ganze Stadt zerriss sich das Maul darüber. Alle wussten, dass Trüdd sich die Schuhe niemals hätte selbst kaufen können, weil sie nicht genügend Geld verdiente. Sie war Lehrmädchen im Krämerladen.

Aber Trüdd war schön wie eine Filmdiva und hatte viele Verehrer und ihr größter Verehrer war ein junger Adliger, Jonkheer Voncken.

»Trüdd«, sagte die ganze Stadt mahnend, »der feine Pinkel mag dir zwar Schuhe kaufen, aber heiraten tut er dich bestimmt nicht. Setz dir nur keine Flausen in den Kopf!« Aber ach, mit solchen Bemerkungen brauchte man Trüdd nicht zu kommen. Sie war störrisch wie der Ziegenbock von Bauer Kal.

»Trüdd«, rief die ganze Stadt. »Pass doch auf! Sonst sitzt du gleich noch mit einem unehelichen Balg da! Und bild dir bloß nicht ein, dass der Kerl dir dann unter die Arme greift.«

Schließlich mussten ihre Brüder einschreiten, um Jonkheer Voncken zur Ordnung zu rufen. Sie gingen nicht gerade zimperlich vor. Währenddessen knöpften sich die Eltern Trüdd vor. Sie verboten ihrer Tochter jeden weiteren Umgang mit dem Jonkheer. Und sie müsse die goldenen Lackschuhe zurückgeben. Aber dalli! Sonst dürfe sie überhaupt nie heiraten und würde den Rest ihres Lebens abends in ihrem Zimmer sitzen, mit einem dicken Schloss vor der Tür.

Eine klare Ansage. Genau das Richtige bei so einer wie ihr. Trüdd zeigte tiefe Reue. Sie weinte sich die Augen aus, ging zur Beichte, betete sich die Finger wund und versteckte anschließend ohne mit der Wimper zu zucken ihre Lackschuhe ganz unten in der Tonne mit den Schmalzblöcken. Keine Woche später hatte sie eine heimliche Verabredung bei der Paterskull.

Die Paterskull war die ehemalige Sand- und Kiesgrube der Pater aus Watersleijde. Im Gebiet um den Hexenberg wurde schon seit Jahren nichts abgebaut und niemand kümmerte sich mehr um die Grube. Bis einer der Pater eines Tages einen alten Feuersteinstollen entdeckte. Seither gingen die Brüder jeden Samstag mit Spitzhacken über der Schulter vom Kloster zum Hexenberg und schufteten den ganzen Tag, um den unterirdischen Stollen freizulegen und zu erkunden. Aber den Rest der Woche war niemand da.

Trüdds Liebster hatte sich in der Dämmerung zur Grube begeben. Sie hatte sich versteckt. Er hörte sie lachen. »Wenn du mich findest, gewinnst du einen Preis«, rief sie.

Ein Preis von Trüdd war eine schöne Aussicht für Jonkheer Voncken. Also fand er sie. Immer wieder und wieder und wieder. Nur war der Preis ihm nie gut genug. Er ärgerte sich schwarz. Trüdd amüsierte sich königlich.

»Noch einmal.«

»Ich kann nicht mehr.«

»Ein einziges Mal noch.«

»Nein.«

»Komm schon.«

»Nein.«

»Dann bekommst du den Hauptpreis.«

»Den Hauptpreis?«

»Beim letzten Mal gibt es den Hauptpreis. Wusstest du das nicht?«

»Und was ist der Hauptpreis?«

»Such mich doch.«

»Nein.«

»Komm schon. Das letzte Mal, versprochen.«

Trüdd hielt sich an ihr Versprechen – allerdings nicht auf die Weise, wie sie es sich vorgestellt hatte.

Jonkheer Voncken suchte sie hinter jedem Baum und jedem Strauch, er suchte jede schattige Stelle auf dem hügeligen Gelände ab. Ab und zu glaubte er, sie lachen zu hören. Trüdds Art zu lachen machte ihn ganz wahnsinnig. Kein Mädchenlachen, nicht wie Glöckchen, sondern eher wie eine kaputte Kupfertrompete. Ein heiseres, fast tonloses Lachen. Aber irgendwann hörte er es nicht mehr. Da war auch schon eine Stunde verstrichen und es war stockdunkel. Gott sei Dank hatte er eine Petroleumlampe mitgenommen. Er zündete sie an und schwenkte das Licht umher.

»Trüdd! Trüdd?«

Schließlich sah er ihren Mantel am Eingang der Grube. Das Tor stand offen. Er ging hinein und fand ihre Mütze an einem spitzen Stück Stein, das aus der Wand ragte. Zehn Meter weiter entdeckte er ihren Schal, wie eine Schlange um einen hölzernen Grubenwagen drapiert.

Da suchte Jonkheer Voncken wie besessen weiter. Auch wenn er nicht besonders angetan war von der Dunkelheit, der immer niedriger werdenden Decke, dem Labyrinth schmaler Gänge, aus denen merkwürdig ächzende Geräusche kamen. Sie hatte ihm den Hauptpreis versprochen. Und den würde er sich auch holen! Er leuchtete den ganzen Stollen aus. Zu seiner Enttäuschung endete dieser plötzlich vor einem staubigen Haufen Kies und Sand.

Das Einzige, was er fand, waren Trüdds Schuhe. Sie lugten hämisch mit den Spitzen aus dem Sandhaufen und strahlten ihn sogar hier, in dieser staubigen Umgebung noch an. Da hatte Jonkheer Voncken mit einem Mal die Nase gestrichen voll. Eine Stunde lang hatte er gesucht, hatte überall Sand, sogar im Kragen, er war gestolpert und hatte sich die Hand aufgeschürft.

Sollte Trüdd doch hingehen, wo der Pfeffer wächst. Zusammen mit ihren be… Eltern. Von den be… Brüdern ganz zu schweigen. Er würde jetzt weggehen. Und die Schuhe mitnehmen. Musste sie eben barfuß zurück. Das hatte sie nun davon.

»Aber …«, sagte Omm Maij und ließ so viel Zeit verstreichen, bis wir wirklich ganz Ohr waren, »aber als er die Schuhe aus dem Kieshaufen ziehen wollte, merkte er, dass sie feststeckten.«

Die Geschichte, die sie uns da erzählte, war nicht neu. Und obwohl wir längst wussten, wie sie ausgeht, bekam ich jedes Mal Gänsehaut, Gänsehaut bis zu den Haarwurzeln.

Es heißt, man habe den Schrei von Jonkheer Voncken bis zur Brunnenstraße gehört.

Als sie Trüdd Rüüsel endlich ausgegraben hatten, war es zu spät. Da war die Erde des eingestürzten Feuersteinstollens schon in ihrer Nase, in den hervortretenden Augen und in dem weit aufgerissenen, toten Mund.

Die Sandguternte und das Gegenteil von Sorgen

Ein halbes Jahr, nachdem er den Tabak gepflanzt hatte, wartete Papp nach der ersten Ernte auf die zweite. Aber die erwarteten kräftigen dunkelgrünen Triebe blieben aus, das alte Grün welkte dahin, erst unauffällig, bis es dann innerhalb einer Nacht alle Farbe verlor.

Am selben Tag noch schlüpften die Zigarrenkönige in ihre Kamelhaarmäntel und kamen den langen Weg entlang zu uns.

Es war ein grauer Tag im April. Wir standen am Rand des Ackers hinter Neun Offenen Armen, während die Zigarrenkönige hier mal einen Hacken in die Erde drückten, da mal auf einem ausgerupften Tabakblatt kauten und an allen Ecken und Enden des gepachteten Lands die Nase in den Wind steckten. Papp folgte ihnen, nickte bei jedem ihrer Schritte ein wenig, als würde er diese hoffnungsvoll zusammenzählen. Die Einzige, die sich von dem ganzen Treiben fernhielt, war Omm Maij. Wir hörten sie auf der anderen Seite des Hauses wie eine Besessene auf unsere Läufer eindreschen.

»Wird noch was draus?«, fragte Papp.

De Brik, der älteste Zigarrenkönig, fragte: »Hast du das Sandgut schon geerntet?«

Das Sandgut war die erste Ernte. Dabei pflückte man die unteren Blätter, die vom aufgespritzten Regenwasser ziemlich sandig waren. Ich erinnerte mich daran, dass wir ganze Nachmittage auf dem Friedhof damit verbracht hatten, die Erde unter der Pumpe abzuspülen.

Papp nickte.

»Und waren die Pflanzen mit Glas abgedeckt?«, fragte Nöll weiter.

»Mit Wachspapier«, antwortete Papp.

Nöll dachte nach, kniete sich hin und fegte mit der Hand dicht über den Boden. Dann sah er auf.

»Wann hast du gesät?«

Papp blickte zum Himmel hoch, verlagerte das Gewicht erst auf das eine, dann auf das andere Bein und zählte umständlich an den Fingern ab.

»Wann?«, fragten die Zigarrenkönige streng.

»Ach …«

»Frühjahr?«

»So was um den Dreh.«

»Welcher ›Dreh‹ war es denn genau?«

»Ach, nichts Besonderes.«

»April?«

»Bisschen später.«

»Mai?«

»Ach.«

Die Zigarrenkönige waren unerbittlich. Bis er mit dem Rücken zur Wand stand und mit der Sprache herausrückte.

»Mitte Oktober? Du hast den Tabak Mitte Oktober gepflanzt?«

»Na ja!«, rief Papp und lachte. Und dann geschah, was jedes Mal geschah. Während er von den Pflanzen erzählte, die schon was wegstecken konnten, und von der Hausecke, die die schlimmste Kälte abhielt, sah ich, wie er seinen eigenen Worten zu glauben begann.

Aber die Zigarrenkönige machten kurzen Prozess. »Die Ernte ist futsch.«

Omm Maij sagte kein Wort. Stattdessen drehte ihr Eulenauge durch. Unsere Großmutter ging gerade die Treppe hinunter, als es zu kullern und zu kreisen begann wie nie zuvor. Ihr wurde schwindlig und sie konnte sich im letzten Moment noch am Geländer festklammern.

Das Eulenauge kreiste vier Tage und vier Nächte hintereinander wie eine Murmel in einem Loch. Schließlich nähte sie sich eine Augenklappe. Das brachte das Auge zur Ruhe, aber an ihrer Laune änderte sich nichts.

Ich hatte keine Zeit, mir darüber Gedanken zu machen. Am Freitag, kurz bevor die Schule zu Ende war, gab mir die Bedrövvde mein Heft zurück. Ein Zettel mit der gestochen scharfen Schrift der Direktorin steckte darin.

Ausschuss. Mittwoch, 15.30 Uhr.

Mäntel, die wie angegossen sitzen

Omm Maij hatte ich gesagt, ich würde zu Fejj gehen, unserer früheren Nachbarin.

»Gehst du so?«, fragte Müllche.

»Wie meinst du das: so?«

Ich hatte meine Kleider sorgfältig ausgewählt. Meine Kniestrümpfe waren noch nicht allzu oft gestopft worden. Die abgestoßenen Schuhspitzen hatte ich mit Holzkohle nachgedunkelt. Mit etwas Glück würden sie meine Schuhe beim Ausschuss sowieso nicht sehen. Und ich trug meinen neuen Weihnachtsmantel.

»Ich weiß ja nicht«, sagte Müllche und runzelte die Stirn.

»Sag's mir, wenn ich wieder da bin.« Mutiger, als ich mich in Wirklichkeit fühlte, ging ich durch den Garten zu Schlammbams Sahara.

Ich folgte der langen Klinkerstraße an der Schule entlang, vorbei an Dienstmädchen, die Eingangstreppen scheuerten – von Häusern, die ihnen nie gehören würden. Vorbei am Schaufenster von Metzger Willems, wo mittwochs nur Haken hingen und nicht wie sonst ausgenommene Schweine oder Kühe.

Es sei das neunte Haus in dieser Straße, hatte die Direktorin gesagt, genau hinter der Kurve. Ein gewaltiges Gebäude mit einer Marienfigur aus Sandstein, deren Gesicht von dem Wind und dem Regen fast ganz weggewaschen war.

»Fing! Fing!«

Ich drehte mich um. Es war Müllche.

»Was hast du hier zu suchen?«, fragte ich.

Müllche zog keuchend ihren Mantel aus. »Nimm!«

»Ich habe doch einen Mantel.«

Sie zerrte an meinem Ärmel.

»Müllche!«, rief ich widerstrebend. »Kannst du mir vielleicht …«

Müllche verdrehte die Augen zum Himmel. »Den Mantel kannst du nicht anziehen!«

»Was?«

»Du gehst doch zu den Nonnen, oder?«

»Ja.«

»Und die suchen ein armes Mädchen, oder?«

»Ja.«

»Arme Mädchen haben keine Mäntel, die wie angegossen sitzen.«

Stirnrunzelnd sah ich an mir hinab. Jetzt erst bemerkte ich, dass der andere Mantel (den sie mir auf mysteriöse Weise schon halb angezogen hatte) ihr eigener alter Mantel war. Die Ärmel reichten nicht viel weiter als bis über die Ellbogen. Die Brusttasche war halb abgerissen und mindestens zehnmal in unterschiedlichen Farben wieder festgesteppt. (Müllche steckte immer alle möglichen und unmöglichen Dinge hinein.) Sie ließ mir keine Zeit zu verstehen, was da vor sich ging. Im nächsten Moment schlüpfte sie aus ihren Schuhen und zog die abgetragenen Strümpfe aus. »Und arme Mädchen haben auch keine guten Strümpfe«, sagte sie resolut, »das weiß jeder.«

»Aber ich muss doch anständig aussehen«, erwiderte ich.

Müllche schüttelte den Kopf. »Du musst dich *bemühen*, anständig auszusehen«, antwortete sie. »Aber eben so, dass es haarscharf danebengeht.« Sie steckte meine Haarnadel wieder fest, die sich bei dem ganzen Hin und Her gelöst hatte. »Wenn du zu anständig aussiehst, gibt es nichts mehr zu verbessern. Das mögen Nonnen nicht. Ich weiß das aus Erfahrung.«

Das stimmte. Müllche erweckte bei den Nonnen einen leidenschaftlichen Verbesserungsdrang.

»Und du willst doch bestimmt nicht, dass Gerritse Schmerritze …«, sagte sie drohend.

Ich schwieg.

Sie trat einen Schritt zurück und musterte mich noch einmal von Kopf bis Fuß.

»So«, sagte sie hochzufrieden. »Jetzt ist es gut.« Noch bevor ich protestieren konnte, hatte sie sich mit meinem Mantel über dem Arm und meinen Strümpfen in der Hand umgedreht.

»Ich muss mich beeilen«, sagte sie, »Omm Maij …«

Und weg war sie.

An den Strümpfen konnte ich nichts mehr ändern, aber den Mantel hätte ich ausziehen können. Doch ich dachte an Maria Gerritsen, das unbekannte Mädchen, das immer ärmer, ehrbarer und fleißiger wurde, je länger ich an es dachte.

Ich klingelte. Ein Dienstmädchen öffnete die Tür, drehte sich um und ging ohne ein Wort vor mir her. Ich musste in einer hohen Eingangshalle warten. Verstohlen sah ich mich um. Außer mir war niemand da. Die Direktorin kam mich holen. Falls ihr etwas an mir auffiel, sagte sie jedenfalls nichts.

Mitten in einem kahlen hohen Raum stand ein schwerer Eichenholztisch. Dahinter saß der Ausschuss: ein paar Nonnen und ein Pater.

Erst redeten sie über dies und das. Dann kamen sie zur Sache.

»Du weißt, warum du hier bist, Josefine Boon?«

Ich nickte.

»Kannst du es mit eigenen Worten sagen?«

»Sie suchen ein Mädchen, dem Sie helfen können«, sagte ich, »damit es Lehrerin werden kann.«

»Und kannst du uns vielleicht sagen, warum du dieses Mädchen sein solltest?«

Die Frage stellten sie ganz beiläufig, aber ich sah ihre Augen plötzlich aufmerksam aufblitzen.

»Nein, das kann ich nicht.«

»Warum nicht?«

Ich schwieg.

»Sag es ruhig«, forderte mich die Fregatte auf.

Die ganze Zeit über hatte mein Herz geflattert wie eine Motte um eine Petroleumlampe. Jetzt wurde ich auf einmal ganz ruhig. Ich spürte, wie die Wärme aus meinem Gesicht wich und holte tief Luft. »Weil es merkwürdig ist, selbst erzählen zu müssen, wie gut man ist.«

Der Anflug eines Lächelns huschte den Nonnen und dem Pater über die Lippen. Wie von selbst setzte ich mich aufrechter hin. Ich beugte die Arme noch mehr, damit die engen kurzen Ärmel höher hinaufrutschten.

Die Fregatte erzählte von meinen Leistungen in der Schule (gut), davon, wie aufmerksam und ordentlich ich war (hervorragend), sie erzählte, dass ich keine einzige Messe ausließ, dass ich mit einer Engelsgeduld für meine beiden Schwestern sorgte, von denen die eine schwer behindert war und die andere ein unzähmbarer Wildfang. Und je mehr sie erzählte, desto mehr verwandelte sich unser Leben in eine

Geschichte. Eine Geschichte, in der Mamm vorkam, tragischerweise jung gestorben, Omm Maij, die in ihrem Alter noch für eine Großfamilie sorgen musste, und Papp, der (wie jedermann wusste) eines der vielen Opfer der anhaltenden Arbeitslosigkeit war (die Nonnen und der Pater nickten zustimmend), dem es aber dank seinem Durchhaltevermögen und seinem immerwährenden Glauben (zustimmendes Gemurmel) schließlich gelungen war, sich als letzter Zigarrenkönig am Ort zu etablieren – wobei man als solcher mal besser und mal schlechter über die Runden kam.

Je länger sie redete, desto besser passte alles zu mir – Müllches Strümpfe und ihr Mantel und die Geschichte der Fregatte.

Auf dem Rückweg durch den langen Korridor wechselten wir beide kein Wort. Unsere Schritte hallten jetzt lauter, es klang, als wäre ich die Lehrerin und eine ganze Klasse würde mir folgen. Erst draußen erweckte eine Windböe uns zu neuem Leben.

»Gut«, sagte sie, »sehr gut.« Eh ich mich versah, hatte sie mir schon einen Schmatz auf die Wange gedrückt. Das war so ungewöhnlich, dass ich in lautes Lachen ausbrach, und sie, unsere stets souveräne Direktorin, lachte mit.

»Ich habe keinen Einfluss auf die Entscheidung«, sagte sie – sie musste die Stimme erheben, weil ein Karren klappernd an uns vorbeikam –, »aber wenn mich nicht alles täuscht, wird sich die Goretti-Schule an uns noch die Zähne ausbeißen.«

Sie wollte bestimmt noch mehr sagen, doch plötzlich stockte sie. Ich dachte erst, es läge an dem Karren. Doch auch als der schon um die Kurve gebogen war, blieb sie weiter stumm. Sie schaute über meinen Kopf hinweg und wurde feuerrot.

Ich drehte mich um und schaute meiner Großmutter direkt auf die gerunzelte Stirn.

Später, nachdem das ganze Drama vorbei war, hörte ich, dass die Krämerin Müllche auf der Straße gesehen hatte. Also war es Betje Garens Klatschsucht zu verdanken, dass Omm Maij von der Sache erfahren hatte, aber in dem Moment fühlte es sich an, als hätte Gott selbst die Hand im Spiel.

»Fing?«

Was hinter ihrer Augenklappe passierte, weiß ich nicht, aber mit ihrem gesunden Auge musterte sie mich verächtlich von Kopf bis Fuß. Dann erst fiel es mir wieder ein.

Der Mantel.

Ich trug immer noch Müllches alten Mantel!

»Du wolltest doch zu Fejj gehen, oder?«

Die Direktorin schob sich zwischen meine Großmutter und mich. »Maij, hör mir zu. Mehr brauchst du nicht zu tun.«

Meine Großmutter hatte sicher den Verdacht, dass da etwas im Busch war, was ihr gegen den Strich ging. Aber ihre Neugier gewann die Oberhand. Abwartend verschränkte sie die Arme vor der Brust.

Die Direktorin erzählte ihr eine abgeschwächte Version dessen, was sie dem Ausschuss berichtet hatte, und achtete darauf, den Rest der Familie außen vor zu lassen.

»Ganz klar«, sagte Omm Maij.

»Klar?«

»So klar wie die Fensterscheiben von Betje Garen«, sagte Omm Maij wieder. »Bis auf eine Sache.«

»Eine Sache?«

»Ja, Alberta.«

»Welche denn, Maij?«

»Warum läuft das Kind in Müllches altem Mantel herum?«

»Ach«, sagte die Direktorin und sah mich an, als würde sie jetzt erst sehen, was ich trug. Sie fingerte an ihrem Dutt herum.

»War das deine Idee?«, fragte Omm Maij. »Meine Enkelin in einen viel zu kleinen alten Mantel zu stecken …«

»Na hör mal …«

»… damit der Ausschuss ein bemitleidenswertes armes Mädchen in ihr sieht?«

Meine Großmutter glaubte wohl nicht wirklich, die Fregatte könnte etwas mit dem Mantel zu tun haben. Aber sie hatte etwas hinter ihrem Rücken eingefädelt und dafür sollte sie büßen.

»Hör mal, Maij. Sei doch realistisch. Ohne das Geld des Ausschusses …«

Meine Großmutter hob die Hand. »Genug. Fing?«

Sie drehte ihrer Jugendfreundin den Rücken zu und stapfte los, und ich musste wohl oder übel hinterher. Aber falls Omm Maij gedacht hatte, die Fregatte würde es dabei bewenden lassen, hatte sie sich geschnitten.

»Was soll denn aus dem Kind werden«, tönte es wütend hinter uns, »wenn du dein ganzes Leben lang so dickköpfig bleibst? Soll sie in der Fabrik arbeiten? Sich die Hände im Haus irgendeines reichen Stinkers wund scheuern, der dann früher oder später doch nicht die Finger von ihr lassen kann?«

»Geh weiter«, brummte meine Großmutter.

Ich hörte die Fregatte wirklich auf den Boden stampfen. In diesem Moment begriff ich, dass es eine Lüge ist, wenn es heißt, dass Leute erwachsen werden. Vielleicht wachsen sie äußerlich bis zur Größe einer Großmutter oder einer Schuldirektorin heran, aber innerlich werden sie nicht viel älter als ich, Müllche oder sogar Ness.

»Du bist immer schon ein Dickschädel gewesen!«, rief die Fregatte. »Trotzdem darfst du es das Kind nicht ausbaden lassen, dass dein Schwiegersohn und Opa Pije, Gott hab ihn selig, ewig Stütze bekommen haben!«

Entsetzt schlug ich die Hand vor den Mund, als wären mir die Worte selbst herausgerutscht.

Es war zwar kein Geheimnis, dass mein Vater und mein Großvater zwischen ihren zahllosen Gelegenheitsarbeiten mehrmals Stütze von den Nonnen und Patern bekommen hatten, aber in der Stadt wurde dieses Thema sorgfältig gemieden. Sogar Alberta, Schuldirektorin und Fregatte, wurde sich dessen plötzlich wieder bewusst. Und bemerkte gleichzeitig den kleinen Menschenauflauf, den der Schlagabtausch hervorgerufen hatte. Es kam nicht alle Tage vor, dass die Direktorin einen Tumult verursachte. Sie schob sich durch die Menge und packte meine Großmutter kräftig am Ellbogen (etwas, was kein anderer je gewagt hätte). »Wenn du mir eine Chance gibst …«

»Dir?«, fragte meine Großmutter mit eisiger Polarluft in der Stimme.

Die Fregatte lief rot an und verbesserte sich: »Ich meine, wenn du *Fing* eine … Wenn du wüsstest, wie beeindruckt sie von ihr waren.«

»Von Müllches Mantel, meinst du wohl.« Omm Maij drehte sich zu mir. »Ab nach Hause.«

»Aber …«

»Fing.« Omm Maijs Stimme war so leise, dass man sie kaum hören konnte.

Diesmal blieb es still hinter uns.

Abends, als wir im Bett lagen, brach der Streit aus, der wochenlang wie ein Gewitter in der Luft gehangen hatte. Normalerweise lief es darauf hinaus, dass meine Großmutter mit ihrer schrillen Stimme die Dachziegel zum Klappern brachte und dass Papp sie beschwichtigend wieder an Ort und Stelle redete. Aber diesmal prallten beide Stimmen aufeinander wie Kanonenschläge. Ich presste die Hände auf die Ohren.

Am nächsten Tag taten sie so, als wäre nichts gewesen. Beim Frühstück grüßte Papp sie und Omm Maij grüßte zurück. Ihre Stimmen hatten Risse bekommen, aber man musste die Ohren spitzen, um das zu hören.

In der Schule wartete ich den ganzen Tag. Es kam keine Nachricht aus dem Himmel. Am Tag darauf auch nicht.

Doch keine goldene Zukunft

Zwei Wochen später – Ness, Müllche und ich waren gerade draußen auf Schlammbams Sahara – rief Omm Maij mich zu sich. Ness und Müllche schlichen hinter mir her, aber Omm Maij sagte, sie sollten draußen bleiben.

»Ich muss mir die Hände waschen«, behauptete Müllche, die ein sehr feines Gespür dafür hatte, wenn etwas Wichtiges bevorstand.

»Dann geh zur Pumpe«, sagte Omm Maij und zeigte zum Friedhof. Ness brummte sie irgendeine Aufgabe auf.

Unsere Großmutter ging in die Wohnstube. Sie klopfte aufs Sofa und ich setzte mich neben sie. »Ihm können wir es nicht überlassen, das ist dir wohl klar«, meinte sie.

Ich nickte. Ich hatte zwar keine Ahnung, worauf sie hinauswollte, aber von wem sie sprach, verstand ich schon.

»Gott weiß, dass der gute Mann manchmal auch Dinge zu einem guten Ende bringt.« Sie sagte es mit deutlichem Widerwillen. Plötzlich sah sie zu mir herüber. Anspannung lag in ihrem Blick.

»Es geht nicht, *Kenk*.«

Ich schwieg.

»Falsche Hoffnung!«, schimpfte sie.

»Es ist keine falsche Hoffnung!«

»Wer sagt, dass sie dich nehmen?«

»Die Direktorin …«

»Die kann viel sagen. Ein Boon verdient sich seinen eigenen Lohn. Nicht mit Stütze!«

Ich wusste, dass ich nicht denselben Fehler machen durfte wie die Direktorin. Es hatte auch keinen Sinn, bei ihr sitzen zu bleiben, wie die Bedrövvde es vor einer Woche getan hatte. Die hatte zwei Stunden lang geduldig bei uns in der Küche gesessen, aber auch das hatte meine Großmutter nicht umgestimmt.

Ich musste ruhig bleiben, das war meine einzige Chance.

»Es hat doch nichts zu sagen, Omm Maij«, setzte ich an. »Wenn sie mich nehmen … dann tun sie es nicht, weil ich nichts kann. Im Gegenteil, es wäre, weil ich gut …«

»Weil du gut lügen kannst, meinst du wohl.«

»Ich habe nicht gelogen.«

»Manchmal kann man auch ohne Worte lügen.«

»Aber …«

»Ist es denn nicht gelogen, wenn du einen zu kleinen Mantel anziehst?«

»Omm Maij …«

Es blieb eine ganze Weile still. Als sie endlich wieder etwas sagte, klang ihre Stimme gedämpft und ruhig. Das war viel schlimmer, als wenn sie mich ausgeschimpft hätte. »Was glaubst du, woher ich die neuen Mäntel habe? Meinst du, die sind vom Himmel gefallen? Verdient habe ich sie. ›Ein Boon verdient sich seinen eigenen Lohn.‹ Das habe ich mir geschworen. Nicht mit Stütze. Nie mehr mit Stütze!«

Schlagartig war es um meine Ruhe geschehen. »Aber das ist ungerecht«, rief ich.

»Ungerecht?«, fauchte sie zurück. »Du wagst es, mir was von Gerechtigkeit zu erzählen? Und wie war es deiner Meinung nach für mich, meine eigene Enkelin auf offener Straße zu sehen, wie sie sich am helllichten Tag in einem Lumpenmantel zur Schau stellt?«

Es hatte keinen Sinn, sie daran zu erinnern, dass sie den »Lumpenmantel« selbst genäht hatte. Oder ihr zu erklären, dass kein ausgeklügelter Plan dahintersteckte, sondern dass es sich so ergeben hatte, wie die Dinge sich eben meistens ergeben – eine Art Versehen, das vor den eigenen Augen seinen Lauf nimmt, ohne dass man etwas daran ändern kann.

Draußen vor dem Fenster wirbelte der Wind plötzlich den Sand wütend von Schlammbams Sahara auf.

»Sie will, dass du bei ihr arbeitest«, sagte Omm.

Fragend hob ich die Augenbrauen. »Die Direktorin?«

»Die Prüüszesche.«

Ich starrte sie verblüfft an.

»Die Prüüszesche?«

»Ja.«

»Wann?«

»So bald wie möglich.«

»Wenn ich mit der Schule fertig bin?«

»In den nächsten zwei Wochen.«

»Zwei Wochen? Aber … was ist mit der Schule?«

»Für das, was du da tun sollst, brauchst du keinen Unterricht.«

Omm Maij verstummte, schaute zum Ofen und schwieg.

Jetzt wusste ich es. Ich wusste es. Es war nicht so, dass ich es nicht geahnt hatte. Aber von der schrecklichen, der katastrophalen Weise, in der mein Traum in Scherben ging (ich würde nicht Lehrerin werden, jetzt nicht, nächstes Jahr nicht, niemals, ich würde nicht mal die Volksschule beenden) wurde mir ganz übel vor Enttäuschung.

Und jetzt wurde mir auch etwas anderes klar: nämlich wie sehr, sehr, sehr ich es mir gewünscht hatte.

»Du kannst erst mal Erfahrungen sammeln«, sagte Omm Maij. »Wer weiß, vielleicht später ...« Sie verstummte. »Na ja«, sagte sie, »jetzt weißt du es. Und selbst wenn du dir das Salz aus den Tränen weinst ... na ja.« Sie rieb die Hände aneinander und stand auf.

Ich muss auch aufgestanden sein, aber daran kann ich mich nicht mehr erinnern. Ich glaube, dass ich nach draußen gehen wollte, aber auf einmal stand ich auf halber Treppe, umklammerte die Stäbe des Geländers und starrte zum Oberlicht über der Tür. Irgendwo im Haus hörte ich meine Brüder laut fluchend etwas Schweres schleppen und gleich darauf die Stimme meiner Großmutter, die sie scharf zurechtwies. An der Stille, die sich dann übers Haus legte, einer erschreckten, alles aufsaugenden, alles verschlingenden Stille, merkte ich, dass sie alle es bereits gewusst hatten. Alle außer Müllche, Ness und mir.

Die Puppe, die alles sah (I)

Störrisch fuhr der Wind in die Sträucher. Spitze abgebrochene Zweige peitschten uns ins Gesicht. Omm Maij musste ihren Hut mit beiden Händen festhalten, bis wir auf den Hohlweg kamen, wo der Wind verschwunden war und wir eine stille, geschützte Welt betraten. Sonnenstrahlen fielen durch die dichten Baumkronen über uns und ihr Licht kullerte wie Münzen über den Weg.

Omms Eulenauge rollte langsam in seiner Höhle hin und her. »Musst du so seufzen?«

Ich verstummte.

Kaum hatten wir den Hohlweg hinter uns, nahm sie den Hut ab. Ihr Eulenauge schwenkte nach links und sie warf mir kurz einen glasigen Blick zu.

»Halt dich gerade. Man könnte dich fast mit Ness verwechseln!«

Nahtlos ging ihr Geschimpfe auf die steigenden Kartoffelpreise über und die Mäuseplage auf dem Markt und darauf, was nur aus der Welt werden sollte. Ich wandte mich zur Seite, sodass mir der Frühlingswind in die Ohren wehte und ich ihren Mund nur noch auf- und zugehen sah.

Wir näherten uns den Höfen von Wetsels und von Bauer Kalle und der Schmiede von Nasehermes. Aus einem der Ställe drang das rhythmische Dröhnen des Schmiedehammers.

Noh Heäm stand im Hinterhof, den Kopf halb im Futtersack vergraben. Ich hörte ihn den Hafer zwischen den Zähnen zermahlen. Sein normales Ohr bewegte sich kaum, als wir vorbeigingen. Der alte Mattie, der steinalte Hund des Schmieds, lag in der Nachmittagssonne zwischen den massigen Beinen von Noh Heäm. Leise kläffend träumte er vor sich hin und zuckte mit der Pfote.

Von hier konnte man bereits das Brunnentor erkennen, das alte Stadttor mit seinen verwitterten Torflügeln, die immer offen standen. Es bestand ein großer Unterschied zwischen Schlammbams Sahara und der Stadt. Innerhalb weniger Schritte war man von Mauern umschlossen, die Geräusche verwehten hier nicht mehr, die Gerüche verflogen nicht. Ich wollte zwar nicht mehr weg aus Neun Offenen Armen, dennoch wurde ich immer wieder von einem Gefühl der Geborgenheit erfasst, wenn sich die Stadt wie ein Mantel um mich schmiegte. Und wie immer stimmte es mich fröhlich und traurig zugleich.

Auf dem Markt bereitete man sich auf die Gebetsprozession für den Frieden vor. Die Straßen wurden gefegt und an den Geschäften hingen weißgelbe Fahnen, die Farben der Kirche. Viele Leute wurden erwartet, auch von außerhalb. Zwar glaubte noch immer keiner an den Krieg, aber bei uns in der Stadt ging man (wie immer) lieber auf Nummer sicher.

Bei Betje Garen hing ein neues Plakat in der Tür:

GEÖFFNET FÜR UNSERE VEREHRTE KUNDSCHAFT
VON INNERHALB UND AUSSERHALB DER STADT
SCHÖNE ANGEBOTE!!
(SAMSTAGS GESCHLOSSEN)

Wir durchquerten die Stadtmitte und gingen am gewundenen Bach entlang in Richtung Villenviertel.

Erst nachdem wir ein paarmal an der Klingel gezogen hatten, öffnete uns ein Dienstmädchen.

Im Flur wagte ich kaum, die Füße auf die Fliesen zu setzen, so sauber glänzten sie. Ich schob mich so dicht wie möglich an der Wand entlang. In einer Halle mit einer Bank mussten wir warten. Eine große Standuhr schlug feierlich die volle Stunde. Die Zeiger hatten die Form von Zigarren. Meine Großmutter schüttelte den Kopf. »Je reicher, desto närrischer«, sagte sie.

Den Zigarrenkaiser als reich zu bezeichnen war eine Untertreibung. Steinreich war er. Buchstäblich, denn er war der einzige Erbe des Vermögens, das sein Onkel Van Wessum früher einmal mit Ziegelsteinen verdient hatte. Auch den Geschäftssinn seines Onkels hatte er geerbt.

Es hieß, der Zigarrenkaiser könnte sich bestimmt zwanzig Autos kaufen. Doch als guter Geschäftsmann wusste er, dass man nicht zu sehr protzen durfte, wenn man es sich nicht mit allen in der Stadt verderben wollte.

»Sie haben hoffentlich nicht allzu lange gewartet?« Die Prüüszesche kam die breite Treppe herunter, auf der ein roter Läufer lag. Sie gab Omm Maij und mir die Hand. Ich machte einen Knicks.

»Ich grüße Sie«, sagte Omm Maij.

Die Prüüszesche führte uns in einen kleinen Salon. Darin befanden sich Stühle mit bestickten Polstern, es gab zwei Kamine aus Marmor mit goldgerahmten Spiegeln auf dem Sims und ein riesiges Sofa und in der Ecke stand eine Bank mit fünf lebensgroßen Zierpuppen.

»Tee?«, fragte die Prüüszesche.

Omm Maij und ich saßen unbehaglich auf dem Sofa, das wie gemacht dafür schien, in den Kissen zu versinken, an die Decke zu starren und über Bücher oder Musik zu sinnieren.

»Liesl freut sich schon auf dich«, sagte die Prüüszesche.

»Liesl?«, fragte ich.

»Meine Nichte.« Die Prüüszesche schenkte Tee in kleine Gläser ein und schaute lange zur Tür.

»Aha!«, sagte Omm Maij. »Na ja, Fing ist sehr verantwortungsbewusst und verlässlich. Worin bestehen ihre Aufgaben, wenn ich fragen darf?«

Die Prüüszesche machte eine vage Handbewegung. Die Diamanten an ihrem Finger funkelten.

»Küchenarbeit?«, fragte Omm Maij.

»Das meiste übernehmen die Köchin und ihre Küchenhilfe.«

»Waschen und Bügeln?«

»Dafür sind die Dienstmädchen da.«

Danach zählte sie noch eine Reihe von Dingen auf, die ich ebenfalls nicht zu tun brauchte. Dann schaute sie wieder abwartend zur Tür.

»Aber was soll sie denn nun machen?«, fragte Omm Maij.

»Was sie machen soll?«

»Was für eine Arbeit?«

Die Prüüszesche runzelte die Stirn.

»Wo bleibt sie nur?«

Sie läutete und das Dienstmädchen kam herein.

»Liesl?«, fragte die Prüüszesche, als könne das Dienstmädchen etwas dafür, dass Liesl nicht gekommen war. Ich schaute zu Omm Maij. Die zuckte fast unmerklich die Achseln.

Die Prüüszesche fasste sich wieder. »Spricht Fing Deutsch?«

»Warum?«, fragte Omm Maij.

»Ein Großteil unserer Hausmädchen kommt aus Deutschland«, antwortete sie, »es wäre schön, wenn Fing sich mit ihnen verständigen könnte.«

Manchmal vergaß ich, dass die Prüüszesche aus Deutschland stammte. Es hieß, sie habe innerhalb eines Jahres so viel Unterricht genommen, dass ihr Niederländisch inzwischen besser sei als das der meisten Leute in unserer Stadt, einschließlich unseres Bürgermeisters und der anderen Honoratioren.

Während Omm Maij die Prüüszesche wortreich beruhigte, sah ich mich um. Mein Blick wanderte über das Sofa, den großen Schreibtisch, die goldgerahmten Spiegel, die Puppen auf der Bank. Es waren keine Puppen zum Spielen, dafür waren sie zu schön und zu groß. Sie hatten echtes Haar und trugen Seidenkleider mit großen Schleifen. Zusammengesunken lehnten sie aneinander, wie Freundinnen, die auf der Bank eingeschlafen waren. Ich dachte an Müllche und Ness, die jetzt im Unterricht saßen, an die Bedrövvde und wie sie neben meiner Großmutter gesessen hatte, an Maria Gerritsen, an Schulbarette und Schlafsäle. Ich dachte an all die Dinge, an die ich nicht denken wollte.

Es geschah in meinem Augenwinkel. Und ich begriff es erst, als es wieder vorbei war. Ich konnte gerade noch einen Aufschrei unterdrücken und schnappte nach Luft.

»Ist etwas?«, fragte die Prüüszesche besorgt.

»Was?«, sagte Omm Maij.

»Nichts«, stammelte ich, »gar nichts.« Ich spürte den tadelnden Blick meiner Großmutter. Die Prüüszesche lächelte.

Ich lächelte zurück, aber mein Herz klopfte so stark, als wollte es aus meinem Brustkorb springen.

Eine der Puppen hatte halb abgewandt dagesessen. Es war die größte, ganz hinten, man konnte eigentlich nur ihren Kopf sehen. Oder besser gesagt den großen Strohhut, unter dem sich ihr Puppengesicht verbarg.

Doch dann hatte sich der Kopf bewegt. Eine winzig kleine Bewegung. Ein Auge hatte mich angestarrt. Zwei, höchstens drei Sekunden. Dann war der Kopf langsam wieder in seine Ausgangsposition zurückgesunken. Ich verstehe bis heute nicht, warum ich nichts gesagt habe.

Keine halbe Stunde später standen wir wieder draußen. Zwei Monate vor dem Volksschulabschluss hatte ich die erste Anstellung meines Lebens, obwohl weder Omm Maij noch ich die geringste Ahnung hatten, worin meine Aufgabe eigentlich bestand.

TEIL 2

Fings Krieg

1939–1940

Deine liebe Freundin Fing

Die Prüüszesche saß mit einem Plaid auf den Knien in einem Strandkorb. Neben ihr lag der weiße Hund und schlief. Auf dem Rasen stand ein Grammophon und spielte einen schleppenden Walzer. Die Schallplatte glänzte in der Sonne. Das Grammophon hörte auf zu spielen, es knisterte, klickte und dann wurde es still.

»Hallo«, sagte ich.

Die Prüüszesche zog den Kopf ein wie eine erschreckte Schildkröte und machte eine abwehrende Handbewegung. Im selben Moment sprang der Hund auf und fing zu lachen an.

Jetzt, am helllichten Tag, klang es eher lächerlich als schaurig. Aber es war trotzdem merkwürdig, den Hund das Maul aufreißen zu sehen und statt Bellen atemloses Hecheln zu hören, wie wenn jemand einen Lachanfall hat.

Die Prüüszesche legte beide Hände an die Brust. »Still, Hund! Still!«

Der Hund flitzte davon. Dann erst erkannte mich die Prüüszesche und stand auf. Das Plaid fiel ins Gras. Sie nahm meine Hände und sagte, sie sei froh, dass ich »endlich, endlich« da sei. Und dann ließ sie eine meiner Hände los und streckte den Arm aus.

»Guck doch mal«, rief sie auf Deutsch über die Schulter. »Deine liebe Freundin Fing!«

Liesl kam hinter dem steinernen Springbrunnen hervor.

Eine knisternd steif gestärkte weiße Schürze hatte an diesem Morgen zusammen mit einem schwarzen Dienstkleid für mich bereitgelegen. Ich wusch mich mit Wasser aus dem Waschkrug, ignorierte die Blicke von Ness und Müllche und ging nach unten.

Omm Maij stellte mir eine Tasse heißen Kaffee hin. Bis zum Vortag hatten Ness, Müllche und ich nie Kaffee trinken dürfen. Kaffee war »etwas für die Großen«. Er schmeckte bitter.

Es schlug acht Uhr, Müllche und Ness zogen ihre Mäntel an und gingen nach draußen. Die Küchentür schloss sich. Im nächsten Moment flog die Tür wieder auf, Ness stürmte herein, warf sich mir an den Hals und klammerte sich an mich.

»Nun geh schon«, sagte ich.

Die Küchentür schloss sich wieder. Ich spürte Ness' Arme noch, als wäre ich der Ton und sie die Form. Das klapprige Gartentor war noch einmal auf- und zugegangen und dann waren sie weg gewesen. Wirklich weg.

Die Prüüszesche hielt ihre freie Hand immer noch ausgestreckt, also musste Liesl sie schließlich nehmen. Wir blieben einen Moment mitten in dem großen Garten stehen.

»Waltraud«, rief die Prüüszesche. »Waltraud!«

Ein Mädchen trat aus der Tür des Wintergartens nach draußen. Es trug wie ich eine Schürze und ein schwarzes Kleid.

»Die Torte.«

Waltraud kehrte ins Haus zurück. Kurz darauf ging die Tür wieder auf. Diesmal kam eine erwachsene Frau heraus. Sie war klein und rundlich, hatte eine eingedrückte Nase und Schweinsäuglein.

»Gnädige Frau?«

»Was gibt es, Anna?«

»Es muss ein Missverständnis vorliegen.«

»Ein Missverständnis?«

»Ja, ich habe keine Torte bestellt.«

»Nein, das habe ich gemacht«, antwortete die Prüüszesche lächelnd.

»Sie?«

Die Frau machte entschlossen kehrt und ging ins Haus zurück. Die Klinkersteine auf dem Gartenweg waren ungleichmäßig und holperig, sie musste aufpassen, um nicht das Gleichgewicht zu verlieren.

Kurze Zeit später klapperte ein Tisch auf Rollen über den Weg. Eine große Schwarzwälder Kirschtorte stand darauf, zusammen mit einer Teekanne und vornehmen Tassen.

»Setz dich!«, sagte die Prüüszesche lächelnd.

Unsicher blieb ich stehen.

»Setz dich doch, Fing!«

Ich ließ mich auf den Stuhl sinken.

Die Torte war so süß und schwer, dass ich nach zwei Bissen satt war. Die Prüüszesche fragte mich über mein Leben aus und warf dabei Liesl ein ums andere Mal triumphierende Blicke zu. Auf Deutsch sagte sie, wie interessant es doch sei, dass sie jetzt eine echte Fing im Haus hätten. Das sagte sie wirklich. Eine echte Fing. Als würden stapelweise Fings auf den Regalbrettern im Laden liegen.

Nach der Torte kamen winzige Häppchen. Und danach hauchdünne Kekse, die auf der Zunge zergingen. Vielleicht war das ja jedes Mal so, bei jedem Mädchen, das sie einstellten. Die Reichen machen schließlich immer, was sie wollen, das hatte Omm Maij oft genug gesagt.

»So«, sagte die Prüüszesche, als der ganze Tisch voller

Reste war, »und jetzt will ich mich für einen Moment hinlegen.« Sie erhob sich und gähnte laut.

Es war mir ein Rätsel, wie ich auf die Idee gekommen war, dass Liesl Niimelefiimel ähnlich sah. Ich konnte mir auch nicht mehr vorstellen, dass sie mir unter dem Strohhut hervor einen so provozierenden Blick zugeworfen hatte. Das Mädchen, das jetzt vor mir stand, war ganz anders. In seinem viel zu großen Sackkleid war es nichtssagend, mausgrau. So jemand, den man sieht und gleich wieder vergisst.

»Erzählst du mir ein Märchen?«, fragte sie auf Deutsch.

»Ich muss arbeiten«, antwortete ich.

In der Küche war niemand. Ich blieb stehen. Aus dem Nebenraum drang ein klatschendes Geräusch.

Waltraud stand in der Waschküche und bügelte Laken. Das Eisen zischte bedrohlich, als es über die noch feuchten Laken glitt. Vielleicht spürte sie meinen Blick. Sie drehte sich um, ohne mit ihrer Arbeit aufzuhören.

»Kann ich etwas tun?«, fragte ich sie.

Statt einer Antwort kicherte sie nur.

Ich blieb eine Viertelstunde lang vor der geschlossenen Tür des Salons stehen. Der Fußboden roch nach Bohnerwachs. Die Zigarrenuhr tickte. Durch das große Oberlicht fiel blendend helles Licht in die geräumige Eingangshalle. Ich lauschte an der Tür. Schlief sie schon? Ich hörte nichts und wagte auch nicht, die Tür zu öffnen.

Ich setzte mich auf die Wartebank und betrachtete die Sommersprossen auf meinen Händen. Die Zigarrenzeiger der Standuhr. Schließlich blieb mir nichts anderes übrig, als hinauszugehen.

Liesl saß am Springbrunnen. Sie gab vor, andächtig Wasser von der einen in die andere Hand zu schöpfen, doch ich spürte, wie sie mich mit ihren Blicken maß.

Auf dem Tisch standen noch Tassen und Untertassen und Reste vom Mittagessen. Ich nahm immer eine Sache in die eine Hand und eine in die andere und brachte sie ins Haus, wobei ich vorsichtig über den holprigen Klinkerweg balancierte. Ich trug alles so langsam wie möglich hinein.

Als ich die letzte Tasse hereinbrachte, wartete Anna auf mich. Sie sagte: »Ich bin hier die Haushaltsvorsteherin und ich will dir mal eins sagen: Es ist völlig unüblich, dass hier Mädchen eingestellt werden, ohne dass ich etwas davon weiß. Der Herr hat es sonst immer mir überlassen.« Sie schnaubte und meinte, dass es sich wohl nicht ändern ließe. Dann warf sie mir einen finsteren Blick zu. »Jedenfalls fürs Erste.«

Waltraud meinte, die Prüüszesche habe gesagt, ich sollte mich erst mal eingewöhnen. Aber sie gaben mir gar keine Gelegenheit zum Eingewöhnen, sondern ließen mich einfach nur links liegen. Den größten Teil des ersten Tages saß ich allein in der riesigen Waschküche herum und hörte der Standuhr beim Ticken zu. Das Haus schien zu schlafen wie das Schloss im Märchen von Dornröschen. Noch nie in meinem ganzen Leben hatte sich ein Tag so in die Länge gezogen.

Zu Hause traf ich Omm Maij in der Küche an, keuchend, mit Schweißtropfen auf der Stirn und Spinnweben im Dutt. Aus dem Keller drangen die aufgeregten Stimmen unserer Brüder. Sie klangen hohl und weit weg, als kämen sie vom Mittelpunkt der Erde, obwohl unsere Brüder direkt unter uns waren. Ein säuerlicher Geruch stieg vom Dielenboden auf.

»Was ist?«, fragte ich.

»Wieder diese elende Ratte«, antwortete Omm Maij.

Müllche kam hereingerannt. »Sie ist im Keller«, rief sie entzückt. »Ich hole mir eine Schaufel und dann …«

»Setz dich«, befahl Omm Maij streng.

Müllche hatte das Biest vor zwei Monaten zum Kellerfenster hinauskrabbeln sehen, dick und fett und voll weißem Puder von dem Mehl, mit dem es sich den Bauch vollgeschlagen hatte. Das Vieh fraß alles, in das es seine Zähne graben konnte. Nachdem Papp Kisten zur Aufbewahrung der Lebensmittel geschreinert hatte, warf sich die Ratte auf die Einweckgläser. Buchstäblich. Und heute war der fünfte bleischwere Gurkentopf zu Bruch gegangen. Vergeblich hatten unsere Brüder alle möglichen Pläne geschmiedet, um sie zu fangen (jeder ihrer Einfälle war noch verrückter als der andere), alle waren gescheitert.

Unten fiel etwas klirrend um. Omm Maij verdrehte ihr sichtbares Auge zum Himmel. »He«, riefen unsere Brüder laut und »pass doch auf« und schoben sich gegenseitig die Schuld in die Schuhe.

»Wenn ihr so weitermacht, steht bald kein Stein mehr auf dem anderen!«, rief Omm Maij in Richtung ihrer Füße. Es war kein guter Eulenaugentag. Mit ihrer Augenklappe sah sie aus wie ein alter Seeräuber, der alle Weltmeere befahren und von seinen Erlebnissen für immer und ewig die Nase voll hat.

»Vielleicht können wir eine Katze von Bauer Kalle bekommen?«, meinte Kretjeng eine Stunde später nach dem soundsovielten Versuch. »Der hat mal wieder einen Wurf und weiß nicht wohin damit.«

»O ja, können wir eine Katze haben?«, fragte Ness.

»Wir sind hier nicht die Arche Noah!«, sagte Omm Maij.

»Aber er ertränkt sie sonst!«, rief Ness empört. »Das können wir doch nicht zulassen!«

»Besser als so ein Kätzchen in den Keller zu stecken«, sagte Omm Maij entschieden. »Die elende Ratte würde es mit Haut und Haar verputzen. Wie war es?«

Plötzlich fühlte ich, dass alle Blicke auf mir lagen.

»Gut.«

»Was musstest du machen?«, fragte Müllche.

Ich zuckte die Achseln.

»Waren sie nett?«, fragte Ness.

Meine Wangen wurden heiß.

»Lasst das Kind in Ruhe«, sagte Omm Maij. »Sie hat gearbeitet.«

So begann meine Zukunft. Eine olle Zukunft und keine goldene, wie die Bedrövvde sie uns versprochen hatte.

Glück

Morgens musste ich Besorgungen machen. Kleinigkeiten: eine Packung Stärke, Papier für die Schreibmaschine, Gelatine zum Kochen. Oder ich wurde zu Betje Garen geschickt, um eine lange Bestellung aufzugeben, die ich nie selbst abzuholen brauchte.

Das Mittagessen nahm ich zusammen mit Anna und dem übrigen Personal in der Küche ein. Danach spülte ich unsere Teller ab, um die des Zigarrenkaisers und seiner Familie brauchte ich mich nicht zu kümmern.

Ich kannte Geschichten von Dienstboten, die von ihren Herrschaften wie der letzte Dreck behandelt und wegen nichts und wieder nichts entlassen worden waren. Dienstboten hatten es trotzdem gut im Vergleich zu manchen anderen. Zur Dicken Toni zum Beispiel, einem Mädchen, das mehrmals sitzen geblieben und schließlich von der Schule abgegangen war, um dann als Putzhilfe im Schlachthof zu arbeiten. Bis sie eine Infektion bekam und ihr Gesicht voll nässender Pusteln war. Und jetzt hatte sie gar keine Arbeit mehr.

Ich wusste, dass ich Glück gehabt hatte, aber so fühlte es sich nicht an. Vormittags ging es noch, aber nachmittags lösten sich alle immer irgendwie in Luft auf wie beim letzten Zaubertrick des Zigarrenkaisers, und ich saß mutterseelenallein da.

Aus Angst vor Anna blieb ich in der Küche. Obwohl ich sie kaum zu Gesicht bekam, wusste sie immer über alles Bescheid. Waltraud sagte, sie sei in ihrem Zimmer im Untergeschoss (dort wohnte Anna, zusammen mit dem deutschen Personal), und allerlei Lüftungsschächte würden dort enden, über die sie die Bediensteten belauschte.

Ich suchte mir Aufgaben. Räumte die Schubladen aus, sortierte Besteck, wischte in allen Ecken und Winkeln Staub. Aber zu guter Letzt war sogar diese riesige Küche so sauber, dass man vom Boden hätte essen können.

Eines Nachmittags verließ ich mit wild klopfendem Herzen den Raum. Ich fühlte mich wie die Bedrövvde auf einer Expedition im Urwald.

»Was soll das denn werden?«, keifte mich jemand an.

Annas Augen blitzten böse.

»Ich … äh … ich wollte fragen, ob es noch Arbeit für mich gibt«, stammelte ich.

»Das will ich meinen!«, schnaubte sie, und als hätte sie nur darauf gewartet, drückte sie mir einen Eimer voll Seifenwasser und eine Drahtbürste in die Hand. Sie schickte mich in den Teil des Hauses, der »der Bauernhof« genannt wurde. Bevor der Zigarrenkaiser seine Villa bauen ließ, stand hier nämlich ein monumentaler Bauernhof, von dem nur noch der alte Klinkerfußboden übrig war. Es war eine unlösbare Aufgabe, die sie mir da gegeben hatte. Die Steine waren verwittert und uneben, aber dennoch war ich froh darüber. Ich schrubbte, als wollte ich die Kerben aus den Steinen scheuern, doch sosehr ich mich auch abmühte, meine Gedanken schweiften immer wieder ab. Zur Bedrövvde, die ein Diktat schreiben ließ und dabei mit ihrem Riechsalz den Takt klopfte. Die Bedrövvde, die mein Lieblingsfach Geschichte unterrichtete und vom Mord an Willem van Oranje erzählte und dabei so gespannt nach draußen schaute, als würde das Verbrechen gerade auf dem Schulhof verübt. Zwischendurch ging mir eine gemeine Liedzeile durch den Kopf: *Gerritse Schmerritze, Gerritse Schmerritze.*

Ich machte mich mit noch größerer Verbissenheit über die Steine her.

Schritte erklangen.

»Mein liebes Kind, was tust du denn da?«

Die Prüüszesche hatte ihre Lesebrille auf der Nase und einen Stapel Mappen in der Hand.

»Ich scheuere den Fußboden«, antwortete ich ein bisschen dümmlich.

»Diesen Boden? Warum das denn, um Himmels willen?«

»Anna hat gesagt …«

»Blödsinn.« Sie zog mich hoch. »Das Einzige, was dabei herauskommt, sind wundgescheuerte Knie.«

»Das macht nichts.«

Die Prüüszesche lachte. »Aber du musst dich doch erst noch eingewöhnen! Bald gibt es hier mehr als genug Arbeit. Dann kommst du nicht mal mehr zum Luftholen.«

»Ich mag es, wenn ich etwas zu tun habe.«

»In dem Fall habe ich eine andere Aufgabe für dich.«

»Aber Anna …«

»Überlass Anna nur mir.«

Ich hörte nicht genau, was sie miteinander redeten, aber in der Stimme der Prüüszesche lag etwas Strenges, Metallisches und Annas Antworten waren kurz und gemessen. Wenig später kam die Wirtschafterin mit roten Flecken am Hals aus dem Salon. Sie hielt eine Schachtel in den Händen, die sie mir überreichte.

»Hier.«

»Was soll ich …«

»Frag nicht immer so viel!«, keifte Anna. »Sie ist in der Gartenlaube.« Und damit machte sie kehrt und stapfte davon.

Die Laube hinten im Garten war ein reetgedecktes Häuschen mit einer kleinen Voliere auf der Veranda. Liesl saß in ihrem grauen Sackkleid auf dem Teppich, ein Bilderbuch in den Händen. Der Hund lag neben ihr. Auf dem Tisch standen zwei Gläser Limonade.

Ich stellte die nagelneue Schachtel ab, schob den Stuhl zur Seite, setzte mich und öffnete die Schachtel. Es war ein Halmaspiel.

»Hier«, sagte ich.

Liesl sah die Schachtel an, als wäre Pferdemist darin. »Zu Hause haben wir mindestens zehn Halmaspiele«, sagte sie überheblich auf Deutsch. »Und sieben Mensch-ärgere-dich-nicht. Und Dampflokomotiven. Und Schachteln mit Buntstiften. Und alle Bände von ›Der junge Forscher‹ mit Mikroskop und Lupe und allem Drum und Dran.«

»Du bist hier aber nicht zu Hause.«

Am Ende der Woche zauberte der Zigarrenkaiser einen weißen Umschlag aus seiner Zeitung. Ich steckte ihn ungeöffnet in die Schürze.

»Reich wirst du davon nicht«, sagte er schmunzelnd. »Willst du nicht nachsehen, ob es stimmt?«

Ich spürte, wie mir die Röte ins Gesicht stieg.

»Lass das Kind doch in Ruhe«, sagte die Prüüszesche. »Bringst du Fing zur Tür, Liesl?«

Liesl erhob sich. Gleich darauf stand auch der Hund auf

und folgte ihr wie ein Schatten. In der Halle, wo die Uhr mit den Zigarrenzeigern stand, sagte Liesl auf Deutsch:

»Sie heißt die Königin von Amerika.«

»Wer?«

»Mein Hund.«

»In Amerika gibt es keine Königin.«

»Genau. Dann kann sie die erste werden!«

Anstatt gleich nach Hause zu gehen, machte ich einen Umweg über den Friedhof. Ich legte mich auf die alte Schwelle von Neun Offenen Armen und starrte zur großen Linde hoch. Die riesige Baumkrone erstreckte sich bis in den Himmel. Ich hatte keine Ahnung, wie alt der Baum war. Aus den Erzählungen von Omm Maij wusste ich, dass es ihn in ihrer Kindheit auch schon gegeben hatte. Ich sah zum Laub hoch, das so hellgrün leuchtete, als befinde sich in jedem Blatt ein Lämpchen. Ich lauschte dem Rauschen, es klang wie Atmen. Davon wurde ich immer ganz ruhig.

Ich öffnete den Umschlag und zählte das Geld. Zählte es noch einmal. Es stimmte nicht. In dem Umschlag war mehr als vereinbart. Viel mehr.

In der Stadtmitte schlug es vier Uhr. Es klang schwach und weit weg, aber plötzlich spürte ich, wie jeder meiner Muskeln sich anspannte, als wollte mein Körper fliehen.

Schule. Die Schule war aus.

Meine ganze Ruhe war dahin. Das, was die ganze Woche über wie weggeschlossen gewesen war, brach jetzt hervor. Ich begann zu weinen. Sollte das meine goldene Zukunft sein? Sollte das wirklich alles sein?

Ich weiß nicht mehr, wie lange ich da saß. Jedenfalls fühlte es sich an wie eine Ewigkeit. Dann nahm ich den Teil des Geldes, der zu viel war, aus dem Umschlag und steckte ihn in die Schmuggeltasche in meiner Schürze.

Falls der Zigarrenkaiser sich verzählt hatte, war er selbst schuld. Und falls es ein Test sein sollte, um meine Ehrlichkeit auf die Probe zu stellen, war ich die Letzte, die diesen Test bestehen wollte.

Trubel, der erst noch ausbrechen muss

Ist der Zigarrenkaiser wirklich so reich?«, flüsterte Müllche. »Betje Garen sagt, dass es im ganzen Haus Heizungen gibt.«

Müllche war für vieles begabt, aber Flüstern gehörte nicht dazu. Im Kino hörte man sie bestimmt noch in vier Reihen Entfernung. Wir saßen im dritten Rang, wo die Sitze nicht aus Samt waren, sondern aus Holz, und wo man ein durchgesessenes Kissen in die Hand gedrückt bekam, damit man sich keine Splitter in den Hintern einzog. Bolle, der Saalwärter, sorgte schon dafür, dass sich alle auf die Plätze setzten, für die sie bezahlt hatten.

»Sie sagt, überall hängen goldene Tapeten.«

»Pscht!«

Ich hatte Müllche und Ness von dem Extrageld zur Sonntagsmatinee mitgenommen, unter der Bedingung, dass sie es Omm Maij nicht verrieten, aber ich bereute es jetzt schon. Sie starrten mich an, als wäre ich der Hauptfilm.

»Sogar auf der Toilette«, sagte Ness leise.

»Klatsch«, flüsterte ich zurück. »Auf Betje Garen darfst du nicht hören.«

Ness ließ nicht locker. »Auf wen denn dann?«

»Du erzählst uns ja nichts«, meinte Müllche. »Nichts über deine Arbeit, nichts darüber, wer was gesagt hat, gar nichts.«

Ich schaute auf die Leinwand. Eine Prinzessin irrte in

einem finsteren Wald umher. Im Film regnete es Bindfäden, doch sie wurde fast nicht nass und ihr Gewand blieb weiß und ordentlich. Eigentlich konnte ich Märchenfilme nicht ausstehen.

»Ich wünschte, sie hätten mich von der Schule genommen«, sagte Müllche aus tiefstem Herzen.

»Müllche!«, sagte Ness laut.

»Pscht!«, zischte Bolle hinter uns.

Ein paar Zuschauer drehten sich zu uns um. Ich spürte Bolles brennenden Blick im Rücken. Für ihn gab es schon geringere Gründe, um Leute aus seinem Kino zu werfen.

»Entschuldigung«, sagte Müllche leise.

»Warum?«

»Na ja«, meinte Müllche, »wir wissen doch …«

»Ja«, fuhr Ness fort. »Dass du viel lieber …«

»Schluss damit!«, sagte ich viel lauter als beabsichtigt. Wieder drehten sich Leute erbost um.

»Jetzt haltet ihr aber mal die Klappe!«, rief Bolle.

»Selber!«, erwiderte Müllche, aber danach hielt sie Gott sei Dank wirklich den Mund.

Das Wochenende war vorbei, bevor ich überhaupt merkte, dass es angefangen hatte. Am Montagmorgen schmeckte der Kaffee, den Omm Maij mir hinstellte, schon weniger bitter. Und ab der dritten Woche schmeckte ich das Bittere gar nicht mehr heraus.

In der Villa des Zigarrenkaisers herrschte ein einziges Kommen und Gehen. Der Zigarrenkaiser bekam Besuch von Geschäftsleuten (wichtige Männer in Maßanzügen und mit goldenen Taschenuhren), aber auch die Prüüszesche fand regen Zulauf. Sie widmete sich wohltätigen Zwecken und machte die Buchführung von allerlei Stiftungen und Vereinen in der Stadt. Waltraud meinte, die Prüüszesche sei Mitglied von Gott weiß wie vielen Ausschüssen.

Waltraud sagte auch, dass man die Besucher an ihrer Art zu gehen erkennen konnte.

»Wenn du es scharren hörst und weiter nichts, dann sind es die Protestanten. Die mögen keinen Schnickschnack. Wenn du es klackern und laut kichern hörst, sind es die Ehefrauen der Brüder vom Heiligen Todeskampf. Die kommen jeden Monat einmal zum Mittagessen.« Sie schmunzelte. »Und wenn du gar nichts hörst außer dem Rascheln von Papier, dann sind es die *Jüdde* mit ihrer Buchführung. Die ziehen immer in der Eingangshalle die Schuhe aus, als müssten sie noch barfuß durch die Wüste irren.«

Waltraud kam von kurz hinter der Grenze. Sie war mit einem Jungen verlobt, der Helmut hieß, sammelte Postkarten von deutschen Filmstars, konnte Wollunterwäsche nicht ausstehen und wusste, dass man nicht aus dem Haus durfte, wenn man bei Vollmond seine Tage bekam, weil man sonst verblutete. Das alles hatte sie mir in den ersten fünf Minuten erzählt. Sie war eine der wenigen, die sich nicht vor Anna zu Tode fürchteten – was die Wirtschafterin derart fuchsig machte, dass sie Waltraud die gemeinsten Aufgaben übertrug. Aber die machte sich nichts daraus.

»Ach was, die Anna«, sagte sie grinsend, »die ist einfach nur bis über beide Ohren in den Zigarrenkaiser verliebt.«

Die Prüüszesche kam in die Küche. Wir wollten schon aufstehen, doch mit einer Bleibt-doch-sitzen-Geste winkte sie ab.

»Komm mal eben mit, Fing.«

Ich folgte der Prüüszesche in den Flur. Sie ging in den Salon und kam mit einer Papiertüte zurück.

»Ich habe ein Kleid für Liesl«, sagte sie. »Es ist sicher zu lang und müsste abgesteckt werden. Kannst du ihr dabei helfen? In ihrem Zimmer ist ein Spiegel. Ach ja, und da ist noch ein zweites Kleid in der Tüte. Würdest du es anprobieren?«

Liesl saß mit dem Hund oben im Flur auf dem Boden, die dünnen Beine gespreizt. Sie hielt ein Buch in den Händen, las aber nicht. Ich ging die Treppe hinauf und beide, Liesl und der Hund, sahen gleichzeitig hoch, als wären ihre Blicke mit Fäden verbunden.

Das ganze obere Stockwerk von Neun Offenen Armen hätte mit Leichtigkeit in Liesls Zimmer hineingepasst. Mitten in dem riesigen Raum stand ein großes schmiedeeisernes Bett. Es war weiß gestrichen und voller Schnörkel. Auf dem Boden lagen handgeknüpfte Perserteppiche. Es gab eine Puppenecke und einen langen Tisch mit allerlei farbigem Papier und zwei Dosen mit Buntstiften.

An der Wand gegenüber der Tür stand ein großes Regal, es war bis obenhin voll mit Büchern. Nagelneues Spielzeug lag in Schachteln aufgestapelt wie im Spielzeugladen. Alles war unberührt. Ein paar Schachteln waren sogar noch in Geschenkpapier verpackt.

Ich zeigte ihr das Kleid. Sie zog ein enttäuschtes Gesicht.

»Du willst doch nicht jeden Tag in demselben Kleid herumlaufen?«

Sie blieb stumm.

»Das da ist viel zu groß für dich. Dieses würde dir viel besser passen«, sagte ich und fügte auf Deutsch hinzu: »Viel besser.«

Ich versuchte, ihr aufzuhelfen, doch wie nasse Seife glitschte sie mir aus den Händen und ließ sich zu Boden fallen. Als ich sie wieder hochziehen wollte, machte sie sich steif wie ein Brett und kniff die Augen zu.

»Liesl …«

Ich zerrte an ihrem Kleid. Sie fing an zu schreien.

Na ja, jedenfalls hatte ich es versucht. Ich stellte mich vor den Spiegel und hielt mir das Kleid vor, das ich anprobieren sollte. Es war, als würde mir jemand einen Gürtel um die Taille festzurren. Noch nie hatte ich ein so schönes Kleid gesehen. Es war aus moosgrüner Seide mit cremeweißen Biesen und die Ärmel waren mit winzigen weißen Vögeln bestickt. Ich erschrak, weil das Mädchen im Spiegel kaum Ähnlichkeit mit mir hatte. Mein Dienstmädchenkleid lugte hier und da heraus, aber größtenteils war ich jemand anders. Das Kleid würde wie angegossen sitzen. Ich ging die Treppe hinunter. »Sie will nicht«, sagte ich.

»Das habe ich mir schon gedacht«, antwortete die Prüüszesche seufzend. »Und du?«

»Gnädige Frau?«

»Was ist mit deinem Kleid?«

»Es passt.«

»Gefällt es dir?«

Ich nickte stumm.

Waltraud bügelte gerade.

»Liesl?«, fragte sie und zeigte mit dem Kopf zur Decke.

Ich nickte.

»Sollte sie wieder mal ein neues Kleid anprobieren?«

Sie musste über meinen erstaunten Gesichtsausdruck lachen. »Die Hälfte aller Dienstmädchen hat es schon versucht, aber sie will nichts anderes anziehen.« Sie tippte sich mit dem Finger an die Stirn.

»Aber das Kleid muss doch mal gewaschen werden?«, fragte ich.

»Wenn sie badet«, erklärte Waltraud. »Dann muss jemand das Ding verschwinden lassen, es in aller Eile waschen und trocken bügeln. Ohne dass sie es merkt, sonst ist hier die Hölle los.«

»Ihr glaubt doch nicht etwa, dass man euch zum Schwätzen eingestellt hat, oder?«, keifte auf einmal jemand hinter uns. Anna sah uns misstrauisch an und verschwand gleich wieder.

»Eines Tages wollte der liebe Gott ein Pferd erschaffen«, flüsterte Waltraud mir ins Ohr. »Aber es ging schief. Das Ergebnis nannte er Anna.« Sie wieherte leise.

Es war das erste Mal, dass die Zeit wie im Flug verging.

Zu Hause saßen Kretjeng und die Tulpe auf dem Sofa. Ihre Mienen waren ernst wie bei einer Totenwache. Obwohl es erst Mittwoch war, stand das Sonntagsservice auf dem Tisch. Meine anderen Brüder drückten sich draußen die Nase an der Scheibe platt. Ich ging zu ihnen.

»Was ist los?«, fragte ich und spähte selbst hinein.

»Kretjeng will sich verloben«, antworteten sie, ohne sich umzudrehen. »Wenn es so weit ist, dürfen wir reinkommen.«

Die Tulpe trug keinen Hut. Ihr Gesicht war ganz verzogen vor lauter Nervosität.

Noch bevor es so weit war, hatte Papp schon zum Taschentuch gegriffen. Tränen kullerten ihm über die Wangen. Als wir hineindurften und unsere Brüder Kretjeng auf den Schultern trugen, fühlte ich den scheuen Blick meines Vaters über mich hinwegflattern. Ich tat so, als würde ich es nicht merken, beglückwünschte meinen Bruder und seine Verlobte und machte, dass ich wegkam.

Doch als ich in jener Nacht im Bett lag und Müllche und

Ness schon tief und fest schliefen, hörte ich Schritte die Treppe heraufkommen. Die Klinke wurde nach unten gedrückt. Die Tür öffnete sich und blieb dann an dem Haken hängen. Ein flüsterleiser Fluch erklang. Der bittersüße Geruch von Bier drang ins Zimmer.

»Fing?«

Ich verkroch mich tiefer unter meiner Decke.

Sein Leben lang hatte mein Vater immer wieder Katastrophen verursacht, und Omm Maij musste es jedes Mal ausbügeln. Das war schon immer so gewesen und würde immer so bleiben. Was ging es mich an, wenn er fand, dass alles seine Schuld war? Und warum wollte er mir ausgerechnet jetzt damit auf die Nerven gehen?

»Fing?«

Ich legte den Arm um den Kopf und presste ihn so fest an die Ohren, dass ich nur noch mein Blut rauschen hörte.

Keine Almosen

Es hat geklingelt«, sagte Anna. »Ich hoffe nur, euch ist klar, dass ich nicht dafür da bin, ständig Gott und die Welt hereinzulassen. Es ist nicht meine Schuld, dass das halbe Personal heute frei hat. Weiß der Kuckuck warum!«

Es war Mittwochnachmittag, ein sonniger Tag. Die Prüüszesche hatte mich eine Stunde vorher unter irgendeinem Vorwand in den Garten geschickt, wo Liesl mit einer großen Schachtel saß. Es war ein Herbstwald-Puzzle mit tausend Teilen. Auf der glänzenden Schachtel stand: *Höchste Schwierigkeitsstufe! Die Garantie für viele Stunden Spielfreude!*

Ihre Stimmen hörte ich schon, bevor die Tür zum Garten aufging.

»So eine Überraschung aber auch!«, rief die Prüüszesche.

Ness und Müllche standen vor ihr wie Unschuldslämmer.

»Entschuldigen Sie bitte die Störung«, sagte Müllche.

»Was wollt ihr hier?«, fragte ich.

»Omm Maij musste zu ihrer Großcousine Trude«, sagte Müllche. »Die liegt im Sterben.«

Die Prüüszesche schlug erschreckt die Hand vor den Mund.

»Ach, alles halb so wild«, antwortete Müllche gleichgültig. »Sie liegt mindestens einmal pro Woche im Sterben.«

Es war eines der wenigen Male, dass Müllche nicht übertrieb. Großcousine Trude war Weltmeisterin im Sterben. Der Pfarrer hatte alle Hände voll mit ihr zu tun. Sie war mittlerweile kindisch wie ein Neugeborenes und dazu extrem pingelig. Sie hatte den guten Mann schon dreimal wieder weggeschickt, weil ihr das Öl für die Krankensalbung nicht passte. Sie behauptete, ein Pavian aus dem Antwerpener Zoo hätte hineingepinkelt. Davon war der von Natur aus nervöse Pfarrer völlig überfordert gewesen, und seither bestand er darauf, dass jemand von der Familie mitkam, wenn er zu ihr musste.

»Und Papp?«, fragte ich.

»Heute Morgen weggegangen«, antwortete Ness.

»Neues Öl für die Pressen«, ergänzte Müllche.

»Und du weißt doch«, fügte Ness munter hinzu, »dass wir nicht allein sein dürfen.«

Am meisten ärgerte mich, dass sie sich nicht mal die Mühe machten, ihre Ammenmärchen glaubhaft klingen zu lassen.

»Jetzt haben wir also nicht nur eine Fing, sondern auch eine Ness und eine Müllche im Haus!«, rief die Prüüszesche. »So ein Zufall aber auch!«

Doch mit Zufall hatte das nichts zu tun.

»Ihr wisst genauso gut wie ich, dass wir nur abends nicht allein sein dürfen«, sagte ich. »Ihr geht also besser nach Hause zurück, wir sind hier schwer beschäftigt.«

Müllches und Ness' Blicke wanderten von mir zu Liesl und zum Puzzle. Zu den Gläsern Limonade auf dem Tisch und zur Schale mit Eiergebäck. Dann sahen sie mich wieder an.

»Wenn ihr schon den ganzen weiten Weg hierhergekommen seid«, sagte die Prüüszesche mit so viel Nachdruck, als wären sie zu Fuß aus Afrika her gewandert, »könnt ihr euch zumindest kurz setzen und ein Glas Limonade trinken. Anna?«

Bockiges Schweigen im Haus.

Die Prüüszesche stand auf. »Richtig«, sagte sie. »Setzt euch, Mädchen. Um Gottes willen! Setzt euch doch!«

Ich war mir vage bewusst, dass Liesl die ganze Zeit mit einem Puzzlestück in der Hand wie hypnotisiert von mir zu Müllche und Ness schaute.

Ich ließ meine Schwestern die Limonade trinken. Doch als die Prüüszesche dann auch noch Kuchen auftischen wollte, sagte ich, es sei zwar schade, aber das ginge nicht. Leider. So sehr ich es meinen lieben Schwestern gönnen würde. Schließlich liebten wir unsere alte Großmutter sehr und würden nicht wollen, dass niemand zu Hause war, wenn sie zurückkam. Schon gar nicht, weil ihr manchmal schwindlig wurde. Und sie hinfallen konnte. Und sich schwer verletzen.

Ich begleitete Müllche und Ness durch den langen Gang zur Haustür und ignorierte Annas Blicke, als sie uns entgegenkam. Zu meiner großen Erleichterung schwieg sie.

»Wenn ihr es noch einmal wagt …«, sagte ich.

»Harte Arbeit«, unterbrach mich Müllche völlig ungerührt. »Und so viel! Ich hoffe nur, dass ich nie so eine schreckliche Anstellung kriege.«

»Es war im Augenblick gerade mal nichts zu tun«, sagte ich.

Müllche zog spöttisch die Augenbraue hoch. Das genügte. Die Worte, die ich hatte sagen wollen, fuhren sich fest wie ein Fahrrad in weichem Sand.

Sie gingen über den Kiesweg davon. Ich drückte die schwere Tür zu, blieb stehen, schaute auf die Maserung im Holz und fühlte mich wie das dümmste Mädchen der Welt.

Hatte ich es bereits die ganze Zeit gewusst? Seit dem ersten Gespräch im Salon, zusammen mit Omm Maij? Als die Prüüszesche erzählte, was ich alles *nicht* zu tun brauchte? Als ich an meinem ersten Arbeitstag Limonade und Kuchen bekam? Oder als ich ein Kleid anprobieren sollte, das wie angegossen saß?

Trotzdem lag es an Müllches Worten, dass mir erst jetzt bewusst wurde, was ich immer schon gespürt hatte. Und auch, was ich zu tun hatte.

Ich klopfte an die Tür des Salons. Die Prüüszesche schrieb gerade einen Brief. Sie trug eine Brille, die ihre blauen Augen noch mehr vergrößerte.

»Ich gehe nach Hause«, sagte ich.

»Ach«, antwortete sie und schaute zerstreut auf die Uhr, »ich wusste gar nicht, dass es schon so spät …«

Es war erst drei Uhr. Sie sah mich fragend an.

»Der Trubel, der erst noch ausbrechen muss, wird überhaupt nie ausbrechen«, sagte ich.

Die Prüüszesche legte den Brief zur Seite. Ich spürte, dass ich rot wurde, zwang mich jedoch, weiterzureden. »Sie sagen immer, dass es hier noch hoch hergehen wird. Aber das stimmt gar nicht. Sie haben genug Personal. Ich werde überhaupt nicht gebraucht.«

Sie blieb stumm.

»Ich soll mich mit Liesl anfreunden.«

Sie lächelte. »Freundschaft ist doch das Schönste, was es gibt.«

»Sie bezahlen mich dafür«, sagte ich.

Ich hatte immer geglaubt, dass die Prüüszesche gar nicht mitbekam, was um sie herum passierte. Aber jetzt sah sie mich so scharf an, dass mir die Luft wegblieb.

»Setz dich.« Ihre Stimme klang immer noch freundlich, aber es war keine Bitte.

»Das tut mir leid, Fing. Vielleicht hätte ich es dir besser erklären sollen. Liesl ist nicht gerade ein einfaches Kind. In Deutschland hatte sie ein … na ja … kein ganz leichtes Leben.«

Ich machte mich am Knoten meiner Schürze zu schaffen.

»Möchtest du nicht noch mal darüber nachdenken?«

Ich schüttelte den Kopf.

»Was wird denn deine Großmutter dazu sagen?«

Ich konnte mir lebhaft vorstellen, dass sie vor Wut kochen würde, das lag in der Familie. Aber ich hoffte, sie würde es verstehen. Verstehen, dass man nicht dafür bezahlt werden konnte, sich mit jemandem anzufreunden. Selbst wenn ich mir in Zukunft die Knöchel wundscheuern musste, selbst wenn man mich wie den letzten Dreck behandeln sollte, im tiefsten Innern spürte ich eine ungeheure Erleichterung.

Aber falls ich gedacht hatte, dass mich die Prüüszesche einfach so gehen ließe, hatte ich mich getäuscht.

»Sie waren sehr angetan von dir. Sie sagten, ein so anständiges, bescheidenes, aufgewecktes Mädchen hätten sie selten erlebt.«

»Wer?«

»Der Ausschuss vom Lehrerseminar.«

Blitzartig drehte ich mich um und sah sie gerade noch die Augenbrauen hochziehen. »Ach, wie dumm von mir. Ich dachte, du weißt davon. Na ja … Wie ärgerlich aber auch … Ich bin im Vorstand des Ausschusses, habe ich dir das nie erzählt? Ich sollte an dem Tag auch da sein, war aber leider verhindert.«

Warum war ich so überrascht? Waltraud hatte es mir doch gesagt: »Sie ist Mitglied von Gott weiß wie vielen Ausschüssen.«

»Das wäre doch ein Jammer?«, sagte die Prüüszesche. »So ein intelligentes Mädchen wie du!«

Ich spürte, wie mir die Tränen kamen. »Es ist sowieso schon zu spät.«

»Es ist nie zu spät.«

»Doch.« Wütend wischte ich mir die Tränen weg. »Sie haben bestimmt schon ein anderes Mädchen genommen. Außerdem hasst Omm Almosen über alles.«

Es blieb eine Weile still. »Fing«, sagte die Prüüszesche dann ernst, »Mädchen, die klug genug sind, um weiter zur Schule zu gehen, sollten die Chance dazu bekommen. Das hat nichts mit Almosen zu tun, sondern mit Gerechtigkeit.«

Sie sah mich an. »Fing?«

»Gnädige Frau?«

»Was würdest du dazu sagen, dir das Geld für das Lehrerseminar selbst zu verdienen?«

So stellte sie sich das vor: Morgens würde ich im Haushalt arbeiten. Das würde ich bezahlt bekommen. Aber ich würde zusätzlich Geld erhalten, um mit Liesl zu spielen. Und dieses Geld könnte ich für das Lehrerseminar sparen.

»Und alle sind zufrieden«, sagte sie. »Du arbeitest ›echt‹. Liesl hat eine Freundin zum Spielen. Und deine Großmutter braucht sich keine Gedanken mehr über Almosen zu machen. Thema erledigt.«

»Wie viel kostet denn das Lehrerseminar?«, fragte ich. »Und wie lange bräuchte ich, bis ich das Geld beisammenhabe?«

»Ach, mach dir darüber mal keine Gedanken«, antwortete sie leichthin. »Der Ausschuss war jetzt schon sehr beeindruckt von dir. Was meinst du, wie es erst ist, wenn sie hören, dass du selbst fürs Lehrerseminar bezahlen willst? Aber das braucht deine Großmutter natürlich nicht zu erfahren …«

Ich gewöhnte mich allmählich daran, dass alle Welt meine Großmutter hinters Licht führen wollte.

Die Prüüszesche griff über den Tisch hinweg und nahm meine Hände. Ihr Gesicht strahlte vor Freude – und vor Erleichterung, die sie kaum verbergen konnte. »Du weißt gar nicht, wie viel du Liesl bedeutest.«

»Ich habe noch nicht zugestimmt«, wandte ich ein.

»Du möchtest es dir also noch überlegen?«, fragte sie.
»Aber natürlich.« Ich stand auf.

»Ach, Fing?«

»Ja, gnädige Frau?«

»Erzähl Liesl nichts davon. In Ordnung?«

Ich nickte.

»Und wenn du mit ihr spielst, wäre es schön, wenn du keine Dienstkleidung trägst. Vielleicht dass sie … wenn sie sieht, dass du …«

Ich nickte wieder und wunderte mich kaum, als ich am nächsten Morgen eine längliche Schachtel vorfand. Auf der Schachtel stand mein Name und darin lag das schönste Kleid der Welt.

Der Welt ihren Lauf lassen

Kurz nach Sonnenaufgang entdeckte Omm Maij den Zeppelin. Eigentlich hätte sie ihn gar nicht sehen sollen, weil er von Osten kam und sie in dem Moment in Richtung Westen radelte. Nettchens Entbindung stand wieder kurz bevor und Omm Maij hatte versprochen, ihr zur Hand zu gehen.

Es lag an Noh Heäm, erzählte sie später.

Der *Schlammbuur* hatte sich das Pferd des Schmieds ausgeliehen, weil seines krank war. Offenbar hatte er am Abend zuvor zu tief ins Glas geschaut und war, nachdem er neuen *Schlamm* abgeholt hatte, auf dem Bock eingeschlafen. Noh Heäm war brav an der Schmiede vorbeigetrottet und wäre wahrscheinlich noch ewig weitergetrabt, wenn meine Großmutter (nachdem sie dem Karren und dem Riesenpferd ausgewichen war) dem Schlammbuur nicht einen kräftigen Schlag mit ihrem Regenschirm verpasst hätte.

Dabei sah sie das Ungetüm. Leise wie eine schnurrende Katze schwebte es durch die Lüfte. Eine riesige silberne Zigarre über den Feldern.

»Und wach bleiben!«, brüllte sie dem zu Tode erschrockenen Schlammbuur hinterher. »Oder wolltest du deinen Schlamm zu den Prüüsze bringen?«

Später, als sie zum Markt fuhr (es war bei Nettchen von Nöll ein Fehlalarm gewesen), standen die ersten Marktleute mit den Händen in die Hüfte gestemmt da und sahen zum Himmel, als wäre der Zeppelin nicht längst wieder verschwunden. Einige spuckten auf den Boden.

»Kommen die uns glatt ausspionieren!«, zeterte einer.

»Vom Himmel runter schießen sollte man sie, die Prüüsze!«, meinte ein anderer.

Obwohl selbst gebürtiger Deutscher, war sogar der alte Schneider Emmaus Trott gar nicht gut auf sie zu sprechen. »Da weht ein falscher Wind«, sagte er an seinem Niehzüüg-Stand. »Und falls er zu uns herweht, müssen wir uns gut festhalten.«

Aber da gab es auch andere, die meinten, man könnte sagen, was man wollte, aber die Arbeitslosigkeit habe dieser Hitler da doch gut in den Griff bekommen. Man müsste sich nur mal die Straßen da drüben ansehen! Glatt wie ein Maaskiesel. So was hätten die Leute aus Holland oben im Norden jedenfalls nie zustande gebracht.

»Gibt es Krieg?«, wollte Müllche wissen.

»Hör auf zu kippeln«, sagte Omm Maij.

»Aber gibt es nun Krieg?«, fragte Müllche noch einmal.

»Ach was! Was sollen die Deutschen denn mit den Niederlanden anfangen?«, antwortete Papp lachend. »So ein erbsenkleines Land.«

»Wo ist Ness?«, fragte Omm Maij.

»Sie hält nach dem Zeppelin Ausschau«, sagte ich.

»Dann geh und hol sie.«

»Also gibt es keinen Krieg?«, fragte Müllche.

»Hör auf zu kippeln«, wiederholte Omm Maij.

Ness saß auf dem Zaun, die Hand über die Augen gelegt.

»Glaubst du, dass der Tag der Heiligen Rosa gefeiert wird?«, fragte sie, ohne sich umzudrehen.

»Warum denn nicht?« Ich setzte mich neben sie und strich ihr mit der Hand über den Rücken. »Halt dich gerade.«

»Und der Zirkus?«, fragte sie.

Jedes Jahr in der Woche der Heiligen Rosa, der Schutzpatronin unserer Stadt, gab es ein Fest. Im einen Jahr kam der Zirkus, im anderen der Jahrmarkt.

Ness liebte den Zirkus. Letztes Jahr war Jahrmarkt gewesen, aber wegen ihres Rutschels ließ Omm Maij sie nur bei den wenigsten Sachen mitmachen.

»Ich glaube schon.«

»Mit Löwen?«

»Wenn der Zirkus kommt, sind auch Löwen dabei.«

Ich legte ihr den Arm um die Taille und sie lehnte sich an mich. Zusammen schauten wir in die Ferne. Die Große Kirche flimmerte in der heißen Sommerluft.

»Ein Zeppelin ist noch kein Krieg«, sagte Ness.

Der Zirkus kam nicht. Stattdessen wurde im zweiten Jahr in Folge der Jahrmarkt aufgebaut, und man konnte Ness' Jammern auf ganz Schlammbams Sahara hören.

Müllche scharwenzelte so lange um Papp und unsere Brüder herum, bis sie ihnen genügend Geld abgeschwatzt hatte, um Süßigkeiten zu kaufen, sich in der Tanzbude die Augen aus dem Kopf zu schauen und schließlich so lange in den ruckeligen Wagen der Achterbahn zu fahren, bis ihr speiübel war.

»Das ist doch nur ein gerechter Ausgleich«, antwortete sie, als ich sie darauf ansprach. »Ness wird immerzu verhätschelt. Und du hast deine Prinzessinnenarbeit.«

Auf dem Jahrmarkt gab es ein Spiegellabyrinth, eine Geisterbahn, ein Kettenkarussell, eine winzige Achterbahn und die Shimmy-Treppe mit den rollenden Tonnen, Müllches Favorit. Für die ganz Kleinen gab es ein winziges Dampfkarussell.

Ness hatte versprechen müssen, nicht in die Achterbahn und auf die Wackeltreppe zu gehen. Wir waren noch keine fünf Minuten auf dem Jahrmarkt und schon machte sie – natürlich – ein Riesentheater. Darauf hatten unsere Brüder und Müllche keine Lust, also verstreuten sie sich in alle Himmelsrichtungen.

Ness und ich gingen ins Spiegellabyrinth. Am längsten blieb Ness bei den Hohlspiegeln stehen. Mit verweinten Augen betrachtete sie sich, ihren in die Länge gezogenen Körper. Danach gingen wir zu Ajjen Eck, wo wir unsere Brüder und Müllche trafen.

»Die Jahre sind durcheinandergeraten«, hieß es in der Kneipe.

Müllche, Ness und ich tranken Orangeade und sahen unseren Brüdern beim Billardspielen zu. Es war verraucht und stickig und obwohl die Türen zum Markt weit offen standen, lief Kondenswasser über die glatten Kacheln an der Wand hinter dem Tresen.

»Zweimal hintereinander Jahrmarkt!«, hieß es. »Wo gibt es denn so was?«

»Wird jetzt gekämpft?«, fragte Müllche.

Jrades hing über dem Billardtisch und machte irgendein kompliziertes Manöver, aber es hatte mehr mit Ulla, der Tochter des Wirts, zu tun als mit dem Spiel.

»Die sollen ruhig kommen«, meinte er.

»Dann machen wir sie platt«, sagte Kretjeng.

»Hihihihi«, lachte die Tulpe.

Aber Et und Pitt meinten, so weit würde es schon nicht kommen. Wir sahen, wie sie die Chance auf Krieg ausrechneten wie alles andere in ihrem Leben. Mit hochrotem Gesicht und wildem Gefuchtel. Wer sie nicht kannte, hätte meinen können, dass sie gleich aufeinander losgehen würden. Aber hier fiel es niemandem auf.

Ness gab sich geschlagen. Sie beschloss, ihr letztes Geld für das einzige Fahrgeschäft auszugeben, in das sie überhaupt durfte.

Das Kinderkarussell war steinalt. Es hatte eine Pfeifenorgel aus Holz, die falsch spielte und manchmal ein Röcheln von sich gab, das am ehesten noch nach einer Kuh mit Blähungen klang. Die Tiere auf dem kleinen Karussell waren im Lauf der Zeit ganz klapprig geworden. Es gab ein Pferd ohne Ohren, eine Giraffe auf drei Beinen und mit einem Hirschgeweih. Ein Stück weiter hinten einen kleinen, halbherzig als Planwagen vermummten Wagen von der Achterbahn, der von zwei radlosen Fahrradgestellen gezogen wurde.

Am Schalter wartete eine ganze Reihe von Kindern. Der Karussellbetreiber kassierte langsam und peinlich genau und auch das Lochen der Karten dauerte lange. Ich sah Ness ungeduldig von einem Fuß auf den anderen treten, als hätte sie schon ganz vergessen, dass das Karussell bloß eine Notlösung war. Und dass sie, so klein sie für ihr Alter war, bei Weitem als die Älteste in der Schlange stand.

Das Karussell bremste ab. Ness rannte zur Giraffe. Ich half ihr beim Aufsteigen.

»Halt dich gut fest. Nicht winken. Und nicht nach hinten schauen!«

Das altersschwache Karussell drehte sich noch nicht, und doch strahlte sie schon. Und anstatt mich darüber zu freuen, tat es mir auf einmal so weh, dass ich fast nicht hinsehen konnte.

»Na los!«, lachte sie. »Mach schon, los!«

Hinter mir erklangen ein Raunen und ärgerliche Rufe. Weil ich so angestrengt zu Ness schaute, merkte ich erst, dass etwas los war, als ich plötzlich meinen Namen hörte.

»Fing! Fing!«

Müllche schob sich durch die schimpfende Menge. Sie ignorierte das Gezeter. Ihr Haar hatte sich gelöst.

»Habe ich es doch gesagt!«, rief sie triumphierend.

Verständnislos sah ich sie an.

»Der Krieg!«, jubelte sie. »Es gibt Krieg!«

Im Nu war der Marktplatz wie leer gefegt. Alle rannten zur Zeitungsredaktion, von wo die Neuigkeit ihren Lauf genommen hatte. Die Musik und das Stimmengewirr ebbten ab, das Karussell blieb stehen, das Rattern der Achterbahnwagen erstarb. Und dann war alles still.

Alles außer Ness.

Die saß immer noch auf ihrer dreibeinigen Giraffe und spornte sie wie wild an. Als wollte sie nicht nur das Tier und das Karussell wieder in Bewegung setzen, sondern die ganze Welt, die zum Erliegen gekommen war.

Freundinnen

Zu Müllches großer Enttäuschung gab es doch keinen Krieg. Diesmal hatten es die Prüüsze auf Polen abgesehen. Eine Weile regte die ganze Stadt sich darüber auf, aber nicht lange. »Eigentlich ist Polen doch sowieso eine Art deutsche Provinz«, sagten die Leute und kehrten wieder zur Tagesordnung zurück.

Aber für den Haushalt des Zigarrenkaisers hatte der Einmarsch in Polen große Folgen. Keine Woche später stand die Halle voll von schnell gepackten Taschen und Koffern aus zerbeultem Karton.

Weil die Prüüsze sich nicht an die Abmachungen hielten, hatte die niederländische Regierung beschlossen, dass Deutsche nicht mehr hier arbeiten durften. Anna regte sich furchtbar darüber auf. Nicht, dass sie sich vorher ihrem Personal besonders verbunden gefühlt hatte, aber auf einmal waren ihre deutschen Mädchen »immer gewissenhaft, gründlich und besonders zuverlässig«. Und sie fragte sich, wer denn jetzt in Gottes Namen ihre Arbeit machen sollte?

Fast alle Mädchen weinten. Anna keifte, sie sollten sich nicht so anstellen, und ihr »Lebewohl« klang fast wie ein Fluch. Doch als sie weg waren, zu Fuß zum Bahnhof, der sieben Kilometer hinter der Grenze lag, schälte sie zwei Kilo Zwiebeln, um eine Ausrede für ihre geröteten Augen und die Triefnase zu haben.

Da sah ich Waltraud das einzige Mal weinen. »Jetzt müssen wir wieder aufs Land«, lächelte sie durch ihre Tränen hindurch. »Zurück aufs Feld. Wo wir schlecht bezahlt werden und rein gar nichts dürfen. Bis zur Heirat. Dann werden wir gar nicht mehr bezahlt und dürfen erst recht nichts mehr.« Daraufhin umarmte sie mich.

»Bis bald!«, rief sie.

Ich habe sie nie wiedergesehen.

Nach dem Auszug des halben Personals begann Annas Regime zu bröckeln. Den Zigarrenkaiser ließ das kalt, solange er morgens seinen Kaffee und die Zeitung bekam. Die Prüüszesche merkte es gar nicht oder tat jedenfalls so.

Als Anna sich beklagte, dass der Boden seit einer Woche nicht mehr gebohnert worden sei und sie auch »ab-so-lut nicht« dazu käme, sagte die Prüüszesche nur: »Ich finde es gar nicht so schlecht. Dann sieht man, dass das Parkett … na ja, Patina ansetzt, oder?«

Und als die Ehefrauen der Brüder des Heiligen Todeskampfs zum monatlichen Mittagessen kamen und sich herausstellte, dass gar keine Einkäufe gemacht worden waren, meinte sie beschwichtigend: »Ach, eigentlich sind sie doch alle froh, dass sie nichts zu essen brauchen.«

»Nicht die geringste Ahnung!«, schnaubte Anna später. »Sie hat wirklich nicht die geringste Ahnung, was es bedeutet, einen Haushalt zu führen. Sie würde einer solchen Krise vollkommen hilflos gegenüberstehen!«

Ich behielt es vorsichtshalber für mich, dass Anna mehr mit der Krise zu tun hatte, als sie je zugeben würde. Täglich standen Mädchen aus der Stadt vor dem Dienstboteneingang, aber wenn die Wirtschafterin überhaupt eins von ihnen einstellte, kündigte sie ihm meist einen Tag später schon wieder.

Seltsamerweise sagte Anna aber nie etwas, wenn ich nachmittags mein schönes Kleid anzog. Keine bösen Blicke, kein Geschnaube, gar nichts, sogar wenn gerade die Hölle los war.

Liesl und ich puzzelten zusammen, jede an einem Ende des Tisches. Mein Kleid war kühl und zart wie Klatschmohnblätter. Die Prüüszesche kam zu uns.

»Na, erzählt ihr euch eure tiefsten Geheimnisse?«, fragte sie. »Keine Angst, ich belausche euch nicht.« Demonstrativ legte sie die Hände auf die Ohren.

»Soll ich ein Foto von euch machen?« Ohne unsere Antwort abzuwarten, ging sie einen Fotoapparat holen.

»Ein bisschen näher zusammen«, sagte sie.

Liesl kam erst näher, nachdem ich ein kleines Stück in ihre Richtung gerückt war.

»Noch ein kleines bisschen«, sagte die Prüüszesche, die vornübergebeugt durch die Linse spähte.

Schließlich saßen wir dicht nebeneinander, berührten uns jedoch nicht.

»Ach, ihr seid ja so hübsch, ihr zwei«, gurrte die Prüüszesche. »Nur schade, dass du dieses Kleid anhast, Liesl.«

Liesl starrte ungerührt vor sich hin.

»Liebes, das Ding ist dir doch viel zu groß. Und es sieht aus wie ein Sack! Zieh es doch mal aus! Ich habe solche schönen Kleider für dich!«

Liesl reagierte nicht.

Die Prüüszesche drückte auf den Auslöser. »Wunderbar, wunderbar«, murmelte sie, aber sie wirkte auf einmal zehn Zentimeter kleiner vor Enttäuschung. Sie ging wieder weg, brach sich auf dem holprigen Gartenweg fast das Genick und verschwand im Haus, wobei sie jammernd nach dem Zigarrenkaiser rief.

Was hatte sie denn erwartet? Dass Liesl mir um den Hals fiel? Dass wir Arm in Arm durch den Garten spazierten und uns gegenseitig die Poesiealben vollschrieben?

Aber Liesl behielt mich im Blick, das spürte ich. Und manchmal, wenn ich beim Spielen verstohlen hochsah, musterte sie mich mit ihren dunklen Augen.

Ich sollte mir mehr Mühe geben. Mehr tun. Besser werden. Ich sollte mir deutlicher vor Augen führen, wofür ich das alles machte:

Für meine Zukunft.
Meine goldene Zukunft.

Wie von selbst hob sich mein Arm und legte sich um Liesls schmalen Schultern. Ich spürte, wie sie erstarrte, und einen Moment dachte ich, dass sie mich zurückweisen würde. Doch dann, als würde sie sich nach einem langen Kampf geschlagen geben, lehnte sie sich völlig unerwartet und ganz leicht an meine Schulter.

Und obwohl ich sie in den Arm genommen hatte, erstarrte ich nun selbst. Sie hatte ihren Kopf genau an die Stelle gelegt, an der Ness' Kopf schon Tausende von Malen gelegen hatte. Einen Moment lang war mir ganz anders zumute. Dahin passt sie nicht, dachte ich. Sie passt einfach nicht.

Liesl war Silberbesteck, das geputzt werden, eine Küche, die gescheuert werden musste, ein Laken auf der Bleiche. Nichts anderes.

Langsam atmete ich aus.

Tiefwurzler

Die Totengräber Daams, hieß es, konnten sogar Steine zum Blühen bringen. Wenn auf dem Friedhof mal nicht so viel zu tun war, verdingten sich die »Krähen« als Gärtner.

An diesem Morgen gingen die Brüder Daams schweigend auf der Rasenfläche des Zigarrenkaisers hin und her. Ab und zu trafen sie sich bei einer Unebenheit im Gras und wechselten leise brummend ein paar Worte, ehe sich ihre Wege wieder trennten.

Anna sagte, es habe etwas mit dem Rasen zu tun. Ich solle ihnen ein Schnurknäuel bringen. Warum, wusste sie, glaube ich, selbst nicht, obwohl sie das natürlich niemals zugegeben hätte.

Der Schwachkopf hockte mit gesenktem Kopf bei den Rosen. Ich konnte nur die Lederriemen der Beulenkappe auf seinem Schädel sehen. Sie drückten sein Haar platt, aber zwischen den Riemen lugte es widerspenstig hervor.

»Da«, sagte ich.

Als er das Knäuel nahm, blickte er kurz auf und verzog das Gesicht. Er drückte einen Holzstab in die Erde, machte die Schnur daran fest und überquerte in seinem hinkenden Krebsgang seitwärts den Rasen. Die Schnur wickelte sich ab, der Schwachkopf verschwand in den Sträuchern gegenüber, Rascheln war zu hören und dann blieb es still. Aber ich wusste, dass er noch da war, und ich hätte wetten können, dass er zu mir herübersah.

Die ganze Stadt kannte die Geschichte des Schwachkopfs. Ursprünglich war er vorgesehen als sechste Schulter der Ober-Krähe Daams, des Bestatters. Dessen Vater und Großvater waren beide schon Krähen gewesen. Und alle fünf Brüder des Schwachkopfs waren es auch. Der Schwachkopf selbst sollte die sechste Schulter werden, die man braucht, um einen Sarg zu tragen. Die Ober-Krähe hatte eine Weile auf ihn warten müssen, weil die Kinder dazwischen Mädchen gewesen und außerdem alle gestorben waren.

Der Schwachkopf wurde mit dem bleichen, ernsten Gesicht eines Engels geboren. Vor seinem fünften Geburtstag sprach er kein Wort und auch danach sagte er nicht mehr als nötig. Völlig ungeeignet für einen Schankwirt oder einen Krämer, aber perfekt für eine Krähe.

Mit zwölf Jahren ging er bei seiner ersten und letzten Beerdigung mit. Es war ein regnerischer Tag im März, das passende Wetter für die Bestattung von Laumen, dem Hutmacher. Laumen, dessen letzter Hut der erste Begräbnishut für den Schwachkopf geworden war. In seinem Frack mit den langen Schößen und mit dem hohen schwarzen Hut auf dem Kopf, sah der Junge aus wie aus dem Ei gepellt. Mühelos hielt er mit seinem Vater und seinen Brüdern Schritt, obwohl er einen mit schwarzem Samt bespannten Holzblock auf der Schulter tragen musste, um den Größenunterschied zu ihnen auszugleichen.

Bis zum Friedhofstor ging alles glatt. Da begann ihm plötzlich der Schweiß in Bächen herunterzulaufen. Sein Gesicht schien von innen heraus zu leuchten wie eine ausgehöhlte brennende Kerze. Die linke Seite seines Mundes verzog sich immer wieder ruckartig, als würde eine Hälfte von ihm still in sich hineinlachen.

Erst ging er noch weiter, doch schon im nächsten Moment lag er zuckend auf dem Boden, mit verdrehten Augen und klappernden Zähnen. Der Sarg drohte zu kippen.

»Hör auf damit!«, hatte sein Vater gezischt. »Aber sofort!«

Dem Arzt zufolge litt der Junge an einem schwierigen Wort, doch die Lösung war denkbar einfach. Der Begräbnishut wurde gegen eine »Beulenkappe« ausgetauscht, eine Art Helm aus wattiertem Leder, der verhindern sollte, dass er sich selbst schädigte.

Seither stutzte der Schwachkopf die Hecke, harkte das Gras, half beim Ausheben der Gräber. Und bei Beerdigungen musste er vor dem Friedhof warten. Sein Vater wollte kein Risiko mehr eingehen. In der Stadt hatte man ohnehin schon genug über ihn gelacht.

An diesem Nachmittag wurde nach und nach der ganze Garten des Zigarrenkaisers mit einem mysteriösen Raster von Linien bespannt. Niemand hatte die geringste Ahnung warum.

»Bestimmt irgendwas Spiritistisches«, sagte die Köchin, die sich brennend für alles Übersinnliche interessierte. »Eine Art Kraftfeld.«

»Ach was«, sagte Anna. »Es ist eine Messmethode.«

Sogar die Prüüszesche wurde ein bisschen nervös.

»Kannst du mal nachfragen?«, bat sie mich.

Ohne große Hoffnung ging ich nach draußen. Die Daamses sagten angeblich höchstens zweimal im Jahr etwas. Einmal hatte der zweitälteste Sohn eine Blinddarmentzündung gehabt und wäre fast daran gestorben, einfach nur, weil der Arzt aus seinen widerwillig gemurmelten Antworten nicht schlau wurde.

In einer Ecke des Gartens, neben der großen Roteiche, stand die neue sechste Schulter. Ich setzte darauf, dass dieser Junge ein bisschen gesprächiger war.

»Was tut ihr da?«, fragte ich.

»Ja, Fräulein?«

»Was tut ihr da?«, wiederholte ich.

»Wir sehen uns Ihren Rasen an, Fräulein. Es ist die Roteiche. Die macht die Grasnarbe kaputt. Ihr Onkel möchte, dass wir da was unternehmen.«

Plötzlich wurde ich mir meines guten Kleides bewusst. Und der Tatsache, dass mein Haar hochgesteckt war. Liesl hatte sich den ganzen Vormittag bemüht, mein Haar »nett« herzurichten, wie sie es nannte. Ich spürte ihre dünnen Finger immer noch an meinem Kopf herumfummeln.

Schummeleien hatte ich noch nie gemocht, Lügen konnte ich erst recht nicht ausstehen. Doch anstatt Sechste Schulter über seinen Irrtum aufzuklären, hörte ich mich sagen: »Wieso macht die Roteiche alles kaputt?« Und bei diesen Worten schlich sich ein neuer, kühler und affektierter Klang in meine Stimme.

»Es ist ein Flachwurzler«, erklärte er. »Flachwurzler wachsen in die Breite, nicht wahr? Ihre Wurzeln bleiben dicht unter der Oberfläche. Und so machen sie den ganzen Rasen kaputt, weil die Erde sich im Lauf der Jahre setzt, nicht wahr?«

»Aha«, sagte ich. »Und nun?«

Er wischte sich den Schweiß von der Stirn. »Wir können das Problem auf zwei unterschiedliche Arten angehen, Fräulein«, sagte er. »Entweder wir schütten Erde auf, damit die Wurzeln wieder tiefer liegen. Oder wir fällen den Baum, nicht wahr? Im Augenblick sind noch alle Möglichkeiten offen.«

Ich schob mir langsam eine Strähne aus dem Gesicht. »Aber das hat doch überhaupt keinen Sinn, nur diesen Baum zu fällen?«, fragte ich. »Müssten nicht all unsere Bäume weg?«

Er nickte. »Doch, wenn alle Bäume hier Flachwurzler wären, aber die meisten sind Tiefwurzler. Mit denen gibt es keine Probleme, Fräulein.«

»Das ist ja hochinteressant, vielen Dank«, sagte ich, drehte mich um und ging wieder weg.

Zurück im Haus, hätte ich mir vor den Kopf schlagen können. *Das ist ja hochinteressant, vielen Dank?* Was hatte ich mir nur dabei gedacht? Wenn er mit den Daams-Jungen redete, würde er sofort herausfinden, dass ich nicht die Nichte des Zigarrenkaisers war, sondern nur eine Bedienstete!

Ich überlegte mir gerade noch, ob ich zu ihm zurückgehen sollte, da kam schon die Prüüszesche zu mir. Ich erzählte ihr, was Sechste Schulter gesagt hatte.

»Ach«, sagte die Prüüszesche, »aber was haben die Schnüre damit zu tun?«

»Ich kann ihn ja mal fragen«, schlug ich vor.

»Lass nur, es wird schon seine Richtigkeit haben. Geh lieber rasch zu deiner Freundin. Sie wartet schon oben auf dich. Und sag ihr, dass der Zutritt zum Garten vorläufig streng verboten ist.«

Das passte Liesl natürlich gar nicht. Sie versuchte es mit lang anhaltendem Weinen, wobei sie sich auf die Treppe setzte, damit die Prüüszesche es deutlich hörte. Die ließ uns daraufhin Törtchen bringen, aber es half nicht. Schließlich schickte Anna uns in Liesls Zimmer, weil sie »so nicht arbeiten« konnte, wie sie sagte.

Es war wirklich merkwürdig, wie weit Annas Einfluss manchmal reichte. Ab und zu hatte ich sogar das Gefühl, dass die Prüüszesche Angst vor ihr hatte.

»Sollen wir Verstecken spielen?«

»Keine Lust.«

»Halma?«

»Keine Lust.«

Liesl und ich saßen auf ihrem Bett. Sie klebte an mir wie Teig. Es war ungewöhnlich schwül für die Jahreszeit und ein Unwetter hing in der Luft. Sie kroch noch näher an mich heran, ich roch ihren süßen Törtchenatem.

»Mach schon, setz dich woanders hin.«

Sie reagierte nicht.

»Sollen wir puzzeln?«, fragte ich.

»Keine Lust.«

»Im Schrank sind eine Menge Spiele, die du dir noch gar nicht angesehen hast.«

Sie versuchte, auf meinen Schoß zu krabbeln. Ihr altes Sackkleid roch säuerlich, verschwitzt. Es war schon drei Wochen nicht gewaschen worden. Ich unterdrückte den Drang, sie wegzuschubsen.

»Liesl, bitte! Geh von mir runter. Mach schon!«

Sie ignorierte meine Worte. Drückte ihren Kopf an mein Schlüsselbein. Als sie das tat, krampfte sich etwas Heißes in meinem Bauch zusammen. Vor Schreck und Schmerzen schnappte ich nach Luft. Ich wollte mich anders hinsetzen, aber Liesl klammerte sich an mich wie ein Baby.

Sie stieß mir ihr spitzes Knie in den Unterleib. Vielleicht lag es daran, dass ich ihr eine Ohrfeige gab. Meine flache Hand traf sie mitten ins Gesicht. Sie kippte hintenüber. Es tat einen Schlag. Der Hund stob davon.

»Was habe ich dir gesagt!«, schrie ich.

Sie sah mich mit großen Augen an.

Es kam selten vor, dass ich jemanden schlug. Wenn ich überhaupt wütend wurde, genügte meist ein Wort, und ich hatte mich wieder beruhigt. Aber diesmal nicht.

»Bist du taub oder was? Ich hab doch gesagt, dass du runtergehen sollst!«

Ihre Lippen zitterten. Sie sah mich an. »Bist du meine Freundin?«

»Lieber wäre ich die Freundin deines komischen Köters«, sagte ich.

Hatte ich das gesagt? Wirklich? So machte ich mir meine ganze Zukunft kaputt. Aber was mir noch mehr Angst einjagte, war die Polarluftstimme von Omm Maij, die aus meinem Mund kam.

Liesl sah mich unverwandt an.

»Bist du meine Freundin?«

»Wenn du ein anderes Kleid anziehst.«

Ich habe keine Ahnung, wie ich darauf kam. Es war blanker Unsinn. Was hatte ich davon, wenn sie ein anderes Kleid anzog? Aber es war wie beim Fallen: Wenn man erst mal damit angefangen hat, kann man nicht mehr aufhören.

Ich stand vom Bett auf und wollte aus ihrem Zimmer gehen.

»Fragst du deine Schwestern, ob sie zum Spielen herkommen?«, sagte sie. »Wenn ich ein anderes Kleid anziehe, fragst du sie dann?«

»Mal sehen«, antwortete ich. Natürlich wusste ich, dass sie ihr Kleid niemals ausziehen würde.

Aber als ich mich zu ihr umdrehte, stand sie schon im Unterhemd da. Ich hatte nichts gehört, kein Knistern, kein Rascheln, gar nichts. Sie hielt ihr graues Sackkleid auf eine komische Art fest. Nicht an den Schultern, sondern unter den Ärmeln. Als würde sie jemanden hochheben.

Sie zitterte. Mir lief der Schweiß hinunter vor Hitze, und sie stand da und zitterte wie Espenlaub.

»Verwöhntes Gör«, sagte ich noch, aber meine Wut war verflogen. Ich war nur noch todmüde und das nagende, kratzige Gefühl in meinem Bauch wurde immer schlimmer.

Am Ende schickte mich die Prüüszesche nach Hause.

»Was ist mit dir los?«, fragte mich Omm Maij.

»Bauchweh«, antwortete ich.

»Iss ein bisschen Suppe und geh nach oben.«

Ich legte mich ins Bett und versuchte die Krämpfe, die neu für mich waren, zu ignorieren. Omm Maij kam mit einer Wärmflasche herein. Dankbar nahm ich sie entgegen.

»Schon lange?«, wollte sie wissen.

»Seit heute Mittag.«

Sie nickte.

Nachdem sie wieder weg war, holte ich die kleine Blechbüchse hervor, in die ich das zusätzliche Geld steckte. Ich hatte immer noch eine Heidenangst, dass Omm Maij es eines Tages entdeckte. Die Büchse war unter einer losen Diele in einer Ecke des Zimmers versteckt.

Ich schaute auf das Geld. Immer noch hatte ich nicht die geringste Ahnung, was das Lehrerseminar kostete, aber das dürfte wohl noch lange nicht reichen.

Als ich wieder aufwachte, war es dunkel und die Bauchschmerzen hatten nachgelassen. Ich spürte etwas Nasses an meinem Hintern. Erst dachte ich, die Wärmflasche hätte geleckt, aber die war kalt und trocken. Ich tastete wieder nach der Nässe. Spürte sie auch zwischen den Beinen.

Erschrocken setzte ich mich auf.

»Omm Maij?«

Sie stand schon im Zimmer, bevor ich aufstehen konnte.

»Ich habe ...«, stammelte ich, »ich bin ...«

Sie hob die Petroleumlampe hoch, um besser sehen zu können. Dort, wo ich gelegen hatte, war ein kleiner dunkler Fleck. Omm Maij bezog das Bett neu und gab mir ein sauberes Nachthemd, während Ness schlaftrunken neben mir stand und Müllche laut schnarchend auf dem Boden weiterschlief und gar nichts mitbekam.

Ich weiß immer noch nicht, wie Müllche es herausgefunden hatte, aber als ich am nächsten Morgen aufwachte, sah sie mich grinsend an.

»Die rote Flut«, verkündete sie mit Grabesstimme.

»Müllche ...«

»Die rote Flut!!«

»Ach, halt die Klappe.«

»Jetzt wirst du jeden Monat ganz schlimm bluten. Ich kannte mal ein Mädchen, das ...«

Und es folgte eine ellenlange Gruselgeschichte.

Omm Maij zeigte mir, wo die Binden waren, und damit war für sie der Fall erledigt. Außer, dass sie mir an dem Tag immerhin warme Milch mit Lindenblüten machte.

Anscheinend hatten sogar Papp und meine Brüder etwas mitbekommen. Sie kamen kurz vorbei, blieben betreten auf der Schwelle stehen und winkten mir zu. Sie winkten! Als wäre ich an Bord eines Schiffs gegangen, mit Kurs auf eine unendlich ferne Bestimmung.

Eine Frau mit vielen Ehrenämtern

Am Montagmorgen wartete Anna schon auf mich. Statt mir eine endlose Predigt über Löffel zu halten, die verkehrt in der Besteckschublade lagen, oder über ein Laken, das ich mit dem Saum nach außen gebügelt hatte, sagte sie nur: »Mach, dass du in den Salon kommst.«

Dort stand die Prüüszesche vor der Tür. Sie putzte sich mit glasigen Augen die Nase. Plötzlich überkam mich eine unangenehme Vorahnung, meine Knie wurden ganz weich.

»Gnädige Frau?«

»Schau«, sagte sie nur.

Vorsichtig öffnete sie die Tür des Salons. Wie immer wurde mir ganz schwindlig von all den Dingen dort. Und es dauerte einen Moment, bis ich sah, was die Prüüszesche mir zeigen wollte.

Liesl saß auf einem Stuhl und las. Zumindest tat sie so. Das war nichts Besonderes. Aber sie trug das neue Kleid, das die Prüüszesche für sie hatte anfertigen lassen. Es war himmelblau und ließ ihre fahlweiße Haut vielleicht sogar noch blasser erscheinen.

Ich erntete respektvolle Blicke.

Und Anna sagte: »So, Mädchen, an Fing dürft ihr euch ein Beispiel nehmen.«

Das war Blödsinn. Erstens hätte ich nicht gewusst, wieso

sie sich ein Beispiel an mir hätten nehmen sollen, nur weil Liesl ein neues Kleid angezogen hatte. Als wäre das die Aufgabe eines Dienstmädchens. Zweitens hatte Liesl das Kleid selbst angezogen. Aber ich sagte nichts. Wenn alle glauben wollten, dass es mein Verdienst war – bitte.

Natürlich mussten wieder Fotos gemacht werden.

»Wie nett seid ihr zwei zusammen«, freute sich die Prüüszesche. »Ihr seid ja so hübsch! Echte Prinzessinnen. Nein, kleine Königinnen!« Auf Deutsch fügte sie hinzu: »Wunderbar! Ganz wunderbar!«

»Du hast es mir versprochen!«, sagte Liesl.

»Gar nichts habe ich versprochen.«

»Du solltest deine Schwestern mitbringen.«

»Das habe ich nicht gesagt.«

»Wenn ich ein anderes Kleid anziehe.«

»Mal sehen, habe ich gesagt.«

»Das ist gemein! Du hast es mir versprochen!« Ein listiger Ausdruck legte sich auf ihr schmales Gesicht. »Wenn du deine Schwestern nicht holst, erzähle ich Tantchen alles.«

»Alles?«

Ich nahm mich zusammen, setzte mich neben sie und spielte mit ihrem Haar. »Du hast recht. Aber an dem Tag ging es mir nicht gut. Du bist meine Freundin, dafür hast du doch wohl Verständnis?«

Bockig sah sie mich an.

Ich seufzte. »Liesl, ich kann meine Schwestern nicht zwingen zu kommen. Sie haben eigene Freundinnen.«

Liesl schwieg einen Augenblick, dann sagte sie: »Denk nur nicht, dass ich es nicht weiß.«

Sie hatte Ähnlichkeit mit Ness. Dieselbe Bockigkeit, dieselbe ohnmächtige Wut, wenn etwas nicht nach ihrem Kopf ging. Plötzlich hatte ich Mitleid mit ihr. Ich lächelte sie an. »Was weißt du?«

»Alles.«

»Was alles?«

»Das verrate ich dir nicht.«

Ich zupfte ein wenig an ihrem Haar. »Soll ich raten? Ist es vielleicht …«

»Du wirst dafür bezahlt, mit mir zu spielen.«

Ich brauchte mindestens fünf Sekunden, um es zu kapieren.

»Haha!«, rief sie, als sie meinen Schrecken sah.

Meine ganze Zukunft beruhte auf der geheimen Vereinbarung zwischen der Prüüszesche und mir und konnte jederzeit einstürzen wie ein Kartenhaus. Was würde passieren, wenn sie erfuhr, dass Liesl davon wusste? Was, wenn sie erfuhr, dass ich Liesl geschlagen hatte?

»Einverstanden«, sagte ich. »Ich frage sie.«

»Jetzt will ich nicht mehr.«

»Was willst du dann?«, fragte ich.

Sie kaute auf der Unterlippe. »Ich überlege es mir noch.« Und dann: »Bist du meine Freundin?«

Wenn ich geahnt hätte, welche Konsequenzen ihre Entdeckung haben würde, hätte ich auf der Stelle gekündigt.

Am Freitagnachmittag war der Trubel, der erst noch ausbrechen sollte, endlich ausgebrochen. Die Bediensteten wurden im großen Salon zusammengetrommelt. Unbehaglich saßen alle auf den vornehmen Stühlen ihrer Herrschaft.

»Gut«, sagte die Prüüszesche. »Schön, dass Sie alle da sind. Willkommen.«

Hier und da murmelte jemand eine Antwort.

»Ich möchte das bevorstehende große gemischte Fest mit Ihnen besprechen.«

Das »große gemischte Fest« sollte den Höhepunkt des gesellschaftlichen Lebens all ihrer Vereine und Institutionen darstellen und außerdem ein Ort der Begegnung für »alle Konfessionen«, wie die Prüüszesche es nannte.

Die Besprechung begann damit, dass eine lange Liste von Dingen aufgezählt wurde, die zu erledigen waren, und die Aufgaben verteilt wurden. Dann ließ die Prüüszesche die »Befindlichkeiten aller Glaubensrichtungen« Revue passieren und die Art und Weise, wie alles »taktvoll gelöst« werden konnte.

Der Jüdde wegen konnte das Fest nicht an einem Samstag stattfinden, und die Protestanten hätten wahrscheinlich etwas gegen ein Diner einzuwenden. Alle wussten, dass sie nicht mitessen würden, weil ihnen üppige Mahlzeiten zu katholisch erschienen. Vorauszusehen war, dass die Brüder des Heiligen Todeskampfs diese Meinung teilten, es aber nicht laut aussprechen würden, um nicht mit den Protestanten in einen Topf geworfen zu werden, also würden die sich auf eine Regel in ihrem Manifest berufen. Das hatte allerdings noch nie jemand gesehen und die Brüder wurden verdächtigt, bei Bedarf immer neue Regeln zu erfinden.

Die Vorstellung eines gemischten Festes erregte als solches schon ein gewaltiges Aufsehen, doch die Reaktionen schlugen in völlige Bestürzung um, als die Prüüszesche eine weitere Idee äußerte. Schockiertes Schweigen senkte sich über den Raum.

»Gemischte Tische?«, rief Anna mit Grausen in der Stimme.

Sie war die Einzige, die etwas sagte. Alle anderen schauten angestrengt auf ihre Schuhspitzen. Eine Anstellung zu finden war eine Sache, sie zu behalten eine andere.

Aber später, in der Küche, rief alles durcheinander: »Das schafft sie nie. Nie im Leben. Egal, wie reich sie ist.«

Vielleicht war der Zigarrenkaiser auch skeptisch. Wie dem auch sei, eine Woche später, nachdem die Neuigkeit längst in der Stadt breitgetreten worden war und es so aussah, als könnte seine Frau sich mit ihrer Idee nicht durchsetzen, ließ er jemanden von der Zeitung kommen.

Eine Frau mit vielen Ehrenämtern

Die charmante Frau des Zigarrenkaisers ist zweifellos ein Gewinn für uns, allein schon wegen ihres ehrenamtlichen Engagements für alle Konfessionen, die in unserer schönen Stadt blühen und gedeihen.
»Das ist sicher nicht ausschließlich mein Verdienst«, sagt die bescheidene Gattin in tadellosem Niederländisch. »Es liegt vor allem an den Glaubensgemeinschaften selbst.«
Die Frage, ob die Gerüchte über ein großes Diner mit Vertretern aller Konfessionen stimmen, bejaht sie ohne Umschweife. »Zusammenhalt ist etwas sehr Wichtiges für eine Stadt, das ist allen klar«, sagt sie. »Zusammenhalt steht für Kultur, vor allem in Zeiten wie diesen.«
Und auf die Frage hin, ob sie glaubt, mit dem gewagten Unterfangen Erfolg zu haben, lässt sie durchblicken: »Es gibt schon eine Reihe von Zusagen.«

Über dem Artikel war ein Foto von ihr am Schreibtisch abgebildet. Rechts und links daneben standen Liesl und ich. *Die Frau des Zigarrenkaisers mit ihrer Nichte und einer Freundin* stand darunter.

Die Prüüszesche hatte eine Ausgabe der Zeitung für mich aufbewahrt. Omm Maij las den Artikel und lachte. »Jetzt kannst du dir sicher sein, dass sich keiner mehr traut abzusagen.«

»Warum nicht?«, fragte ich.

»Weil es garantiert nicht stimmt, dass sie schon Zusagen hat. Und ich glaube, darüber sind sich die Vereine und Gesellschaften alle im Klaren. Aber sie würden sich eher in den Hintern beißen, als sich gegenseitig danach zu fragen.«

Omm Maij sollte recht behalten. Zwei Tage später waren die Zusagen auf alle Einladungen eingetroffen.

Vorbereitungen

Von oben bis unten wurde die Villa geputzt. Die Mädchen bohnerten das Parkett, die Gardinen wurden gewaschen und gebügelt, die Türklinken mit Kupferputzmittel blank gerieben und die Tischdecken auf die Bleiche gelegt.

In der Stadt standen so gut wie alle Kaufleute auf dem Bürgersteig und nahmen komplizierte lange Bestellungen entgegen. Und so sorgte die Prüüszesche dafür, dass man dem Fest nicht nur in der Villa, sondern auch in der Stadt entgegenfieberte.

»Hast du das schon gehört?«, rief man sich zu. »Sie kauft das ganze Wild bei allen Wild- und Geflügelhändlern auf!«

»Und Wein! Da soll es einen Springbrunnen geben, aus dem Wein sprudelt!«

»Und kennt ihr schon die Geschichte von dem Kristallturm? Habt ihr vom Kristallturm gehört?« Ja, vom Kristallturm hatten alle gehört. Völlig verrückt! Der reinste Irrsinn.

Die Gerüchteküche in der Stadt brodelte, dass es eine wahre Pracht war. Und mittendrin thronte die Prüüszesche mit einem strahlenden Lächeln, das kaum je von ihrem Gesicht wich.

Zu Papps Erstaunen ging auch bei uns eine große Bestellung ein. »Rauchen kann man nie genug«, hatte der Zigarrenkaiser anscheinend gesagt.

Unsere Pressen machten Überstunden. Kretjeng und Jrades schleppten Arme voll getrockneter Tabakblätter vom Dachboden herunter. Papp, Et und Pitt übernahmen das Drehen und die Auswahl der Zigarren. Und als es so aussah, dass die fünf es nicht schaffen würden, stand plötzlich Nöll mit einigen seiner Leute vor der Tür.

Die Zigarrenkisten stapelten sich im Flur. Es war kaum zu glauben, aber die kleine Zigarrenwerkstatt hatte sich tatsächlich zu einem florierenden Betrieb gemausert. Das musste sogar Omm Maij zugeben. Trotz Papps enormer Begabung, garantiert jede gewinnträchtige Unternehmung scheitern zu lassen, trotz drohendem Bankrott und missratenen Tabakernten sah es so aus, als könnte, wie Omm Maij schmunzelnd eingestand, nicht mal Papp den Laden mehr zugrunde richten.

»Reich wird man davon nicht«, meinte Omm Maij. »Aber allein die Tatsache, dass wir nicht mehr am Hungertuch nagen, ist der reinste Luxus.«

In der Villa war die Stimmung weniger heiter. Die Laune der Wirtschafterin steigerte sich in der Hektik der folgenden Wochen in einen bis dahin unbekannten Grad an Kratzbürstigkeit. Nur wenige Mädchen waren Annas Standpauken gewachsen. Mindestens einmal täglich drang Schluchzen aus dem Vorratsschrank, da dies der einzige Ort war, wo man sich ungestört ausweinen konnte. Mich ließ das alles ziemlich kalt. Ich hatte andere Sorgen.

»Komm«, sagte Liesl.

»Wohin?«

»Du wirst schon sehen.«

Sie nahm mich an der Hand. Wir gingen über den Flur. Vor der Tür zum Dienstbotengeschoss blieb sie stehen.

»Was hast du vor?«, fragte ich.

Sie öffnete die Tür. »Nur gucken.«

Es war kurz nach Mittag. Der Zigarrenkaiser war unterwegs und die Prüüszesche hatte sich schlafen gelegt. Anna holte gerade zusammen mit zwei Dienstmädchen eine Bestellung beim Geflügelhändler ab.

Ich hatte das Dienstbotengeschoss zuvor noch nie betreten. Eine schmale Steintreppe führte zu einem schummrigen Gang. Vier Türen gingen davon ab. Liesl öffnete die erste.

Sie führte in einen muffigen kleinen Raum. Weit oben an der Wand befand sich ein kleines Fenster aus undurchsichtigem Glas. Es gab ein Bett, einen Tisch und eine Öllampe. An der Wand hing ein kleines Kreuz, sonst nichts.

Liesl schaute auch in die anderen Zimmer, und sie waren genauso karg möbliert und kahl. Außer einem, wo noch eine deutsche Postkarte an der Wand hing. Darauf war ein lächelnder Mann mit glatt nach hinten gekämmten Haaren abgebildet. »Mit lieben Grüßen, Ferdinand«, stand auf der Rückseite. Ob die Karte von Waltraud gewesen war?

»Und jetzt dieses.«

Erschrocken schüttelte ich den Kopf.

»Nur gucken«, sagte Liesl.

»Das dürfen wir nicht.«

»Wir dürfen doch wohl gucken?«

»Anna bringt uns um.«

»Sie braucht es doch nicht zu erfahren«, sagte Liesl. »Ich sage doch nie was, oder?«

Annas Kammer war der Inbegriff von Sauberkeit und Ordnung, aber sie war eindeutig bewohnt. An der Wand hing ein gesticktes Blumenbild. Der goldgelbe Bettüberwurf war glatt gestrichen, das Kissen jedoch nicht aufgeschüttelt.

Das Zimmer war größer als das der Hausmädchen, aber nicht viel. Ich fragte mich, warum Anna sich damit begnügte, dazu noch direkt neben den Dienstmädchen, obwohl sie sich doch so gern als etwas Besseres ausgab. Heizungsrohre verliefen unten an den Wänden entlang. Plötzlich fiel mir Waltrauds Geschichte ein, dass Anna ihr Personal über die Rohre belauschte. Waltraud fehlte mir, obwohl ich sie nicht gut genug gekannt hatte, um mit ihr befreundet zu sein. Aber wir hätten Freundinnen werden können.

Liesl strich über den Bettüberwurf. Sie tippte ans Bild.

»Komm«, sagte ich. »Sie ist gleich wieder da.«

»Nur noch einen kleinen Moment.«

Ich sah, dass es ihr Spaß machte, mir Angst einzujagen. Das beruhigte mich irgendwie. Vielleicht war das ja ihre Strafe für die Ohrfeige, die ich ihr gegeben hatte.

Sie tastete unter der Matratze. An der routinierten Art, mit der sie das tat, erkannte ich, dass sie es nicht zum ersten Mal machte.

»Was tust du da?«, fragte ich.

Grinsend zeigte sie mir einen kleinen Schlüssel.

»Leg ihn zurück«, sagte ich.

Sie ging zur Anrichte in der Ecke und schloss die linke Tür auf.

»Anna ist verrückt«, sagte Liesl. »Schau mal.«

Der Schrank hatte zwei Böden. Über die ganze Breite standen kleine Glasfiguren. Von Tänzern.

Sie zeigte auf ein Tuch und ein braunes Fläschchen mit Alkohol. »Sie sammelt sie«, sagte Liesl, »und putzt sie jeden Tag.«

Liesl nahm eine dieser makellosen Figurinen zwischen Daumen und Zeigefinger. Es war die eines Mannes, dazu gehörte eigentlich eine andere Figurine als Gegenstück. Der

Mann hielt den einen Arm gestreckt und der andere war gebeugt, als würde er jemand Unsichtbares umarmen.

»Mein Liebling«, sagte sie. Ihre Stimme klang verträumt. »Willst du ihn mal halten?«

»Lieber nicht.«

»Fühl doch mal, wie glatt er ist«, sagte sie auf Deutsch.

»Liesl ...«

»Du musst!«

Ich nahm das Püppchen widerwillig in die Hand. Es fühlte sich kühl und glatt an und zu meiner Erleichterung auch weniger zerbrechlich als erwartet. Es war ganz fein gearbeitet. Man konnte sogar die Knöpfe an seinem Frack erkennen und die Nelke in seinem Knopfloch. Ich sah Liesl an.

»Deine Finger sind zu dick. Gib es mir«, sagte sie im Befehlston. »Sonst geht es noch kaputt.«

Ich streckte die Hand aus und reichte ihr die Figur. Den Bruchteil einer Sekunde zu spät öffnete sie die Hand. Die Figurine stieß gegen ihren kleinen Finger, fiel zu Boden und zerbrach in tausend Teile.

»Das hast du mit Absicht gemacht!«, rief ich wütend.

Ohne darauf zu achten, ob ich mich dabei schnitt oder nicht, fegte ich das Glas mit der Hand zusammen und steckte es in meine Schürze. Dann erst merkte ich, wie beklommen ich mich fühlte. Meine Beine zitterten.

Liesl starrte wie hypnotisiert auf die Stelle, an der die Glasfigur zerbrochen war. Sie sagte keinen Ton. Ihre Hand, die daneben gegriffen hatte, ging auf und wieder zu. Auf und zu. Auf und zu.

Ich packte ihren Arm und schüttelte sie. Es war, als würde ich sie aus dem Schlaf reißen.

»Liesl!«

»Ein kleiner Unfall«, sagte sie auf Deutsch.

»Wir hätten gar nicht hier sein dürfen, Liesl.«

»Wir können es doch erklären?«

In dem Moment war es mir ganz egal, was sie wusste und was sie der Prüüszesche sagen würde oder nicht.

»Du hältst den Mund!«, sagte ich. »Du hast mir versprochen, den Mund zu halten!«

»Reg dich doch nicht auf«, sagte Liesl. »Ich sage nichts. Außerdem hat sie so viele, dass sie es sowieso nicht merkt.«

Stimmte das? Ich hatte keine Zeit, darüber nachzudenken. Plötzlich ging oben die Haustür auf, wir hörten klappernde Schritte und den schnippischen Ton von Anna, die die Dienstmädchen in die Küche scheuchte. Liesl sah mich erschrocken an.

Ich schob die Figurinen so hin, dass die leere Stelle von anderen eingenommen wurde, machte die Schranktür zu und drehte den Schlüssel im Schloss herum. Liesl schob ihn wieder unter die Matratze und wir schlichen leise nach oben.

Das große gemischte Fest

In der Woche vor dem großen gemischten Fest herrschte ein einziges Durcheinander. Verkehrte Bestellungen wurden geliefert, das Eis für die Eisskulpturen kam zwei Tage zu früh und musste zurückgeschickt werden. Vier der Tischdecken, die auf der Bleiche lagen, wurden von einer Starenkolonie vollgekackt. Und zu allem Überfluss rutschte Anna auf der Treppe aus und verstauchte sich den Knöchel.

Die Arbeit musste in aller Eile vorangetrieben werden, also wurde ich auch nachmittags eingespannt. Liesl bekam deswegen einen so heftigen Wutanfall, dass man sie im ganzen Haus hörte. Die Prüüszesche hielt es nicht mehr aus.

»Kann Fing denn nicht kurz …«, fragte sie Anna flehentlich. Schweißtropfen standen ihr auf der Stirn.

Anna thronte mit verbundenem Knöchel auf einem Sessel mitten im Flur und feierte ihren größten Triumph. Nein, Fing könne absolut nicht weg, auch nicht ganz kurz, es sei denn, die gnädige Frau wolle riskieren, dass dann auf dem Fest alles danebenging. Gründlich daneben.

»Das musst du doch verstehen, Liebes«, hörten wir die Prüüszesche Liesl im oberen Stockwerk anflehen. »Du willst doch sicher auch, dass es ein schönes Fest wird …«

»Fing muss kommen! Fing muss kommen! Sie muss, muss, muss!«

Dutzende von Übergardinen wurden in dem hohen Raum

aufgehängt, um der aufziehenden winterlichen Kälte zu trotzen – dabei hatte die Prüüszesche den Frühling als Thema gewählt. Abends im Bett schwirrten mir die Blumen und Blattmuster vor den Augen.

Am Tag des Festes rief mich die Prüüszesche morgens zu sich.

»Fing?«

»Gnädige Frau?«

»In Liesls Zimmer hängt das Kleid.«

Ich nickte. »Ich helfe ihr beim Anziehen.«

Sie lächelte. »Gern. Und es hängt noch ein Kleid da. Für dich.«

»Aber dann kann ich doch nicht bedienen?«

Sie zuckte ungerührt die Achseln. »Bedienungen haben wir genug. Ich fände es schön, wenn du auch abends bei Liesl bleibst. Es wird viel los sein und ich möchte nicht, dass sie sich verloren fühlt.« Sie zwinkerte mir zu. »Du kennst doch deine Freundin.«

»Du kommst spät«, klagte Liesl. »Ich sitze hier schon seit Ewigkeiten allein herum. Knöpf mir das Kleid zu.«

Ohne ein Wort tat ich es.

»Du hättest wirklich früher kommen sollen.«

»Es gab noch was zu tun.«

»Ich sitze hier ganz allein herum. Und du bist schuld.«

Die ersten Gäste kamen gegen fünf Uhr. Langsam füllte sich die Villa, es klingelte immer öfter und wir hörten die Dienstmädchen zur Tür gehen und wieder zurückkommen. Im ganzen Haus erklangen Stimmen und Schritte.

Ich aß zusammen mit Liesl im kleinen Salon. Das Diner sollte erst spätabends stattfinden. Der ohnehin schon volle

Raum war jetzt noch voller, weil auch Sachen aus dem großen Salon hinzugekommen waren, um Platz für die Gäste zu schaffen. Schachteln und Kisten standen herum, Beistelltische, ein paar kleine Bilder, vergoldete Schüsseln und Schalen, ausgestopfte Tiere und ein Spazierstock aus Elfenbein.

»Komm, lass uns die Mäntel aneinanderknoten«, schlug Liesl vor. »Oder nein, setzen wir uns lieber unter die Tische und belauschen die Gespräche. Oder nein …«

Ihre Augen weiteten sich mit einem Mal und ihre Wangen glühten fiebrig.

Es klingelte. Noch einmal. Und ein drittes Mal.

»Ich schaue mal kurz«, sagte ich.

»Bleib da.«

»Ich kann die Leute doch nicht …«

»Du musst dableiben.«

»Ich muss gar nichts.«

»Bleib da!«, schrie sie. »Bleib!«

Ich öffnete die schwere Tür.

»Ist der Zigarrenkaiser da, Fräulein?«

Das Haar von Sechste Schulter war gescheitelt. Er trug keine Arbeitskleidung, sondern Knickerbocker und eine Jacke, die zu dünn war für diese Jahreszeit. Es dauerte einen Moment, bis ich ihn erkannte.

»Kommt ihr zu dem Fest?«, fragte ich erstaunt.

»Nein, Fräulein«, antwortete er. »Wir bekommen noch Geld von Ihrem Onkel. Für den Garten.«

Durch das »wir« fiel mir plötzlich auf, dass er nicht allein war. Der Schwachkopf sah aus, als wäre er mit dem Türrahmen verschmolzen. Man hatte versucht, auch ihm einen Scheitel zu ziehen, aber sein Haar lugte immer noch wild unter der Beulenkappe hervor.

Mag sein, dass der Schwachkopf sie nicht alle beieinanderhatte, aber ich bin mir sicher, dass er mich erkannte. Dass er wusste, dass ich Fing Boon war, die Tochter eines bettelarmen Zigarrenkönigs und alles andere als ein vornehmes Fräulein. Er sah mich mit seinen glühenden Augen an, sagte aber nichts. Irgendwie wurde ich dadurch noch unruhiger.

»Äh … Ich schaue mal … Ich weiß nicht, ob … äh … mein Onkel gerade kann«, stammelte ich.

»Gern«, sagte Sechste Schulter nur.

Der Zigarrenkaiser hielt ein Taschentuch in einer Hand und Spielkarten in der anderen. Seine Gäste blickten ihn erwartungsvoll an.

»Was gibt es, Kind?«

Schimpfend kam er mit mir zur Tür und wetterte beim Anblick von Sechster Schulter und dem Schwachkopf sofort los. Dass es keine Art sei, ihm an dem Tag, an dem sich die ganze Stadt bei ihm versammelte, mit einer Rechnung vor der Nase herumzuwedeln. So würden ja alle denken, dass er, der Zigarrenkaiser und Wohltäter der Stadt, ein säumiger Zahler sei!

Der Schwachkopf suchte schon nach wenigen Worten das Weite. Sechste Schulter hingegen biss die Zähne zusammen. Er wurde rot, sagte jedoch nichts.

Als ich in den kleinen Salon zurückkam, war sie weg.

»Ist Liesl hier?«, fragte ich die Köchin.

»Liesl? Warum sollte sie hier sein?«

Überall suchte ich sie. In ihrem Zimmer. Auf dem Dachboden. In den Dienstbotenkammern. Ich wagte sogar einen kurzen Blick in Annas Zimmer. Doch ich konnte sie nirgends finden.

Es gab nur eine Stelle, wo ich noch nicht gewesen war.

Eine Stelle, zu der der Zutritt die ganze letzte Woche streng verboten gewesen war.

Im großen Salon waren die Tische zu einem Viereck angeordnet, die Tischdecken umschlossen sie wie eine zweite Haut. Die Weingläser und die Kristallkaraffen standen bereit. Gabeln, Messer und Löffel glänzten.

Mitten in dem großen Viereck stand das Prunkstück des Festes: der Kristallturm, eine Pyramide aus Sektkelchen, ein drei Meter hoher Weihnachtsbaum aus Kristall. Man hatte sogar Männer aus dem Norden des Landes kommen lassen, um ihn aufzubauen. Damit auch wirklich nichts passierte, durfte niemand in den Salon, nicht einmal Liesl.

»Gefunden!«, rief ich.

Da stand sie mit dem Rücken zu mir in ihrem neuen Kleid. Es war goldgelb und hatte so viel Stärke abbekommen, dass es wie aufgeklebt wirkte. Ihre Schulterblätter zeichneten sich als zwei messerscharfe Dreiecke unter dem Stoff ab.

»Liesl?«

Sie rührte sich nicht.

»Liesl?«

Auf einmal fiel mir auf, wie still es hier war. Die Übergardinen, die die Wärme im Raum halten sollten, schluckten jedes Geräusch. Ich trat einen Schritt näher.

Auf ihrer Oberlippe glitzerte ein hauchdünner Schweißfilm. Ihre Augen waren weit aufgerissen.

»Liesl?«

Es war, als hätte der Raum mich irgendwie verzaubert und als wäre ich dazu verdammt, für den Rest meines Lebens nur noch ihren Namen auszusprechen.

»Liesl?«

Jetzt sah ich, dass sie etwas in der Hand hielt. Den Elfenbeinstock aus dem Salon der Prüüszesche. Sie hielt ihn wie einen Degen vor sich.

Und dann ging alles sehr schnell. Bis ich begriff, was sie vorhatte, war es schon zu spät. Sie stieß den Stock genau in die Mitte des Turms. Zuerst läutete ein kleines Glöckchen, ein hohes, helles und fröhliches Geräusch. Dann noch ein Glöckchen, und dann zwei Glocken hintereinander.

Ich wollte etwas rufen, etwas schreien, aber ich war wie erstarrt. Ich konnte nur zusehen, wie der drei Meter hohe Kristallturm erst unerträglich langsam zur Seite rutschte wie ein schmelzender Eisberg und dann mit einem Furcht einflößenden Krachen auf den Tischen und dem Boden zerbarst.

Man kann auch mal Pech haben

Im Salon war es mit einem Mal Winter. Überall glitzerte das Glas wie Eis, nicht nur auf dem Boden und auf den Tischen und Stühlen, sondern auch in den Übergardinen und Lampenschirmen. Kerzenleuchter waren umgefallen und hatten bei ihrem Sturz die weißen Porzellanteller mitgerissen. Es war ein Wunder, dass wir nur ein paar kleine Schürfwunden abbekommen hatten.

Ich stand immer noch stocksteif da, als die Türen aufgerissen wurden. Die Prüüszesche stürzte herein, gefolgt von Gästen. Liesl und ich wurden geschickt aus dem Raum geschafft.

»Gehst du mit Anna mit?«, fragte mich die Prüüszesche. Sie selbst brachte Liesl nach oben.

Anna wusste, wann sie den Mund zu halten hatte. Kaum schaute jemand in der Küche auch nur zu mir herüber, pfiff sie ihn an. Sie gab mir eine Bürste, um mir das Glas aus dem Haar zu kämmen, klopfte mir die Scherben vom Kleid und tupfte die Schürfwunden ab.

»Ist sonst noch irgendwo was?«

»Ich glaube nicht.«

»Zieh die Schuhe aus. Da vielleicht.«

Ich hörte das Glas klirren, das säckeweise weggetragen wurde. Als ich hinaufgehen wollte, zu Liesl, kam mir die Prüüszesche entgegen.

»Sie schläft«, sagte sie. In eine Parfumwolke gehüllt hastete sie an mir vorbei.

Den Rest des Abends half ich beim Bedienen, nahm Gästen Mäntel ab und brachte sie ihnen zurück, nahm Geschenke entgegen und trug sie in den kleinen Salon, bis der so voll war, dass man kaum noch den Fuß hineinbekam.

Es war schon nach drei Uhr nachts, als die letzten Tagesmädchen gingen. Die Tür fiel hinter ihnen ins Schloss. Ihre Schritte entfernten sich über den Kiesweg, dann wurde es still. Ich stieg die mit dem Läufer belegte Treppe hinauf.

Todmüde war ich. Noch nie war ich so müde gewesen und hatte gleichzeitig eine solche Abneigung dagegen, ins Bett zu gehen.

»O nein«, hatte die Prüüszesche energisch gesagt, »du gehst nicht um diese Uhrzeit den langen, stockdunklen Weg nach Hause.« Als müssten die anderen Dienstmädchen nicht durch dieselbe Dunkelheit gehen. Omm Maij war ihr wider Erwarten beigesprungen. »Bleib ruhig zum Schlafen da«, hatte sie gesagt, »das ist besser.«

Die Prüüszesche hatte ein Reisebett in Liesls Zimmer aufstellen lassen. »Du möchtest doch bestimmt bei deiner Freundin schlafen, oder?«

Das musste man ihr lassen: Ihre Entschlossenheit war wie Öl an den Händen, man konnte so lange waschen und reiben, wie man wollte, man wurde es nicht wieder los.

Ich zog mich aus, wusch mir das Gesicht in der Waschschüssel und bürstete mein Haar. Es war dumm von mir, das weiß ich auch, aber sobald ich im Bett lag, tasteten meine Füße wie von selbst nach denen von Müllche und Ness. Heimweh schlug über mir zusammen wie eine kalte Welle.

Ich schaute zu Liesl hinüber. Wie eine Insel lag sie in dem viel zu großen Bett. Neben ihr war das graue Sackkleid ausgebreitet, ein merkwürdiges Kuscheltier. Sie hatte die Ärmel auf die Decke gelegt, es sah aus wie ein Gespenst ohne Kopf.

Warum hatte sie bloß den Turm umgeworfen? War sie einfach nur ungezogen? Oder war es aus Wut, weil ich weggegangen war?

Es mag seltsam klingen, aber zum ersten Mal fragte ich mich, wer Liesl in Wirklichkeit war. Wo kam sie her und warum wohnte sie bei der Prüüszesche? Warum lebte sie nicht mehr bei ihren Eltern? Warum hatten die Prüüszesche und der Zigarrenkaiser sie mitten in der Nacht hergeholt? Auf einem Grenzweg, den es gar nicht mehr gab?

Die Prüüszesche erwartete mich.

»Gut geschlafen?«, fragte sie.

Ich nickte.

»Liesl?«

»Schon beim Frühstück.«

»Gut, gut«, sagte sie.

Ich wartete ab.

»Fing, wegen gestern …«

»Ich konnte nichts machen, gnädige Frau«, antwortete ich. »Bis ich es verstanden hatte, war es schon zu spät.«

Sie nickte, dachte einen Moment nach und fragte dann: »Kannst du mir genau erzählen, was passiert ist?«

Ich erzählte ihr alles, woraufhin die Prüüszesche eine Weile schwieg.

»Also hat Liesl den Turm einstürzen lassen?«, fragte sie.

Ich nickte.

»Aha.«

Es war ein seltsames Aha.

»Gnädige Frau?«

Plötzlich sah sie mich an. »Aber Liesl sagt, sie ist es nicht gewesen.«

Ich wurde rot, als ich verstand, was das heißen sollte.

»Man kann auch mal Pech haben«, sagte die Prüüsze-sche.

»Aber es stimmt nicht.«

»Und es sind nur Gläser. Niemand ist verletzt worden.«

»Aber ich war's nicht! Warum sollte ich in Gottes Namen den Turm einstürzen lassen?« Meine Stimme klang seltsam hoch und ängstlich.

Sie nickte, doch ich war mir nicht sicher, ob sie mir glaubte. Und als sie wieder etwas sagte, wusste ich nicht, ob es Einbildung war, aber ich fand, dass ihre Stimme einen Hauch kühler klang.

»Danke für deine Offenheit, Fing. Lass uns jetzt frühstücken und nicht weiter davon reden.«

Ich nickte und wollte in die Küche gehen.

»Du frühstückst doch wohl mit uns?«

Liesl lächelte wie die Unschuld selbst, als sie mich hereinkommen sah. In diesem Moment hätte ich sie umbringen können.

Es fühlte sich komisch an, zusammen mit dem Zigarrenkaiser an einem Tisch zu sitzen. Eines der Tagesmädchen bediente mich. Ich kannte sie, in der Schule war sie eine Klasse über mir gewesen. Sie sah ein wenig erhitzt aus und ihre Augen waren leicht gerötet. Als sie mir Kaffee einschenkte, zitterte ihre Hand.

»Soll ich?«, fragte ich leise.

Zu meinem großen Schreck rannte sie schluchzend davon. Ich hörte, wie die Tür zuschlug.

»Was ist denn jetzt schon wieder?«, fragte der Zigarrenkaiser.

»Anna hat etwas verloren«, sagte die Prüüszesche in die Stille hinein.

»Verloren?«

Die Prüüszesche warf uns einen Blick zu. Sie fingerte an dem blauen Stein an ihrem Ring. »Etwas aus ihrem Zimmer ist verschwunden.«

»Selbst schuld«, sagte der Zigarrenkaiser mürrisch, »wenn sie immerzu Mädchen einstellt und am nächsten Tag wieder entlässt. Wie soll man da jemals an zuverlässiges Personal kommen? Was ist denn verschwunden?«

»Schmuck, glaube ich«, sagte die Prüüszesche. »Oder nein, irgendwas aus Glas.«

Ein eiskalter Klumpen breitete sich in meinem Bauch aus.

»Wie viel ist es denn wert?«, fragte der Zigarrenkaiser.

»Woher soll ich das wissen?«

Der Zigarrenkaiser raschelte mit der Zeitung. »Ich kümmere mich darum.«

Liesl sagte kein Wort. Ein Engel im weißen Nachthemd, der in sein Brötchen biss. Die ganze Zeit hatte sie mich angesehen, mit leerem Blick, aber mich hielt sie nicht zum Narren. Ich wusste, dass ich jetzt die Rechnung für die Ohrfeige präsentiert bekäme.

»Weißt du was, Tantchen?«

»Was denn, Kind?«

»Fing hat mich um etwas gebeten.«

»Ach ja?«

»Ja, nicht?«, fragte Liesl mich und blickte mich dabei unschuldig an. Es fehlte nur noch der Heiligenschein.

»Was denn?«, fragte die Prüüszesche. Jetzt sah auch der Zigarrenkaiser auf.

»Äh …«

»Sie traut sich nicht, es zu sagen«, sagte Liesl. »Sie hat Angst, dass ihr es nicht erlaubt.«

»Aber natürlich erlauben wir das!«, sagte die Prüüszesche.

Ich wurde rot.

»Sie traut sich nicht, Tantchen«, wiederholte Liesl. »Soll ich es sagen, Fing?« Und dann: »Ich darf bei ihr übernachten!«

Ehrlich gesagt, ich war starr vor Staunen. Und ich war nicht die Einzige. Die Prüüszesche sah zwischen Liesl und mir hin und her.

»Übernachten?«

»Das ganze Wochenende!«, rief Liesl triumphierend.

»So was!«, sagte der Zigarrenkaiser grinsend. »Du bist ja ein Glückspilz!« Und damit widmete er sich wieder seiner Zeitung.

Die Prüüszesche hatte sich gefangen. »Das ist ja unheimlich nett«, sagte sie. »Aber wäre es nicht praktischer, wenn Fing und ihre Schwestern zu uns kämen?« Sie wandte sich zu mir. »Ich nehme zumindest an, dass ihr … na ja …«

»Wir haben kein Gästebett«, räumte ich rasch ein.

»Genau«, sagte die Prüüszesche. »Und bei uns könnte sogar eine halbe Schulklasse …«

»Und wenn jemand bei euch übernachtet?«, unterbrach Liesl sie.

»Dann machen wir einen Strohsack«, sagte ich.

»Ich will auch auf einem Strohsack schlafen.«

»Unsinn«, sagte die Prüüszesche lächelnd. »Wir machen es einfach hier. Es wird großartig. Wir gehen ins Kino. Und trinken Limonade und holen Kuchen beim Bäcker. Und abends …«

Wie das Programm für den Abend ausgesehen hätte, blieb ein Geheimnis. Ehe sie weiterreden konnte, ließ Liesl sich von ihrem Stuhl fallen. Hintenüber, der Länge nach und voll auf den Rücken, sodass es ihr den Atem verschlug. Als wollte sie sich selbst in Stücke brechen.

»Du hast gesagt, ihr erlaubt es! Ihr erlaubt es, hast du gesagt!«

Ihr Kopf knallte auf den Boden. Das Kleid verrutschte.

»Du hast gesagt, ihr erlaubt es!«

Achteinviertel Arme

Zwei Wochen später kam der Zigarrenkaiser zusammen mit seiner Frau, Liesl, zwei Koffern und dem Hund über Schlammbams Sahara angefahren. An dem Auto hing ein Karren mit einem zerlegten Reisebett, zwei Truhen, vier Eiderdaunen-Decken und einem ebensolchen Kissen, das Ganze zugedeckt mit einem riesigen Stück Jutestoff.

Unsere Brüder trugen das Bett ins obere Stockwerk und bauten es in unserem Zimmer auf. Omm Maij zuckte mit keiner Wimper, auch dann nicht, als sie den halben Hausrat des Zigarrenkaisers hineinschleppten.

Erst bei dem Hund war Schluss. »Wir sind hier nicht die Arche Noah!«

Es folgte eine chaotische Abfahrt. Die Königin von Amerika kratzte wie wild an den Scheiben und die Prüüszesche saß so steif und kerzengerade da, als hätte sie sich den Puppe-Spiel-Trick von Liesl abgeguckt.

»Fing! Fing!«

Liesl stürmte auf mich zu und schlang die Arme um mich, als wäre sie um die ganze Welt geirrt. Ich wartete, bis sie mich wieder losließ.

»Du hast gelogen!«, sagte ich.

»Gar nicht.«

»Du hast behauptet, dass ich den Turm kaputt gemacht habe.«

»Überhaupt nicht wahr.«

»Lügnerin.«

»Wehe, du sagst das noch mal!«

»Lügnerin.«

»Wer es sagt, ist es selber.«

»Ich bin keine Lügnerin.«

»Du hast nichts gesagt, als Anna ihr Glaspüppchen verloren hat.«

»Vielleicht mache ich das ja noch. Und dann sage ich gleich dazu, dass du es warst.«

»Weil du sie mir nicht richtig in die Hand gegeben hast.«

»Du lügst! Du hast sie absichtlich fallen lassen.«

»Mag sein«, sagte sie versonnen. »Aber was meinst du, wem sie glauben werden? Ihrer Nichte oder dir, dem Dienstmädchen?«

Falls ich überhaupt je Interesse an Liesl gehabt hatte, falls je ein Funken Mitleid in mir gewesen war – das war jetzt vorbei. Endgültig.

Müllche und Ness stritten sich darum, wer ihr welche Geschichte über das Haus erzählen durfte. Sie wiesen auf die sechste Stufe, die immer jammerte. Sie zeigten den belgischen Kanonenofen, auf dem Omm Maij immer kochte. Sie führten vor, wie Neun Offene Arme zu seinem Namen gekommen war. Mit weit geöffneten Armen stellten sie sich nebeneinander.

»*Verdöllt*«, rief Müllche, als sie fertig waren.

»Wie kann das sein?«, fragte Ness.

Sie zählten noch einmal.

»Achteinviertel Arme«, sagte Müllche.

»Ist Neun Offene Arme geschrumpft?«

»Nein, wir sind gewachsen.«

»Ehrlich?«, fragte Ness strahlend.

Als unsere Brüder an dem Abend in die Küche kamen, starrte Liesl sie an, als hätte sie noch nie Brüder gesehen. Und als Pitt sie zum Spaß hochheben wollte, versteckte sie sich kichernd hinter Omm Maijs Rücken. Es war das erste Mal, dass ich sie kichern hörte. Den Rest des Abends wagte sie nicht mehr, sie anzusehen, was unsere Brüder noch mehr reizte, sie hochzunehmen.

»Schluss jetzt!«, donnerte Omm Maij. »Lasst das Kind doch erst mal verschnaufen.«

Verschnaufen? Als hätte Liesl eine enorm lange Reise hinter sich statt einer zehnminütigen Autofahrt in einem komfortablen Wagen.

Die Prüüszesche hatte Liesl nicht nur Geschirr und Besteck mitgegeben, sondern auch ein komplettes Abendessen für uns alle. Es gab verschiedene Sorten kaltes Fleisch, eingelegtes Gemüse und vier Brote. Warum meine Großmutter sich darauf eingelassen hatte, konnte ich überhaupt nicht begreifen.

Ich wäre lieber verhungert, als es mir schmecken zu lassen, der Rest der Familie aber war nicht so zurückhaltend. Im Winter bestand die Hälfte unserer Mahlzeiten aus Küehl, und es gab nur einmal die Woche eine Scheibe Fleisch für jeden.

»Du kannst ruhig öfter hier übernachten«, meinte Jrades, der seinen Teller zum zweiten Mal füllte.

»Bleib doch gleich hier wohnen«, rief Pitt.

Und Et und Kretjeng sagten beide, sie wollten sie heiraten. Vom Fleck weg. Das wäre doch wohl das Mindeste, was sie tun konnten, oder etwa nicht?

Die Prüüszesche hatte Liesl einen so großen Stapel Decken mitgegeben, dass sie darunter aussah, als wäre sie dem Märchen von der Prinzessin auf der Erbse entsprungen. Nur ihre Nasenspitze lugte noch heraus.

»Du musst es sagen«, forderte Ness, die sich fröstelnd an mich schmiegte.

»Keine Lust.«

»Aber du musst«, entgegnete Ness verstimmt.

Ich schwieg.

»Sie denkt bestimmt, sie ist zu groß dafür«, sagte Müllche. »Dann sagen wir es eben.«

»Schlaf schön, Kal«, sagte Ness.

»Gute Nacht, Boon-Kinder«, sagte Müllche mit Grabesstimme.

»Schlaf schön, Niimelefiimel.«

»Gute Nacht, Boon-Kinder.«

»Mit wem sprecht ihr da?«, fragte Liesl.

»Mit niemand«, antwortete ich.

»Achte nicht auf sie«, sagte Müllche.

»Wir reden mit unseren Hausgeistern«, erklärte Ness.

Liesl sagte nichts, doch das war auch nicht nötig. Müllche richtete sich halb auf. »Du glaubst wohl, dass das hier ein ganz normales Haus ist«, sagte sie, »aber das ist es nicht. Hier spukt es ganz fürchterlich.«

»*Kwatsch!*«, warf ich verärgert ein.

Müllche ignorierte mich. »Vor langer, langer Zeit kamen jedes Jahr Zigeuner in unsere Stadt. Sie halfen bei der Ernte aus oder machten die Arbeit, die die Leute hier nicht machen wollten. Aber beliebt waren sie nicht.«

»Warum nicht?«, fragte Liesl.

»Weil sie alles klauten, was nicht niet- und nagelfest war«, erklärte Müllche.

»Ach was«, sagte Ness. »Die Leute hatten einfach nur Angst vor den Zigeunern. Sie dachten, sie könnten sie mit einem Fluch belegen.«

»Und?«, fragte Liesl. »Stimmt das?«

»Wer erzählt denn hier die Geschichte?«, fragte Müllche verärgert. »Und wen kümmert das schon, warum die Leute sie nicht mochten. Sie konnten sie einfach nicht ausstehen, fertig!«

Liesl drehte sich auf die Seite.

»In einem Sommer kam es dann zum Streit«, fuhr Müllche fort. »Ein paar Männer aus der Stadt bedrohten die Zigeuner und die ließen ihre Hunde auf die Männer los. Aber das war noch nicht alles. In der nächsten Nacht schickte nämlich einer der Männer seinen Sohn Kal mit einer Wurst voll Rattengift zu den Zigeunern. Kal sollte die Hunde vergiften. Aber der ganze Plan ging in die Hose, weil er sich in das Zigeunermädchen Niimelefiimel verliebte.«

»Gar nicht«, mischte Ness sich ein. »Das war erst viel später.«

»Halt den Mund«, sagte Müllche.

»Aber das stimmt doch? Sag, dass es stimmt, Fing.«

Ich sagte nichts.

Müllche runzelte die Stirn. »Jetzt weiß ich nicht mehr, wo ich war.«

»Sie verliebten sich ineinander«, sagte Liesl.

»Ach ja. Und als Niimelefiimel und Kal groß waren, beschlossen sie, aus der Stadt abzuhauen. Um zusammen neu anzufangen. Aber die Leute bekamen es spitz und sperrten Kal ein. Niimelefiimel dachte, Kal hätte sie im Stich gelassen. Sie wurde so wütend, dass sie den Erstbesten heiratete, der ihr über den Weg lief.«

»Van Wessum«, ergänzte Ness.

»Der reichste Mann der Stadt«, fuhr Müllche fort. »Und er baute ihr ein Haus. Dreimal darfst du raten, welches.«

»Dieses?«, fragte Liesl.

Müllche nickte. »Niimelefiimel war ihr ganzes Leben von einer Stadt zur nächsten gezogen, obwohl sie es hasste umherzuziehen. Und jetzt hatte sie plötzlich diesen Riesenkasten! Und einen stinkreichen Mann. Aber glücklich war sie immer noch nicht.«

»Warum nicht?«, fragte Liesl.

Müllche schnalzte mit der Zunge. »Weil sie Kal immer noch liebte, du Dummkopf.«

»Es war wahre Liebe«, fügte Ness hinzu. »Aber es dauerte ihr ganzes Leben, bis sie endlich wieder zusammenkamen. Und als es so weit war, schworen sie, dass sie sich nie, nie, nie mehr trennen würden. Aber dann passierte etwas Schreckliches.«

»Kal starb«, sagte Müllche. Und mit einer ganzen Reihe dramatischer Gesten führte sie vor, wie er gestorben war. Liesl schaute gespannt zu.

»Aber das war nicht das Allerschlimmste«, fuhr Müllche fort, nachdem sie wieder lebendig geworden war. »Das Allerschlimmste geschah erst, als Niimelefiimel kurze Zeit später vor Kummer starb. Sie wurde nämlich nicht zusammen mit Kal begraben. Weil die beiden nicht verheiratet gewesen waren. Niimelefiimel wurde zusammen mit ihrem ersten Mann begraben.«

Ness seufzte. »Dem Mann, den sie eigentlich nie geliebt hatte.«

»Und deswegen sind sie jetzt bei uns im Keller«, schloss Müllche. »Ihre Geister, meine ich. Und wenn du genau hinhörst, kannst du sie ächzen und klagen hören. Deswegen spukt es hier.«

Jetzt, da sie fertig erzählt hatte, ließ Müllches Aufmerksamkeit rasch nach. Sie drehte sich auf die Seite, kontrollierte, ob der Strohsack am Fußende des Bettes lag, und schlief innerhalb von fünf Minuten wie ein Stein.

Liesls Augen standen noch offen, ich hörte sie tief seufzen, doch sie sagte nichts.

»Fing«, fragte mich Omm Maij am nächsten Morgen. »Kümmerst du dich mal um Liesl?«

»Aber sie spielt doch mit Ness und Müllche?«, sagte ich.

»Sie ist dein Gast. Schau zumindest mal nach, wie es ihr geht.«

Ich zog meinen Mantel an und ging nach draußen. Müllche und Ness standen auf Schlammbams Sahara. Liesl lehnte am Zaun. Sie tat so, als würde sie das alles nichts angehen, aber mir konnte sie nichts weismachen.

»Spielst du mit?«, fragte mich Ness.

Ich schüttelte den Kopf.

»Fing ist zu groß geworden«, machte Müllche sich über mich lustig.

»Ihr müsst sie mitspielen lassen«, sagte ich.

»Sie darf doch mitspielen«, antwortete Ness. »Wir spielen das ganze Spiel doch überhaupt nur ihretwegen.«

»Aber du musst sie fragen«, sagte ich. »Sonst kommt sie nicht.«

Müllche sah mich nachdenklich an. »Du bist schon komisch. Erst lässt du sie links liegen. Und dann machst du dir alle möglichen Gedanken.«

»Gar nicht«, fuhr ich sie an.

Müllche zuckte gelassen die Schultern. »Von mir aus, du Heilige Boon. Reg dich nicht auf.« Sie drehte sich um. »He, Liesl! Liesl! He, Deutsche, spielst du mit?«

Am zweiten Abend kannte sie die Worte schon.

»Schlaf schön, Kal«, sagten Ness und Liesl.

»Gute Nacht, Boon-Kinder«, sagte Müllche.

»Schlaf schön, Niimelefiimel«, sagten Ness und Liesl wieder.

»Gute Nacht, Boon-Kinder.« Müllche dachte kurz nach und fügte dann hinzu: »Und Liesl.«

»So schlimm ist sie nun auch wieder nicht«, sagte Ness nach dem Wochenende.

»Komisch ist sie ja schon«, lautete Müllches Urteil, »aber sie ist in Ordnung. Und sie hat etwas … etwas … ich weiß auch nicht …«

»Eine tragische Tragödie, oder?«, fragte ich abfällig.

Müllche zuckte die Achseln. »Du bist einfach nur sauer. Aber sie kann doch auch nichts dafür, dass du nicht weiter zur Schule gehen darfst.«

»Ach, halt doch die Klappe«, sagte ich.

Ich war erleichtert, als ich hörte, dass die Prüüszesche das ganze Wochenende in der Villa auf und ab gewandert war und fürs Erste genug hatte von Liesls Übernachtungsbesuchen. Aber meine Freude währte nicht lange.

»Was soll das heißen: ›jeden Mittwochnachmittag‹?«

»Gönn dem Kind doch auch mal was«, sagte Omm Maij.

»Das Kind hat mehr als genug«, erwiderte ich. »Ich sehe sie doch so schon jeden Tag.«

»Dann spielen Müllche und Ness eben mit ihr.«

»Aber ich *will* nicht«, sagte ich und hörte selbst, wie kindisch das klang.

Mit erhobenen Augenbrauen sah Omm Maij mich an. »Sag mal, was ist eigentlich los mit dir?«

»Nichts«, antwortete ich.

Sie schüttelte den Kopf. »Ehrlich, Fing! Ich bin sehr enttäuscht von dir. Das Mädchen ist ganz allein. Du kannst ihr doch mal was gönnen?«

Mir war klar, dass ich es ertragen musste. Und ich wusste auch, dass ich das könnte. Aber Liesl hätte sich an die Regeln halten müssen. Sie hätte das Spiel so spielen sollen, wie es gespielt werden muss. Sie hätte nicht falsch spielen dürfen.

Es war Freitagnachmittag und ich war noch keine Stunde zu Hause. Unter irgendeinem Vorwand hatte ich freibekommen. Da holperte mit einem Mal der Wagen des Zigarrenkaisers über Schlammbams Sahara und hielt vor unserem Haus. Die Prüüszesche und Liesl stiegen aus.

»Wir kommen die Mädchen abholen«, verkündete die Prüüszesche.

»Abholen?«

»Es ist mein Geburtstag«, erklärte Liesl strahlend. Sie trug einen cremefarbenen Mantel mit so vielen Fransen, dass sie aussah, als wäre sie ihre eigene Geburtstagstorte.

»Herzlichen Glückwunsch!«, riefen Ness und Müllche.

»Wir feiern keine Geburtstage«, sagte ich.

Omm Maij warf mir einen strengen Blick zu. »Fing meint, dass wir es nicht wussten.«

Aber ich meinte es genau so, wie ich es gesagt hatte. Wir feierten keine Geburtstage. Omm Maij sagte immer, dass wir kein Geld hätten, den Nikolaus kommen zu lassen *und* Geburtstage zu feiern. Allerdings wäre sie eher vom Dach gesprungen, als dies in Anwesenheit von Fremden zuzugeben.

»Ihr solltet es auch nicht wissen«, sagte die Prüüszesche. »Liesl wollte euch überraschen.«

»Wir wussten es nicht«, wiederholte Omm Maij.

»Das macht doch nichts«, sagte die Prüüszesche.

»Wir hätten es aber gern gewusst.«

Was sie wirklich sagen wollten, blieb unausgesprochen, es war aber nicht schwer zu erraten. Omm Maij meinte, dass wir kein Geschenk hatten. Und die Prüüszesche meinte, dass das nichts ausmachte. Die beiden Frauen standen sich dickköpfig gegenüber und das hätte bestimmt noch eine ganze Weile gedauert, wenn Müllche nicht in dem Moment die Treppe hinaufgestürmt wäre. Als sie zurückkam, hielt sie etwas Eingepacktes oder vielmehr etwas, das sie in einen zerknüllten Tapetenrest gestopft hatte, in den Händen.

»Es ist ein Leihgeschenk«, rief Müllche. »Wenn du es durchhast, musst du es mir zurückgeben.«

Es war das Buch mit den deutschen Gruselgeschichten.

»Ein Leihgeschenk!«, jubelte die Prüüszesche. »Was für ein toller Einfall!«

Seltsamerweise strahlte Liesl übers ganze Gesicht. Sie sah aus, als wäre das Leihgeschenk das Schönste, was sie je bekommen hatte. Einen Moment dachte ich, sie würde in Tränen ausbrechen. Das Geschenk nahm Omm Maij den Wind aus den Segeln.

Müllche, Ness und Liesl rannten laut jubelnd zum Auto. Die Prüüszesche hielt wegen des Windes ihren Kometenhut fest und folgte ihnen.

»Ich könnte genauso gut hierbleiben«, sagte ich.

»Das brauchst du nicht.«

Die Prüüszesche drehte sich um und sah mich fragend an.

»Es ist nicht mal Mittwoch«, knurrte ich durch die Zähne.

»Fing«, sagte Omm Maij. Sie lächelte die Prüüszesche

freundlich an, aber ihre Augen blitzten. »Ich weiß nicht, was zur Zeit mit dir los ist, aber du steigst *augenblicklich* ein!«

Im Auto roch es nach Zigarren und Eau de Cologne. Der Zigarrenkaiser und seine Frau saßen vorn. Wir saßen auf der ledernen Rückbank, die bei jedem Buckel auf dem Weg schaukelnd auf und ab federte. Als würden wir auf einem Schiff fahren und nicht in einem Auto.

Das Dach des Wagens war mit einem dicken Stoff voll Nägeln bespannt. Sie steckten so dicht nebeneinander, dass man die einzelnen Nägel nur dann erkannte, wenn man ein Auge zukniff. Hielt man beide Augen offen, schienen sich die Nägel vom Stoff zu lösen und kurz darunter in der Luft zu schweben. Ness und Liesl saßen Arm in Arm und spielten ein selbst erfundenes Spiel, das sie Einauge, Zweiauge nannten.

»Wie alt bist du eigentlich geworden?«, fragte Müllche.

Liesl sah die Prüüszesche unsicher an.

»Neun«, sagte diese.

»Wusstest du das nicht selber?«, fragte Müllche.

Liesl schwieg.

»Es ist nicht ihr echter Geburtstag«, erklärte die Prüüszesche. »Wir hatten nur Lust, etwas zu feiern. Zusammen mit Liesls Freundinnen.«

Wir standen vor dem Kino, obwohl es freitagnachmittags nie eine Vorstellung gab. Trotzdem steuerte die Prüüszesche auf den Eingang zu. Mit einem Mal ging der kleine Seiteneingang auf und Bolle stand mit einem klappernden Schlüsselbund in der Hand vor uns.

Zwischen den beiden gepolsterten Türen war ein Spalt, so schwarz wie Lakritze. Bolle öffnete die Türen und wir gingen in den pechschwarzen Raum. Mit einer schwach leuchtenden Lampe führte er uns durch den Saal.

Diesmal durften wir vorn sitzen. Auf Plätzen, die nicht aus Holz, sondern aus Samt waren, mit auf und ab schwingenden Sprungfedern, als würden wir immer noch im Wagen des Zigarrenkaisers sitzen.

Ich wusste nicht, dass das möglich war. Dass man einfach so ins Kino hineinspazieren und sich einen Film ansehen konnte, obwohl es eigentlich gar keine Vorstellung gab. Dass man einfach so in einem Kinosaal sitzen konnte, obwohl niemand anders da war.

Wir schauten eine deutsche Komödie. Darin kam ein großer, glatzköpfiger Mann vor, der eigentlich Butler war, aber mit einem Millionär verwechselt wurde. Dann verliebte sich eine reiche Dame in ihn. Das konnte ich mir überhaupt nicht vorstellen, weil der Mann nämlich steinalt war.

Liesl saß zwischen uns und verteilte Pfefferminzbonbons. Sie leckte an ihrem Bonbon, das im Dunklen leuchtete, steckte es in den Mund, holte es aber immer wieder heraus, um Ness zu zeigen, wie klein es geworden war.

Ständig sah ich mich in dem dämmrigen Saal um, ich konnte es nicht lassen. Ich schaute zu dem Lichtstrahl des Vorführgeräts, der aus einem winzigen Loch drang. Zu den unzähligen Staubteilchen, die im flackernden Licht tanzten. Zu den leeren Sitzen. Und ich dachte: In der Schule werden sie aber staunen, wenn ich erzähle, dass wir allein im Kino waren, uns einen Film angesehen und Pfefferminzbonbons gegessen haben. Bis mir einfiel, dass ich schon vor fast einem Jahr von der Schule abgegangen war.

Danach fuhren wir nach Watersleijde, zum Kloster der Pater, wo man farbige Kerzen kaufen konnte. Liesl und Ness spielten Einauge, Zweiauge, und währenddessen glitt die Landschaft an uns vorbei. Ich gab mir große Mühe, schlecht gelaunt zu bleiben, aber es fiel mir schwer. Nichts konnte uns aufhalten, der Wind nicht, der Schnee nicht, und jeder Buckel in der Straße war ein großer Spaß. Das Auto war wirklich ein Schiff, so stellte ich es mir vor: ein großer Ozeandampfer. Wenn ich die Augen zusammenkniff, gab es keinen Zigarrenkaiser, keine Prüüszesche, keine Liesl. Nur Ness, Müllche und mich. Und wir fuhren übers Meer, ein sonnendurchflutetes gelbes Meer, und die Marienkapellen hier und da oben auf den Hügeln waren kleine Inseln mitten im Wasser.

Krummbrötchen auflesen

Schneller!«, brüllte Liesl. »Schneller!«

Ness beugte sich weit über den Kinderwagen, auf dem Liesl saß. Ihr Rücken war ganz gekrümmt, ihr Gesicht vor Anstrengung verzerrt, die Sehnen an ihren Unterarmen traten hervor. Sie jagten im Zickzack zwischen den Gräbern hindurch.

Erst war da der Schreck. Dann die Wut. Erbarmungslose Wut. »Halt!«, schrie ich.

Ness war Liesl entgegengegangen, kaum dass sie an diesem Nachmittag auf dem Gartenweg aufgetaucht war. Tuschelnd hatten sie sich zum Friedhof aufgemacht.

Das war doch eigentlich das, was ich wollte?

Omm Maij fütterte Liesl mit kleinen Apfelstückchen, als wäre sie ein komischer kleiner Vogel. Papp und unsere Brüder ließen es gutmütig zu, wenn sie in die Zigarrenwerkstatt kam und so lange bettelte, bis sie eine Zigarre drehen durfte. Und noch eine. »Bitte, Vati Boon! Bitte!«

Für Müllche war Liesl schon nichts Neues mehr, sie duldete ihre Anwesenheit mit der ihr eigenen Großherzigkeit, kümmerte sich aber nicht weiter um sie.

Dafür nahm sich Ness ihrer mit Hingabe an. Mit derselben Hingabe, mit der ich mich mein Leben lang um sie gekümmert hatte. Sobald sie Liesl hörte, schlug sie ihr

Buch zu, hörte auf zu essen und trank schnell ihr Glas leer.

»Sie kann doch wohl einen Moment warten«, sagte ich.

Ness lächelte mich an. »Bis später«, entgegnete sie nur.

Sah denn niemand, wie Liesl war? Wie sie in Wirklichkeit war?

Ich rannte auf die beiden zu, stellte mich dem auf und ab donnernden Kinderwagen in den Weg. Das Ding war plump und schwer und knallte gegen meine Knie. Der Schmerz fachte meine Wut umso mehr an.

»Bist du nicht ganz dicht?«, schrie ich Liesl an. »Weißt du überhaupt, was passieren kann?«

»Fing!«, keuchte Ness atemlos. »Fing!« Sie versuchte, noch etwas zu sagen, verhaspelte sich jedoch.

»Dann liegt sie wieder für einen Monat flach. Und du bist schuld daran!«

»Es ist ... meine Schuld«, sagte Ness. »Ich habe nichts ge... sagt.«

Müllche, die von dem Geschrei angelockt worden war und die Szene von Weitem verfolgt hatte, kam näher.

»Sag doch auch mal was«, forderte ich sie auf.

Müllche warf mir einen seltsam abschätzenden Blick zu. Dann schaute sie zu Ness herüber.

»Schmerzen?«, fragte sie.

»Nein«, antwortete Ness.

»Kannst du Luft holen?«

»Ja.«

Natürlich wusste ich, dass sie keine Schmerzen hatte! Und dass sie Luft holen konnte! Wer kannte die Symptome eines Rutschelfluchs besser als ich?

»Aber es hätte passieren können!«, rief ich.

Müllche und Ness sahen mich schweigend an.

»Und wer bekommt dann wieder die Schuld?« Ich hörte selbst, wie schrill meine Stimme klang.

»Mach dir nichts daraus«, sagte Müllche. Sie sagte es sanft, tröstend, nicht in dem ungerührten Ton, den sie sonst häufig anschlug. Oft genug könnte ich sie umbringen. Aber jetzt wäre ich ihr am liebsten um den Hals gefallen. Dankbar hob ich den Blick.

Da sah ich, dass ihre Worte nicht für mich bestimmt gewesen waren. Müllche hatte den Arm um Liesl gelegt. »Die rote Flut«, sagte sie in vertraulichem Ton. »Du weißt schon. Weiberlaunen.«

»Gar nicht wahr«, schrie ich. Meine Stimme überschlug sich.

Konnte es überhaupt noch schlimmer werden?

Ja.

Sie drehten sich zu mir um. Alle drei gleichzeitig. Konnte es noch schlimmer werden? Noch viel, viel schlimmer?

O ja.

Lätare kam, Mittfastensonntag.

Auf den vorderen Kirchenbänken nickten die Bäcker immer wieder ein. Smeets, der Bäcker am Markt, wäre bei der Predigt beinahe von der Bank gerutscht, konnte sich jedoch im letzten Moment noch festhalten.

Mittfastensonntag war der Tag, an dem die Bäcker nicht nur das normale Brot backten, sondern auch Tausende krumme Brötchen. Die halbmondförmigen Brötchen wurden nach der Messe vom Bahnhof zum Krummbrotberg gebracht und dort in die Menge geworfen.

Wie jedes Jahr hatte Müllche sich schon ein paar Tage im Voraus mit der Sorgfalt und taktischen Klugheit eines Generals eine Stelle gesichert, wo sie besonders viele Brötchen abbekommen würde.

»Kommst du mit?«, flüsterte sie mir auf der Kirchenbank zu. Ihre unausgesprochene Frage blieb in der Luft hängen: *Oder bist du dafür auch schon zu groß?*

Nach der Messe kehrten Omm Maij, Papp und unsere Brüder nach Hause zurück.

Wir hingegen gingen durchs Brunnentor aus der Stadt und überquerten die Straße in Richtung Hexenberg.

Früher hatte ich immer ein Kribbeln im Bauch bekommen, wenn die ersten Karren mit Brötchen auf Schlammbams Sahara einbogen, doch jetzt spürte ich nichts. Ich hasste mich dafür. Was war nur mit mir los?

Der Anblick von Liesl am Fuß des Berges besserte meine Laune auch nicht gerade. Ich sagte aber nichts. Es würde ja doch nichts ändern. Sie würde uns trotzdem hinterherlaufen, so wie manche Hunde einem hinterherlaufen, obwohl man sie kurz vorher mit Steinen beworfen hat.

Wir gingen den Weg hinauf, vorbei an den Ziegelsteinhäuschen mit dem Leidensweg Christi in den Nischen. Vorbei am ziegelsteinernen Olivenhain. Am Stacheldraht vor der Paterskull-Grube sah ich Müllches Augen begehrlich aufleuchten. Das war der einzige Moment, an dem ich mich riesig freute, dass Krummbrötchentag war.

Nach Trüdd Rüüsels Tod hatten die Brüder von Watersleijde die Paterskull wieder dem Berg überlassen. Aus Respekt vor Trüdd, hieß es, allerdings sagten manche, die Pater seien unsäglich abergläubisch und fürchteten, andernfalls die Wut von Trüdds Geist auf sich herabzurufen.

Der Krummbrotberg war kein richtiger Berg, sondern die Böschung links von dem Hohlweg, der sich den Hexenberg hinaufschlängelte. Der steile Lehmhang war an die zwanzig Meter hoch, hier und da ragten majestätische Eichen auf und gaben dem Boden mit ihren Wurzeln Halt.

Müllche klammerte sich an die Wurzeln und kletterte geschickt hinauf. Liesl hielt Ness' Hand fest. Beide schauten zu, wie Müllche immer höher kletterte. Bald war sie fast außer Sichtweite.

»Komm«, sagte Liesl. »Komm schon.«

Ness blickte nach oben.

»Sorg dafür, dass Ness unten bleibt«, hatte Omm Maij noch zu mir gesagt. Das sagte sie jedes Jahr. Obwohl es gar nicht nötig gewesen wäre. Dieses Verbot hatte sich mir wegen all der bedrohlichen Vorhersagen, die den Rücken von Ness betrafen, unauslöschlich ins Herz gebrannt.

Ich blickte auf die ineinander verschlungenen Hände der beiden und sagte nichts.

Liesl zog Ness hinter sich her, ich folgte ihnen.

»Da lang«, sagte Müllche im Befehlston. »Und dann müsst ihr euch dort festhalten. Diese Wurzel, nein, die! Und dann in die Richtung.«

Ness war außer Atem, doch sie gab nicht auf. Liesl half ihr an den schwierigsten Stellen.

»Hier!«, sagte sie genauso gebieterisch wie Müllche. »Und jetzt da hin.«

Je höher wir hinaufkamen, desto kraftvoller und sicherer wirkte Ness. Und als Müllche ihr die Hand reichte und sie nach oben zog, jubelte sie. »Komm!«, rief sie mir aufgeregt zu. »Komm schon!«

Dieses Jahr hatte Müllche sich selbst übertroffen. Sie hatte sich ihr Adlernest auf einem kleinen Lehmpodest seitlich des Berges errichtet. Angespitzte Zweige waren straff ineinandergeflochten und bildeten so einen Wall, der die Brötchendiebe fernhalten sollte. Es gab sogar ein ausgeklügeltes kleines Tor mit einem Scharnier, das sich mithilfe einer Schnur auf- und zuziehen ließ.

In der Ferne hörten wir schon Fanfarenklänge. Vielleicht lag es daran. Vom einen Moment zum nächsten war ich wieder mit der Fing, die ich früher gewesen war, verschmolzen. Jetzt spürte ich wieder das Kribbeln im Bauch. Und als ich ein paar Jungen sah, die ein Auge auf unsere Stelle warfen, packte ich einen Ast und vertrieb sie zusammen mit Müllche.

Die Blaskapelle zuckelte unter uns vorbei. Die Körbe wurden einer nach dem anderen hinaufgebracht. Aufgeregt plappernd kamen die letzten Schulklassen an. Dann wurde es still.

»Jetzt geht es los«, sagte Ness mit roten Wangen und drückte meine Hand.

Sobald die ersten Krummbrötchen auf uns herabregneten, war alles andere vergessen. Ich grapschte nach den Brötchen, zwängte mich zwischen zwei raufende Jungen und lief mit der Beute davon. Müllche sah mich und brach in triumphierendes Indianergeheul aus. Ich kletterte den Hang rauf und runter, bis mir die Beine wehtaten und mein Herz sich anfühlte, als würde es meinen Brustkorb in Flammen setzen. Wir lasen so viele Krummbrötchen auf, wie wir nur konnten. Einmal sah ich Müllche eine gemeine Bauchlandung machen und hielt die Luft an, doch sie stand gleich wieder auf – allerdings war ihr Kleid von oben bis unten voll Sand.

Es war wieder wie früher. Immer würde es wieder so sein wie früher.

Wir fingen fünfunddreißig Brötchen. Nachdem die letzten Kinder wieder weg waren, saßen wir immer noch in Müllches Adlernest. Wir aßen so viele Brötchen, dass wir beinahe platzten. Müllche und Liesl überboten sich gegenseitig mit Geschichten von Bauchlandungen und blöden Jungs. Das Licht begann hinter den Baumwipfeln zu schwinden, es wurde kühl. Wir stopften die restlichen Brötchen in unsere Manteltaschen und machten uns an den Abstieg.

Auf halbem Weg den Hexenberg hinab blieb Ness stehen. Ihre Wangen waren immer noch rot und ihre dunklen Augen glühten.

»Alles in Ordnung?«, fragte ich.

Sie lächelte. »Ja!«, sagte sie. »Ja, ja!«

Nachts bekam sie Fieber. Ihre Stirn glühte und die Schmerzen wurden so schlimm, dass sie kaum noch Luft holen konnte. Dann, von einer Minute auf die andere, erstarrte sie und wurde ohnmächtig.

Papp radelte Schlammbams Sahara entlang, als ginge es um sein Leben. Den Arzt fand er erst Stunden später. Wie sich herausstellte, war er gerade wegen einer Steißgeburt zu einem der umliegenden Dörfer unterwegs.

Und die ganze Zeit über saß Omm Maij an Ness' Bett, kühlte ihre Stirn mit nassen Tüchern und redete ihr gut oder auch streng zu.

Gegen Morgen kam der Arzt zu Neun Offenen Armen, und als er wieder ging, war sein erschöpftes Gesicht so grau wie der Himmel.

»Ich komme heute Nachmittag noch mal vorbei«, sagte er.

Omm Maij nickte.

In der Küche packte sie dann meinen Arm und sagte: »Du bist mir wohl eine Erklärung schuldig.«

Ich brach in Tränen aus.

Später sagte sie: »Ich verstehe ja, dass du es nicht leicht hast. Ich gebe dir viel Verantwortung, das ist mir klar. Aber ich würde es nicht tun, wenn ich nicht wüsste, dass du damit fertig wirst.«

Sie sagte: »Es gibt keine Entschuldigung für dein Verhalten. Nie im Leben hättest du Ness den Hang hochgehen lassen dürfen. Das wusstest du. Du hast sie in Gefahr gebracht. Und damit meine ich nicht nur, dass sie eine Woche lang im Bett bleiben muss, um sich auszukurieren.«

Sie sagte: »Ich habe es dir nie erzählt, weil ich dich nicht damit belasten wollte, aber jetzt musst du es doch wissen. Die Gefahr ist nicht für ihren Rücken am größten, sondern für ihre Lunge. Wenn der Rutschel nicht an der richtigen Stelle festwächst, wird sie bucklig. Dann kann es passieren, dass ihre Rippen die Lunge durchbohren. Und daran kann sie sterben.«

Ich erinnere mich nur noch an das Küchenfenster. Daran, wie der Tag sich wie ein scheuer Hund hereinschlich, während alle anderen vor Erschöpfung einschliefen und ich mir so sicher war, dass ich überhaupt nie mehr schlafen könnte.

Ich erinnere mich an den Verschlag neben unserem Haus, der krumm und schief im Wind knarrte, aber ich weiß weder wie noch warum ich dort hingegangen bin.

Und ich erinnere mich an Liesl. Liesl, die plötzlich auf Schlammbams Sahara stand.

Bezahlfamilie

Ich könnte sagen, ich wäre an dem Morgen todmüde gewesen. Und hätte furchtbare Angst gehabt, dass es meine Schuld wäre, wenn Ness starb. Oder ich könnte sagen, ich wäre nicht klar im Kopf gewesen. Aber das wäre gelogen. Und falls dann jemand sagen würde, ich hätte es niemals getan, wenn ich damals schon all das über Liesl gewusst hätte, was ich jetzt weiß, könnte ich nur hoffen, dass er recht hat. Aber sicher wäre ich mir ganz und gar nicht.

»Was willst du hier?«

»Ist Ness krank?«

»Wer hat das gesagt?«

»Stimmt es? War Herr Doktor heute Nacht bei euch?«

Liesls Stimme zitterte ein bisschen, sie war außer Atem. Erst sehr viel später fiel mir auf, dass sie an dem Tag das einzige Mal allein nach Neun Offene Arme gekommen war. Und wie ungewöhnlich das gewesen war, weil sie nur selten allein die Villa verließ.

Aber das Einzige, was ich damals dachte, war, dass Betje Garen wieder einmal ganze Arbeit geleistet hatte.

Unsicher kam Liesl auf mich zu. »Nicht weinen!«, sagte sie. »Nicht weinen, Fing. Alles wird gut.«

Alles hatte ich ausgehalten – die Wut meiner Großmutter, den Kummer von Papp, die Besorgtheit des Arztes. Es war, als wäre ich in dieser Nacht jedem Gefühl gegenüber abgestumpft. Jedem, außer Liesls Mitleid.

»Darf ich sie sehen?«, fragte sie.

»Sie schläft.«

»Dann warte ich solange.«

»Geh weg«, sagte ich.

»Ich will sie sehen.«

»Niemand kann dich hier gebrauchen. Geh weg!«

Ein überheblicher Ausdruck legte sich auf ihr Gesicht. »Ness ist meine Freundin.«

»Das glaubst auch nur du.«

Ich stieg die Treppe hinauf, ging in unser Zimmer, holte, was ich brauchte, und kehrte zurück nach draußen. Der Plan wurde bei der Umsetzung geboren, er nahm Gestalt an, während ich auf Liesl zuging. Keine Sekunde dachte ich über das nach, was ich tat.

»Hier.«

»Was ist das?«

»Ein Geschenk.«

»Was soll ich mit einem Geschenk?«

»Nicht für dich. Für Ness.«

Ich drückte es ihr in die Hand. Es klimperte.

»Möchtest du nicht reinschauen?«

Argwöhnisch sah sie mich an.

»Es ist auch ein Geschenk von dir«, sagte ich.

Sie hielt es einfach nur in den Händen. Also nahm ich es ihr wieder ab.

»Eine Überraschung ist es nicht gerade«, erklärte ich. »Ness weiß es natürlich schon lange.«

Ich öffnete die Büchse. Sie war schon zu drei Vierteln mit den Münzen der Prüüszesche gefüllt.

»So eine Operation kostet ja einen Haufen Geld«, erklärte ich. »Der Rutschel muss befestigt werden. Mit Silbernadeln, glaube ich, und die sind nicht gerade billig.« Ich lächelte. »Sie ist dir so dankbar. Sie würde es nie zugeben, das ist ja klar, aber mir hat sie es gesagt. Ness hat sich gefreut, dass sie selbst dazu beitragen kann.«

Es ist schwer zu sagen, wann sie es begriff. Erst starrte sie noch dümmlich und ein bisschen überrascht auf das Geld, aber dann wurde ihr Gesicht aschgrau.

»Das hast du doch bestimmt gewusst?«, fragte ich.

»Du lügst!«, rief sie.

»Ach. Hast du wirklich geglaubt ...?«

»Du lügst!«

»Hast du denn geglaubt, dass meine Familie dich einfach so aufnimmt?«

»Du lügst!«

»Wir kriegen jede Woche Geld, damit du herkommen kannst. Von deinem Tantchen. Jede Woche.«

»Lügnerin!«

Ich drehte die fast volle Büchse um. Klimpernd kullerten die Münzen auf Schlammbams Sahara.

»Eine Bezahlfamilie sind wir!«, rief ich.

Sie ging weg. Erst langsam, dann immer schneller und schließlich rannte sie den Weg entlang.

Als ich wieder hinaufkam, hatte Ness die Augen geöffnet, aber ihr Blick war glasig.

»Fing?«

»Ich bin da.«

»Geh nicht weg.«

»Nie.«

»Fing?«

»Ja?«

»Ich glaubte, jemanden reden zu hören.« Ihr Blick wurde etwas klarer. Sie sah sich im morgengrauen Licht im Zimmer um.

»Es ist noch früh, oder?«, fragte sie.

»Sehr früh.«

»Dann habe ich wohl geträumt.« Sie lächelte mich so tapfer und so zittrig an, dass mein Herz in tausend Stücke brach.

Ich wusste, dass ich zu weit gegangen war. Ich wusste, dass sie es nicht auf sich beruhen lassen würde. Nicht Liesl.

Es überraschte mich also kaum, dass Anna und die Prüüszesche mich bereits erwarteten, als ich an dem Montagmorgen später als sonst in die Villa kam. Anna mit grimmiger und die Prüüszesche mit bestürzter Miene.

Liesls Rache war bewundernswert. Zwei Spieleschachteln waren aus ihrem Zimmer verschwunden, fünf Glasfiguren aus Annas Dienstbotenkammer, eine Schachtel Zigarren aus dem Lager und Silberbesteck aus der Küche. Und alles lag ordentlich in dem Schrank, wo mein gutes Kleid hing.

»Fing?«, sagte die Prüüszesche.

Ich schwieg. Der Zigarrenkaiser musste einschreiten.

»Gerade habe ich mit Liesl gesprochen«, erklärte er. »Sie sagt, du hast die Sachen mitgehen lassen, aber nicht nur das. Du hast sie auch zum Stehlen angestiftet.«

Die Prüüszesche schnappte entsetzt nach Luft.

»Das kann ich nicht dulden«, fuhr der Zigarrenkaiser ruhig fort. »Weil du Liesl aber so viel bedeutest, will ich keine Anzeige erstatten. Die Entdeckung deiner Taten soll die Strafe sein. Ich hoffe nur, dass du dich für den Rest deines Lebens zutiefst schämst.«

Normalerweise hätte ein einziges Wort aus dem Mund des mächtigen Zigarrenkaisers mir die Schamesröte ins Gesicht getrieben, doch jetzt spürte ich nichts. Gar nichts.

Keine fünf Minuten später stand ich draußen vor der Villa und die Tür fiel hinter mir ins Schloss. Ich drehte mich um und sah gerade noch, wie sich der Vorhang in Liesls Zimmer ein wenig bewegte, dann hing er wieder still. Für einen kleinen Moment glaubte ich, sie weinen zu hören, aber das war natürlich Unsinn.

Omm Maij reagierte für ihre Verhältnisse ungewöhnlich ruhig. Sie schrubbte nur fast die Maserung aus den klappernden Dielen in der Küche. Und zerschnitt ein altes Laken in unansehnliche, schiefe Vierecke.

»Geht es wieder?«, erkundigte sich Papp vorsichtig.

»Alles bestens!«, antwortete sie.

»Machst du dir nicht zu viele Gedanken?«, fragte Kretjeng.

»Etwa weil man meine eigene Enkelin des Diebstahls beschuldigt?«

»Es ist bloß ein Missverständnis«, sagte Papp beschwichtigend.

Kretjeng und Jrades fingen an zu lachen.

»Fing eine Diebin!«

»Das wäre ja noch schöner«, sagte Papp wieder.

Jetzt lachten alle.

Dieses Argument war offensichtlich überzeugend. Oder Omm Maij hatte einfach nur keine Kraft mehr, sich zu widersetzen, zumal sie sich auch noch Sorgen um Ness machen musste. Sie stieß einen tiefen Seufzer aus.

»Ich red mal mit dem Zigarrenkaiser«, sagte Papp.

»Kommt gar nicht infrage!«, entschied Omm Maij. »Wer redet, gibt zu, dass er schuld ist.«

Ich erinnere mich noch an die überwältigende Erleichterung, die mich überkam, als ich von der Villa wegging. Und ich weiß noch, dass ich dachte: Den Rest meines Lebens gehe ich nie, nie mehr in dieses Haus, nie, nie mehr muss ich in der Nähe von Liesl sein, der Nichte der Prüüszesche.

Ein selbst ausgedachtes Lied ging mir durch den Kopf. Mit jedem Schritt wurde mir leichter.

Nie, nie, nie
mehr in die Villa gehen.
Nie, nie, nie
mehr Liesl sehen,
die Nichte der Prüüszesche.

Zum soundsovielten Mal lag ich daneben.

TEIL 3

Das Backblech Gottes

1940–1941

Eine neue Karawane

Als der Krieg schließlich ausbrach, war es, als würde die Zeit, die vorher noch locker an einer Schnur gehangen hatte, mit einem Ruck straff gespannt werden. Das Surren begann im Schlaf, doch als ich die Augen aufschlug, war es immer noch da.

Müllche und Ness lagen mucksmäuschenstill neben mir und blickten nach oben. Das Surren verwandelte sich in ein Dröhnen. Irgendwo im Haus bebte etwas leise und begann dann zu klappern. Omm Maij kam in unser Zimmer und ich hörte Papp und unsere Brüder die Treppe hinuntertappen.

»Zieht euch an und ab geht's nach unten«, befahl Omm Maij.

»Fängt jetzt der Krieg an?«, fragte Ness.

»Er hat schon angefangen.«

»Mitten in der Nacht?«, fragte Müllche verärgert.

Widerwillig krochen wir aus unserem warmen Bett. Ness fragte, ob sie ihr Korrekturkorsett anziehen solle. Unsere Großmutter machte eine Geste, die alles hätte bedeuten können, und griff nach unseren Bettdecken. Wir sahen sie verblüfft an.

»Na was denn?«, sagte sie. »Wir wissen nicht, wie lange das hier dauern wird. Und dann ist es besser, wenn wir im Keller sind.«

»Im Keller?«, fragte Müllche. »Warum ...«

Omm Maij trieb uns wie eine Schar Gänse vor sich her. Wir tappten die klapprige Holztreppe, die in den Keller führte, nach unten. Dort erwartete uns Papp schon mit seiner Petroleumlampe. Wegen des Lichts blinzelten wir und sahen uns erstaunt um.

Sie musste es im Lauf der Woche klammheimlich vorbereitet haben. Strohsäcke lagen im zweiten Keller, wo normalerweise der Schlamm aufbewahrt wurde und die Kohlenschütte stand. Eine alte niedrige Kommode stand da, darauf eine Petroleumlampe und die kleine Pendeluhr aus Omm Maijs Zimmer. Sogar das ausrangierte Wundergesundheitsbett von Ness war da, mit Decken und Kissen darauf, sodass es wie ein Sofa aussah. Es war fast gemütlich.

Dann begann das Warten.

Die ganze Welt war völlig verrückt geworden. Erst hatten sich alle mit den Prüüsze angelegt, nachdem die in Polen eingefallen waren. Danach kamen die Russen und wollten die Hälfte von Polen für sich haben, also erklärte die ganze Welt nicht nur die Prüüsze, sondern auch die Russen zum Feind. Unsere Brüder fanden, dass sich das wiederum die Prüüsze, die immer und überall die Größten und die Einzigen sein wollten, nicht bieten lassen konnten. Und darum seien sie im Gegenzug in Dänemark und Norwegen eingefallen.

Papp beharrte darauf, dass unser Land so erbsenklein sei, dass keiner es haben wolle. Und überhaupt, sagte er, seien wir im letzten Krieg neutral geblieben, und wenn es hart auf hart käme, würden wir es auch jetzt wieder sein.

»So was!«, hörte ich ihn entrüstet grummeln, jedes Mal, wenn ein Flugzeug über uns hinwegflog. »So was!«

Tausendmal schon hatte Müllche sich den Krieg zurechtfantasiert. Kanonen gehörten dazu, wüste Kämpfe und wilde Verfolgungsjagden, und Unmengen Menschen, die gerettet werden mussten. Doch jetzt bestand der Krieg vor allem aus Gähnen. Gähnen und andere mit dem Gähnen anstecken. Es fing bei Pitt an, der Et ansteckte, und der wiederum Kretjeng, bis wir alle an der Reihe waren. Als Pitt erneut Anstalten machte zu gähnen, hörten wir in der Ferne mehrfach ein trockenes Knallen. Nicht sehr eindrucksvoll.

Die Pendeluhr tickte ohrenbetäubend laut. Ness kicherte nervös. Wieder donnerten Flugzeuge über uns hinweg, sehr tief diesmal, ihr Dröhnen erschütterte die klapprige Holztreppe.

Dann wurde es wieder still. Kretjeng läutete die dritte Gähnrunde ein.

»Ich höre was«, sagte Jrades.

Wie auf Befehl sprangen unsere Brüder auf.

»Setzt euch!«, herrschte Omm Maij sie an.

»Aber …«

»Setzen, habe ich gesagt.«

Bockig ließen sich unsere Brüder wieder sinken.

»Wir bleiben alle sitzen«, sagte Omm Maij, um ihre Anweisung beim ersten leisen Geräusch selbst zu missachten. Stimmen drangen von außen herein. Taub für unseren Protest stürmte unsere Großmutter die Kellertreppe hinauf, Papp hinterher. Auf halber Treppe drehte er sich um. Es war das erste und einzige Mal, dass ich ihn streng erlebte.

»Wenn einer von euch es wagt, sich an der Küchentür blicken zu lassen! Der sollte sich gleich darauf gefasst machen, dass er für den Rest seines Lebens nicht mehr sitzen kann. Verstanden?«

Dann stiefelte er die Treppe weiter hoch und trat hinaus.

Unsere Brüder schmunzelten. Müllche dachte nach. Und wenn Müllche nachdachte, war Vorsicht geboten.

»Wir sollen uns an der Küchentür nicht blicken lassen, hat er gesagt, oder?«, fragte sie.

Unsere Brüder murrten gequält.

»An der *Küchentür*?«, wiederholte sie.

»Müllche!«, sagte ich warnend, doch da war es schon zu spät. Als unseren Brüdern aufging, worauf Müllche hinauswollte, grinsten sie wie Honigkuchenpferde und donnerten wie ein Bataillon die klapprige Treppe hinauf.

»Ihr wisst doch genau, was Papp gemeint hat«, rief ich, während ich ihnen schon nach oben und durch den Flur hinterherrannte.

Papp hatte nicht von der richtigen Haustür gesprochen, weil sie derart klemmte, dass man sie kaum benutzen konnte. Als sich unsere großen Brüder durch ihren Spalt zwängten, wurde mir wieder klar, was ich sonst immer vergaß. Was wir alle immer vergaßen. Unsere Brüder mochten uns zwar glauben lassen, dass sie groß waren, aber sie waren doch immer noch klein genug, um sich durch einen Türspalt zu zwängen.

Müllche war hinter ihnen hergeschlüpft, ehe ich sie zurückhalten konnte. Zweifelnd blieb ich an der Tür stehen, als plötzlich ein Luftzug den Schirmständer samt Omm Maijs Regenschirm laut polternd umwehte.

»Was stehst du hier und wartest?«, fragte Ness und schlüpfte ebenfalls hinaus.

Von Weitem schon hörten wir unsere Großmutter wettern. Aus der Nähe sahen wir dann, dass sie offenbar selbst nicht wusste, auf wen sie ihre Schimpfkanonade loslassen sollte. Den einen Moment richtete sie sich an die Männer, die Schlammbams Sahara entlangliefen, und im nächsten an unsere Brüder. Dabei teilte sie rechts und links Ohrfeigen aus, ganz egal, wer ihr unter die Finger kam.

»Schlägt sie die Prüüsze?«, fragte Ness fassungslos.

Aber zum Glück waren es Holländer.

»Das ist die falsche Richtung!«, rief Omm Maij. »Ihr müsst dahin gehen.« Sie zeigte in Richtung Grenze.

Ein Mann spuckte auf den Boden. »Da ist gar nichts zu machen.«

»Gegen die Prüüsze ist eine ganze Menge zu machen«, rief Omm Maij rasend. »Wozu habt ihr denn sonst Gewehre?«

Der Mann ging weiter. »Wie, gegen die Prüüsze?«, rief er zurück. »Ich meine den Staub auf diesem Drecksweg! Die Maschinengewehre sind alle kaputt!«

Ob das stimmte, wussten wir nicht, aber jedenfalls verschwanden die Männer in der Nacht. Bald darauf hörte die Schießerei auf. Auf die Stille folgte noch mehr Stille, ein riesiges Loch aus Stille, gefolgt von erneutem Dröhnen, einem schweren, donnernden Dröhnen, das Schlammbams Sahara vom Anfang bis zum Ende erschütterte.

Es war Morgen. Draußen vor dem Küchenfenster sahen wir Panzerwagen. So breit und schwerfällig rollten sie heran, dass Schlammbams Sahara mit einem Mal wie ein schmales Gässchen wirkte. Sie gruben die Erde um, schlugen Löcher in den Weg.

»Was ist das für ein Gebrüll?«, fragte Ness ängstlich.

»Panzer«, antwortete ich.

»Von wegen!«, rief Müllche mit feuerroten Wangen. »Es ist der Weg, der brüllt, der Weg!«

In diesem Moment tat es einen ungeheuren Schlag, er erschütterte unser Haus bis unters Dach. Wir schauten zum Fenster hinaus und sahen einen Panzerwagen mit jaulendem

Motor an der Koniferenhecke stehen. Er musste versucht haben, einen anderen Panzer zu überholen, und war dabei etwas zu tief in die Hecke geraten.

Ein Soldat spähte erschrocken heraus. Dann tauchte er wieder ab, der Wagen setzte ruckelnd zurück und machte eine Vierteldrehung. Dann erst wurde der Schaden sichtbar. Die dicke Karosserie des Panzerwagens war zerbeult wie eine Konservendose.

Hektik brach aus. Soldaten sprangen, das Gewehr im Anschlag, aus den Panzern und pikten schreiend in die Hecke. Die schwankte wie immer und das verwirrte die Männer noch mehr.

Vielleicht glaubten sie ja an einen Sabotageakt. Glaubten, Betonringe wären in der Hecke versteckt. Und das, obwohl es genügt hätte, einfach hochzuschauen.

Es sah so witzig aus, dass Müllche laut loslachte. Omm Maij machte rasch das Fenster zu und schimpfte, Müllche solle damit aufhören, aber schließlich sah sie selbst ein, wie komisch das Ganze war.

Hoch über den Soldaten ragte die große Linde auf. Die Linde, die in den letzten Jahren so groß geworden war, dass sie halb in die Hecke hineinwuchs. Die Linde, die als Einzige wirklich Widerstand geleistet hatte.

Und so zog eine dritte Karawane über den Weg, auf dem erst die Karawane mit Niimelefiimel und ihrer Familie gekommen war und später dann Liesl mit dem Zigarrenkaiser und der Prüüszesche. Die dritte Karawane war die längste und am wenigsten erwünschte von allen.

Kinder betrifft das nicht

Die erste Woche schliefen wir im Keller und durften tagsüber nicht nach draußen. Müllche jubelte laut, weil sie nicht in die Schule zu gehen brauchte, aber sie freute sich gerade mal eine Stunde darüber. Den Rest der Woche war sie furchtbar schlecht gelaunt.

Omm Maij dachte sich den gründlichsten Frühjahrsputz aus, der je über Neun Offene Arme hereingebrochen war. Sie sorgte dafür, dass keiner von uns sich auch nur fünf Meter vom Haus entfernte, nicht mal Papp und unsere Brüder. Wir mussten die Möbel verrücken und die große Standuhr in ihre Einzelteile zerlegen, sie ließ uns die Kessel und Töpfe mit Drahtbürsten schrubben. Eine Ecke der Wand musste mit einem Rest Tapete beklebt werden.

»Es kommt doch sowieso nie jemand«, protestierten sie. Unsere Brüder fühlten sich so gefangen, dass sie sich nicht einmal mehr ins Wort fielen. So gereizt waren sie, dass unsere Großmutter schließlich jeden in eine andere Ecke des Hauses an die Arbeit setzte, um eine Prügelei zu vermeiden.

Und kaum waren wir mit der Kesselbürsterei fertig, schickte sie uns auf den Dachboden, um alle Säcke und Kisten erst von links nach rechts zu schleifen und dann wieder zurück.

Aus dem Dachfenster beobachteten wir, wie die deutschen Truppen vorbeimarschierten. Die meisten Soldaten sahen aus wie verkleidete Bauernburschen. Sie sangen und lachten, und als es Müllche endlich gelang, den wachsamen Augen unserer Großmutter einen Moment zu entkommen, setzte sie sich auf den Zaun und tat so, als würde sie einen von ihnen mit gekrümmtem Finger erschießen. Der ließ sich mit verdrehten Augen zu Boden fallen, sprang dann wieder auf und zwinkerte Müllche zu.

Ein paar Nächte hintereinander hatte Ness furchtbare Albträume, an denen nicht mal Omm Maij etwas ändern konnte. Schließlich war es Papp, der mitten in der Nacht an unser Bett kam.

»Die schießen mich noch tot!«, weinte Ness.

»Ach was«, sagte Papp. »Wer wird denn Kindern Böses wollen?«

Ness steckte sich die Finger in die Ohren. »Aber dann schießen sie auf dich! Oder auf Omm Maij!«

»*Onsen!*«, sagte Papp. Behutsam nahm er Ness' Finger aus ihren Ohren. »Die Prüüsze haben selbst Kinder. Denen ist doch auch klar, dass Kinder mindestens einen Vater und eine Oma brauchen. Außerdem ist der Krieg jetzt vorbei.«

»Sie haben nur aufgehört zu kämpfen«, sagte ich.

»Ohne Kämpfe kein Krieg«, entgegnete Papp.

Als wir wieder in die Stadt durften, war der Krieg, der keiner war, verloren. Die Frühlingssonne strahlte schon warm. Eine Lerche schwebte in der Luft, sie flog hoch in den strahlend blauen Himmel hinauf und sang sich die Lunge aus dem kleinen Leib.

Auf dem Markt spielte eine deutsche Musikkapelle mit großen, in der Sonne glänzenden Trompeten und Flöten und Trommeln. Wir sahen uns die Löcher in den Häusern an, eine eingestürzte Mauer, eine tote Kuh vom Stadtbauernhof, von der es hieß, sie sei vor Schreck gestorben. Müllche pikste mit einem Zweig in ihr Kullerauge, bis ein deutscher Soldat ihr sagte, sie solle damit aufhören, anständige Mädchen würden so etwas nicht machen. Er sah schockiert aus.

Zwanzig Soldaten seien gefallen, hieß es, doch keiner von ihnen stammte von hier. Wir hatten nur einen Toten zu beklagen, einen Mann, der aus einem Fenster vom Kirchturm gefallen war. Es war eine seltsame Geschichte. Zum einen lag das Kirchturmfenster so weit oben, dass man nur mit Mühe herankam, und zum anderen war es so schmal, dass man sich kaum hindurchzwängen konnte. Und es war nicht mal ein Katholik, der zu Tode gestürzt war, sondern ein Jüdd.

Deutsche Soldaten liefen mit Gewehren herum, aber sie sahen nicht so aus, als hätten sie Lust, sie jemals zu benutzen. Sie kauften sich Törtchen, aßen sie und rauchten Zigaretten, lachten und schwatzten in der Sonne. Ihre Gewehre lehnten an der Auslage der Bäckerei.

In meiner Vorstellung gab es nur zweierlei: Krieg oder keinen Krieg. Das hier war irgendein komisches Zwischending. So kamen die Montage wieder und die Frauen legten die Wäsche auf die Bleiche. Und die Dienstage und Mittwoche kamen wieder und die Post wurde wieder ausgetragen.

Nicht allen missfiel die Anwesenheit der Prüüsze. Ich hatte gesehen, wie die Frau von Nöll Wauben, dem Metzger, zusammen mit ihren drei Söhnen Schokolade und Orangen an die Soldaten verteilt hatte. Und sie waren sicher nicht die Einzigen gewesen.

»Dummköpfe«, sagte Betje Garen in ihrem Laden. »Die glauben, es ist besser, unter den Prüüsze zu leben als unter den Holländern.«

»Ist es unter den Holländern denn besser?«, fragte jemand.

»Am besten ist es unter gar niemand«, sagte Betje Garen.

Es war meines Wissens das erste und einzige Mal, dass Omm Maij die Meinung der Krämerin teilte.

Joffer Vroon

Tante Trude, Omm Maijs kindische Großcousine, hatte das Zeitliche gesegnet. Am Abend vor dem Einfall war sie eingeschlafen, friedlich wie ein Lämmchen. Der Pfarrer hatte erleichtert ein Dankgebet zum Himmel geschickt. Gekühlt von Eisblöcken aus der Eisfabrik musste Tante Trude eine gute Woche im Krankenhauskeller auf ihr Begräbnis warten.

In der Michaelskirche wurde eine Messe für sie abgehalten, die Daamses trugen sie auf den Friedhof und danach gab es bei uns Kaffee und Kuchen. Ich half Omm Maij in der Küche.

»Bring den Daamses auch was«, sagte sie.

»Kann das nicht Müllche machen?«, fragte ich. »Oder Ness?«

»Ich habe dich darum gebeten«, antwortete Omm Maij und drückte mir das Tablett in die Hände.

Die Totengräber saßen schweigend auf den Schößen ihrer schwarzen Fracks im Gras. Sechste Schulter hockte ein wenig abseits. Er guckte kaum hin, als ich ihm Kaffee einschenkte. Und ich wäre davongekommen, wenn er nicht plötzlich doch aufgeschaut hätte, zuerst zerstreut und dann verblüfft. Ich lief rot an und machte mich aus dem Staub.

Da dachte ich noch, dass es gar nicht schlimmer werden konnte, doch dann kam ein Mann zu mir und bat um Kaffee. Als ich ihm einschenkte, schaute er aber gar nicht auf den Kaffee. Ich wurde noch röter und hielt das Tablett schnell vor die Brust.

»Du kriegst welche«, hatte Müllche vor ein paar Wochen aufgeregt festgestellt. Mit der roten Flut konnte ich mich noch einigermaßen abfinden. Wenn ich gut aufpasste, merkte es niemand. Aber die komischen Knospen, aus denen Brüste werden sollten, konnte ich nicht verstecken. Wie sich jetzt schon herausstellte.

In der Küche kam eine Frau zu mir. Sie war stämmig und ihre Frisur sah aus wie der Helm eines Grubenarbeiters.

»Ich habe gehört, dass du eine Anstellung suchst?«

»Wie bitte?«

»Ich bin Joffer Vroon. Eine Bekannte von deiner Tante Trude.«

Sie erzählte, dass sie jemanden suche, der tagsüber leichte Arbeiten im Haushalt übernehmen konnte. Ich denke nicht, dass ich einen besonders interessierten Eindruck machte.

Nettchen von Nöll hatte schon versprochen, ein gutes Wort für mich einzulegen. Früher hatte sie bei Rosita gearbeitet, der Strickwarenfabrik. Und sie hatte gehört, dass dort vielleicht noch ein paar Mädchen gesucht würden.

Joffer Vroon ließ sich von meiner leidenschaftslosen Reaktion nicht abschrecken. Sie lud mich zu sich ein, um mir »das Ganze mal anzusehen« und »unter uns zu sein«. Ich hatte keine Ahnung, was sie damit meinte. Aber aus Höflichkeit bedankte ich mich und versprach vorbeizukommen.

Joffer Vroon lebte in einem schmalen, weiß verputzten Haus, zusammen mit ihrem Kater und jemandem, der auf dem Dachboden in Pension wohnte. Sie schenkte mir so heißen Kaffee ein, dass ich mir gleich die Zunge verbrannte, tat so, als würde sie mich seit Jahren kennen, und erzählte mir eine lange Geschichte über eine gewisse Mevrouw Baaks. »Und du kannst dir natürlich denken, dass ich mit meiner Gicht ihr unmöglich helfen konnte«, sagte sie. »Aber du weißt ja, wie sie ist. Sie und ihre ganze Familie, nebenbei bemerkt. Immer gleich beleidigt.« Joffer Vroon tätschelte mir vertraulich den Arm.

Dann zeigte sie mir das Haus. Verglichen mit der riesigen Villa des Zigarrenkaisers war es ein Puppenhaus. Sie hatte sonst kein Personal.

»Schön, dass du gekommen bist«, sagte sie vergnügt, als wir wieder im Wohnzimmer waren. »Möchtest du einen Keks?«

Ich hatte überhaupt nicht vor, bei ihr zu arbeiten. Vielleicht fing ich deshalb an, von der Prüüszesche zu reden. Und ob sie wisse, dass …

»Hauptsache, wir wissen, wie es in Wirklichkeit war«, entgegnete sie.

Dass einige mich schief ansahen, war mir schon klar. Obwohl der Zigarrenkaiser gesagt hatte, er würde es nicht herumerzählen. Aber ich hatte die ganze Zeit so getan, als würde es mir nichts ausmachen. Besser gesagt, ich glaubte wirklich, dass es mir nichts ausmachte. Und dann war da plötzlich jemand, der mich gar nicht kannte und trotzdem einfach glaubte, dass ich nicht geklaut hatte.

»Aber die Prüüszesche …«, sagte ich und Tränen stiegen mir in die Augen.

»Ach ja«, sagte sie und ihr Mund verzog sich zu einem bitteren Lächeln. »Die Prüüszesche, ja, ja.«

Als ich wieder draußen war, marschierten Soldaten durch die Straße. Und am Rathaus hing die Fahne mit dem Hakenkreuz, aber abgesehen davon war es ein ganz gewöhnlicher Tag. Strahlend blauer Himmel und sonnenüberflutet. Vielleicht hatte Papp recht und ein besetztes Land zu sein war nicht mehr als das hier. Man musste sich einfach nur ein bisschen in Acht nehmen und weiter nichts.

Wenn man die Augen ein wenig zukneift, kann man einfach so am Krieg vorbeischauen, dachte ich.

Zu Hause erzählte ich von Joffer Vroon.

»Fing«, sagte Omm Maij. »Du musst das, was sie sagt, mit einer Prise Salz nehmen. Besonders, wenn sie von der Prüüszesche spricht.«

»Warum?«, fragte ich.

»Bevor die Prüüszesche kam, fiel Mildtätigkeit vor allem in Joffer Vroons Zuständigkeit«, antwortete Omm Maij. »Aber als der Zigarrenkaiser seine Frau herbrachte, hat er gleich dafür gesorgt, dass sie etwas zu tun hatte. Und weil er den meisten Vereinen kräftig unter die Arme greift, saß Joffer Vroon plötzlich mit leeren Händen da. Das hat sie in den falschen Hals gekriegt.«

Ein Brüderkrieg (I)

Vielleicht konnte man wirklich am Krieg vorbeischauen, aber dann durfte man keine Brüder haben. Ich hatte gehofft, sie würden sich ruhig verhalten, Zigarren drehen und verkaufen und weiter nichts.

»Aber genau das haben wir doch gemacht«, sagte Kretjeng.

»Nicht mehr und nicht weniger«, sagte Jrades.

»Zigarren sind Zigarren«, sagte Pitt.

»Und Kunden sind Kunden«, sagte Et.

Sie spielten die gekränkte Unschuld. In ihrem Fall konnte man allerdings besser von der geprügelten Unschuld sprechen. Kretjeng hatte ein blaues Auge, Pitt und Et jeweils eine kaputte Lippe. Körperlich unversehrt war nur Jrades, aber seine Kleidung sah genauso zerknittert und zerfetzt aus wie die der anderen.

»Ihr seid wohl vollkommen verrückt geworden!«, schimpfte Omm Maij.

»Was ist passiert?«, wollte Müllche wissen, aber unsere Großmutter bekam einen so erhitzten Ausdruck, dass sie lieber nicht noch mal fragte. Doch kaum war Omm Maij nach draußen gegangen, um die Wäsche abzuhängen, bestürmte Müllche unsere Brüder schon mit Fragen.

Kurz und gut, sie hatten den Prüüsze ein paar Zigarren schenken wollen.

»Schließlich sind sie immer noch unsere Nachbarn«, sagte Pitt.

»Auch wenn sie gerade nicht mehr recht wissen, wo es langgeht«, meinte Jrades.

Also waren unsere Brüder zur Kneipe *Le Jeune* gegangen, wo sich ein paar hohe Offiziere der deutschen Armee aufhielten.

»Und es war sogar richtig nett«, sagte Kretjeng.

Omm Maij kam mit der Wäsche zurück. Sie musterte uns streng. Einen Moment glaubten wir, sie würde uns verbieten, miteinander zu reden, doch sie seufzte nur verärgert und ging wieder nach draußen. Kurz darauf hörten wir sie in der Zigarrenwerkstatt mit Papp schimpfen, dass ein Stuhl nicht da stünde, wo er stehen sollte, und ob wir uns einbildeten, sie würde steinalt werden, nur um uns alle einigermaßen ordentlich zu erziehen.

Unsere Brüder wussten, wie man eine Geschichte in die Länge zieht, sie waren nicht umsonst mit den Erzählungen unserer Großmutter aufgewachsen. Sie rückten mit den Stühlen, nahmen ihre blauen Flecken gründlich unter die Lupe und berieten sich ausführlich, wer die Geschichte erzählen durfte.

Nun ja. Was gebe es schon groß zu berichten? So besonders sei es nun auch wieder nicht. Ein Missverständnis. Und, wie sagt man doch gleich? Eine Verkettung unglücklicher Umstände. Es sei wirklich keine böse Absicht gewesen. Kurzum, die Zigarren. Nun ja. Ob wir uns noch erinnern könnten, dass wir vor zwei Jahren einen Ballen von einem angehenden Tabakzüchter gekauft hätten?

»Dem, der nach Schweißfüßen stank?«, fragte ich.

»Von dem ihr euch erbrechen musstet?«, fragte Ness.

Genau der. Nun ja. Den Tabak hätten wir doch weggeworfen? Bis auf das letzte Krümelchen, oder? Nun ja. Eben nicht. Irgendwie sei dieser Ballen zwischen den anderen Tabak geraten.

»O nein!«, rief Müllche.

»Wie kann das denn sein?«, fragte ich.

Unsere Brüder strahlten vor Unschuld.

Später hörten wir, dass die Gesichtsfarbe der Offiziere, nachdem sie ihre Kostprobe angezündet hatten, erst wie Fensterkitt ausgesehen hatte, dann wie junger Lauch, und dass sie es gerade noch bis zur Tür geschafft hatten, um sich vor *Le Jeune* einträchtig zu übergeben.

»Da hättet ihr doch längst weg sein können?«, fragte Ness.

»Wer abhaut, gibt zu, dass er schuld ist«, meinte Kretjeng.

»Prüüsze, die sich übergeben«, sagte Pitt versonnen, »das ist doch mal was Neues.«

Sie lachten alle vier. Aber nicht zu laut, weil sie mehr Respekt vor unserer Großmutter als vor dem Feind hatten.

Es ging glimpflich aus. Papp musste sich im Rathaus melden, eine Standpauke über sich ergehen lassen und versprechen, dass er seine Söhne künftig im Auge behalten würde, weil »es sonst auch mal ein ganz schlechtes Ende nehmen könnte«.

Unsere Brüder verloren nicht viele Worte darüber, sie hatten andere Dinge im Kopf. Nach Kretjeng war nun Et derjenige, der ernsthaft vorhatte, sich zu verloben. Mit Ulla, der Tochter des Schankwirts. Und die anderen beiden ließen sich von ihnen anstecken und gingen ihrerseits auf Brautschau. Wir hatten nicht die geringste Ahnung, wie sie es anstellten, aber jedenfalls fand unser Haus großen Zuspruch.

Müllche hing aus dem Schlafzimmerfenster. »Schon wieder eine!«, rief sie. »Huhu, er ist gar nicht da!«

»Wer denn?«, fragte das arme Mädchen.

»Das hängt davon ab«, antwortete sie.

Wenn dann der Name eines unserer Brüder fiel, fragte Müllche: »Bist du Antoinette?«

Und wenn das Mädchen den Kopf schüttelte, sagte sie eiskalt: »Dachte ist es mir doch. Mit der sucht er nämlich gerade einen Ring in der Stadt aus.« Mit schöner Regelmäßigkeit brach das Mädchen dann in Tränen aus.

Später fanden wir Pitt und Jrades mit ihren Mädchen auf den Betonringen, die als Schutz vor dem Feind hatten dienen sollen. Unsere Brüder knufften die Mädchen und zogen an ihnen, piksten sie mit den Fingern in die Seite und schnupperten an ihnen, als wären es nicht zukünftige Verlobte, sondern Probezigarren.

»Die Mädchen halten die Jungen im Zaum«, sagte Joffer Vroon. »Das ist schon immer so gewesen. Ach ja, und es war natürlich einfach nur ein Lausbubenstreich. Das ist den Prüüsze auch klar. Die haben doch selber mehr als genug Lausbuben. Sie sind keine schlechten Menschen.«

Ich hatte Joffer Vroon zwar nicht jubeln sehen, als die Prüüsze in unser Land eingefallen waren, aber auf ihrer Anrichte stand ein Foto von Hitler.

Die Arbeit, die ich machen musste, war weder besonders kompliziert noch anstrengend. Jeden Morgen putzte ich das kleine Wohnzimmer, wischte den Staub von all ihrem Nippes, schrubbte den Boden in der kleinen Küche. Heikel war einzig das Füttern ihres Katers. Es war eine Schaukatze. »Ein reinrassiger Perser«, hatte Joffer Vroon gesagt. Er hatte langes schneeweißes Fell, das jeden Morgen sorgfältig gekämmt werden musste. Joffer Vroon zeigte mir die Preise, die der Kater schon gewonnen hatte. Für sein freundliches Temperament hatte er sie jedenfalls nicht bekommen. Das elende Biest hatte mich schon mindestens zwei Mal mit seinen extrem scharfen Krallen gekratzt.

»Armer Kleiner ist sehr sensibel«, sagte Joffer Vroon zu seiner Entschuldigung. »An Fremde muss er sich immer erst gewöhnen.«

Sechste Schulter

Ich schob gerade den Kinderwagen durch die Hecke, als ich plötzlich merkte, dass er da war. Instinktiv zog ich den Wagen wieder zurück, doch das sperrige Ding verkeilte sich in dem Loch in der Hecke.

»Soll ich dir helfen?«, fragte Sechste Schulter.

»Nicht nötig«, murmelte ich, aber da hatte er den Griff des Kinderwagens schon in der Hand. Er versuchte den Wagen mit Gewalt durch die Hecke zu schieben, doch das hatte keinen Sinn. Man musste genau wissen, wie und wo man ihn drehen musste.

»Lass nur«, sagte ich.

Doch er zog und zerrte und lief rot an, während die Wanne verrutschte und drohte umzukippen. Dann schoss der Kinderwagen los. Sechste Schulter hätte fast das Gleichgewicht verloren. Mit einer übertriebenen Geste drehte er den Wagen um und wollte ihn zur Pumpe schieben.

»Das kann ich auch selber machen«, sagte ich.

Er ließ den Kinderwagen jedoch nicht los. Ich nahm den Griff auf der anderen Seite.

»Lass nur«, sagte er.

»Selber.«

Er beschleunigte. Ich auch.

»Lass nur.«

»Selber.«

Sechste Schulter lief los. Der Wagen rumpelte im Zickzack zwischen den Gräbern hindurch, machte eine scharfe Kurve und knallte gegen eine der Steinplatten. Es war völlig lächerlich.

»Ich habe doch gesagt, du sollst das lassen!«, rief ich wütend.

Betreten blieb er stehen und ich stiefelte zur Pumpe. Ich täuschte viel mehr Wut vor, als ich wirklich empfand, das schnelle Weglaufen war der reine Blödsinn. Wenn jemand das Recht hatte, sauer zu sein, dann Sechste Schulter und nicht ich. Schließlich hatte ich ihn hinters Licht geführt.

»Fing?«

Ich sah überrascht auf. Er kannte meinen Namen!

»Was ist?«

»Gehst du manchmal irgendwohin?«

»Irgendwohin? Wohin denn?«

»Auf die Kirmes.«

»Die ist erst in sechs Wochen.«

»Aber gehst du dann hin?«

Die Wanne war noch nicht mal zu einem Viertel voll, doch ich schob den Wagen wieder zur Hecke und zog ihn stumm hindurch, ohne Sechste Schulter auch nur eines Blickes zu würdigen.

Am nächsten Tag fasste er den Wagen nicht an. Aber er ging neben mir her. Als wir bei der Pumpe waren, begann er zu pumpen. Ich ließ ihn machen. Keine Ahnung, warum.

»Fing?«

»Was ist?«

»Sammelst du Sachen?«

»Was für Sachen?«

»Na, irgendwas.«

»Irgendwas sammle ich nicht.«

»Ach.«

»Ich sammle nur besondere Sachen.«

»Ach.«

Die Bedrövvde hatte einmal ein Hühnerbein in den Sachkundeunterricht mitgenommen. Sie hatte uns die Muskeln gezeigt, die dafür sorgten, dass das Huhn das Bein heben und die Krallen bewegen konnte. Man musste an bestimmten Muskelsträngen ziehen und dann passierte es. Wenn man an den falschen zog, geschah nichts. Waren Jungen so etwas wie Hühnerbeine?

Beim dritten Mal stand er schon an der Pumpe. Er stellte die Wanne unter den Schwengel, als hätten wir unser ganzes Leben nichts anderes gemacht. Er pumpte und ich sah ihm dabei zu.

Sechste Schulter hatte blondes Haar mit einer Tolle, die fast senkrecht hochstand, und beinahe weiße Wimpern. Am auffälligsten waren seine Hände. Es war, als wären sie vorab schon erwachsen geworden und warteten nun darauf, dass der Rest folgte. Seltsam groß waren sie und mit rötlichen Härchen bedeckt.

»Weißt du es schon?«, fragte er.

»Woher soll ich jetzt wissen, was ich in sechs Wochen mache?«

»Also gehst du nicht?«

»Die Wanne ist noch nicht voll«, sagte ich.

Das war gelogen. Das Ding war eigentlich schon voller, als es sein sollte. Ich würde es nicht mehr auf die andere Seite des Weges bekommen, ohne Wasser zu verschütten.

»Aber mal angenommen, du weißt es, und mal angenommen, du gehst«, sagte er, ohne mich anzusehen, »hast du dann schon jemand, mit dem du zusammen gehst?«

»Und was hast du gesagt?«, fragte Müllche.

»Dass ich schon jemand habe.«

»Und?«

»Nichts. Er ist nur ganz klein geworden.«

»Ha!«

»Ich habe ihm gesagt, ich gehe mit dir und Ness.«

»Warum das denn?«, rief Müllche.

»Hätte ich es nicht …?«

»Nicht sofort. Jungen muss man zappeln lassen.«

Sie schwieg einen Moment.

»Jetzt hast du einen festen Freund«, sagte Müllche entschieden.

»Bei dir piept's wohl?«, rief ich.

»Denk bloß nicht, dass ich deine Freundin bin«, sagte ich.

Statt dass Sechste Schulter wieder ganz klein wurde oder sich aufregte, strahlte er wie unser belgischer Kanonenofen.

Müllche fand das logisch. »Du darfst gar nicht erst davon anfangen«, meinte sie.

»Ich habe doch gar nicht davon angefangen«, antwortete ich verzweifelt, »ich habe nur gesagt, dass er es *nicht* denken soll.«

»Das kommt aufs selbe raus.«

»Hast du etwa ein Buch, in dem das alles drinsteht?«, fragte ich sauer.

Nach der Messe für die Heilige Rosa stand er sechs Wochen später in seinen Knickerbockern und einem Jackett, dessen Aufschläge so breit waren wie Flügel, vor der Kirche. Er nickte nur und schloss sich mir mit der größten Selbstverständlichkeit an. Ich tat so, als würde ich ihn nicht sehen.

Nie hätte ich gedacht, dass Kirmes und Krieg zusammengehen können. Oder Lachen und Krieg. Aber es ging. Es war sogar die normalste Sache der Welt.

Uns gegenüber saßen zwei Prüüsze. Sie hielten ihre Soldatenhelme in den Händen. Einer der beiden hatte so dünnes Haar, dass sein Schädel durchschimmerte. Auf der Kopfhaut war eine große Sommersprosse. Sie merkten, dass ich hinschaute, und einer von ihnen zwinkerte mir zu.

Ich sah rasch weg und ignorierte Sechste Schulter für den Rest des Nachmittags. Wenn ich in dem Tempo weitermachte, wie ich einen festen Freund bekommen hatte, würde ich noch verheiratet sein, bevor ich es überhaupt merkte.

Mein Mädchen

»Nimm die Marken für Margarine und Mehl mit, Fing«, sagte Omm Maij. »Und geh vor der Arbeit einkaufen. Gestern war alles schon am Vormittag weg.«

Die Lebensmittelmarken waren eines der wenigen Zeichen dafür, dass sich seit der Besatzung etwas geändert hatte. Außer, dass wir nicht mehr zwischen zehn Uhr abends und fünf Uhr morgens draußen sein durften. Aber das war ja sowieso noch nie der Fall gewesen.

»Und noch was: Was den Jungen angeht …«

Auf der Kirmes hatte ich kein Wort mit Sechster Schulter gewechselt. Es war mir also ein Rätsel, woher sie von ihm wusste. Ich war darauf gefasst, dass sie mir den Umgang mit ihm verbieten oder mir zumindest eine Predigt halten würde. Obwohl es gar nichts zu predigen gab.

Aber das Einzige, was sie sagte, war: »Sorg dafür, dass du nicht mit ihm allein bist. Und keine Spaziergänge zu zweit.«

»Aber Omm!«

»Du weißt genau, wovon ich spreche.«

»Ich bin erst vierzehn!«, rief ich empört.

»Genau«, antwortete meine Großmutter nur.

»Er sagt, du sollst kommen«, sagte Ness.

»Er sagt viel, wenn der Tag lang ist«, antwortete ich. Und das war mein Ernst. Warum also fragte ich sie keine zwei Minuten später, ob sie mitkam?

»Keine Lust«, antwortete Ness und schlug ihr Buch wieder auf.

»Komm schon. Du weißt, dass ich nicht allein gehen darf.«

»Ich verstehe nicht, warum du unbedingt zu einem Jungen gehen willst, den du nicht mal nett findest.«

»Wer sagt denn, dass ich ihn nicht nett finde?«

»Findest du ihn denn nett?«

Ich zuckte die Achseln. Seufzend legte sie ihr Buch zur Seite. Als wir auf der anderen Seite der Hecke ankamen, stand er schon da.

»Ich brauche nicht zu bleiben«, sagte Ness. Sie zeigte auf die magere Gestalt, die den Rosenstrauch am Rand des Friedhofs mit einer Baumschere stutzte.

»Das ist der Schwachkopf«, erwiderte ich.

»Na und?«

»Ich glaube nicht, dass der zählt.« Aber da hatte Ness schon kehrtgemacht und war verschwunden.

Sechste Schulter schenkte mir eine Anstecknadel aus Eisen. »Findest du sie schön?«

Ehrlich gesagt, gefiel sie mir nicht besonders. Es war eine kindliche Nadel mit Rotkäppchen und dem bösen Wolf darauf.

»Wunderschön«, sagte ich.

Er strahlte so sehr, dass es fast schon wehtat. Danach schaute er eine Weile auf seine Schuhe. Anschließend machte er irgendetwas Seltsames mit seiner Schaufel. Ich wurde ganz nervös davon. Der Schwachkopf fegte mit präzisen Bewegungen die Rosenblätter vom Weg.

Plötzlich setzte Sechste Schulter eine feierliche Begräbnismiene auf. Für einen Moment dachte ich, er würde mir sein Beileid aussprechen.

»Möchtest du mein Mädchen sein?«

»Ist gut«, antwortete ich.

Es ging so spielend leicht, dass wir uns beide darüber wunderten.

»Na dann«, sagte ich.

»Äh …«, sagte Sechste Schulter.

»Ich muss gehen.«

Er nickte erleichtert. »Ich begleite dich ein Stück.«

Bei der Hecke schob er mit seinen Große-Leute-Händen einen Zweig für mich zur Seite, als wäre der ein gefährliches Monster. Das Merkwürdige war nur, dass ich es nicht mal komisch fand.

»Kommst du mal wieder?«, fragte er.

»Gut.«

»Vielleicht sollten wir ein Zeichen vereinbaren.«

»Die Pumpe«, sagte ich. »Vier Mal pumpen.«

»Gut. Tschüss, Fing.«

»Tschüss«, sagte ich. »Äh … Wie heißt du eigentlich?«

»Filip.«

»Tschüss, Filip.«

»Tschüss, Fing.«

Das Backblech Gottes (I)

Es war nur eine Frage der Zeit gewesen. Sie kam aus der Synagoge, wahrscheinlich hatte sie wieder die Buchführung der Jüdde gemacht. Bei meinem Anblick zog sie wie immer den Kopf ein. Ihr sonst so sorgfältig hochgestecktes blondes Haar war unordentlich.

»Na so was! Hallo! Fing!«, rief sie etwas zu munter.

»Guten Tag«, sagte ich.

Sie kramte auf der Suche nach irgendetwas in ihrer Handtasche. Ich wollte weitergehen.

»Geht es dir gut?«, fragte sie, die Nase fast in der Tasche vergraben.

Ich nickte.

»Oh«, sagte sie.

»Ich bin schon spät dran.«

»Natürlich, natürlich.«

Ich wollte losgehen.

»Fing.«

»Ja?«

»Ich wollte … ich dachte …«

Sie verstummte, als jemand vorbeikam, und wartete, bis wir wieder allein waren. Dann sagte sie aus heiterem Himmel: »Ich weiß, dass du es nicht warst.«

Es lag nicht daran, dass ich nicht wusste, wovon sie sprach. Das wusste ich zu meiner Überraschung sofort.

Aber was erwartete sie jetzt von mir? Dass ich in Tränen ausbrach? Ihr unendlich dankbar war?

Ich schwieg, und sie stotterte. »Na ja, und da dachte ich ... vielleicht könntest du ... würdest du wieder bei ... Ich meine ... einen neuen Anfang machen. Was meinst du?«

Ich hielt davon nur so viel, dass ich mir mittlerweile nicht mehr vorstellen konnte, wie ich jemals an etwas so Kindisches wie eine goldene Zukunft glauben konnte. Aber das sagte ich ihr nicht.

Triumphierend erklärte ich: »Vielen Dank, aber ich habe schon eine Stelle.«

Sie nickte. »Bei Joffer Vroon.«

In unserer Stadt blieb nichts geheim. Vor niemandem.

»Passt du auf dich auf?«, sagte sie.

»Aufpassen?«, schnaubte Joffer Vroon. »Sie sollte lieber selber aufpassen!«

»Weil sie eine Prüüszesche ist?«, fragte ich, dankbar für die Boshaftigkeit in ihrer Stimme.

Ich wusste, dass es in der Stadt Leute gab, die allen Prüüsze böse waren, ob sie nun etwas mit dem Krieg zu tun hatten oder nicht. Das hatte ich von Emmaus Trott gehört, dem Niehzüüg-Verkäufer, selbst ein gebürtiger Deutscher. Dabei war niemand so sehr gegen den Krieg und die Deutschen wie er.

Sie sah mich lange an. »Prüüszesche?« Sie gab ein seltsames Grunzen von sich. »Das hätte sie wohl gern. Unsinn, Kind, sie ist eine *Jüddenn*.«

»Ach«, machte Papp.

»Das sagt sie doch nur, weil sie sauer ist«, meinte ich. »Oder?«

»Ach«, wiederholte er.

»Was denn?«

Er kratzte sich hinterm Ohr.

»Papp?«

Er sah sich um, als hoffte er inständig, jemand würde kommen und ihm dieses Gespräch abnehmen. Aber außer uns beiden war niemand im Haus.

»Manche Dinge sind ... äh ... nicht so einfach«, sagte er.

»Wieso?«

»Du weißt doch, warum die Prüüszesche hergekommen ist, oder?«

»Das weiß doch jeder.«

Er sah mich an.

Ich seufzte. »Weil sie sich in den Zigarrenkaiser verliebt hat. Und er sich in sie.«

»Das ist aber nicht alles.«

»Das verstehe ich nicht.«

»Sie *musste* weg.«

»Warum?«

Er schwieg.

»Weil sie *jüddesch* ist?«

Er nickte.

»Wusstest du das schon die ganze Zeit?«, fragte ich überrascht.

Er nickte noch einmal.

»Aber warum hat mir das keiner gesagt?«

»Na ja ...«, sagte Papp. »Ich wusste nicht, dass es wichtig ist.« Aber das war natürlich gelogen oder zumindest war es nur die halbe Wahrheit. Papp hasste alles, was mit Kummer zu tun hatte. Und er brachte es nicht mal fertig, das zuzugeben. Es machte mich auf einmal stinkwütend.

»Warum heißt sie dann die Prüüszesche?«, fragte ich giftig.

»So wird sie *genannt*, Fing.«

»Sie ist aber blond.«

Papp lachte leise. »Nicht alle Jüdde …«

»Ja, das habe ich schon verstanden«, antwortete ich. »Aber die meisten doch schon. Und sie geht in unsere Kirche. Welcher Jüdd macht denn so was?«

»So was kommt schon mal vor«, sagte Papp.

Aber das kam eben *nicht* vor.

Bei uns in der Stadt wohnten schon seit mehreren Generationen Jüdde. Da gab es die Herzdahls, die Horns, die Wijnperles, die Familie Sassen und noch eine ganze Reihe anderer Familien. Außerdem waren da die jüdischen Flüchtlinge, über die viel geklagt wurde, vor allem von den einheimischen Juden.

Unsere Jüdde gingen beim Karnevalsumzug mit und feierten den Tag der Heiligen Rosa genauso ausgelassen wie wir, aber sie hatten ihren eigenen Musikverein und ihren Theaterclub, und die jüdischen Familien hatten vor allem untereinander Kontakt. Und sie hielten streng an ihrem Glauben fest.

Mimi Sassen war in meiner Klasse gewesen, ein dickliches Mädchen mit Hornbrille. Beim Morgengebet wartete sie immer ruhig ab, bis wir fertig waren, und beim Katechismus setzte sie sich mit einer Handarbeit auf den Gang.

Als Mimi Scharlach hatte und drei Wochen lang nicht zur Schule kommen konnte, hielt unsere Nonne uns einen Vortrag.

»Stellt euch ein Backblech vor«, sagte sie. »Die Katholiken sind die schönsten Kekse. Die Protestanten sind die weniger gelungenen, das sind so eine Art misslungene Katholiken. Und die am wenigsten gelungenen Kekse sind die Jüdde. Die sind wiederum eine Art misslungener Protestanten. Aber eines dürft ihr nicht vergessen, Mädchen«, schloss sie, »nämlich, dass wir alle vom Backblech Gottes stammen. Auch Mimi.«

Ness kapierte es als Erste.

»Dann ist sie also auch aus Deutschland geflohen«, sagte sie.

»Wer?«, fragte Müllche.

»Liesl.«

Müllche runzelte die Stirn. »Liesl? Wieso denn?«

»Weil sie eine Jüddenn ist.«

»Wie kommst du denn darauf?«, fragte Müllche, die immer noch nichts kapierte.

»Jeder weiß doch, dass die Prüüsze ihre Jüdde wie den letzten Dreck behandeln«, sagte Ness. »Die Prüüszesche und der Zigarrenkaiser haben sie damals hergeholt.« Sie dachte einen Moment nach und sagte dann: »Deswegen sind sie auch über Schlammbams Sahara gekommen und nicht über die neue Grenzstraße. Weil es heimlich sein musste. Und deswegen haben sie auch ihren Wagen stehen lassen!«

»Das ist völliger Unsinn«, erwiderte Müllche sauer. Sie hatte uns nie ganz verziehen, dass wir sie in jener Nacht nicht geweckt hatten. »Vielleicht mussten sie Liesl ja aus der Mitte von Deutschland holen. Dann hätten sie den ganzen Weg gehen müssen. Hin und wieder zurück.«

»Vielleicht stand auf der anderen Seite des Ackers auch ein Auto«, sagte ich.

Müllche sah mich überrascht an.

»Du musst es sagen«, sagte Ness.

»Sonst macht sie kein Auge zu«, sagte Müllche.

»Sonst machst *du* kein Auge zu«, erwiderte Ness.

»Du.«

»Nein, du.«

»Hundertmal du.«

»Tausendmal du.«

»Unendlich Mal du.«

Der Mond war noch nicht aufgegangen. Ich konnte ihre Augen nicht sehen, doch ich spürte, dass sie mich beide ansahen. Und obwohl es kindisch war und ich nicht wusste, ob ich noch an Hausgeister glaubte oder überhaupt an sie glauben wollte, sagte ich es dennoch. Und wartete auf die Antwort.

Achchchch ... Achchchch ...

Am Tag danach ging ich zum Markt und sah eine Menschenansammlung um Betje Garens Laden stehen.

»Eine Schande ist es«, hörte ich jemanden sagen. Sie starrten auf das Schaufenster. Zuerst verstand ich nicht, wieso. Erst als ich Betje den Arm quer durch die Scheibe strecken sah, begriff ich erschrocken, was los war. Die Krämerin hatte rote Flecken am Hals und fegte verbissen die Glassplitter von den Packungen mit Waschpulver im Schaufenster. Die Scherben waren bis weit auf die Straße geflogen.

»Nimm's nicht so schwer«, hörte ich eine Frau sagen. »Sie sind nicht alle so.«

»Ach, halt doch die Klappe!«, blaffte Betje Garen, die aus dem Laden kam, um eine Packung Waschpulver aufzuheben. »Hättest du nicht gerade eben den Mund aufmachen können, als die Kerle die Scheibe eingeworfen haben?«

»Ich will doch nur helfen«, antwortete die Frau und wurde rot.

»Du bist mir ja eine große Hilfe!«, giftete Betje sie an, drehte sich um und knallte die Ladentür zu. Das neue Schild »Jüdisches Geschäft« wippte auf und ab und kam dann wieder zur Ruhe.

Seit Kurzem war ein solches Schild Pflicht, aber völlig überflüssig. Wer wissen wollte, wo jüdische Geschäfte waren, brauchte nur nach Brettern vor den Schaufenstern Ausschau zu halten. Manchmal waren es die Prüüsze, die die Scheiben einwarfen. Aber häufiger waren es die *Prüüsze-Fröndliche*, die ihnen zur Hand gehen wollten.

In einigen Fällen waren die Fensterscheiben kaputt, wie bei Betje Garen, aber die meisten waren noch heil. Da handelte es sich bei den Brettern um eine reine Vorsichtsmaßnahme.

»Es geht vorbei«, sagte Filip. »Und so erstaunlich ist es auch wieder nicht. Die Jüdde haben es sich doch ein bisschen selbst zu verdanken, nicht wahr? Vor Hitler war doch so gut wie alles Geld in ihren Händen. Und hohe Posten verschafften sie sich nur gegenseitig, nicht wahr? Wer kein Jüdd war, hatte das Nachsehen. Das weiß doch jeder. Selbst die Jüdde von hier sagen es.«

Was er da sagte, war nichts Neues. Man brauchte bloß über den Marktplatz zu gehen, um überall Geschichten von steinreichen deutschen Jüdde zu hören, die ja »Anlass dazu gegeben hatten«.

»Sonst noch was?«, fragte ich aufgebracht. »Siehst du denn hier reiche Jüdde herumlaufen?«

»Die Prüüszesche.«

Ich drehte mich um. »Die zählt nicht«, sagte ich.

»Ach, Fräulein«, sagte er, um mich zu ärgern. »Ach, guck doch bitte noch mal so fräuleinhaft. Nein, nicht lachen, bloß nicht. Guck wieder so fräuleinhaft. Bitte.«

Ich konnte mir das Lachen nicht verkneifen.

»Wenn ich achtzehn bin, gehe ich zur Union«, sagte er.

»Was ist das denn?«

»Ein Arbeiterverein.«

»Warum?«

»Das kannst du nicht verstehen«, antwortete er. »Du hast Familie.«

Ich sah ihn erstaunt an. »Jeder hat doch Familie?«

Er zuckte die Achseln.

»Mein Vater und meine Mutter wohnen in Kerkrade«, sagte er.

»Geschwister?«

»Hab ich nicht.«

»Irgendwelche anderen Verwandten?«

Er lachte – ein bitteres Lachen, das ihn alt wirken ließ. »Näher, als mir lieb ist.« Er deutete vage in Richtung Friedhof.

Es dauerte einen Augenblick, bis ich es kapierte. »Die Daamses?«

Ich sah, wie er die Zähne zusammenbiss und wie seine Augen aufblitzten. »Meine Cousins. Aber sie behandeln mich wie Luft. Ich darf die sechste Schulter sein. Ich darf Gräber schaufeln. Ich darf alles, was der Schwachkopf nicht darf. Aber in Wirklichkeit schließen sie mich aus allem aus. Und bezahlen tun sie mich wie einen Arbeiter.«

»Wie sollen sie dich denn sonst bezahlen?«, fragte ich erstaunt.

Er starrte mich einen Moment so wütend an, dass ich zurückschrak. »Wie einen Verwandten. Sie sollen mich wie einen Verwandten bezahlen, nicht wahr?«

Zusammen sein

Nach ihrem ersten Arbeitstag bei Rosita bekam Müllche die rote Flut. In ihrem Fall handelte es sich allerdings eher um die »grüne Glut«, ihr Gesicht nahm die Farbe von Gras an. Aber sie sagte keinen Ton. Müllche wurde nicht umsonst der General genannt. Trotzdem war sie durchtrieben genug, um nach der Arbeit ihre Lage schamlos auszunutzen. Es war ihr nicht entgangen, dass Papp und unsere Brüder einen Heidenrespekt vor »Frauenleiden« hatten.

Sie nahm das Sofa in Beschlag. »Bringst du mir mal eine Decke?«, fragte sie. Oder sie bat um Tee, obwohl es den nur auf Marken gab. »Gegen die Krämpfe«, wie sie meinte.

Unsere Brüder hätten sich wohl am liebsten die Ohren zugehalten. Aber sie brachten ihr den Tee, und weil der angeblich so heiß war, dass es »echt nicht gut sein konnte für ... ihr wisst schon was«, ließen sie die Tasse herumgehen und pusteten abwechselnd rein. Vor nichts und niemandem hatten meine Brüder Angst. Nicht vor dem Krieg, nicht vor der Besatzung und erst recht nicht vor den Prüüsze. Aber die rote Flut machte Waschlappen aus ihnen.

Ab diesem Tag standen jeden Morgen zwei Tassen Muckefuck auf dem Tisch.

»Dann will ich aber auch!«, jammerte Ness.

Aber Omm Maij schüttelte den Kopf. »Kaffee ist für die Großen.«

»Es ist nicht mal echter«, protestierte Ness wütend. »Und ich werde sowieso nie groß.«

Ich schaute aus den Augenwinkeln zu meiner Großmutter, doch die hatte es nicht gehört oder sie tat jedenfalls so. Ich wusste, dass sie Ness nichts von der wahren Gefahr mit ihrem Rutschel erzählt hatte und dass meine Schwester immer noch glaubte, das Schlimmste, was passieren könnte, sei, krumm zu werden wie ein großes C.

»Sie braucht es nicht zu wissen«, hatte Omm Maij gesagt. »Es reicht, wenn wir beide, du und ich, aufpassen. Kann ich auf dich zählen?«

Ich hatte genickt.

Nach dem Frühstück gingen wir zu dritt Schlammbams Sahara entlang in Richtung Stadt.

»Gib mir deine Tasche«, sagte ich.

»Du hast doch selbst eine«, antwortete Ness.

Nach dem Hohlweg legte ich meine Hand auf ihren Rücken.

»Was machst du da?«, fragte sie.

»Nichts.«

Verärgert lief sie vor meiner Hand davon. »Ich bin doch nicht behindert!«

Kaum war ich an diesem Nachmittag zu Hause, hörte ich schon das ersterbende Röcheln der Pumpe. »Ich hole mal eben Wasser!«, rief ich über die Schulter.

Papp stand unter dem Baum und fing die Äpfel, die unsere Brüder hinunterwarfen; er nickte. Ich bezweifelte, dass er mich wirklich gehört hatte. Er schaute verträumt zum

Himmel. Ich schnappte mir einen Eimer und rannte durch den Garten.

Filip und ich waren nun schon seit ein paar Wochen zusammen, aber ich hatte immer noch keinen blassen Schimmer, was das eigentlich bedeutete. Wir trafen uns immer nur auf dem Friedhof, wussten dann aber beide nicht, was wir da sollten.

Mehrmals schon hatte er mir die Geschichte von der Union erzählt. Ich hatte ihm alle Sachen aus meiner Schürze gezeigt. Einmal hatte ich eine Viertelstunde lang mit einem Stück Schnur allerlei Figuren zwischen meinen Händen gemacht. Tasse und Untertasse. Einen Katzenkopf. Ein auf den Wellen tanzendes Schiff. Danach hätte ich mir vor Ärger über so viel Kindlichkeit vor den Kopf schlagen können.

»Küssen müsst ihr euch«, meinte Müllche.

Ich tat so, als hätte ich es nicht gehört, aber was, wenn sie recht hatte? Ich hatte keine Ahnung, wie das ging. Ganz zu schweigen davon, dass ich nicht wusste, was ich davon halten sollte. Ich hatte das dumpfe Gefühl, dass es ein ziemliches Theater war.

Ich zwängte mich durch das Loch in der Hecke. »Du musst viermal pumpen«, sagte ich, »nicht dreimal. Woher soll ich sonst wissen, dass du es b…?«

Der Schwachkopf blickte erschrocken zu mir. Die Beulenkappe lag so eng an, dass sein Gesicht und sein Haar in kleine Quadrate eingeteilt waren. Als wäre sein Kopf auseinandergefallen und in aller Eile wieder zusammengeklebt worden. Er hatte geweint. Seine Wange war mit Rotz verschmiert, seine Oberlippe geschwollen und blutig. Er drehte den Kopf so weit wie möglich zur Seite.

»Oh«, sagte ich. »Tut mir leid. Ich äh …«

Ich wich zurück, wäre fast gestolpert, drehte mich um und lief weg. Mein Herz klopfte wie wild, als wäre ich um ein Haar etwas Schrecklichem entkommen. Noch nie hatte ich einen Anfall des Schwachkopfs gesehen, aber angeblich war es ganz unheimlich. Manche Leute behaupteten, solche wie er seien vom Teufel besessen.

»Ach was«, meinte Müllche. »Er ist nur elektrisch.«

»Elektrisch?«

»Hat Betje Garen gesagt.«

Am Donnerstag stand Filip plötzlich am Zaun.

»Dieser Junge«, sagte Omm Maij und deutete in Richtung Fenster. Immer nannte sie ihn »diesen Jungen«, obwohl sie seinen Namen natürlich längst kannte. Vielleicht glaubte sie, dass er nicht wirklich existierte, solange sie ihn nicht beim Namen nannte. Ich spürte ihren brennenden Blick in meinem Rücken, als ich durch den Garten zu ihm lief.

»Es ist besser, wenn du nicht hierherkommst«, sagte ich.

»Ich muss weg.«

»Weg?«

»Nach Hause.«

»Warum?«

»Meinem Vater ist irgendwas passiert. Er ist plötzlich gestürzt. Und jetzt kann er nichts mehr machen. Meine Mutter …«

»Musst du nach Kerkrade?«, fragte ich.

Er nickte. Kerkrade, das hieß drei Stunden Bus fahren und fünfmal umsteigen. Das andere Ende der Welt also.

»Für wie lange?«

»Eine Woche, glaube ich.«

»Oh.«

Er blickte mich an. Ich blickte zurück. Er beugte sich vor. Ich beugte mich ebenfalls vor. Wie von selbst schloss ich die Augen. Nie hätte ich gedacht, dass es so einfach sein würde. Und mit einem Mal war mir ganz egal, ob Omm Maij es sah. Oder Müllche. Eigentlich wollte ein Teil von mir sogar, dass sie es sahen.

Doch statt eines Kusses spürte ich plötzlich ein Tätscheln an der Schulter. Als wäre ich ein Pferd.

»Na denn«, sagte er.

»Na denn.«

Der verbundene Baum

Es war Herbst und in der Zigarrenwerkstatt war die Hölle los. Tabak wurde zwar noch nicht rationiert, doch die Nachfrage nach kostengünstigem einheimischem Tabak stieg immer mehr. Papp und unsere Brüder hatten die erste richtige Ernte von ihrem gepachteten Land eingebracht. Mit den Tabakblättern, die knittrig auf dem Dachboden trockneten, hatten sie gut zu tun.

Mittags saßen sie in ihren Arbeitskitteln da, machten Pause und rauchten.

»Probier die mal«, sagte Kretjeng.

Er tauschte die Zigarre mit Et, der sie wiederum mit Jrades tauschte, der sie wiederum … und so weiter, sodass sie schließlich eine Ewigkeit brauchten, bis jeder seine eigene Zigarre zurückhatte. Es war ein Spiel, das sie mit großer Hingabe spielten. Unsere kleine Küche war völlig verqualmt.

»Sollen wir was malen?«, fragte Ness.

Ich schüttelte den Kopf.

»Fing vermisst ihren Liebsten«, sang Müllche, um mich aufzuziehen. »Fing vermisst ihren Liebsten.«

Stimmte das? Jedenfalls war es nicht dasselbe Vermissen, wie wenn ich sie und Ness vermisste. Nicht das Vermissen, das wie eine eiskalte Welle über einem zusammenschlug und einen bis in die Knochen erschütterte. Und auch nicht dasselbe Vermissen wie bei unserer toten Mutter, ein kleines, bescheidenes, aber stets anwesendes Vermissen, das man wie ein Steinchen oder eine kleine Münze in seinem Mantelfutter ständig mit sich trägt.

Drei Wochen waren vergangen. Ich hatte keinen Brief bekommen, nicht einmal eine Postkarte. Weil unser Haus außerhalb der Stadtgrenzen lag, wurde unsere Post zwar öfter mal durch die ganze Stadt getragen, bevor sie bei uns landete, aber am Ende kam sie doch immer an. Daran änderte auch der Krieg nichts. Die Daamses wagte ich nicht zu fragen.

Nichts wusste ich. Nicht, wo er genau wohnte, noch nicht einmal seinen Nachnamen. In einem kleinen Dorf mochte das vielleicht kein Problem sein, aber Kerkrade war eine Stadt. Selbst wenn ich mich trauen würde hinzufahren, konnte ich mich dort doch schlecht auf den Marktplatz stellen, um mich nach einem Filip zu erkundigen, dessen Vater plötzlich gestürzt war.

Als unsere Großmutter über die Unordnung im Zimmer unserer Brüder schimpfte, freute ich mich, dass ich eine Aufgabe hatte. Ich räumte ihre herumliegende Kleidung auf, machte die Betten und wischte den Staub in den Ecken und auf dem alten Kleiderschrank.

Ich zählte die Dielen im Zimmer meiner Brüder. Wenn eine gerade Zahl herauskam, hieß das, dass ich Filip vermisste. Es waren fünfzehn. Jedenfalls wenn man die ganz schmale Diele neben der Schwelle nicht mitzählte. Danach zählte ich die Stellen, wo der Putz abgebröckelt war. Zwölf.

Ich war gerade dabei, die Dreckspritzer auf der Scheibe zu zählen, als unten der Schwachkopf vorbeiging.

Ich ging hinunter, überquerte den Weg und zwängte mich durch die Hecke. Auf dem Friedhof blieb ich stocksteif stehen. Fast hätte ich wieder kehrtgemacht.

Dieses Mal war der Schwachkopf nicht elektrisch. Dieses Mal war er einfach nur völlig übergeschnappt. Er hatte seine dünnen langen Arme um den Baum gelegt und presste sich an den Stamm. Den Kopf hatte er zur Seite gedreht, sodass ich sein schmales Gesicht sehen konnte. Die Augen hielt er in höchster Konzentration geschlossen, die Zungenspitze schaute aus dem Mund.

Ich war schon zurückgewichen und wollte gerade verschwinden, als ich in seiner Hand eine Rolle Verband entdeckte und plötzlich kapierte, was er da machte.

Die Linde hatte nämlich beim Zusammenstoß mit dem Panzerwagen doch etwas abbekommen. Wenn man genau hinsah, fiel auf, dass sie ein wenig schief stand. Sie war vom Haus aus gesehen leicht nach hinten geneigt und eine dunkle Flüssigkeit sickerte aus einer tiefen Kerbe den Stamm herunter. Im Juli, als alle anderen Bäume noch voll belaubt gewesen waren, hatte bei der Linde schon der Herbst eingesetzt. Braungelbe Blätter waren über den Friedhof geflogen, während wir noch in unseren Sommerkleidern herumliefen.

Nicht mal die dünnen langen Arme des Schwachkopfs waren lang genug, um den Baum zu umfassen. Dicht unter der Haut schienen Blitze über sein mageres Gesicht zu zucken. Ich musste mich zusammenreißen, um nicht davonzulaufen.

»Soll ich dir helfen?«

Statt einer Antwort streckte er mir nur den Verband entgegen.

Wir verbanden den Baum, als wäre es die normalste Sache der Welt. Er holte eine Baumschere aus der Hosentasche, schnitt den Verband zurecht und steckte ihn mit Klammern fest. Auf seiner lädierten Lippe hatte sich eine dunkle Kruste gebildet.

Die ganze Zeit sagte er kein Wort. Ich musste es klug anstellen, wenn ich etwas aus ihm herauskriegen wollte.

»Ist das auch ein … äh … ein Flachwurzler?«, fragte ich.

Er schwieg.

»Filip hat gesagt, die Eiche der Prüüszesche ist ein Flachwurzler. Ist die Linde auch ein Flachwurzler?«

Er sah rasch zu mir herüber. »Ich w-weiß nichts von Filip«, sagte er.

Der Schwachkopf mochte schwachköpfig und elektrisch und völlig übergeschnappt sein, zurückgeblieben war er jedenfalls nicht.

»Danach habe ich doch gar nicht gefragt, oder?«, sagte ich empört.

Er schwieg.

»Ich wollte dir nur helfen«, meinte ich.

Er schwieg weiter.

Dieses Schweigen des Schwachkopfs hatte allerdings keinerlei Ähnlichkeit mit dem dumpfen, brütenden Schweigen der anderen Daamses. Ich fühlte mich wie ein Ballon, aus dem die Luft entweicht.

Ich seufzte. »Überhaupt nichts?«

»Nichts.«

Ich machte kehrt und ging los.

»He!«

Ich blickte mich um. »Was?«

»Linden sind T-T-Tiefwurzler.«

Hinter den langen, blauschwarzen Haarsträhnen, die ihm ins Gesicht hingen, waren seine Augen fast nicht zu sehen.

»Wie heißt du eigentlich?«

Er schwieg.

»Du heißt doch nicht wirklich der Schw...«, setzte ich an. »Äh, so heißt du doch nicht?«

Wenn sie ihn nur nicht Bartholomäus genannt haben, dachte ich, sonst stehen wir hier noch morgen früh.

»Beätes«, sagte er.

Am zweiten Freitag im November starb der beliebte De Brik, der älteste Zigarrenkönig, urplötzlich an einem Herzstillstand. Die Kirche war gerammelt voll, der Trauerzug zum Friedhof zog sich ellenlang hin. Zusammen mit den drei anderen Zigarrenkönigen folgte Papp dem Sarg. Die Daamses trugen ihn. Sie hatten eine neue sechste Schulter eingestellt, jemanden aus Geleen. Das Auto des Zigarrenkaisers, in dem neben dem Trauerkranz auch fünfzig Zigarrenkisten transportiert wurden, bildete das Schlusslicht des Zuges.

Müllche, Ness und ich sahen, wie der Pfarrer das Grab mit Weihwasser besprenkelte und wie die Kisten eine nach der anderen hineingelegt wurden. Eine Kiste für jedes Jahr, in dem De Brik Zigarrenkönig gewesen war. Zum Abschied spielte Kretjeng auf seiner Trompete. Er hatte sie irgendwann einmal beim Kartenspiel gewonnen und sich das Trompeten selbst beigebracht. So schön und so traurig klang es, dass mir die Tränen kamen. Es war ein stiller, kühler Herbsttag, der Himmel wölbte sich über uns wie ein Zirkuszelt. Herbsttau glitzerte auf dem Gras.

Die Zigarrenkönige standen schweigend um das Grab und rauchten. Ab und zu warfen sie einen Blick auf den Sarg, als ob De Brik noch lebte und sich nur eben kurz hingelegt hätte.

Das Backblech Gottes (II)

Joffer Vroon war völlig aufgelöst. Sie lief in ihrem schmalen, länglichen Haus auf und ab und kam mir ständig in die Quere. »Armer, Armer Kleiner!«, jammerte sie. »Armer, Armer Kleiner!«

Armer Kleiner war in einem unbewachten Moment nach draußen auf die Straße entwischt und wandelte nun auf Freiersfüßen umher. »Armer Kleiner ist es gar nicht gewohnt, draußen zu sein«, jammerte sie. »Wie soll er das nur überleben? Bei all diesen gemeinen Straßenkötern und den streunenden Katzen!«

Ich machte mir nicht allzu viele Sorgen um ihn. Die Schaukatze war so groß und schwer wie ein halber Mehlsack und angesichts seines Temperaments und seiner scharfen Krallen würde sich wohl keiner so bald an ihm vergreifen.

»Und dabei ist nächste Woche Katzenschau!«, jammerte Joffer Vroon.

Als wäre das ihr einziges Problem.

Montagnacht hatte jemand einen Haufen an ihre Haustür geschmiert. Am Mittwoch war das kleine Toilettenfenster eingeschlagen und ein Eimer voll Schlamm hineingekippt worden. Die ganze Toilette war verdreckt gewesen. Ich hatte mich dumm und dusslig geschrubbt, um sie wieder sauber zu bekommen. Am nächsten Morgen lag im Flur ein Zettel, den jemand durch den Türschlitz geworfen hatte. Darauf stand in winzigen, zittrigen Buchstaben:

Wer Pech anfasst, besudelt sich.

Das »Pech« im Haus von Joffer Vroon hieß Meester Govaerts. Er war der perfekte Untermieter. Jedenfalls laut Joffer Vroon. Meester Govaerts zahlte die Miete immer pünktlich, hatte ein offenes Ohr für sie, vor allem, was die Leistungen ihres Persers auf den Katzenschauen betraf, und rasierte sich täglich. »Wenn sämtliche Leute so anständig und zuvorkommend wären wie Meester Govaerts, wäre in unserem Land alles in Ordnung«, pflegte sie zu sagen. Und dass der Mann regelmäßig Besuch empfing, ach ja ... Dieser Besuch bestand meist aus zwei oder drei Personen zugleich. Mit klackernden Stiefeln marschierten sie die Treppe hinauf und legten ihre Mäntel über dem Geländer ab. Sie führten lange, manchmal heiße Diskussionen, verstehen konnte man sie zwar nicht, aber sie dröhnten durchs ganze Haus.

»*Zwartjassen*«, sagte Pitt. »Und der Typ selber ist auch ein lupenreiner Schwarzmantel.«

Ich zuckte die Achseln.

Die NSB – die *nationaal-socialistische beweging* – hatte auch in unserer Stadt eine Menge Anhänger. Das war schon vor dem Krieg so gewesen, aber seit der Besatzung waren es noch mehr geworden. Die Schwarzmäntel steckten ihre Nasen überall hinein. Manche wurmte das furchtbar, doch die meisten fanden sich damit ab.

Die Schikanen hatten Joffer Vroon kaltgelassen. »Lausbubenstreiche!«

Meester Govaerts hatte zu ihr gesagt, vielleicht sei es, zu ihrer eigenen Sicherheit, doch besser ...

»Das hätten die wohl gern!«, war ihre einzige Reaktion gewesen.

An diesem Tag wurde eine Suchaktion veranstaltet. Und egal, was man über die Schwarzmäntel sagte, sie machten sich jedenfalls an diesem Nachmittag im unfreundlichen, nassen Novemberwetter alle zusammen auf die Suche nach dem weißen Perser. Sie rannten durch die ganze Stadt, krochen auf Händen und Knien herum, sahen unter Karren und Autos nach, hinter Milchkannen, in Hauseingängen und Kellerschächten.

»Armer Kleiner! Armer Kleiner!«

Beätes rührte in einer Grabvase herum. Eine stinkende Wolke stieg mir in die Nase.

»Was ist das?«

»A-Arznei! Für den Baum.« Er tunkte den Verband in die Grabvase und wrang ihn vorsichtig aus. »H-h-hier.«

»Ich werde mich hüten«, sagte ich, griff aber doch nach dem Verband.

Auf dem Friedhof hatte ich mich immer schon wohlgefühlt. Im Gegensatz zu unserem Haus, wo alle sich ständig und überall einmischten, wo es immer einen Grund gab, mit den Türen zu schlagen, Dinge mit einem lauten Knall abzustellen oder die Treppe hinauf- oder hinunterzupoltern, war es hier, abgesehen vom Rauschen des Windes, still.

»Immer noch nichts gehört?«, fragte ich.

Er schüttelte den Kopf.

»Keine Karte, kein Brief?«

»N-nein.«

Ich fragte nicht danach, weil ich eine bessere Antwort erwartete. Oder überhaupt eine Antwort hören wollte. Filip wurde allmählich zu einem verschwommenen Fleck in meiner Erinnerung und ich war sicher, dass ich ihn nicht vermisste. Ihn vielleicht überhaupt nie vermisst hatte.

Beätes drückte eine Klammer in den Verband. Der durchdringende Geruch der Sirup-Arznei wehte stoßweise zu mir herüber. Wenn etwas derart stank, musste es einfach zu etwas gut sein, oder? Ich wandte den Kopf ab. Ein Stück weiter weg lag der verwelkte Kranz von De Brik. Der Grabstein war gerade aufgestellt worden.

»Warum liegt De Brik eigentlich nicht hier?«, fragte ich.

»H-hier?«

»Hier gibt es doch eine Menge Platz. Aber da hinten ist er zwischen den anderen Gräbern eingezwängt. Warum nicht hier?«

Ich deutete auf die leere Stelle zwischen der alten Schwelle von Neun Offenen Armen und der Hecke mit der Linde. Da hätten mit Leichtigkeit zehn Gräber hingepasst.

»Sch-schwieriger B-Boden.«

Ich sah auf das Gras hinunter und wusste nicht, was ich mir unter schwierigem Boden vorstellen sollte. Dem Gras war jedenfalls nichts anzusehen.

»Was meinst du damit?«

Er zuckte die Achseln. »Zu steinig. Da k-k-kann man nicht gut g-g-graben. Deshalb.«

An der Haustür klingelte es. Es war Nachmittag. Ich stand gerade mit dem Staubwedel auf der kleinen Trittleiter und machte die Zimmerecken sauber. Es klingelte nochmals.

Als ich öffnete, lag auf dem Boden vor der Tür ein Jutesack. Ich blickte mich um, entdeckte jedoch niemanden außer ein paar vorbeieilenden Passanten. Seit dem verschmierten Haufen an der Haustür und dem Schlamm in der Toilette war ich vorsichtig geworden.

»Meester Govaerts?«, rief ich.

Zum Glück war er im Haus. Er nahm den Sack, trug ihn ins Wohnzimmer und machte sich am Knoten zu schaffen. In dem Moment bewegte sich der Sack. Ein tiefes, lang anhaltendes Heulen erklang. Meester Govaerts löste den Knoten. Vorsichtig schüttete er den Sack aus. Das Heulen wurde tiefer.

Obwohl ich wusste, dass Katzen niemals solche merkwürdigen Geräusche von sich geben, stand ich einen Moment Todesängste aus, es könnte Armer Kleiner sein. Doch dann sah ich zu meiner Erleichterung, dass das, was da schwer aus dem Sack heraustrudelte, pechschwarz war.

Ein Zettel klebte daran.

»Wer Pech anfasst, besudelt sich« stand wieder in derselben zittrigen Schrift darauf. Und: »Wir hatten dich gewarnt!«

»Verflucht!«, rief Meester Govaerts. Mir drehte sich der Magen um. Ich hatte mich geirrt. Es war Armer Kleiner!

Sein schneeweißes Fell hatte man mit klebrigem schwarzem Pech beschmiert. Es gab keine einzige weiße Stelle mehr. Seine langen Haare waren völlig verfilzt. Aber das verklebte, beschmierte Fell war noch nicht das Schlimmste. Beim Klang unserer Stimmen fauchte der Kater und drehte den Kopf von rechts nach links. Man hatte ihm die Augen mit Pech zugeschmiert.

Meester Govaerts versuchte ihn hochzuheben. Der blinde Kater holte aus, verfehlte ihn aber. Dann flitzte er davon, hinterließ schwarze Pfotenabdrücke auf dem Boden, stieß in vollem Lauf mit dem Kopf gegen ein Tischbein und verschwand unter dem Sekretär.

Armer Kleiner fraß und trank nicht mehr. Er misstraute sogar Joffer Vroons Stimme. Blind und laut klagend blieb er da sitzen, mit steif abstehendem Fell, das ihm nach und nach büschelweise ausfiel. Ob er verwundet war, fanden wir nicht heraus. Er ließ sich nicht anfassen.

Vier Tage später starb Armer Kleiner, ohne je wieder unter dem Sekretär hervorgekommen zu sein.

Am Morgen begrub Joffer Vroon ihre Schaukatze hinten in ihrem kleinen umfriedeten Stadtgarten. Die Nacht war kalt gewesen, es hatte den ersten richtigen Nachtfrost gegeben. Meester Govaerts hackte ein Grab in die gefrorene Erde und ließ die tote Katze in das Loch hinab. Joffer Vroon hatte Armer Kleiner in eine Decke gewickelt.

Ich hatte geglaubt, dass sie ganz außer sich sein würde vor Trauer, doch sie ließ sich nichts anmerken. Ich hingegen schluchzte zum Steinerweichen.

»Tja«, sagte Kretjeng.

»Wer austeilt, muss auch einstecken«, sagte Et.

»Das ist doch kompletter Blödsinn!«, rief ich aufgebracht.

»In ihrem Haus treiben sich lauter Schwarzmäntel herum«, entgegnete Et.

»Sonst noch was!«, rief ich. »Was hat denn der Kater damit zu tun?«

»Wo gehobelt wird …«, setzte Pitt an.

Wütend lief ich nach draußen.

Beätes hörte mir schweigend zu, harkte den Weg, stellte umgewehte Vasen auf die Gräber zurück und schabte mit einem Kratzeisen Moos von den Grabplatten.

»Sag doch mal was!«, maulte ich.

»W-w-was soll ich d-d-denn …«

»Irgendwas! Du bist doch kein Schwachkopf, oder?«

»N-n-nicht?«

»Nein, und das weißt du ganz genau!«

Ich hatte die Nase gestrichen voll von ihm, die Nase gestrichen voll von allen, auch von mir selbst. Die ganze Welt samt ihrem Krieg sollte verschwinden, sich in Luft auflösen. Ich trat gegen ein Grasbüschel.

»Und dein Haar ist auch völlig unmöglich«, sagte ich wütend. »Gib her!«

Er sah mich argwöhnisch an.

»Deine Baumschere.«

»W-was w-w-w-w-willst du mit meiner … mit m-meiner …«

Er wich zurück. Aber er ging nicht weg und protestierte auch nicht, als ich ihm die Schere abnahm. »Das d-darfst du n-nicht«, sagte er nur.

»Zieh das komische Ding aus.«

Ich hatte das nicht vorgehabt. Schon gar nicht mit einer Baumschere. Dass er seine Beulenkappe ausziehen würde, hätte ich auch nicht gedacht. Doch zu meiner großen Überraschung löste er die Schnalle. Ich hatte ihn noch nie ohne das Ding gesehen. Es war, als würde er sich ausziehen, so nackt war er auf einmal.

Wir sagten nichts. Wir standen uns nur gegenüber und ich schnitt sein Haar mit der Baumschere. Mit einem trockenen Schnappen fielen die Haarbüschel ins Gras.

Hinterher war seine Frisur nicht ganz gerade. Sein Pony hatte Ähnlichkeit mit einem sinkenden Schiff, aber immerhin konnte man seine Augen wieder sehen. Sie waren so beige wie Türkentauben.

Plötzlich sah er ganz gewöhnlich aus. Enttäuschend gewöhnlich.

Vielleicht lag es daran, dass Filip mir wie einem Pferd auf die Schulter geklopft hatte. Oder daran, dass ich fand, ich hätte lang genug gewartet.

Jedenfalls beugte ich mich zum Schwachkopf vor, legte ihm die Arme um die schmale, dürre Taille, schmiegte mich an ihn und küsste ihn mitten auf den Mund.

Er tat nichts. Er wies mich nicht zurück, hielt mich aber auch nicht fest. Er blieb einfach nur stehen, steif und still, als wäre er selbst zu einer Linde geworden.

Ein Brüderkrieg (II)

Die Stimmen unserer Brüder weckten mich. Sie kamen aus der Küche und klangen aufgekratzt, fröhlich. Ein Stuhl fiel um. Draußen war es noch dunkel. Ich schlief wieder ein und wachte erneut auf, als es an der Haustür klopfte. Es war ein überaus höfliches Klopfen. Die Stimme, die auf das Klopfen folgte, war beinahe noch höflicher. Seltsamerweise war ich schlagartig hellwach.

»Aufmachen«, sagte jemand auf Deutsch.

»Die Prüüsze!«, rief Ness.

»Aufmachen, bitte.«

Ein Loch aus Stille legte sich über die Küche. Wir hörten jemanden am Schloss fummeln. Dann an der Klinke. Als das nichts brachte, wurde an die Haustür gehämmert. Im Flur fiel der Schirmständer mit einem lauten Klirren um.

»In Gottes Namen«, rief Omm Maij und stapfte die Treppe hinunter, »würden Sie wohl zur Küchentür hereinkommen?«

Raunen war zu hören, Schritte gingen ums Haus. In dem Moment betrat Papp im Schlafanzug und mit abstehendem Haar unser Zimmer.

»Ihr bleibt hier«, sagte er. »Müllche auch, denk dran!«

»Hä?«, fragte Müllche noch im Halbschlaf, aber da war er schon wieder auf dem Treppenabsatz.

Wir sprangen aus dem Bett und pressten ein Ohr an den

Dielenboden. Jedes einzelne Wort verstanden wir. Unsere Brüder waren mitten in der Nacht auf den Kirchturm gestiegen. Hinter der Grenze hatte es Luftgefechte gegeben und sie hatten sie sehen wollen.

»Sie haben die Sperrstunde missachtet«, hörten wir die Stimme sagen. Sie klang ruhig und bescheiden, so eine Stimme, die man hört und gleich wieder vergisst.

»Es war ein Scherz«, sagte Omm Maij. »Ein schlechter Scherz, da bin ich ganz Ihrer Meinung.« Sie werde in Zukunft persönlich dafür sorgen, dass ihre Enkel sich keine fünf Meter mehr vom Haus entfernten. Und ob die Herren Kaffee wünschten?

»Danke schön«, erklang die Stimme wieder, »aber sie hatten schon eine Verwarnung. Sie müssen leider mitkommen. Die Sache wird im Licht ihres vorigen Anschlags abgewägt werden.«

Es blieb einen Moment still. »Ihres vorigen Anschlags?«, fragte Omm Maij dann verblüfft.

»Er spricht von den Scherzzigarren«, sagte Pitt dümmlich.

Wieder wurde es still. Als Omm Maij die Stimme erhob, klang es, als würde ein heftiger Hagelschauer niedergehen. »Habt ihr nichts Anderes zu tun? Könntet ihr nicht besser in ein anderes Land einfallen oder so?«

»Na, na«, hörten wir Papp sagen. »Milch und Zucker, die Herren?«

Doch da war es schon zu spät. Als der Mann jetzt wieder sprach, klang seine Stimme unerbittlich. Die »jungen Herren« mögen sich nun bitte anziehen und in die Kommandantur mitkommen. Dort würde man dann weitersehen.

Im nächsten Moment fiel ein Stuhl um, wir hörten ein

»He, he!« und dann krachte zu unserem großen Entsetzen ein Schuss. Er dröhnte durchs Haus, füllte es ganz aus, es war kein Platz mehr für irgendetwas anderes. Auf den Knall folgte übergangslos ohrenbetäubendes Gebrüll.

Als wir unten ankamen, hatte der Krieg endgültig sein freundliches Antlitz abgelegt. Kretjeng hielten sie an den Haaren in Schach. Jrades lag keuchend, die Hände über dem Kopf, auf dem Küchenfußboden. Et und Pitt saßen auf den Knien, als würden sie beten. Drei Soldaten hielten ihre Gewehre auf sie gerichtet.

Jemand lag ächzend und schwer atmend in einer Ecke. Papp stand mitten im Raum und ruderte wild mit den Armen. Als wollte er einen unsichtbaren Brand löschen.

»Kommt schon!«, sagte er. »Nun kommt doch!«

Unsere Brüder wurden mit den Händen über dem Kopf abgeführt. Papp war gerade noch geistesgegenwärtig genug, einen Mantel über den Schlafanzug zu ziehen, bevor er ihnen hinterherrannte.

»Ich rede mit ihnen«, rief er über die Schulter zurück. »Bleibt hier, bis ich wieder da bin.« Noch ehe er vom Gartenweg auf Schlammbams Sahara eingebogen war, hatte die Dunkelheit ihn verschluckt.

»Wo ist Omm Maij?«, fragte Müllche. Erschreckt sahen wir uns um. Vor Entsetzen hatten wir unsere Großmutter noch nicht mal vermisst.

Wir fanden sie im Flur. Sie stand ganz hinten in der Ecke, unter dem Oberlicht, und studierte aus irgendeinem Grund aufmerksam ihren Finger.

»Omm?«, sagte ich.

Sie rührte sich nicht.

»Omm?«

Sie sah auf. »Ja, ja.« Wir konnten ihren Gesichtsausdruck nicht richtig erkennen, doch sie klang irgendwie verärgert. Müllche, Ness und ich sahen uns an.

»Omm?«

»Was denn?«

»Du kannst da nicht stehen bleiben«, sagte Ness.

»Natürlich nicht«, antwortete sie, blieb jedoch immer noch wie angewurzelt stehen.

»Sollen wir in die Küche gehen?«, fragte Müllche. Die Stimmen meiner Schwestern waren aus Seide, so sanft klangen sie.

Müllche und ich fassten Omm Maij am Arm, führten sie durch den Flur in die Küche und drückten sie in den Lehnsessel neben dem Kanonenofen.

Es hieß, Omm Maij habe unserer Mutter geholfen, Ness' Geburt zu überstehen, indem sie ihr Geschichten von ihrer eigenen Kindheit erzählte. Es war eine schwere Geburt. Sie dauerte so lange, dass unsere Großmutter schließlich mittendrin einschlief. Aber Papp, der auch dabei war (er hatte allen Frauen, die ihn vertreiben wollten, die Stirn geboten), sagte immer, er habe unsere Großmutter nur mit dem Finger anstupsen müssen und schon seien die Geschichten wieder aus ihr herausgesprudelt.

»Wie Wasser aus einem übervollen Wasserschlauch«, erzählte er schmunzelnd. »Sie redete einfach im Schlaf weiter und half so Ness, geboren zu werden.«

Diesmal war es umgekehrt. Wir mussten ihr jedes Wort einzeln aus der Nase ziehen. Vielleicht fehlten ihr schlicht die Worte, weil die ganze Prügelei so unglaublich dämlich gewesen war. Eigentlich war es gar keine richtige Prügelei gewesen.

»Ist der Soldat gestolpert?«, fragte Ness.

Omm Maij nickte. »Über eine lose Diele. Er fiel gegen Kretjeng und der versetzte ihm einen Stoß. Und dann löste sich der Schuss.«

Aber das war noch immer nicht das Dämlichste. Das Dämlichste war, wo der Schuss den Soldaten getroffen hatte.

»In den eigenen Fuß?«, fragte Müllche nach. Einen Moment grinste sie, wie immer bei absolut sagenhaften Geschichten. Doch dann schlug sie erschreckt die Hand vor den Mund.

Im Krieg hatten wir gelernt zu warten, aber bisher hatte sich das Warten immer unter der strengen Aufsicht unserer Großmutter abgespielt.

Ness lümmelte mit krummem Rücken auf dem Sofa. Sie zankte sich mit Müllche, als ginge es um ihr Leben. Unter anderen Umständen hätte Omm Maij sie schon zehnmal zur Ordnung gerufen. Doch nun saß unsere Großmutter mucksmäuschenstill am belgischen Kanonenofen und hielt die Hände über das erloschene Feuer. Es schien, als würde sie nichts und niemanden hören.

Der Tag brach an. Der Nebel und die graue Morgendämmerung wichen einem blassblauen Himmel und der Sonne, die ruhig durch die Wolken brach. Irgendwo in der Hecke sang eine Drossel.

»Können wir nicht in die Stadt gehen?«, fragte Müllche.

»Wir haben versprochen zu warten«, sagte ich.

»Ich habe gar nichts versprochen«, maulte Müllche. Aber sie blieb trotzdem sitzen.

Kaum zu glauben, dass wir schließlich doch alle vier eingeschlafen sind. Omm Maij im Lehnstuhl, Müllche, Ness und ich auf dem Sofa.

Ich schreckte vom Quietschen des Gartentors und von Schritten auf dem Weg zum Haus auf. Müllche und Ness erwachten langsam, doch Omm Maij saß bereits kerzengerade da. Ihr Eulenauge rollte wild hin und her.

»Fing?«, rief sie. »Fing?«

Sofort erkannte ich, dass es nicht Papp war. Es war Betje Garen.

Ich hatte keine Ahnung, woher sie es diesmal wusste, aber ihre großen neugierigen Augen und ihr ewiger Plappermund waren das Letzte, was ich jetzt gebrauchen konnte. Da war mir noch nicht aufgefallen, wie seltsam es war, dass die Krämerin zu Fuß gekommen war, obwohl sie es eigentlich hasste, zu Fuß zu gehen.

»Er hat sich geprügelt«, rief sie außer Atem, bevor sie überhaupt durch die Tür war.

»*Onsen!*«, unterbrach ich sie böse. »Es war ein Versehen. Er ist geschubst worden.«

»Ach was!«

»Sie waren ja nicht mal dabei!«, rief ich wütend. »Woher wollen Sie dann wissen, dass er nicht geschubst wurde?«

»Wer?«, fragte sie.

»Kretjeng, natürlich!«

Stirnrunzelnd sah sie mich an. Ihr kleiner Mausemund machte eine mahlende Bewegung. »Kretjeng?«, fragte sie.

»Wer denn sonst?«

»Ich spreche von eurem Papp«, antwortete sie.

Immer noch ist es kaum zu glauben, dass etwas, was so vergleichsweise harmlos anfängt, derart katastrophale Folgen haben kann. Unsere Brüder waren wegen Missachtung der Sperrstunde festgenommen worden. Doch das war nicht alles. Betje Garen hatte alles mitgehört.

»Sie werden auch des bewaffneten Widerstands angeklagt«, sagte sie.

Verständnislos sahen wir uns an. »Was für ein Ding?«, fragte ich halb im Scherz.

»Wie soll das denn gehen?«, fragte Müllche. »Sie hatten doch gar keine Waffen!«

Betje Garen zuckte die Achseln.

Wir fanden nie heraus, wie es dazu gekommen war. Erklären konnten wir es uns nur so, dass sich die Prüüsze wegen des Soldaten, der sich in den Fuß geschossen hatte, wohl derart schämten, dass sie die Tatsachen völlig verdrehten. Und das hatte fürchterliche Folgen.

»Sie müssen nach Deutschland.«

»Nach Deutschland?«

»Er war nicht zu bremsen«, sagte Betje Garen. »Wie ein Wahnsinniger schrie er, dass es ungerecht ist.«

Vier Mann habe es gebraucht, um ihn zurückzuhalten. Vier! Und selbst die hätten noch die größte Mühe gehabt, unseren Vater zurückzuhalten – unseren Vater, den Apfelfänger, den Traumverkäufer, den Mann, den ich in meinem ganzen Leben kein einziges Mal wütend gesehen habe, der uns noch nie einen Klaps gegeben hatte.

»Er brüllte, dass ihr zusammenbleiben müsstet«, sagte Betje Garen mit Tränen in den Augen. »Das habe er versprochen.«

Uns blieb eine Stunde Zeit zum Packen. Zwei Koffer durften mit. Omm Maij saß reglos in ihrem Sessel, während ich wie betäubt die Kleidung unserer Brüder zusammensuchte.

Ich musterte jede einzelne Hose, die vom ältesten Bruder bis zum jüngsten weitergegeben worden war. Mein ganzes Leben lang waren meine Brüder ein unbezähmbarer vierköpfiger Drache gewesen. Doch jetzt zerfiel der Drache in vier einzelne Jungen.

Jrades' Kappe mit dem Satinband innen, ganz speckig von der Brillantine, mit der er eine seiner Probeverlobten hatte beeindrucken wollen.

Pitts linker Schuh, in dem ein Zettel mit den geheimnisvollen Worten steckte: »Erst Apfel, dann Mädchen, dann Hut.«

Der Doppelpullover von Et und Kretjeng, den mal der eine, mal der andere trug, mit dem Loch im Ärmel, durch das sie den Daumen steckten, wenn es kalt war und sie eine Zigarre rauchen wollten.

Nur drei Menschen durften sich von ihnen verabschieden. Omm Maij ging zusammen mit der Tulpe und Ulla vom Schankwirt hin.

»Warum Ulla?«, schrie Ness. »Er ist nicht mal mehr mit ihr zusammen!«

Ich wusste es nicht. Betje Garen hatte gesagt, Et habe nach Ulla gefragt. Sie hatte mit ihm Schluss gemacht, bevor er überhaupt dazu gekommen war, ihr einen Verlobungsantrag zu machen. Wie es Et dabei ergangen war, wusste ich auch nicht. Unsere Brüder konnten einen mit Flugrouten von Tauben, mit Kriegsberechnungen, Fußballspielen, dem Hubraum und der PS-Zahl eines bestimmten Autos vollquatschen. Aber über die wirklich wichtigen Dinge ließen sie sich nicht aus.

Als unsere Großmutter zurückkam, waren Ulla und die Tulpe bei ihr. Die Tulpe kochte Kaffee. Ihre Miene war nicht traurig, eher verbissen. Sie trug keinen Hut und ihr Haar hatte sich halb aus dem Knoten gelöst. Inzwischen war sie seit anderthalb Jahren mit Kretjeng verlobt. Nie hatte sie sich darüber beklagt, dass die beiden immer noch nicht verheiratet waren. »Es ist eine schwierige Zeit«, sagte sie stets, wenn Kretjeng sich wortreich entschuldigte. »Das kommt schon noch.«

Ulla weinte ununterbrochen. Kaum hatte sie ein Taschentuch vollgeweint, brauchte sie schon ein neues. Müllche schickte sie nach Hause.

Am frühen Nachmittag saßen wir zu fünft da und verfolgten den Weg der Zeiger auf dem Ziffernblatt. Als es drei schlug, die Zeit, zu der sie abfahren sollten, seufzten wir laut. Nicht aus Kummer, sondern irgendwie vor Erleichterung, weil das, was geschehen sollte, nun endlich geschehen war.

Irgendwann zwischen Nacht und Morgen wachte ich auf. Die Tür unseres Zimmers war aufgegangen und Omm Maij schleifte einen Strohsack herein. Ihr grauer Zopf glänzte im Mondlicht. Sie legte den Sack vors Fenster. Dann holte sie ihr Bettzeug. Ich dachte, sie würde sich schlafen legen, doch sie wickelte sich nur in ihre Decke und setzte sich hin. Sie sagte nichts, obwohl sie gesehen hatte, dass ich wach war. Ihr Blick war unergründlich. Sie hielt die Augen fest auf uns gerichtet und wiegte sich sanft hin und her. Als wäre sie ein Schiff auf einem unermesslich großen Ozean und wir der Horizont.

TEIL 4

Der Himmel von Noh Heäm

1941–1942

Zwischenzeit (I)

Unsere Großmutter hatte das Leben immer wie ein lästiges Kleinkind behandelt. Sie ignorierte es, wenn mal wieder alles schiefging, und ließ sich von keiner Katastrophe, ob groß, ob klein, aus der Ruhe bringen. Noch nie hatte sie sich geschlagen gegeben, ihr ganzes Leben nicht. Als unsere Mutter starb, hatte sie angeblich eine Nacht und einen Tag lang alles Kupferzeug von den Nachbarn aus ihrer Straße geputzt.

»Es ist besser, ich hab eine Aufgabe«, hatte sie gesagt.

Und die Leute, die nur eine dumpfe Ahnung von ihrem ozeangroßen Schmerz haben konnten, brachten ihr alles Kupfer, das sie auftreiben konnten, eine ganze Schubkarre voll, manches kam sogar von vier Straßen weiter.

Vielleicht konnte man nur einmal im Leben einen derartigen Schmerz empfinden. Und vielleicht funktionierte eine solche Lösung auch nur ein Mal. Denn als unsere Brüder und unser Papp weg waren, geschah das Unvorstellbare: Die unverwüstliche Mechanik im Inneren von Omm Maij versagte ihren Dienst.

Jeden Samstagnachmittag legte die Tulpe den weiten Weg von ihrem Elternhaus im Westen der Stadt bis zu uns zurück. Meistens saß sie in der Küche, wo sie Omm Maij auf ihre unaufdringliche Weise wieder in Bewegung brachte.

»Diese Möhren«, sagte sie zum Beispiel, »schmecken die auch, wenn man sie in Essig einlegt?« So erinnerte sie unsere Großmutter daran, dass sie gerade Möhren schälte. Wenn ich die Tulpe so sah, schämte ich mich, dass wir uns je über sie lustig gemacht hatten.

In diesem Winter wurden Fleisch und Käse rationiert. Im Frühling folgten Muckefuck, Milch und Kartoffeln, aber wir lebten auf dem Land, und dort konnte man mit dem richtigen Zahlungsmittel alles bekommen. Papp hatte uns auf dem Dachboden einen ansehnlichen Vorrat Zigarren hinterlassen. Als Tauschmittel für Dinge, an die man mit Marken immer schwerer herankam, würde diese Reserve vorläufig genügen.

Aber das, was uns am meisten fehlte, konnten wir für keinen Preis der Welt bekommen.

Jeden Nachmittag auf dem Nachhauseweg fing mein Bauch zu rumoren an. Auf den geraden Strecken schaute ich so weit in die Ferne wie möglich und in den Wegbiegungen konnte ich meine Ungeduld kaum zügeln.

Papp hatte versprochen, dass sie sich so bald wie möglich melden würden. Doch die Wochen zogen ins Land und es passierte nichts. Müllche war schon zum Rathaus gegangen. Mit den Worten, die deutsche Post sei die am besten organisierte Post der Welt, wurde sie wieder weggeschickt. Als aber eines Tages tatsächlich eine Sendung kam, standen wir alle vier um den Küchentisch und starrten auf die Karte mit Papps schräg voraneilender Handschrift.

Liebe Schwiegermutter und liebe Töchter,
sind gut angekommen. Alles in Ordnung. Mädchen, gebt eurer Großmutter einen dicken Schmatz.
Euer Vater und Schwiegersohn

»Ist das alles?«, fragte Ness ungläubig.

»Manche Dinge dürfen sie natürlich nicht schreiben«, entgegnete Müllche.

»Was denn zum Beispiel?«

»Vielleicht haben sie ja Hunger.«

»Müllche«, sagte ich.

»Oder sie sind verletzt. Oder noch schlimmer.«

»Müllche!«

Wir schrieben eine Antwort.

Ich war für einen kurzen Brief, weil ich Angst hatte, sie würden ihn nie bekommen, wenn zu viel drinstand. Ness wollte einen langen. Ein langer Brief gebe Trost, meinte sie.

Müllche wollte so viele Fragen stellen, dass es am Ende keinen Platz mehr gab, um noch etwas über uns zu erzählen. Wir kämpften um jeden Satz, jedes Wort, jedes Komma. Als wir den Brief fertig hatten, waren wir erschöpft.

Danach fing das Warten von vorn an. Wieder gingen die Wochen dahin. Aus den Wochen wurde ein Monat, wurden zwei Monate, drei. Schließlich war es Omm Maij, die sich in einem seltenen Moment der Tatkraft aufraffte und nochmals zum Rathaus ging, wo inzwischen viele Deutschfreundliche arbeiteten. Sie kam mit einer erschütternden Neuigkeit wieder. Zum einen war unser Brief nie weiter gekommen als bis zum Rathaus, und zum anderen hatten sie jede Spur von unseren Brüdern und unserem Vater verloren. Sie waren verlegt worden, doch niemand wusste wohin.

»Verloren?«, hatte Omm Maij gerufen. »Fünf ausgewachsene Männer? Die verliert man doch nicht wie ein paar Schmiedenägel!«

Sie war getadelt worden. Es sei schon mehr als genug, dass die Stadt einen solchen Aufwand betreibe. Und das alles wegen ein paar Landesverrätern! »Gehen Sie nach Hause, gute Frau! Die tauchen schon wieder auf.«

Unter unserer Glocke aus Kummer entging uns vieles. Aber nicht alles.

Im Februar brodelte es in den Zeitungsredaktionen. Zuerst war in Amsterdam ein großer Streik ausgebrochen. Dann auch in anderen Städten im Norden des Landes. Niemand wusste genau wieso, denn die Tageszeitungen wurden bereits zensiert, aber es hing mit den Jüdde dort zusammen.

»Unangenehm«, hörte ich einen Mann sagen. »Aber das kommt davon. So viele Jüdde auf einen Haufen – da muss es ja Probleme geben.«

»Was soll das denn heißen!«, rief jemand anders entrüstet.

»Ach, hier sind wir ja nur wenige«, warf eine Frau ein. Es war Mimis Mutter. »Was soll Hitler schon groß von dreieinhalb Jüdde wollen?«

Zustimmendes Gemurmel wurde laut.

An einem Freitag im Juni ging Ness ein letztes Mal durch das Mädchentor aus der Schule. Am Montag darauf betrat sie dann die Schule durch den Eingang für die Nonnen. Die hatten sie gebeten, ihnen beim Katalogisieren der Bibliothek zu helfen. Es sei ein solches Durcheinander, hatten sie gesagt. Das konnte ich mir nicht vorstellen. Eher ging ich davon aus, dass sie Ness in ihrer Nähe behalten wollten. Selbst die strengste Nonne wurde weich, wenn es um meine Schwester ging.

Die Nonnen kamen überall herum und schnappten immer die letzten Neuigkeiten auf.

»Die Prüüsze haben Noh Heäm geholt«, sagte Ness.

»Warum?«

»Weil sie Pferde brauchen, sagen die Nonnen.«

»Warum?«

»Na, für den Krieg in Russland, natürlich!«

Der Krieg in Russland war der neueste Krieg der Prüüsze.

»Haben sie Noh Heäm wirklich mitgenommen?«, fragte Müllche.

Ness schüttelte den Kopf. Sie erzählte, die Prüüsze hätten das Grubenpferd ins Freie geholt und von Kopf bis Fuß gemustert. Der Gaul habe alles gutmütig über sich ergehen lassen.

»Er war schon fast im Zug. Aber dann kam Hermes mit Papieren vom Schlachthof. Was darin stand, weiß ich nicht, aber sie haben sie gelesen und ihn dann lieber dagelassen.«

Beim nächsten Mal sagte sie: »Sie ist weggeschickt worden.«

»Wer?«

»Liesl.«

Ich hatte schon lange nicht mehr an sie gedacht. Meine Zeit in der Villa schien eine Ewigkeit her zu sein. Wie etwas aus einem vergilbten alten Buch.

»Wohin?«

Die Nonnen glaubten, die Prüüszesche hätte sie nach Frankreich geschickt. Aber vielleicht auch nach England.

»Aber warum?«, fragte ich.

Ness sah mich erstaunt an.

Natürlich wusste ich es. Die Jüdde durften inzwischen nicht mehr ins Kino, ihre Kinder nicht mehr zur Schule. Im September war der Befehl gekommen, dass »der ganze Wagenpark der Jüdde für den Kampf gegen Russland eingezogen werden muss«. Das rief großes Gelächter hervor. Vielleicht wimmelte es in Deutschland ja von reichen Jüdde, aber bei uns besaßen gerade mal drei von ihnen einen Wagen. Der Lumpenkönig (der ein altes, klappriges Vehikel ohne Türen hatte), die Familie Waterwagen (die einen kleinen Laster besaß) und die Horns. Aber deren Fahrzeug zählte eigentlich nicht, weil es schon vor Jahren zusammengebrochen war und seither als Hühnerstall diente.

»Das ist doch nur Schikane«, sagte ich. »Niemand nimmt es wirklich ernst, nicht mal die Jüdde selbst. Ich kann wirklich nicht verstehen, warum die Prüüszesche sie wegschickt.«

»Sie ist eine Jüddenn, Fing.«

»Na und? Die Prüüszesche ist mit dem Zigarrenkaiser verheiratet. Der tun sie bestimmt nichts.«

»Das wollen wir hoffen«, sagte Ness.

Die Jüdde nahmen es wirklich nicht schwer. Als sie nicht mehr in den Park gehen durften und »Für Juden verboten«-Schilder in den Grünanlagen aufgestellt wurden, schrieb ein Jüdd heimlich »Jüddepark« auf ein Schild, montierte es auf einen Pflock und trieb diesen am Anfang von Schlammbams Sahara in den Boden. Natürlich wurde das Schild umgehend entfernt, aber da hatte die Idee schon Fuß gefasst.

Wenn ich von der Arbeit nach Hause ging, saßen immer ein paar Jüdde auf einer Decke oder einem Mantel am Wegrand. Manchmal hatten sie eine Tasche oder einen Rucksack mit Proviant dabei. Und wenn es warm war, zogen sie ihre Schuhe aus.

»Hallo, Fing.«

»Guten Tag, Meneer Blijdestein.«

»Habt ihr schon was von euren Brüdern und eurem Papp gehört?«

»Noch nicht.«

»Ach, das tut mir ja leid. Aber das kommt sicher noch. Grüßt du deine Großmutter von mir?«

»Mach ich.«

Mimi Sassen winkte mir zu. Ihre Hornbrille war kaputtgegangen und mit Eisendraht geflickt. Ich winkte zurück. Ihre zwei jüngeren Schwestern saßen kichernd neben ihr.

Ich habe mich nie gefragt, wo die Schwestern denn jetzt zur Schule gingen. Ob sie überhaupt noch zur Schule gingen. Genauso wenig fragte ich mich, warum die Jüdde mich nicht schief ansahen. Denn es war stadtbekannt, dass an meiner Arbeitsstelle die Schwarzmäntel ein und aus gingen und Hitler von der Anrichte aus herabsah.

Zucker auf der Straße

An einem Samstagnachmittag im Oktober drückte Omm Maij mir eine Einkaufstasche voll Zigarrenkisten in die Hand und sagte, ich solle mal wieder mit Fejj ein Schwätzchen halten.

»Kann das nicht Müllche machen?«, fragte ich. Aber Müllche war noch bei Rosita.

Als ich bei Fejj eintraf, kamen gerade zwei Frauen zur Tür heraus. Ohne mich eines Blickes zu würdigen, verschwanden sie in einer Gasse.

Mit Fejj ein Schwätzchen halten war der Geheimcode für den Schwarzmarkt. Fejjs Eltern hatten einen Tauschhandel im hinteren Keller ihres Hauses aufgezogen. Jeder, der etwas zum Tauschen hatte, konnte sich an sie wenden. Sie lagerten die Sachen gegen ein kleines Entgelt und trieben mit ihnen Handel. Der Vorrat an Zigarren auf unserem Dachboden nahm zwar langsam ab, aber vorläufig hatten wir noch genug. Und die Nachfrage war groß.

In dem Moment, als ich wieder auf die Straße ging, geriet ich in eine Kolonne von Schwarzmänteln, die im Laufschritt vorbeimarschierten. Sie versuchten noch auszuweichen, aber ihre Reihen waren zu dicht, sodass sie mich anrempelten. Ich hatte die Arme um den Körper gelegt, damit es aussah, als würde ich frieren, doch in Wirklichkeit verbarg ich eine Zuckertüte unter meinem Mantel.

Ich verlor das Gleichgewicht, jemand rempelte mich an. Es war kein Schwarzmantel, sondern einer vom *Jeugdstorm*, einer Organisation von Jugendlichen in meinem Alter, manche von ihnen sogar jünger, die den Schwarzmänteln fanatisch hinterherliefen.

Wir stießen so heftig aufeinander, dass der Zucker knirschte. Ich spähte verstohlen an mir herunter und sah zu meinem Entsetzen, dass er unter meinem Mantel herausrieselte und eine dünne weiße Spur auf dem Pflaster hinterließ.

Alle wussten, dass die Prüüsze schon mal ein Auge zudrückten, wenn es um den Schwarzmarkt ging. Doch vor den NSB-ern musste man sich hüten. Vor allem die vom Jugendsturm waren Weltmeister im Anschwärzen.

Ich wartete nur darauf, dass der Junge losbrüllte, doch stattdessen geschah etwas Merkwürdiges. Ich sah ihn den linken Fuß zur Seite schieben und auf den verschütteten Zucker stellen. Bisher hatte ich nicht gewagt aufzusehen, doch nun tat ich es. Sein weißblondes Haar war so kurz geschoren, dass die Kopfhaut durchschimmerte. Das Barett war durch den Zusammenprall nach hinten gerutscht.

Es war Filip.

Wirklich alles Mögliche ging mir durch den Kopf. Aber das Einzige, was ich herausbrachte, war: »Was hast du denn für Sachen an?«

Einige andere Jugendliche waren ebenfalls stehen geblieben, doch als die Schwarzmäntel sich immer weiter entfernten, hasteten sie an uns vorbei.

Er zuckte die Achseln.

»Du wolltest doch zur Union gehen?«

»Das geht erst mit achtzehn. Außerdem ist die Union gar nichts Besonderes.«

»Und deswegen bist du zum Jugendsturm gegangen?«

Er schwieg.

»Denk bloß nicht, dass ich auf dich gewartet habe. Ich habe längst einen anderen.«

Er schwieg.

»Dein Vater ist quietschfidel, nehme ich an? Nach dieser langen Zeit dürfte er wieder auf den Tischen tanzen.«

»Mein Vater ist tot.«

Im Inneren meines Kopfes waren lauter Schalter. Klick, da war Wut. Klick, da war Scham. Und wer auch immer die Schalter umlegte, ich war es jedenfalls nicht.

Filip gab ein Geräusch von sich. Es war etwas zwischen einem Seufzer und einem Knurren. Ich trat auf ihn zu und zog ihn hinter mir her zwischen den Milchwagen und die Hauswand. Wo ich den Zucker gelassen habe, weiß ich nicht mehr. Dann machten wir etwas mit unseren Köpfen und unseren Händen. Oder unsere Köpfe und unsere Hände machten etwas mit uns. Und gleich darauf küssten wir uns. Küssten uns richtig.

»Du hast nicht zufällig einen Freund, oder?«, fragte Müllche.

»Und warum nicht?«

»Einen Schwarzmantel?«

»Er ist kein Schwarzmantel.«

»Noch nicht.«

»Außerdem sind nicht alle Schwarzmäntel gleich.«

»Sie laufen den Prüüsze hinterher«, sagte Müllche.

»Tun sie nicht.«

Sie verschränkte die Arme vor der Brust.

»Sie wollen einfach nur ein neues Land«, sagte ich, »mit gleichen Chancen für alle und nicht nur für die Reichen. Und sobald die Prüüsze weg sind, kommt die Selbstverwaltung.«

»Hat Filip das gesagt?«

»Das weiß doch jeder.«

Müllche zog eine ihrer berüchtigten Augenbrauen hoch.

Die Daamses hatten eine neue sechste Schulter eingestellt.

»Natürlich keinen Verwandten«, sagte Filip abfällig.

Immerhin hatten sie Filip angeboten, bei ihnen zu wohnen. Doch der dachte nicht daran. Stattdessen zog er bei einem Schwarzmantel ein und nahm eine Stelle auf dem Schlachthof an.

»Bis ich was Besseres finde.«

Am Montag stand er bei Joffer Vroon vor der Tür.

»Geh weg«, sagte ich, »du darfst nicht hierherkommen.«

»Warum nicht?«

»Ich habe erst in zwei Stunden Schluss.«

»Filip?«, rief eine Stimme hinter mir von oben herunter. »Bist du das, Filip?«

Mit einem triumphierenden Blick schob er sich an mir vorbei, raubte mir einen Kuss und stieg die Treppe hinauf. Ich drehte mich um und fing gerade noch Joffer Vroons geringschätzigen Blick auf.

Seit der Sache mit ihrer Katze war Joffer Vroon bedeutend weniger gut auf Meester Govaerts zu sprechen. Oder besser gesagt: auf das, was er tat. Sie hatte es mir zwar nicht erzählt, aber ich wusste, dass sie sich seither dreimal am Tag vergewisserte, ob die Haustür abgeschlossen war. Das Toilettenfenster war jetzt vergittert. Und Betje Garen sagte, Joffer Vroon würde abends niemandem mehr aufmachen.

Ich war fast fertig, als Filip wieder herunterkam.

»Du musst kommen«, sagte er. Er warf Joffer Vroon einen Blick zu. »Darf sie das, bitte?«

Joffer Vroon sah ihn giftig an. Dann seufzte sie.

Meester Govaerts' Dachkammer war größer, als ich gedacht hatte. Und voller. Ich trat ein und sieben Augenpaare blickten mich an. Einige vom Jugendsturm und ein paar Schwarzmäntel. Dann wandten sie sich ab und redeten weiter.

»Ach, Fing«, sagte Meester Govaerts. »Hättest du doch nur was gesagt.« Er stand mit einer Tasse in der Hand an einem der Dachfenster und schüttelte mitfühlend den Kopf.

Erstaunt sah ich ihn an.

»Ich habe ihm von deinen Brüdern erzählt«, sagte Filip seelenruhig.

Ich hätte ihn ohrfeigen können. Ein Geheimnis war es allerdings nicht. Die meisten Schwarzmäntel wussten, dass mein Papp und unsere Brüder verhaftet worden waren, daran hatte ich keinen Zweifel. Ihre missbilligenden Blicke sprachen Bände. Aber Meester Govaerts sah mich mit seinen braunen Augen freundlich an. »Schlimm«, sagte er. »Ich bin sicher, dass es ein Missverständnis war.«

»Wie bitte?«

»Mein liebes Kind, ich fürchte, dass die Prüüsze manchmal – wie soll ich sagen? – überreagieren. Die Verantwortung für ein großes deutsches Reich wiegt schwer und lässt ihnen wenig Freiraum, die Dinge etwas lockerer zu sehen.« Er lächelte entschuldigend. »Aber meine großen Worte bringen dir natürlich gar nichts. Du vermisst deinen Vater und deine Brüder. So einfach ist das. Hoffen wir, dass die Zeiten sich bald ändern.«

»Er ist wirklich ein guter Mensch«, sagte Filip, als wir wieder draußen standen. Seine Wangen waren gerötet. »Meester

Govaerts weiß so viel und lässt sich von niemandem etwas vormachen. Und er sagt, dass ich es zu etwas bringen werde. Er sagt, wenn der Krieg erst mal vorbei ist, wird es genügend Chancen geben. Und dass der Jugend dann nicht irgendeine beliebige Zukunft gehört, sondern eine *gute* Zukunft.«

»Wenn ich dich nicht festbinde, hebst du gleich noch ab«, entgegnete ich.

Er machte Luftsprünge. »Hui! Ich fliege, Fing! Ich fliege!«

Ich musste lachen. »Hiergeblieben«, sagte ich und nahm ihn bei der Hand. Zusammen gingen wir aus der schattigen Straße dem überwältigenden Nachmittagslicht entgegen.

Zu Hause saß Omm Maij in der Dämmerung vor dem erloschenen Kanonenofen. Müllche und Ness waren noch nicht da.

»Ich bin's«, sagte ich.

Ich hatte mich verspätet, aber sie sagte nicht mal dazu etwas. Der Abwasch vom Frühstück lag noch in der Spüle. Auf dem Tisch stand eine kleine Pfanne mit angebrannten Kartoffeln. Schweigend zündete ich die Öllampe an, füllte neuen Schlamm in den Ofen. Ich weiß nicht, ob sie es überhaupt bemerkte.

An diesem Sonntag zankten sich Ness und Müllche wie immer, aber ihre Zänkereien hatten etwas Zwanghaftes bekommen. Als würden sie sich nicht gegenseitig angreifen, sondern die Stille im Haus.

Ich war erleichtert, als mein freier Tag endlich vorbei war. Es fühlte sich an, als gäbe es nicht *mehr* Platz, seit Papp und unsere Brüder weg waren, sondern als wäre Neun Offene Arme zu einem Puppenhaus geschrumpft, in das ich nur noch mit Müh und Not hineinpasste.

Briefe

»Fing?«

Ich sah mich um. Joffer Vroon war mit ihrer Korrespondenz beschäftigt und murmelte etwas vor sich hin. Die Glasschiebetür zwischen Wohn- und Esszimmer war geschlossen.

»Fing?«

Zögernd ging ich ins Treppenhaus, wo die Stimme herkam.

»Ja?«

»Kommst du mal eben hoch?«

Meester Govaerts saß in der Dachkammer an seinem kleinen Schreibtisch. Rechts und links davon lagen stapelweise Schwarzmantel-Zeitungen. Die Lampe beleuchtete den glänzenden kahlen Kreis auf seinem Schädel.

»Schließt du kurz die Tür?«, bat er mich.

Seine ruhige, selbstsichere Art zu reden brachte einen dazu, seine Aufforderungen zu befolgen. Wahrscheinlich war er deswegen ein hohes Tier bei den Schwarzmänteln.

Meester Govaerts sah mich mit einem Lächeln an. »Joffer Vroon sollte manche Dinge lieber nicht wissen.« Er zwinkerte mir zu. »Hier.«

Dann erst sah ich, dass er etwas in den Händen hielt, einen Umschlag. Ausländische Stempel waren darauf, aber die Schrift erkannte ich sofort und es fühlte sich an, als hätte mir jemand einen Tritt in die Kniekehle verpasst.

»Es ist eine heikle Sache, verstehst du?«, sagte er. »Deine Brüder sind keine Landesverräter, das weiß ich, aber nicht alle hier sind davon überzeugt. Ich würde nicht wollen, dass Joffer Vroon, die nun mal … tja … ein wenig nervös ist, an die große Glocke hängt, dass ich Briefe von … Hier, steck sie rasch ein.«

Ich weiß, ich hätte warten sollen, bis ich zu Hause war, aber ich konnte es nicht. Ich ging, nein, ich rannte in den Stadtgarten, wo Armer Kleiner begraben lag. Auf den Stufen sitzend, riss ich den Umschlag mit zitternden Händen auf. Der Brief war zensiert. Er war durchlöchert wie Müllches blaue Lochkarte von Rosita. Ich las so gierig, so ausgehungert – verschlang sozusagen jeden Buchstaben mit Haut und Haar –, dass ich den Brief drei Mal lesen musste, bis ich begriffen hatte, was eigentlich darin stand.

(…) 16. August 1941

Liebe Modder Maij, liebe Fing, Ness und Müllche,

es tut uns leid, dass wir uns nicht früher gemeldet haben. Wir sind jetzt in einer (…) Fabrik, wo (…) und (…) hergestellt werden. Wir müssen (…) aus der (…) verarbeiten. Nichts für Faulpelze, aber wir sind Schlimmeres gewohnt. Letztlich sind wir nur (…) Wochen in (…) geblieben. Während unseres Aufenthalts dort kamen (…), die Leute brauchten. Wir waren überzählig und mussten mit. Aber was soll's, wir sind noch zusammen und das ist das Einzige, was zählt. Hier gibt es einen Mann, der sagt, dass (…), aber wir pfeifen drauf.
Habt Ihr unseren letzten Brief bekommen? Geht es Euch gut?

Darunter stand in einer anderen Schrift:

Habt Ihr noch was von Ulla gehört? Ist sie vielleicht weggezogen? Hat sie sich einen Millionär geangelt? Sagt mir bitte kurz Bescheid, damit ich weiß, ob ich noch Papier für sie verschwende.

Dann ging es in Papps Schrift weiter:

So, wir beenden diesen Brief und hoffen, dass es Euch gut geht. Es ist bestimmt bald vorbei. Eh Ihr Euch verseht, sind wir wieder da. Die Prüüsze (…) und das ist gut so!
PS: Wenn ich abends nach draußen schaue und den Mond sehe, wird mir ganz warm ums Herz, weil ich weiß, dass Ihr denselben Mond sehen könnt. Wir sind uns nahe.
Euer Vater

Als ich an dem Abend den Brief hervorholte, bekam Ness große, glänzende Augen und Müllche stieß einen Schlachtruf aus. Selbst Omm Maij kam für einen Moment aus ihrem Kokon des Schweigens.

»Kommt«, sagte sie und klopfte aufs alte Sofa.

Von dem Lochbrief waren wir viel erfüllter, als wir es je von einem gewöhnlichen Brief gewesen wären. Endlos diskutierten wir und rätselten, was da gestanden haben könnte. Immer wieder verwandelte sich der Brief. Es war, als hätten wir fünf Briefe bekommen.

»Ein Glück, dass der Brief doch noch aufgetaucht ist!«, seufzte Ness.

Ich sagte nichts von Meester Govaerts. Wozu auch? Ich war sicher, dass Müllche einen Kommentar vom Stapel gelassen hätte, und das konnte ich wirklich nicht gebrauchen.

»Kommt, wir antworten ihnen sofort«, sagte Ness.

»Das können wir auch morgen machen«, gab Omm Maij zurück. »Und dann müssen wir es auch Alma erzählen.«

»Alma?«, fragte Müllche stirnrunzelnd. »Wer ist das?«

»Die Tulpe«, antwortete ich.

Ich besuchte sie zwei Tage später. Sie lächelte nur, als ich ihr den Brief zeigte. Dann fragte sie mich, ob ich eine Tasse Tee wolle.

Über einem kleinen Spiegel hing ein winziges Foto von ihr und Kretjeng. Mein Bruder stand hinter ihr, sie saß vor ihm. Kretjengs Augen glühten vor Stolz. Ich legte einen Moment meine Hand aufs Foto, als ob ich wirklich glaubte, die Glut seines Blickes spüren zu können.

Es dämmerte bereits, als ich über Schlammbams Sahara zurückging. Nasskalt war es. Die Bäume am Hohlweg waren schon fast kahl, die Äcker abgeerntet und gepflügt, die Friedhofshecke hingegen war so dicht und grün wie immer. Ich hastete an den Koniferen entlang, blieb jedoch plötzlich stehen. Auf der anderen Seite waren ein Schlurfen und das Quietschen einer Schubkarre zu hören. Ich wusste sofort, wer da langging.

»Beätes?«

Das Schlurfen und Quietschen verstummte. Wir befanden uns an einem undurchdringlichen Stück der Hecke, dennoch war ich sicher, dass er auf der anderen Seite stehen geblieben war.

»Beätes?«

Seit unsere Brüder festgenommen worden waren, hatte ich ihn nicht mehr gesprochen. Erst hatte ich ihn unbewusst gemieden, ich war einfach zu durcheinander. Später, als ich wieder an ihn denken konnte, erschien mir unser Kuss –

mein Kuss – so albern, so unglaublich kindisch, dass ich mir kaum noch vorstellen konnte, dass ich das wirklich getan hatte. Aber ich *hatte* es getan. Seither hatte ich mir mindestens zehnmal vorgenommen, zu Beätes zu gehen, aber es war nie etwas daraus geworden. Und seit Filip wieder aufgetaucht war, war einfach alles andere vergessen. Ich weiß, dass es nicht nett war, aber so war es nun mal.

Er atmete durch den Mund. Ein leises Brummen war zu hören.

»Beätes?«

Ich hörte ihn weghumpeln.

»Du kannst mich doch wohl begleiten?«, sagte Filip.

»Warum?«

Verärgert sah er mich an. »Du bist doch fertig, nicht wahr?«

Es war später Nachmittag. Er hatte auf der Eingangstreppe von Joffer Vroons Haus auf mich gewartet, einen Stapel Schwarzmantel-Zeitungen auf den Knien.

»Was hast du damit vor?«, fragte ich.

»Nichts weiter.« Er stand auf.

Schon öfter hatte ich sie an den Straßenecken stehen sehen. Schwarzmäntel, die ihre Zeitungen an den Mann bringen wollten. Beliebt machten sie sich damit nicht gerade. Vielleicht dachte Meester Govaerts, sie würden die Blätter leichter loswerden, wenn Jugendliche sie verkauften.

Ich blieb stehen.

»Komm schon«, sagte Filip.

Ich zuckte die Achseln.

»Was ist?«

»Ich muss nicht unbedingt mit den Dingern herumlaufen.«

Er runzelte die Stirn. »Aber *ich* laufe doch damit herum.«

Ich zuckte die Achseln. In einem Haus zu arbeiten, in dem Schwarzmäntel ein und aus gingen, war das eine. Aber es war etwas ganz anderes, mit solchen Zeitungen durch die Stadt zu ziehen. Da gehörte man doch gleich dazu. Ich gehörte schon zu meiner eigenen Familie und das fand ich kompliziert genug.

»Dann eben nicht!«, sagte Filip. Er stand plötzlich auf und entfernte sich.

»Ein bisschen hitzköpfig, aber das wird sich schon noch legen.«

Ich drehte mich um. Meester Govaerts stand in der Tür. Wir sahen Filip hinterher.

»Er will, dass ich ihn begleite«, erzählte ich.

»Wir leben in einem freien Land«, entgegnete Meester Govaerts.

»Gar nicht wahr«, rutschte es mir heraus. Ich erschrak. Immerhin war Meester Govaerts ein Schwarzmantel. Doch anstatt mich zurechtzuweisen, nickte er nur. »Du hast recht. Aber wenn die Prüüsze erst für Ordnung gesorgt haben, wird es wieder frei sein. Schließlich ist das schönste Land ein freies Land.«

Er stopfte sich in aller Ruhe seine Pfeife. Irgendwie erinnerte er mich an die Fregatte. Die Art und Weise, wie er sich mit seiner Gelassenheit Platz schuf. Als würden wir nicht auf offener Straße stehen, wo Leute vorbeikamen und Karren vorbeiratterten. Als gäbe es nur ihn und mich. Als könnte ich ihm alles sagen.

»Ich verstehe nicht, warum man diese Zeitungen verteilen muss«, sagte ich. »Sie werden doch sowieso nur von den

Leuten gekauft, die mit dem Inhalt einverstanden sind. Die anderen wollen sie nicht.«

»Ein gutes Argument«, sagte Meester Govaerts.

Es stammte nicht von mir. Außerdem wäre es nicht das erste Mal, fuhr ich fort, dass man so einem Schwarzmantel mit seinen Zeitungen irgendwo auflauerte und ihm eine saftige Abreibung verpasste. Umgekehrt gelte natürlich dasselbe, wenn Schwarzmäntel ein Grüppchen Anti-Schwarzmäntel abpassen. Meester Govaerts nickte wohlwollend und zündete sich die Pfeife an. »Aber glaubst du, Jesus hätte so viele Anhänger bekommen, wenn er sofort aufgegeben hätte, als sein Leidensweg begann?«

»Wie bitte?«

»Wenn du wirklich an etwas glaubst«, erklärte er, »geht es doch nicht darum, wie viele andere Menschen dasselbe glauben, oder? Das, was du findest, wird doch nicht erst dann wichtig, wenn alle anderen es wichtig finden.« Er sah mich aufmerksam an. Ich senkte den Blick.

»Du brauchst dich nicht zu schämen, wenn du etwas nicht weißt«, sagte er. »Du solltest dich nur schämen, wenn du über etwas nicht nachdenken willst.« Und dann: »Gute Neuigkeiten?«

Ich sah ihn an. Er zwinkerte mir zu.

»Oh!«, sagte ich. Meine Mundwinkel zogen sich nach oben. »Ja.«

»Schön.«

»Ich habe mich nicht mal bei Ihnen bedankt.«

»Dein Lächeln genügt mir schon«, antwortete er. Er verabschiedete sich, drehte sich um und verschwand wieder im Haus.

In der Brunnenstraße holte ich Filip ein. Zum Glück war es ein regnerischer Nachmittag, an dem nicht viele Leute unterwegs waren. Ich war erleichtert, als er mit den Zeitungen fertig war.

»Und wieso nun plötzlich doch?«, fragte Filip immer noch ein bisschen eingeschnappt.

»Ich bin doch dein Mädchen«, sagte ich.

Jede Spur von Schatten verschwand aus seinem Gesicht, als würde irgendwo die Sonne aufgehen.

Er lächelte breit. »Ja?«

»Ja.«

Jungen waren wirklich Hühnerbeine.

(...) 1. Januar 1942

Liebe Mädchen und liebe Omm Maij,

ein schönes neues Jahr! Das ist das Erste, was wir Euch wünschen möchten. Liegt Schnee auf Schlammbams Sahara? War die Mitternachtsmesse schön? Ich soll Euch von Euren Brüdern ausrichten, dass sie sich sehr über die Strümpfe gefreut haben. Wir hätten Euch ja auch gern etwas geschickt, aber das habt Ihr dann eben bei uns gut. Wir sind guter Hoffnung, dass der Krieg (...). Kretjeng will auch noch was sagen.
Fing, würdest du bitte nach meiner Trompete sehen? Und die Ventile ölen?
Hallo, hier ist Pitt: Ich habe ein Rätsel für Euch: Was ist grün, trägt einen Helm und fällt aus Flugzeugen?
Antwort: (.......................................)
Hahaha!

(…) 23. Januar 1942

Liebe Fing, liebe Müllche, liebe Ness und liebe Omm Maij,

der heutige Tag wird jetzt schon zum schönsten Tag des Jahres erwählt! Für uns ist er das zumindest. Wir haben heute Morgen tatsächlich drei Briefe von Euch bekommen! Natürlich mussten wir erst »an die Arbeit«. Wir waren mordsungeduldig! Aber nichts konnte uns mehr den Tag verderben. Wir freuen uns so zu hören, dass es Euch gut geht! Und Müllche arbeitet also immer noch bei Rosita, kaum zu glauben! Können sie sie da ein bisschen bändigen? Und Ness hilft den Nonnen. Ihr müsst es Eurem alten Vater und Schwiegersohn verzeihen, aber die Tränen sind mir über die Wangen gekullert bei so vielen guten Neuigkeiten.
Stimmt es wirklich, dass man sich dieses Jahr zu Karneval nicht verkleiden darf? Wegen der Besatzung? Eure Brüder können es nicht fassen.

(…) 1. März 1942

Ihr Lieben!

*Die Bäume schlagen aus! Kretjeng, Et, Jrades und ich durften Sonntag unter Aufsicht ein Stück spazieren gehen. Nicht wie Schlammbams Sahara, aber immerhin frische Luft! Pitt musste leider drinnen bleiben. Nichts Ernstes. Er hat einen Eisenklotz auf den Fuß bekommen. Er hatte gewettet, dass er ihn hochheben kann. Schön zu hören, dass die Zigarren so nützlich sind. Auch hier wird es schwieriger (…), doch die Frau des (…) hat eine Schwäche für »*die tapferen Holländer«, *wie sie uns nennt. Hin und wieder steckt sie uns etwas zu. Uns fehlt es also an nichts. Haltet die Ohren steif.*

Meester Govaerts verlor nie ein Wort über die Briefe. Er steckte sie einfach nur in meine Schürze, die ich nach Feierabend in den Dienstbotenschrank hängte. Die Briefe kamen in unregelmäßigen Abständen, manchmal alle zwei oder drei Wochen, manchmal einmal im Monat. Und jedes Mal, wenn ich durch den dünnen Stoff die Umrisse eines Briefs ertastete, war es wie Ostern und Weihnachten an einem Tag.

Das Einzige, was er gesagt hatte, war: »Wenn ihr antworten wollt, leg den Brief in deine Schürze. Ich sorge dann dafür, dass er ankommt!«

12. März 1942

Liebe Mädchen und liebe Modder Maij,

hier hat es Bindfäden geregnet, als der Postbote kam. Er war völlig durchnässt und meckerte, dass er für unsere Post besser bezahlt werden wolle. »Sie werden ganz schön verwöhnt von zu Hause«, sagte er. Und wir: »JAAA!« Selbst unsere Stubenkameraden beneiden uns ein bisschen wegen der vielen Post. Zu Euren Fragen:
1. Nein, das glauben wir nicht, weil (…)
2. Ganz bestimmt!
3. Der kleine Zeh. Hier wird er der Humpler genannt.
Aber jetzt geht es wieder gut.
Wie furchtbar, dass der Kleine von Nettchen und Nöll krank geworden ist. Der Winter ist dieses Jahr zu lang. Aber der Frühling liegt in der Luft, ich kann ihn fast schon riechen!
In Liebe, Euer Vater

Natürlich gab es vom Frühling weit und breit keine Spur. Bis Mitte März schneite es und es war glatt. Filip, der immer noch im Schlachthaus arbeitete, zog sich eine seltsame Infektion zu, er bekam eitrige Pusteln im Gesicht. Selbst Joffer Vroon hatte Mitleid mit ihm. Sie schleifte ihn in die Küche und schmierte ihn mit einer Art Vaseline ein, von der sie im Nachhinein sagte, sie habe sich auch schon bei Rassekatzen bewährt.

»Komische Alte!«, sagte Filip später. Aber er war mucksmäuschenstill sitzen geblieben und als er anschließend gestrahlt hatte wie ein auf Hochglanz polierter Apfel, wusste ich, dass es nicht nur von der Salbe kam.

Aber viel gebracht hat die Salbe nicht.

»Du musst da weg«, sagte ich.

»Und dann?«, fragte er.

»Die Daamses suchen wieder jemand«, schlug ich zaghaft vor. Die soundsovielte sechste Schulter war ihnen davongelaufen. Oder hatte, in dem Fall besser gesagt, den Löffel abgegeben. Es war ein steinalter Mann gewesen, so knochig wie der Sensenmann.

Filip biss die Zähne zusammen.

»Dann eben nicht«, sagte ich.

Eines Morgens stand ein Wagen der Grünen Ordnungspolizei vor Joffer Vroons Haus. Als ich hereinkam, hörte ich einen Prüüsz wettern. Das Geschimpfe kam aus Meester Govaerts' Zimmer. Die Stimme des Mannes klang schrill, wie eine Kugel prallte sie von den Wänden ab. Er schrie, dass man dieses Land so nicht regieren könne. Nicht, wenn ein Haufen Deppen der Sicherheitspolizei dazwischenfunke. Und ob Herr Govaerts sich etwa einbilde, die NSB habe in den Niederlanden das Sagen? In dem Fall wolle er nämlich Herrn Govaerts die Augen öffnen. Die NSB habe nichts zu sagen, gar nichts! Diesmal bliebe es bei einer Verwarnung, aber wenn so was noch einmal vorkäme, würde die NSB jaulen wie ein Hund, der den Mond anheult. Dann würde man Maßnahmen ergreifen. Drastische Maßnahmen. Ob er sich klar genug ausgedrückt habe?

Ich hörte Meester Govaerts leise antworten, aber das war wohl nur Öl aufs Feuer. Alles hätte streng geheim bleiben sollen! Ob das Herrn Govaerts überhaupt klar sei? Der Prüüsz konnte sich gar nicht mehr einkriegen, sodass ich schließlich genau wusste, was passiert war.

Die Sicherheitspolizei war einem Saboteur auf der Spur gewesen. Einem, der Ausweise fälschte. Wochenlang hatten sie den Mann beobachtet. Aber irgendwie hatten die Schwarzmäntel das spitzbekommen. Ein paar Übereifrige hatten sich der Sache angenommen und auf eigene Faust versucht, den Mann zu stellen. Das war schiefgegangen, der Mann konnte entkommen. Die Sicherheitspolizei hatte sich wütend an die Grüne Polizei gewandt, zu deren Aufgaben es gehörte, die Zivilbevölkerung unter Kontrolle zu halten.

Es war seltsam. Das Geschrei konnte ich mir anhören, ohne mit der Wimper zu zucken, doch als die Polizisten mit ihren klackernden Stiefeln und den Gewehren die Treppe herunterkamen, zitterte ich plötzlich so sehr, dass ich mich am Türrahmen festhalten musste.

Kaum waren sie weg, stapfte Joffer Vroon nach oben. »Das haben Sie nun davon!«, hörte ich sie giftig sagen.

An diesem Nachmittag zitierte Meester Govaerts die Übereifrigen herbei. Es war das erste Mal, dass ich ihn die Beherrschung verlieren sah. Ich stand mit einem Tablett mit Tee vor seiner Tür und wartete, bis sie fertig waren und ich hineindurfte. Doch zu meinem Erstaunen machte er mir mitten in seiner donnernden Schimpfkanonade auf.

»Soll die Jugend ruhig aus euren Fehlern lernen«, blaffte er. »Wenn unsere Zukunft nämlich in euren Händen liegt, können wir uns genauso gut gleich den Tommys ergeben! Fing, darf ich dir die Schande unserer Bewegung vorstellen?«

Ich wusste nicht, wohin ich schauen sollte. Die meisten Männer aus der Gruppe übrigens auch nicht. Nur einer war dabei, der die Augen nicht niederschlug.

»Wir wollten nur verhindern, dass er entwischt«, sagte er barsch. »Wir dachten …«

»Denken ist nichts für deinesgleichen«, fuhr Meester Govaerts ihn an. »Du solltest es denen überlassen, die denken *können.*«

Der Mann verzog unzufrieden das Gesicht, sagte aber nichts mehr. Aus irgendeinem Grund warf er mir einen giftigen Blick zu, als sie wieder gingen.

»Möchten Sie vielleicht eine Tasse Tee?«

Plötzlich hatte ich Mitleid mit Meester Govaerts. Er war der Anführer der Schwarzmäntel in unserer Stadt, aber trotzdem konnte er doch nichts dafür, dass ein paar Trottel aus den eigenen Reihen der Sicherheitspolizei in die Quere gekommen waren. Ich war zwar froh, dass der Fälscher, der genau wie ich gegen die Prüüsze war, hatte entkommen können. Aber um Meester Govaerts sympathisch zu finden, brauchte ich doch nicht derselben Meinung wie er zu sein, oder?

»Bekommen Sie jetzt Schwierigkeiten?«, fragte ich, während ich ihm Tee einschenkte.

»Ach wo!«, sagte er.

»Wirklich nicht?«

»Mach dir keine Sorgen. Hunde, die bellen, beißen nicht.«

Doch seine Stimme klang seltsam flach, als käme sie aus einem anderen Raum. Einen Moment lang glaubte ich, Wut herauszuhören, eine eiskalte, alles zerstörende Wut. Dann war es wieder vorbei. Er lächelte.

»Fing?«

»Ja?«

»Hättest du Lust auf einen kleinen Ausflug mit dem Bus?«

Eine glorreiche Zukunft

An diesem Samstag teilten Joffer Vroon und ich uns eine Bank auf der Mädchenseite des Busses. Filip saß auf der Jungenseite. Der Bus war voll und die Stimmung fröhlich und ausgelassen. Es war ein ungewöhnlich warmer Tag. Als wäre der Winter so lange geblieben, dass der Frühling aufgegeben hatte und wir gleich zum Sommer übergegangen waren.

Der Bus fuhr an Schlammbams Sahara vorbei, und ich duckte mich ein wenig. Zu Hause hatte ich nichts gesagt. Oder jedenfalls nicht alles. Ich hatte erzählt, Joffer Vroon habe mich gefragt, ob ich sie für einen Tag nach Heerlen begleiten würde.

Omm Maij hatte einen ihrer stillen, geistesabwesenden Tage gehabt und bloß genickt. Für einen Moment hatte ich nicht gewusst, ob ich mich freuen oder stocksauer sein sollte, dass sie mich einfach so ziehen ließ. Dass sie mich nicht mit ihrem Eulenauge fixierte und in null Komma nichts die Wahrheit aus mir herauskitzelte.

Schwieriger war es gewesen, Joffer Vroon zu überzeugen.

»Sie haben es aber auch nicht leicht«, hatte Meester Govaerts gesagt. »Erst diese schreckliche Sache mit Armer Kleiner.«

Joffer Vroon sah starr auf den Tisch hinunter.

»Und dann trampeln Ihnen die Prüüsze durchs Haus. Das alles wegen mir!«

Da taute sie ein wenig auf.

»Dafür konnten Sie nun wirklich nichts«, hatte Joffer Vroon eingeräumt.

»Ich nehme die Schuld auf mich, Joffer Vroon. Und ich möchte es wiedergutmachen. Ein bisschen Abwechslung würde uns allen guttun, glaube ich.«

Meester Govaerts hatte mich nicht ohne Grund eingeladen, das wusste ich. Ich war ja nicht zurückgeblieben. Ich wunderte mich auch nicht, als wir am Bahnhof warteten und der halbe Jugendsturm ankam, einer nach dem anderen. Sie waren alle gleich gekleidet: ein weißes Hemd mit Schulterstücken, eine schwarze Hose oder ein Hosenrock und schwarze Barette schräg auf dem Kopf. Hinten im Bus lagen Schwarzmantel-Fahnen, Saxhörner und Trommeln. Aber sei's drum, schließlich wäre der Bus auch ohne mich gefahren.

Einige verzogen spöttisch das Gesicht, als sie mich sahen. Andere ignorierten mich demonstrativ. Aber den meisten schien es egal zu sein, dass ich dabei war. Fast wie in der Schule.

Meester Govaerts saß neben dem Busfahrer. Es war das erste Mal, dass ich ihn in seiner Schwarzmanteluniform sah. Ab und zu drehte er sich um. Dann trafen sich unsere Blicke und er zwinkerte mir zu.

»Wo fahren wir eigentlich hin?«, fragte ich.

»Wart's ab«, sagte Filip.

Es war nicht mal so schlimm. Ich hatte geglaubt, dass sie die ganze Fahrt nervtötende Marschlieder über Volk und Boden und Blutopfer singen würden, doch sie sangen vor allem harmlose Kinderlieder.

Joffer Vroon saß kerzengerade da, die Handtasche auf dem Schoß. Sie trug einen seltsamen Schlapphut, der nicht recht zu ihrem tadellosen Mantel und ihrem Kleid passen wollte.

Becher mit Limonade und Servietten wurden verteilt. Ein älterer Junge führte vor, wie man die Limonade am besten trank, ohne sich aufs weiße Hemd zu kleckern. Als wir an Geleen vorbeifuhren, wo Mamms Grab war, winkte ich unter meiner Serviette.

Danach erzählte Meester Govaerts, was uns erwartete, aber das hatte ich inzwischen schon gehört. Aus irgendeinem Grund stellte ich mir vor, der »Tag des Jugendsturms« sei so etwas Ähnliches wie die Treffen in Meester Govaerts' Dachkammer. Ein paar Erwachsene und eine Handvoll Jugendliche. Doch als der Bus auf dem Bahnhof in Heerlen hielt, standen schon ein Dutzend andere Busse da und überall liefen Jungen und Mädchen in weißen Hemden herum, alle mit schwarzen Krawatten und Baretten.

Die Fahnen, Saxhörner und Trommeln wurden ausgeladen. Filip war einer der ältesten und bekam die größte Fahne. Wir bildeten Reihen und folgten dann den anderen Jugendsturm-Abteilungen in die Stadt.

Joffer Vroon hakte sich bei mir unter. Zum ersten Mal seit Langem hatte sie wieder etwas Farbe im Gesicht. Und als wir an den Geschäften vorbeikamen, drückte sie kurz meinen Arm.

Je mehr wir uns dem Marktplatz näherten, desto voller wurde es. Noch nie hatte ich so viele Anhänger des Jugendsturms auf einmal gesehen. Es mussten mehrere Hundert Jungen und Mädchen sein. Alle marschierten in Reih und Glied, ein einziges Meer von Baretten.

Plötzlich musste ich an das Barett denken, das ich einmal fast getragen hätte – das des Lehrerseminars. Und an die

Worte der Fregatte: »Ich glaube, dass sich die Goretti-Schule an uns noch die Zähne ausbeißen wird.«

In dem Moment wurde mir schlagartig klar, dass ich einmal sehr wohl einer Gruppe hatte angehören wollen. Sogar lieber als alles andere. Und dass ich dafür sogar bereit gewesen wäre, meine Familie zu verlassen.

Am Marktplatz lag das Kaufhaus Schunck, ein großer rechteckiger Glaskasten. Jetzt war es mit Jugendlichen in Reih und Glied umgeben. Stille legte sich über den Platz, man hätte eine Stecknadel fallen hören können.

Ein Marsch wurde angestimmt. Und ich weiß zwar nicht warum – bisher hatte ich Märsche mit ihren nervtötenden Instrumenten und den Trommeln nie leiden können –, doch jetzt empfand ich die Musik als stolz und selbstbewusst, als könnte ich mich bei der Melodie unterhaken und als würde sie mir helfen, mich aufrecht zu halten.

Weil es so warm war, hatte die Eisdiele neben Schunck schon geöffnet. Echtes Eis gab es zwar nicht mehr, nur noch Wassereis, aber uns kam es vor, als wäre es das Beste, was wir je gegessen hatten.

»Ich lade euch ein«, hatte Meester Govaerts gesagt, als alles vorbei gewesen war.

Joffer Vroons Wangen waren gerötet. Der Schlapphut lag in ihrem Schoß, ihr ergrauendes Haar steckte in einem Haarnetz. »Wunderbar war es«, seufzte sie. »Diese ganze Jugend. Alle zusammen. Es war doch wunderbar, Fing, oder?«

Filip schwebte förmlich über dem Boden. Er hatte bei dem Marsch die Fahne vor sich her getragen und war quer über den Platz vorangegangen, die anderen hinter ihm her.

»Du bist ein Naturtalent«, hatte Meester Govaerts gesagt. »Ein echter Gewinn.« Daraufhin hatte er sein Eis erhoben. »Ihr seid alle ein echter Gewinn. Unserem Land steht eine glorreiche Zukunft bevor.«

Auf dem Rückweg war es still. Der Motor brummte, die Bäume mit ihrem frischen Grün filterten das Sonnenlicht, das durch die großen Scheiben hereinfiel. Ein Luftzug wehte durch den Bus. Hier und da schliefen Jungen und Mädchen. Filip saß kerzengerade da. Ab und zu trafen sich unsere Blicke und dann lächelte er.

»Fing.«

»Ja.«

»Fing?«

»Was?«

»Nichts.«

Beim Aussteigen am Bahnhof fühlte es sich an, als wären Jahre vergangen, seit ich in den Bus eingestiegen war. Filip ging mit ein paar Kameraden an den Gleisen entlang zu dem Haus, wo er in Pension wohnte. Joffer Vroon und ich machten uns in Richtung Stadt auf. Ich hatte sie schon lange nicht mehr so beschwingt gesehen.

»Ich weiß, wo du warst«, sagte Müllche.

»Oh!«, sagte ich.

»Mir brauchst du also nichts vorzumachen.«

»Warum sollte ich?«

»Warum hast du Omm Maij gesagt, du würdest nach Heerlen fahren?«

»Das stimmt doch auch!«, entgegnete ich.

»Du weißt genau, was ich meine!«

Ich schwieg.

»Bist du nicht ganz dicht?«, fuhr sie mich an.

Es war das erste Mal in meinem Leben, dass ich sie ansah – ihre empörte Miene, die berüchtigte hochgezogene Augenbraue –, und dass es mir nichts ausmachte. Wir waren auf dem Dachboden. Unter dem Vorwand, dass wir die Wäsche abhängen müssten, hatte Müllche mich hierher geschleift.

Ness steckte den Kopf durchs Treppenloch.

»Was ist?«

»Nichts«, antworteten wir beide gleichzeitig.

Aber sie glaubte uns nicht und wollte nicht wieder gehen, sodass wir unseren Streit erst zwei Tage später fortsetzen konnten.

»Das musst *du* gerade sagen«, sagte ich.

»Wie meinst du das?«

»Wenn sie dich mit den Zeitungen erwischen, bist du dran.«

Sie sah mich verblüfft an. Ich hatte nur geraten. Die Schwarzmäntel waren nicht die Einzigen, die Zeitungen verteilten, auch die Anti-Prüüsze hatten ihre Blätter. Einen kleinen Stapel hatte ich, in einen Jutesack eingeschlagen, unter der Hecke gefunden. Und mir fiel niemand anderes als Müllche ein, der ihn dort versteckt haben könnte.

»Kriegst du die bei Rosita?«

»Sonst noch was?«, fragte sie. »Aber zumindest laufe ich nicht mit Schwarzmantel-Zeitungen herum.«

»Ich laufe nicht damit herum.«

»Nein, du läufst mit diesem Schwarzmantel-Jungen *mit*. Das ist noch schlimmer. Und dann merkst du eines Tages, dass du selbst ein Schwarzmantel-Mädchen geworden bist.«

»Du hast doch immer gesagt, ich wäre so todlangweilig, dass ich noch vor Langeweile sterben würde, oder?«, antwortete ich ungerührt.

»Es liegt an diesem Jungen, oder?«, fragte sie zornig.
»Nein«, sagte ich. »An ihm liegt es nicht.«

(...) 2. April 1942

Ihr Lieben,

herrlich, wieder Post von Euch zu bekommen! Pitt muss jeden Tag (...) und er kann es nicht leiden, aber an dem Tag, an dem der Brief kam, hat er von morgens bis abends gepfiffen. Schlimm, dass die Bibliothek der Nonnen nass geworden ist, Ness. Hier hat es auch kräftig geregnet, wenn wir draußen (...), hatten wir danach Schlamm bis zum Hintern. Macht nichts, haben wir uns gegenseitig gut zugeredet, wir haben ja Post bekommen. Wir würden nicht wissen, wie wir es ohne Eure Briefe aushalten sollten. Wir beten jeden Tag, dass wir Euch bald wiedersehen dürfen. Aber bis dahin schreiben wir uns weiter – schreiben, schreiben, schreiben. Gott segne Euch.

Euer Vater und Schwiegersohn

Glauben an den Nikolaus

Es war Sonntagmittag, nach der Messe – einer dieser Tage, an denen nichts passiert und an denen man denkt, dass auch nie wieder etwas passieren wird.

»Was machst du da?«

»Nichts.«

»Warum stehen wir dann hier?«

»Pscht.«

»Filip?«

»Schauen.«

»Schauen? Was schauen wir denn?«

Er sah auf eine Tür. Ewig standen wir da herum. Gerade als ich dachte, jetzt könne er mir gestohlen bleiben, zog er mich nach hinten.

Ein Mann trat auf die Straße. Ein zweiter hatte ihn zur Tür begleitet und gab ihm die Hand. Sonst passierte nichts, aber Filip sah aus, als hätte er im Lotto gewonnen.

Erst später wurde mir klar, was er da tat. »Filip Opper!«, rief ich.

Aufpassen nannte er es. Wir hatten einen Mordskrach.

»Tja«, sagte Meester Govaerts.

»Warum?«, fragte ich.

»Wir müssen wachsam bleiben.«

»Das ist aber Petzen.«

Einen Moment lang flackerte Ungeduld in seinen Augen auf. »Kleine Kinder petzen, Fing. Das hier ist Krieg. Nicht Krieg gegen die Prüüsze, sondern Krieg gegen Landesverräter. Und damit meine ich nicht Brüder, die auf Kirchtürme steigen. Keine Lausbubenstreiche. Ich meine Leute, die unser Land wirklich zugrunde richten wollen. Du darfst nicht vergessen, dass sie uns auch im Blick behalten.«

»Trotzdem ist es Petzen.«

»Nenn's, wie du willst. Aber diese Leute sind Abschaum, der einem Scheißhaufen an die Haustür schmiert und eine wehrlose arme Katze derart misshandelt, dass sie stirbt!«

Ich schwieg.

»War es ein schlimmer Streit?«

Ich zuckte die Achseln.

»Soll ich mal mit Filip reden?« Er lächelte. »Es ist doch nicht schön, wenn Frischverliebte sich streiten, oder?«

Filip kam wieder herunter, er strahlte wie eine Grubenlampe.

»Was ist mit dir?«

»Nichts.«

Doch ich sah, dass ihm die Worte auf der Zunge lagen, und drängte ihn in Joffer Vroons Garten. Obwohl es noch früh war, dämmerte es schon.

»Er sagt, er hätte vielleicht was für mich.«

»Was denn?«

»Irgendwas in einem Büro. Wenn alles gut geht, kann ich nächste Woche anfangen.« Er nahm meine Hände. »Und dann kaufe ich dir was.«

»Ich brauche nichts.«

»Trotzdem kriegst du was. Du bist doch mein Mädchen.«

Verstohlen sah er sich um und küsste mich, Pusteln hin oder her.

»Filip?«

»Ja.«

»Was heißt das: ›Wenn alles gut geht‹?«

Sein Gesicht nahm einen reservierten Ausdruck an.

»Wovon hängt es ab?«, fragte ich.

»Weiß nicht.«

»Natürlich weißt du es.«

Er zögerte. »Meester Govaerts sagt, er vertraut mir«, sagte er dann. »Aber die anderen nicht, jedenfalls nicht alle. Weil ich neu bin. Und dass sie einen Beweis für meine Loyalität bekommen wollen.«

»Und?«

»Ich muss was tun. Ein Auftrag.«

»Was für ein Auftrag?«

Filip blickte sich um. Sein Gesicht war nur noch ein heller Fleck mit zwei dunklen Stellen dort, wo die Augen lagen.

»Ich soll jemand warnen.«

»Wen denn?«

»Diesen Deutschen.«

»Welchen Deutschen?«

»Den mit dem Karren auf dem Markt.«

Ich sah ihn überrascht an. Es dauerte eine Weile, bis ich begriff, wen er meinte. »Emmaus Trott?«

»Ja.«

»Warum sollst du Emmaus Trott warnen?«

»Er ist ein Bolschewist. Ein Roter.«

Ich musste lachen. Ich dachte wirklich, dass das ein Scherz sein sollte, aber Filip sah mich böse an.

»Rede nicht solchen Stuss!«, sagte ich.

Er schwieg.

»Filip Opper«, sagte ich, »lass Emmaus Trott in Ruhe, verstanden? Ich kenne den Mann schon mein ganzes Leben. Der hat noch nie einer Fliege was zuleide getan. Er verkauft nur sein Niehzüüg, weiter nichts.«

»Und seine aufrührerischen Reden gibt es umsonst dazu«, meinte Filip.

Emmaus hatte noch nie ein Blatt vor den Mund genommen. Jeder auf dem Markt bekam seine Meinung über das Verhalten der Prüüsze und der Volksbetrüger von der NSB zu hören. »Ich bin ein gebürtiger Prüüsz, also darf ich mich über das Verhalten meines eigenen Volks äußern«, verkündete der Niehzüüg-Verkäufer immer wieder. »Und ich wohne schon dreißig Jahre in den Niederlanden. Also bin ich auch Holländer.«

Zu Kriegsbeginn hatten außer ihm noch andere den Mund aufgemacht. Aber seit den Streiks im Norden, seit Menschen erschossen worden waren, weil sie ihre Meinung gesagt hatten, hatte sich das geändert. Man sprach die Dinge nicht mehr laut aus, man flüsterte sie nur noch.

Aber nicht Emmaus. Wer bei ihm einen Knopf, ein Band oder ein Schnittmuster kaufte, bekam gleich eine lautstarke Abhandlung mit dazu. Vielleicht hatten die Prüüsze ihn bisher in Ruhe gelassen, weil er selbst ein Prüüsz war. Keine Ahnung.

»Seine Meinung ist doch wohl seine Sache«, verteidigte ich ihn.

»Aber nicht, wenn er sie auf offener Straße verkündet.«

»Sonst noch was?«

»Wenn wir ihn nicht warnen, knöpfen die Prüüsze ihn sich vor, nicht wahr? Wegen seiner Reden. Und die kommen ohne Vorwarnung, das weißt du doch.«

»Ich habe ihn tatsächlich darum gebeten«, sagte Meester Govaerts.

»Aber warum, um Himmels willen?«, fragte ich. »Was hat sich Emmaus Trott denn zuschulden kommen lassen?«

»Darum geht es nicht. Sondern darum, was er sich zuschulden kommen lassen *könnte*. In letzter Zeit war es sehr unruhig. Das ist nicht gut, Fing. Für unsere Stadt nicht und auch nicht für unser Land. Er kann nicht einfach weiter irgendwelche Geschichten erzählen.«

»Das schönste Land ist ein freies Land, das haben Sie selbst gesagt.«

»Aber die Freiheit muss man wertschätzen und nicht mit Füßen treten. Was glaubst du, was passiert, wenn einer, der dazu selbst ein Prüüsz ist, weiterhin solche seltsamen Reden schwingt? Die Prüüsze ... Du weißt doch, wie sie sind? Sie haben das Beste mit unserem Land vor, aber ... nun ja, tolerant sind sie nicht gerade. Dann ist es doch nur gut, wenn Meneer Trott gewarnt wird? Bevor wirklich ein Unglück geschieht?«

»Aber warum muss Filip? Warum kann nicht jemand anders ...?«

»Natürlich kann ich auch einen anderen hinschicken. Da gibt es genügend Jungen, die das gern übernehmen.« Er wartete einen Moment. »Soll ich?«

Ich dachte an Filip. An sein verunstaltetes Gesicht. Daran, dass er manchmal mitten im Satz – von einem Moment zum nächsten – einschlief.

»Nur warnen?«, fragte ich.

»Nur warnen!«

Emmaus Trott wohnte in der Pension Koleman, in einem der letzten Häuser am Stadtrand, am Bach. Er hatte ein

Zimmer mit eigenem Eingang an der Seite des Hauses. Der Zugang führte über einen kleinen Balkon, der halb über den Bach ragte und ganz glatt war vor Feuchtigkeit und Schimmel. Dort roch es nach Erde. Es war ein kalter Tag Mitte April, der Himmel war schiefergrau und ein leiser Nieselregen fiel.

»Was willst du ihm sagen?«, fragte ich.

Filip machte eine beschwichtigende Geste. Wir schlitterten über den Balkon. Als wir anklopften, erschien Emmaus' wolliges, bärtiges Gesicht in einem kleinen Fenster. Ich glaube nicht, dass Emmaus Filip kannte. Erst als er mich sah, wich sein fragender Blick einem Lächeln mit drei Zähnen.

Ich hatte Emmaus sehr gern. An unserer ersten Schule hatte der alte Mann jahrelang den Nikolaus gespielt, und ich hatte damals manchmal bei ihm auf dem Schoß gesessen. Ich kann mich noch an mein Erstaunen erinnern, als es hieß, der Nikolaus käme aus Spanien, wie man es Kindern in den Niederlanden erzählt. Unser Nikolaus hatte einen solchen deutschen Akzent, dass für mich kein Zweifel daran bestand, wo er in Wirklichkeit herkam.

»Fing!«, rief Emmaus strahlend.

Die Hand, die er mir gab, fühlte sich an wie ein Vogel, leicht wie Luft und als wären die Knochen hohl, doch seine Fingerkuppen waren hart wie die Fingerhüte, die er verkaufte.

Filip streckte ihm die Hand entgegen. »Filip Opper, angenehm«, sagte er laut.

Emmaus nahm den Kessel von seinem ächzenden Ofen und goss Wasser auf.

Sein tadellos aufgeräumtes Zimmer war nicht viel größer als unsere Küche. Ein Teil des Raums lag hinter einem kornblumenblauen Vorhang. Unter dem Stoff konnte man gerade noch Bettpfosten erkennen. Von der niedrigen Decke hingen die losen Schubladen, aus denen er Tag für Tag seinen Niehzüüg-Karren zusammenbaute. Da gab es Schubladen für Glasknöpfe, Stopfnadeln, Reißverschlüsse, Trennmesser, Seidenbänder und Spitzenkragen, Musterkarten und Dutzende anderer Artikel, die er auf dem Markt verkaufte. Nun stand der Karren im Zimmer und diente als Tisch. Er war aus hell gebeiztem Holz, jedes Detail war liebevoll gearbeitet.

Filip saß auf einem Stuhl und wirkte plötzlich ganz verlegen. Ununterbrochen drehte er seine Kappe in den Händen. Ich war froh, dass er seine normale Kleidung trug.

Emmaus redete gern. Über die vergangenen Winter, über die Farbe des Baches in den verschiedenen Jahreszeiten (schlammbraun, schlammgrün, schlammschwarz und schwarz), über Männer mit schlecht sitzenden Kragen und den Geschmack von Forellen.

»Aber was rede ich denn nur alles«, unterbrach er sich mitten im Satz. »Ich habe noch nicht mal gefragt, weswegen ihr gekommen seid.«

»Es ist so«, sagte ich.

»Ach?«, sagte Emmaus.

»Filip möchte etwas sagen.«

»Ja, ja.«

Er blickte Filip wohlwollend an. Filip kratzte sich am Kopf, räusperte sich. Einen Moment lang dachte ich, er sei vor Nervosität aus dem Konzept. Doch dann hatte er sich wieder gefangen. Und er erzählte ernst, aber freundlich, und seine Große-Leute-Hände lagen in seinem Schoß.

Ich war so mit Filip beschäftigt, dass ich gar nicht auf Emmaus achtete. Als ich wieder zu ihm sah, war sein Gesicht starr und wächsern wie bei einer Mumie.

»Und darf ich erfahren«, fragte Emmaus eisig, »ob Sie vielleicht einer gewissen Organisation angehören?«

Es bestand kein Zweifel, was er meinte. Filip nickte.

»Sehr schön«, entgegnete Emmaus, »dann kann ich mir nämlich die Mühe sparen, meine Geschichte zweimal zu erzählen.«

Und er machte unmissverständlich klar, was er von den Schwarzmänteln und den Prüüsze hielt. Dabei streute er immer mehr deutsche Wörter ein, wie immer, wenn er sich aufregte.

»Und *sagen Sie bitte*, dass das *nächste Mal*, wenn sie irgendeinen Laufburschen schicken, um ihre abscheulichen Sprüche zu klopfen …«

»Es ist zu Ihrem eigenen Besten«, unterbrach ihn Filip ungehalten.

»Hör zu, *Bube*, du bist zum Glück noch nicht *trocken hinter den Ohren*, sonst würde ich dir jetzt einen gewaltigen Tritt in den *Hintern* verpassen. Ich an deiner Stelle würde mich mal hinter den Ohren kratzen und nachdenken, bevor du zu einer Schande *für deine Eltern* wirst.«

Er war mindestens sechzig und seine Vogelhände bebten vor Wut, doch er sah aus, als wollte er den zwei Köpfe größeren Filip im nächsten Moment übers Knie legen.

Filip biss die Zähne zusammen. Einen Augenblick hatte ich große Angst, mich in ihm getäuscht zu haben. Doch er nickte nur und erhob sich steif.

»Danke, Meneer Trott«, sagte er. »Gut, dass wir uns kurz unterhalten haben.« Dann ging er weg.

Emmaus blieb mitten in seinem kleinen Zimmer stehen. Irgendwo an dem schiefergrauen Himmel musste doch ein kleines Loch in den Wolken sein. Einen winzigen Moment, vielleicht nur drei Sekunden, erfüllte gleißendes Licht den

Raum. Emmaus' graues Haar leuchtete schlohweiß auf. Dann erlosch das Licht wieder.

»Es tut mir leid«, sagte ich. »Ich dachte … ich wollte nicht …«

»Es macht nichts, Kind«, sagte er. Die Wut war aus seiner Stimme verschwunden und er sah plötzlich uralt aus. »Es ist …« Doch er beendete den Satz nicht. Er sah mich nur mit seinen Nikolausaugen an. In seinem Blick lag auf einmal so viel Kummer, dass ich zurückfuhr, als hätte ich mich verbrannt.

»Und das war es jetzt also«, fragte ich.

Filip nickte.

»Für Emmaus«, sagte ich.

»Ja, natürlich.«

Ich hatte überhaupt keinen Grund, ihm nicht zu glauben.

Mitten in dieser Nacht wurde die Pensionsinhaberin Koleman von einem dröhnenden Schlag geweckt. Gefolgt vom Klirren von Glas. Dann kamen Schreie und Lärm, als würde das ganze obere Stockwerk einstürzen. Die Pensionsinhaberin hörte Emmaus brüllen, rufen, wimmern, weinen.

Sie rief viermal hintereinander bei der Polizei an, doch es kam keiner. Am nächsten Morgen, als sie wagte nachzusehen, war Emmaus' Zimmer in einen Trümmerhaufen verwandelt. Der Vorhang war abgerissen, alle Schubladen waren kaputtgetreten, die Glasknöpfe lagen wie Katzenaugen auf dem Boden, die Musterkarten waren zerrissen, jemand hatte ins Zimmer gepinkelt. Und unter dem Balkon, mitten im Bach, lag der Niehzüüg-Karren, seine Räder drehten sich fröhlich in der reißenden schwarzen Strömung, aber das Holz war zersplittert.

Emmaus tauchte zwei Tage später irgendwo auf der Straße wieder auf. Er habe keine Erklärung für die Verwüstung in seinem Zimmer, sagte er. In dieser Nacht sei er nicht zu Hause gewesen. Nein, den gebrochenen Arm habe er vorher gehabt und sein Gesicht sei auch schon geschwollen und grün und blau gewesen. Zu viel getrunken und irgendetwas mit einer Bordsteinkante. Sonst nichts. Und ob die Leute denn nichts Besseres zu tun hätten, als ihm mit ihren *dummen Fragen* auf die Nerven zu gehen.

Die Heilige Boon (II)

Ich schubste ihn so kräftig weg, dass er rücklings zwischen zwei Grabplatten fiel.

»›Das war es jetzt also‹, hast du gesagt«, schrie ich. »Das hast du gesagt.« Ich ging mit den Fäusten auf ihn los.

»Was? Au! Was?«

»Du Arschloch!«

»Ganz ruhig bleiben. Sag mir erst mal …«

»Emmaus!«

»Emmaus?« Er packte meine Handgelenke. Ich konnte nichts mehr machen. »Was ist mit Emmaus?«

»Das weißt du ganz genau!«

Er zwang mich, ihn anzusehen. »Hör zu, Fing. Nichts weiß ich. Hörst du? Ich weiß überhaupt nichts.«

Ich brach in Tränen aus. Eine ganze Weile bekam ich keinen Ton heraus, so verstört war ich. Er hielt mich die ganze Zeit fest. Und als ich ihm dann erzählte, was ich gesehen und gehört hatte, fluchte er laut.

Er habe es nicht getan. Wisse von nichts. Es wurde davon zwar nicht weniger schrecklich, aber ich war unendlich erleichtert. Wieder weinte ich. Meine ganze Wut floss aus mir heraus. Erst flossen die Tränen nur wegen Emmaus, dann kamen Tränen wegen Papp und unserer Brüder hinzu und zuletzt wegen Armer Kleiner.

Filip wischte den Rotz, der mir aus der Nase lief, mit dem Ärmel weg. Drückte mich an sich, wiegte mich sanft. »Mein armes, armes Mädchen«, sagte er. »Armes Mädchen. Mein Mädchen.«

Dann hatte ich mich ausgeweint. Er legte den Arm um mich, die Hände dicht unter meinen Brüsten.

»Alles ist kaputt.«

»Das lässt sich reparieren«, murmelte er mir ins Haar.

»Nicht die Knöpfe. Und die Musterkarten auch nicht. Die haben sie kaputtgetreten. Zerrissen.«

»Aber seinen Niehzüüg-Karren. Den braucht man doch nur aus dem Bach zu fischen.«

Wir küssten uns. Sehr lange. Bis schließlich etwas anfing, mir wie eine Mücke durch den Kopf zu surren.

»Filip?«

»Ja?«

»Woher wusstest du das?«

»Was?«

»Das mit dem Niehzüüg-Karren?«

Verständnislos sah er mich an.

»Woher wusstest du, dass er im Bach liegt?«

»Das stimmt doch, nicht wahr?« Er wollte mich wieder küssen. Ich hielt ihn von mir ab.

»Was ist?« Er lächelte. »Fing … Du hast doch selber gesagt, sie hätten alles kurz und klein getreten. Da dachte ich, dass … äh …«

Ich sah ihn den Blick abwenden und in dem Moment zog es mir den Boden unter den Füßen weg.

»Du lügst.«

»Ich lüge nicht.«

»Du lügst, Filip Opper!«, schrie ich.

»Na gut«, gab er zu. »Ich wusste es. Aber ich habe nichts

damit zu tun. Keiner von uns hat was damit zu tun. Meester Govaerts sagt, die Prüüsze müssten es selbst gewesen sein.«

Ich packte ihn am Ärmel. »Und das glaubst du?«

»Was macht es schon aus, was ich glaube?«, fragte er giftig. »Er ist gewarnt worden, nicht wahr? Wer nicht hören will …«

»Hast du das von Meester Govaerts?«

»Was macht das schon aus? Außerdem hat er recht.«

Erschüttert sah ich ihn an.

Er schlug die Hand vor den Mund. Dachte einen Augenblick nach.

»Er sagt, dass ich gute Arbeit geleistet habe, Fing. Dass er jetzt bald eine Stelle für mich findet. Eine Stelle, die besser zu einem Jungen mit meinen Fähigkeiten passt. Er sagt …«

Ich schüttelte den Kopf. »Du bist nicht ganz bei Trost. Die Schwarzmäntel halten dich hin. Sie nutzen dich aus.«

»Aber Meester Govaerts …«

»Meester Govaerts allen voran!«

Ich weiß nicht, warum es so lang gedauert hatte. Aber mit der Attacke auf Emmaus Trott fiel es mir endlich wie Schuppen von den Augen. Es ist mir immer noch ein Rätsel, warum ich es nicht vorher erkannt habe.

Filip legte den Kopf an meine Brust. »Du bist mein Mädchen«, murmelte er. Der Druck um meine Handgelenke nahm zu. Allmählich tat es weh. Ich versuchte mich zu befreien.

»Lass los.«

»Mein Mädchen.«

»Ich bin nicht dein Mädchen.«

Wir saßen auf dem Boden. Er rückte näher. Wie ein kleines Kind. Als ob er in mir verschwinden wollte. Er krabbelte mir auf den Schoß, klammerte sich an mir fest.

»Filip.«

»Mein Mädchen, mein Mädchen, mein Mädchen …«

»Lass los.«

Ich versuchte ihn wegzuschubsen, konnte mich aber nicht gut abstützen. Er beugte sich über mich. Rücklings fiel ich ins Gras.

»Filip!«

Im nächsten Moment blitzte etwas dicht neben mir auf und sauste dann haarscharf an mir vorbei. Ein lautes Schwirren, gefolgt von einem dumpfen Schlag. Filip rollte zur Seite.

»Hau ab!«

Müllche stand hoch über Filip, der stöhnend im Gras kniete und die Hände an den Hinterkopf presste. Sie hielt einen Zinkeimer in der Hand. Aber es lag nicht nur daran, dass sie stand und wir saßen – ihre Wut machte sie riesengroß.

»Hau ab!«

Mit einem Satz war Filip auf den Beinen.

»Fing!«, flehte er. »Ich wollte nicht … ich dachte …«

Müllche legte in aller Ruhe den Arm mit dem Eimer auf den Rücken. »Hau ab, du Arschloch.«

Filip entfernte sich langsam. In seinem hellen Haar war ein dunkler Fleck zu sehen. Eine dünne Blutspur lief ihm in den Nacken.

»Und wenn du dich noch einmal mit deinen Dreckpfoten an Fing vergreifst, bringe ich dich um!«, rief Müllche ihm hinterher.

Bei der Hecke drehte Filip sich um. Er war kreidebleich. »Ihr seid übergeschnappt«, schrie er. »Ihr alle. Völlig übergeschnappt. Und du noch am allermeisten, du Heilige Boon! Heilige Boon! Heilige Boon!«

Ich rappelte mich hoch.

»Es war nicht ...«, sagte ich. »Er wollte nicht ... Wir waren ...«

Müllche warf mir einen verächtlichen Blick zu, machte auf dem Absatz kehrt und ging ohne ein Wort davon.

Zwischenzeit (II)

Man konnte immer noch am Krieg vorbeischauen. Wochen verstrichen, ohne dass etwas Nennenswertes passierte. Wir wussten, dass es nicht überall so war. Aus dem Norden drangen Gerüchte zu uns. Aber mit Gerüchten verhielt es sich wie mit dem Wind, mal wehten sie nach links, dann wieder nach rechts. Also konnte man sich aussuchen, was man glauben wollte, und meistens glaubten wir das, was uns am wenigsten beunruhigte.

An den Fliegeralarm hatten wir uns mittlerweile gewöhnt. Wenn die Sirenen heulten, rannten wir nicht mehr sofort in den Keller, sondern beendeten erst noch, was wir angefangen hatten. Meistens konnte man schon von Weitem hören, ob die Maschinen über Schlammbams Sahara fliegen würden oder nicht.

Eines Tages sahen wir, wie ein Flugzeug von einer Flak heruntergeholt wurde. Es geschah im Westen der Stadt und der Flieger war zu weit weg, um ihn zu erkennen, aber es soll eine Piper Cub gewesen sein, ein englisches Aufklärungsflugzeug. Daraufhin fragte man sich überall eifrig flüsternd, was wohl aus dem Piloten geworden sei. Die zensierten Zeitungen berichteten, er sei festgenommen worden, aber das glaubten die wenigsten.

In der Zwischenzeit ging das Leben weiter. Immer mehr Dinge gab es nur noch auf Marken, aber wir hatten ja unseren Gemüsegarten und die Obstbäume. Von unserem Zigarrenvorrat war nur noch ein Drittel übrig, doch die Zigarren dienten uns immer noch als Tauschmittel für Dinge, an die man sogar mit Marken nur schwer herankam.

Eines Nachts hörten Müllche und ich von draußen Stimmen. Kinder gingen über die Weide, auf der Wetsels' Kühe standen. Selbst im Mondlicht konnten wir erkennen, dass ihre Kleider abgerissen waren. Ein Mädchen und ein kleines Kind. Das Mädchen konnte nicht viel älter sein als wir.

»Was wollen sie hier?«, fragte Müllche erstaunt.

Sie folgten den Kühen, die Gefahr witterten und über die Weide davontrabten.

»Milch«, antwortete ich.

Es waren Belgier. In den letzten Monaten kamen sie immer öfter her. Vor allem aus den Grenzstädten, wo die Lebensmittel noch knapper waren als bei uns.

Ich hörte die Stimme des Mädchens. »Kuh, Kuh«, rief sie leise. Der kleine Junge, den sie an der Hand hielt, tappte verschlafen durchs hohe Gras. Er drückte eine Glasflasche an die Brust wie ein Kuscheltier. Müllche zog rasch ihren Pullover über.

»Was hast du vor?«, fragte ich.

Sie antwortete nicht.

Gleich darauf sah ich sie den Garten hinterm Haus durchqueren, über den Zaun klettern und auf die Weide gehen. Das Mädchen und der kleine Junge blieben erschrocken stehen. Müllche hielt ihnen etwas hin. Den Zinkeimer.

Sie molk die Kühe. Dann goss sie die Milch in die Flasche.

Über den Vorfall auf dem Friedhof sprachen wir nie wirklich. Wir versuchten es zwar, aber jedes Mal stritten wir uns gleich wieder.

Ich sah Filip noch zweimal. Beim ersten Mal überquerte er gerade die Straße. Ein Mädchen war bei ihm. Vom Jugendsturm. Sie gingen Hand in Hand. Ich erschrak darüber, wie sehr es mich erschreckte. Und darüber, dass es mir so wehtat.

Beim zweiten Mal stand er plötzlich am Gartenzaun. Ich war froh, dass nicht Müllche, sondern Ness ihn gesehen hatte. Sie hatte schon etwas mitbekommen, glaube ich, aber sie sagte nur: »Filip steht am Zaun.«

Nicht »der Junge« oder »er«.

»Hallo«, sagte Filip.

»Hallo«, antwortete ich.

Wir starrten uns eine Weile gegenseitig auf die Schuhe.

»Es war nicht meine Freundin«, sagte er schließlich.

»War es wohl.«

»Ja, schon. Aber was ich eigentlich sagen wollte …«

»Ich kann nicht mehr dein Mädchen sein«, erklärte ich. Tränen stiegen mir in die Augen. Das wusste ich zwar, aber ich wusste auch, dass ich inständig gehofft hatte, er würde kommen und genau das sagen. Gleichzeitig wusste ich, dass ich die Wahrheit gesagt hatte. Ich konnte nicht mehr sein Mädchen sein. Erst hatte ich mir noch eingeredet, es wäre wegen Emmaus. Doch tief in meinem Herzen wusste ich, dass Emmaus nicht der Grund war. Filip hatte mich angelogen. Und das konnte ich ihm nicht verzeihen. Es ging einfach nicht. Obwohl mir klar war, dass ich selbst oft genug gelogen hatte, seit ich nicht mehr zur Schule ging.

Immer mehr Männer wurden nach Deutschland geschickt. Sie mussten dort in den Fabriken arbeiten. Zum Glück nicht weit weg von der Grenze, sodass die meisten pendeln konnten. Aber weil die Männer nicht mehr hier arbeiteten, wurde neues Personal gesucht.

Ich fand Arbeit in der Eisfabrik, wo Eisblöcke zum Kühlen hergestellt wurden. Es war der lauteste Ort, den ich je gesehen hatte. Wasser, das in die Kühlbehälter floss, zischende Kältemaschinen, die das Wasser zu Eis gefroren, Eis, das sich knirschend ausdehnte und dabei unversehens krachte, als würde jemand ein Magazin leerschießen, das Abschlagen des Eises. Ganz zu schweigen vom Lautstärkepegel aller Leute, die emsig wie Bienen in einem eisigen Bienenkorb in der hohen Halle arbeiteten.

Ich war dankbar für den Lärm. In der Mittagspause ging ich nicht in die Kantine, sondern ließ Mantel und Mütze an, behielt Fäustlinge an den Händen und aß mein Brot in der Halle. »Das ist 'ne ganz Kalte«, hieß es. »Die ist sich zu gut für uns.« Schon bald ließen mich die anderen links liegen. Es störte mich nicht weiter. Ich hatte genug mit mir selbst zu tun.

Ich hatte nie offiziell bei Joffer Vroon gekündigt. Weil ich nicht wusste, was ich sagen sollte, versuchte ich mir einzureden. Und dass ich nicht bleiben wollte, weil ich keine Lust hatte, Filip alle naselang über den Weg zu laufen. Aber insgeheim wusste ich, dass ich mich vor allem vor Meester Govaerts fürchtete. Oder besser gesagt nicht vor ihm, sondern vor seinen Worten. Und dass ich nicht einschätzen konnte, ob ich den Mut haben würde, kehrtzumachen und vor den Briefen davonzulaufen, die in Zukunft ungeöffnet im Rathaus liegen bleiben würden.

»Uns wird schon was einfallen«, meinte Müllche nur.

Aber das war gar nicht so einfach.

Seltsamerweise sagte Omm Maij kaum etwas dazu. In letzter Zeit war sie immerzu mit ihren Fotos zugange. Sie holte sie aus ihrem Versteck, breitete sie auf dem Tisch aus wie ein Kartenspiel. Wohin sie auch ging, sie nahm sie überallhin mit.

Jeden Abend trug sie die Zwiebackdose und die Nähschachtel ins Schlafzimmer und stellte sie auf ihren Nachttisch. Aber manchmal vergaß sie sie auch völlig. Einmal stand das Fenster sperrangelweit offen, als ich aus der Eisfabrik zurückkam, und die Fotos flatterten wie Herbstlaub durch die Küche.

Unser Bett war geschrumpft. Früher hatten wir mit Leichtigkeit hineingepasst. Aber das war nicht das Einzige, was sich geändert hatte. Wir schlangen unsere Beine nicht mehr umeinander. Und wir sagten Kal und Niimelefiimel nicht mehr Gute Nacht. In einer Welt, in der alte Niehzüüg-Verkäufer zusammengeschlagen wurden, in der Jüdde immer mehr in die Enge getrieben wurden und in der angeblich befreundete Länder unsere Städte bombardierten, war kein Platz mehr für Hausgeister. Oder vielleicht waren wir einfach nur zu groß geworden.

Aber daraus machten sich die Hausgeister nichts.

Achchchch … Achchchch …

Ness sagte nichts mehr darüber. Sie sagte überhaupt nicht mehr viel. Ich ging davon aus, dass die Bibliothek inzwischen aufgeräumt war, so groß war sie nun auch wieder nicht. Aber anscheinend hatten sich die Nonnen etwas Neues einfallen lassen, womit sie Ness beschäftigen konnten. Sie arbeitete von morgens bis mittags. Den Rest des Tages saß sie zusammen mit Omm Maij im Haus herum.

Früher hätte sie sich bitterlich darüber beklagt. Jetzt nicht mehr. Meistens war sie in der Küche und las, wenn ich nach Hause kam. Den Rücken kerzengerade an die Lehne gedrückt und die Arme um das Buch geschlungen, als wäre es ein Stück Treibholz und sie eine Ertrinkende, die sich daran festklammert.

Das einzig Furcht erregende, was in dieser Zeit geschah, hatte nichts mit dem Krieg zu tun. Eines Abends musste ich etwas aus dem Keller holen. Plötzlich schoss ein schwarzer Schatten an meinen Füßen vorbei. Müllche ging mit einer Schaufel bewaffnet hinunter, doch sie fand keine Spur von dem Untier.

»Wie alt werden Ratten?«, fragte Ness zitternd.

Wir wussten es nicht. Nicht allzu alt, hofften wir.

So plätscherten vier Monate unseres Lebens dahin. Erst am Ende des Sommers überstürzten sich die Ereignisse wieder.

Fing und Fing

Müllche rannte mich an dem Abend fast über den Haufen. Ich kam gerade keuchend vor Hitze herein.

»Komm mit!«

»Was ist?«

»Ness hat Neuigkeiten!«

»Neuigkeiten?«

»Nun komm schon!«

Sie zog mich hinter sich her in die Küche. Ness und Omm Maij saßen am Tisch und schälten Kartoffeln. Die Haltung der beiden strahlte Niedergeschlagenheit aus. Plötzlich wurde mir angst und bange.

»Habt ihr Neuigkeiten von Papp?«

»Jetzt sag schon«, sagte Müllche.

Ich sah Ness an.

»Sie müssen auf Transport.«

»Wer?«

»Die Jüdde.«

Das war nichts Neues. Wir wussten schon lange, dass die Jüdde aus unserer Stadt in Arbeitslager mussten. Und dass dort schlimme Zustände herrschten. Es war eines der wenigen Male gewesen, dass eine kleine Welle der Empörung durch unsere Stadt geschwappt war. Viel bewirkt hatte sie allerdings nicht, nebenbei bemerkt.

Müllche rutschte auf ihrem Stuhl herum. »Jetzt sag schon!«

Ness sah aus, als täte es ihr leid, dass sie Müllche etwas erzählt hatte.

»Die Prüüszesche muss auch auf Transport«, sagte sie widerwillig.

Ich hob die Augenbraue. »Die Prüüszesche?«

Ness nickte.

Ich verstand rein gar nichts. »Arbeitslager sind doch nur für *Voll-Jüdde* da?«, sagte ich. »Doch nicht, wenn sie mit einem *Net-Jüdd* verheiratet sind?«

Ness wurde noch röter, als sie ohnehin war. Müllche holte Luft und wollte schon hinausposaunen, was Ness offensichtlich nicht über die Lippen brachte. Da erklang plötzlich Omm Maijs Stimme, trocken und kratzig: »Sie ist nicht verheiratet.«

Im Standesamt hatte jemand (keiner wusste wer, aber alles deutete wieder einmal auf die Schwarzmäntel) die Akten durchforstet. Vermutlich in der Hoffnung, belastendes Material gegen all diejenigen zu finden, die ihnen in die Quere kamen. Und wie aus einer der Akten hervorging, gab es keinerlei Hinweis darauf, dass die Prüüszesche und der Zigarrenkaiser verheiratet waren.

»Da haben sie nachgefragt, wo die Prüüszesche und der Zigarrenkaiser geheiratet haben«, erzählte Müllche aufgeregt. »Und dann haben sie in der Stadt in Deutschland nachgeforscht. Dort wusste man von nichts!«

Ness drehte sich zu mir. »Sie hat gefragt, ob du zu ihr kommen kannst.«

»Ich? Warum?«

»Weiß nicht.«

»Was soll ich bei der Prüüszesche?«

Sie zuckte die Achseln. »Sie hat drei Mal darum gebeten.«

Am nächsten Morgen öffnete die Prüüszesche mir selbst die Tür. »Ach ja«, sagte sie auf meinen erstaunten Blick hin, »es ist schwierig, gutes Personal zu finden. Und Anna macht lieber alles selbst, als dass sie es hinterher noch mal machen muss. Du kennst sie ja. Komm rein, Fing, komm rein.«

Ich betrat die kühle Eingangshalle. Obwohl ich gut zwei Jahre nicht mehr da gewesen war, erkannte ich den Geruch wieder – Bohnerwachs, Kupferputzmittel, grüne Seife und das Parfum der Prüüszesche. Die Zigarrenuhr schlug die volle Stunde. Ansonsten war es merkwürdig still.

»Kannst du mir mal helfen?«, fragte sie. Wie selbstverständlich folgte ich ihr nach oben.

Ein Koffer lag offen auf dem Bett. Am Kleiderschrank hing ein elegantes Sommerkleid auf einem Bügel. Es passte gar nicht zu den festen Wanderschuhen, die darunter standen. Daneben hing der Mantel mit dem Vogelfußmuster der Prüüszesche und auf dem Hutständer lag ihr großer gelber Kometenhut, in derselben Farbe wie ihr Judenstern.

»Ach«, sagte sie, »so schlimm ist es nun auch wieder nicht. Keine richtig weite Reise. Wer sich freiwillig meldet, bleibt in den Niederlanden. Ich meine, du lieber Himmel, was sollen sie auch mit einer Frau mit vielen Ehrenämtern in Polen anfangen?«

Sie setzte sich auf die Bettkante und machte sich daran, Taschentücher zusammenzufalten.

Erst als ich mich neben sie setzte, wurde mir bewusst, dass ich nie zuvor in ihrem Schlafzimmer gewesen war. Es war nüchtern und kleiner, als ich es mir vorgestellt hatte. Ihr Bett war schmal und schlicht.

Im Flur ertönten Schritte. Anna betrat das Zimmer mit einem Stapel Schachteln auf dem Arm. Bei meinem Anblick blieb sie abrupt stehen. Ihre Schweinsäuglein flitzten zwischen mir und der Prüüszesche hin und her.

»Oh!«, sagte sie.

»Guten Tag«, sagte ich.

»Ich habe mich gefragt, was daraus werden soll«, sagte sie dann, offenbar entschlossen, mich zu ignorieren. »Unten ist noch ein ganzer Stapel, aber das kann ich doch unmöglich alles in den Keller stellen. Das kann gar nicht gut gehen.«

»Ich habe vollstes Vertrauen, dass Sie den richtigen Platz dafür finden«, antwortete die Prüüszesche.

»Ja, gnädige Frau.«

»Anna.«

Anna ging wieder hinunter.

»Warum haben Sie mich eigentlich hergebeten?«, fragte ich.

Sie lächelte. »Ich wollte dir sagen, dass es mir leidtut. Und dass ich wusste, dass Liesl gelogen hat. Damals.«

»Das haben Sie mir schon mal gesagt«, antwortete ich.

»Aber du weißt noch nicht alles.« Sie rutschte auf dem Bett herum und sah mich mit ihren Kornblumenaugen an. Ich brauchte gar nicht alles zu wissen und, ehrlich gesagt, es interessierte mich nicht die Bohne, aber mir war klar, dass sie es mir sowieso erzählen würde.

»Nachdem du … äh … gegangen warst, hat Liesl eine ganze Woche lang geweint. Sie konnte einfach nicht mehr aufhören. Zwei Monate später vermisste Anna wieder ein Glaspüppchen. Natürlich war sie außer sich. Sie hat die Schränke aller Tagesmädchen durchwühlt. Und nichts gefunden. Also wurde der Rest des Hauses auf den Kopf gestellt. Es war ein unbeschreibliches Durcheinander. Anna, die ein Durcheinander anrichtet, das war mal was Neues.« Sie schmunzelte kurz. Dann blickte sie zerstreut auf die Taschentücher in ihrem Schoß. »Zwei Tage später tauchte das Püppchen wieder auf. Zusammen mit einer Menge anderem gestohlenem Kram. Unter Liesls Bett.«

Sie starrte eine Weile vor sich hin. Dann sagte sie: »Ich frage mich immer noch, warum sie das getan hat.«

Das ist also der Grund, dachte ich. Sie will sich gar nicht bei mir entschuldigen, sie will nur wissen, was ihre Nichte angestellt hat. Und wieso.

»Manchmal denke ich, sie wollte erwischt werden«, sagte die Prüüszesche. Sie sah mich an, als glaubte sie immer noch, dass ich die Antwort kannte.

Das wäre der richtige Augenblick gewesen, um ihr all die Fragen zu stellen, die mir keine Ruhe ließen. Warum war sie nicht mit dem Zigarrenkaiser verheiratet? Dem Mann, der – vor dem Krieg jedenfalls – so mächtig gewesen war, dass er alles tun konnte, was er wollte. Warum sollte er sich ihrem Willen gebeugt haben?

Aber ich tat es nicht. Ich brachte die Fragen einfach nicht über die Lippen.

Sie stand auf und ging zum Kleiderschrank in der Ecke. Einen Moment lang glaubte ich wirklich, dass sie mir noch einmal eine Schachtel mit einem Festkleid geben und mich bitten würde, es anzuziehen. Doch sie griff nach einem Kleiderbügel mit einer Schutzhülle, zog den Reißverschluss auf und ich sah, dass ein Mantel darin war. Eine exakte Kopie ihres Vogelfußmantels, aber in kleiner.

»Ich habe ihn für Liesl nähen lassen«, meinte sie. »Na ja, du weißt ja, dass sie neue Kleider nicht ausstehen konnte.

Ich habe nie verstanden, warum.« Vorwurfsvoll sah sie den Mantel an, als könnte sie ihn zu einer Erklärung zwingen. Dann zog sie den Reißverschluss wieder zu. »Hier.«

»Er passt mir nicht«, sagte ich.

»Für Ness.«

Ich zögerte.

»Nimm schon.«

»Und was ist mit Liesl?«

»Ach, Kind«, antwortete sie mit plötzlicher Ungeduld, »sie ist längst rausgewachsen, bis dieser elende Krieg vorbei ist. Hier.«

Widerwillig nahm ich den Mantel.

»Ach, und ich habe da noch was!« Sie kramte in ihrer Kommode.

»Ich dachte … für dich … na ja … als Andenken.«

Ich sah auf das Foto in meiner Hand.

Es war das Foto von Liesl und mir in unseren Prinzessinnenkleidern. Obwohl es über zwei Jahre her war, erkannte ich mich sofort. Ich sah aus, als hätte ich mich in dem Kleid verirrt, man konnte sehen, dass ich die Luft anhielt, als wäre das Kleid nicht aus Seide, sondern aus Stacheldraht. Ich schaute völlig verängstigt.

Doch dann geschah etwas sehr Merkwürdiges. Etwas, was ich mein Lebtag nicht vergessen werde. Als ich danach zu dem anderen Mädchen auf dem Foto schaute, sah ich, dass sie ebenfalls ich war. Ich erkannte meine molligen Arme, mein dichtes, glattes Haar. Diesmal sah ich nicht erschreckt in die Kamera. Mein Blick war feindselig und kalt und das Kleid umschloss mich wie eine Festung, als hätte ich mich darin vergraben.

Erst auf den zweiten Blick erkannte ich, wer wirklich auf

dem Foto abgebildet war. Ich hatte mich getäuscht. Das erste Mädchen war nicht ich, sondern Liesl. Und das zweite Mädchen auf dem Foto – das böse –, das war ich!

Die Lage des Amazonas

Manchmal schien es, als könnte sich Schlammbams Sahara selbst verlängern. Als hätte der Weg sich über Nacht noch ein wenig öfter gewunden. Doch an diesem Tag war er geschrumpft und ein schwüler Sommerwind scheuchte uns vor sich her. Wir wurden an der Schmiede vorbeigeweht, wo der alte Mattie unter Noh Heäms mächtigen Beinen träumte und jaulend im Schlaf Kaninchen jagte.

Noh Heäm stand ruhig da und fraß aus seinem Hafersack. Das Leben über Tage war dem Pferd gut bekommen. Sein ehemals stumpfes Fell glänzte und die mächtigen Muskeln zuckten dicht unter der Haut.

Ich musste an etwas denken, was Müllche mir einmal erzählt hatte. Etwas, was sie in jenen Tagen herausgefunden hatte, als sie noch hinter dem Schmied in der Hoffnung hergelaufen war, eine spannende Geschichte aufzuschnappen. Am allerersten Abend, an dem Noh Heäm im Stall stand, wurde er bei Einbruch der Dämmerung unruhig. Zwar hatte Nasehermes genügend Geschirr da, um jedes widerspenstige Pferd ruhigzustellen. Doch er holte nur Kerzen, ließ Wachs auf den Amboss tropfen und drückte sie auf dem Metall fest. Nicht eine Kerze, sondern an die zwanzig. Er machte so lange weiter, bis die Box, in der Noh Heäm stand, nicht mehr dunkel war. Alle, die davon hörten, erklärten

Hermes für verrückt, aber das machte ihm nichts aus. »Das Einzige, was das Pferd braucht«, hatte er gesagt, »ist ein Himmel, zu dem es hoch schauen kann.«

In der Stadt blieb Ness beinahe vor jedem Schaufenster stehen und betrachtete sich mit ernster Miene. Ich hatte ihr schon viermal gesagt, sie solle das Ding ausziehen, es sei viel zu warm. Doch auf dem Ohr war sie taub.

Ich sah mir ihr Spiegelbild an. Sie war in den letzten Monaten ein bisschen gewachsen, und obwohl sie immer noch klein war für ihr Alter, hatte sie sich doch gestreckt. So schmale Handgelenke wie ihre hatte ich noch bei keinem anderen gesehen.

»Einen derart teuren Mantel kann ich doch nicht einfach so annehmen«, hatte sie gesagt.

»Ich habe mich schon bei der Prüüszesche bedankt«, antwortete ich.

»Aber ich möchte mich selbst bei ihr bedanken.«

»Das geht nicht, sie muss heute weg.«

»Dann müssen wir uns eben beeilen.«

Betje Garens Schaufenster war vernagelt. In der Ladentür hing hinter der Scheibe immer noch das Plakat mit dem vornehmen Schriftzug, der verkündete:

GEÖFFNET FÜR UNSERE VEREHRTE KUNDSCHAFT
VON INNERHALB UND AUSSERHALB DER STADT
SCHÖNE ANGEBOTE!!
(SAMSTAGS GESCHLOSSEN)

Dennoch konnte man erkennen, dass die Regale leer waren. Auch die Waage war verschwunden, sie hatte nur einen dunklen Abdruck auf dem grauen Holz des Ladentischs hinterlassen.

Wir gingen am Stadtbach entlang.

Ich klingelte. Erst nach einer Weile öffnete jemand. Es war Anna. Ihren Mantel hatte sie über den Arm gelegt und den Hut aufgesetzt. Sie schüttelte den Kopf. »Sie ist schon weg.«

»Dann möchte ich mich beim Zigarrenkaiser bedanken«, sagte Ness.

»Der ist auch nicht mehr da«, antwortete Anna. Anscheinend hatte sie sich fest vorgenommen, nichts weiter zu verraten, doch das gelang ihr nicht. »Er fährt ihr hinterher«, rief sie, trat hinaus und schloss die Tür zu. »Auf dem Fahrrad.«

»Nach Vught?«, fragte ich erstaunt.

»Sie haben sein Auto gestern beschlagnahmt!« Entrüstet schüttelte sie den Kopf. »Der Zigarrenkaiser auf dem Fahrrad! Was soll nur aus der Welt werden? Was soll in Gottes Namen aus der Welt werden?« Mit diesen Worten stapfte sie wütend davon.

»Dann gehen wir eben zum Bahnhof«, sagte Ness.

»Ness …«, protestierte ich.

Sie hatte sich jedoch schon umgedreht und auf den Weg gemacht.

»Warte!«, rief ich. »Warte auf mich!«

Kaum waren wir auf die Hauptstraße eingebogen, stand ich vor ihrer Nase. Es geschah so unerwartet, dass wir uns eine Weile nur ansahen. Dann erst erkannte ich sie.

Wie von selbst machten meine Beine einen Knicks. Ness schaute zwischen mir und der Fregatte hin und her.

»Geh schon mal vor«, sagte ich.

»Aber …«

»Ich komme gleich nach.«

Die Fregatte sah aus, als wäre sie kleiner geworden. Und blasser. Ich hatte sie nicht mehr gesehen, seit Omm Maij uns beide nach dem Ausschuss ertappt hatte. Und das war kein Zufall gewesen. Ich war sicher, dass sie mich genauso gemieden hatte wie ich sie.

»Alles in Ordnung?«

Ich nickte.

»Mit eurer Omm auch?«

»Ja.«

»Schon was von deinem Vater und deinen Br…«

»Sie müssen es mir sagen.«

»Was?«

Ich hatte nicht gewusst, dass mir diese Frage durch den Kopf gespukt war. Aber sie musste schon die ganze Zeit da gewesen sein. Und was auch immer die Antwort sein mochte, ich würde so lange stehen bleiben, bis ich sie kannte.

»Ich möchte wissen, wen der Ausschuss ausgesucht hat.«

Sie antwortete mir nicht. Zuerst dachte ich, die Frage sei ihr unangenehm. Doch dann sah ich, dass sie überhaupt nicht zu mir schaute.

»Frau Direktorin?«

»Ja?«

Plötzlich wurde mir etwas bewusst.

»Warum sind Sie eigentlich hier?«, fragte ich. »Und nicht in der Schule?«

»Ich musste eine unserer Schwestern wegbringen.«

»Wegbringen?«

»Zum Zug.«

Ich sah sie überrascht an. Die Fregatte seufzte tief, aber

ob es nun ein verärgerter Seufzer war oder ein trauriger, konnte ich nicht erkennen.

»Die Bischöfe haben gegen die schlechte Behandlung der Jüdde protestiert. Darüber haben sich die Prüüsze aufgeregt. Und jetzt nehmen sie doch noch bekehrte Nonnen fest.«

Was sie mir erzählte, war nichts Neues. Aber ich hätte nie gedacht, dass es an unserer Schule bekehrte Nonnen geben könnte. Niemals.

»Wen denn?«, fragte ich.

»Schwester Immaculata.«

Es war, als würde mein Herz aussetzen. »Die Bedrövvde?«

Die Fregatte nickte.

»Wie kann das denn sein?«

Fragend sah sie mich an.

»Wie kann die Bedrövvde jüddesch sein? Sie war doch Missionsschwester! In Afrika!«

Nun war es an der Fregatte, mich erstaunt anzusehen. »In Afrika? Wie kommst du auf die Idee?«

»Sie hat doch den Amazonas befahren!«, antwortete ich wütend.

Ein gequältes Lächeln huschte über ihr Gesicht.

»Fing.«

»Ja.«

»Der Amazonas liegt nicht in Afrika.«

»Nicht?«

»Nein, in Südamerika.«

Vielleicht hat sie meine Frage danach tatsächlich beantwortet, vielleicht hat sie etwas gesagt, aber ich habe es nicht gehört oder jedenfalls habe ich es mir nicht gemerkt. Ich war so aufgewühlt, dass ich nicht mal mehr weiß, ob ich mich verabschiedet oder einfach nur auf dem Absatz kehrtgemacht habe und gegangen bin.

Die lange Straße zum Bahnhof ist gewunden, vielleicht ist Ness nur eine Wegbiegung weiter. Ich rufe sie, aber es bleibt still. Auf der Straße ist niemand. Hier und da stehen Fenster offen und in den Häusern wird leise geredet. Ich gehe schneller. Meine Schuhsohlen klatschen auf den Boden. Zuletzt macht die Straße einen Knick. Kurz vor dem Bahnhofsvorplatz sehe ich von allen Seiten Jüdde herbeiströmen.

Ein Laster fährt heran, hinter ihm folgt ein Bus. Sie bleiben mit quietschenden Bremsen stehen. Die Türen gehen auf und noch mehr Menschen steigen aus. Es könnte ein ganz normaler Tag sein, wären da nicht die Koffer und Taschen, die sie alle bei sich haben. Die Kinder tragen einen Rucksack auf dem Rücken. Eine Frau hat zwei Mäntel übereinander an, obwohl es Hochsommer ist. Ich sehe die Ärmel des unteren Mantels herausschauen. Sie schwitzt, dennoch ist der obere Mantel ganz zugeknöpft.

Die Bedrövvde trägt einen sommerlichen Reiseumhang über der Kutte, auf der ihr großer gelber Stern prangt. Sie steht bei Betje Garen und deren beiden Söhnen. Neben ihr ist ihr Koffer. Ich hatte mir ihren Koffer immer riesig vorgestellt, voller Stempel und Aufkleber von ihren vielen Weltreisen. Doch in Wirklichkeit ist er klein, grau, schlicht.

Rufe ertönen. Die erste Gruppe, Betje Garen, ihre Söhne, die Bedrövvde und die anderen Jüdde aus unserer Stadt mischen sich unter die andere Gruppe. Manche von ihnen kennen sich. Ich höre jemanden rufen.

Die Soldaten, die die Jüdde zusammentreiben, sind nicht von hier. Ganz entspannt stehen sie neben ihnen, die Gewehre über der Schulter, aber dennoch fällt mir auf, dass der Kreis um die Jüdde herum keinen Moment seine Form verändert. Und auch die Lücken zwischen den einzelnen Soldaten bleiben gleich groß, wie zwischen den Gliedern einer unsichtbaren Kette.

Da entdecke ich Ness. Sie steht neben der Prüüszesche. Ich winke ihr zu, doch sie sieht mich nicht. In dem Moment, als ich einen Schritt nach vorn mache, schließen zwei Soldaten die Lücke. Ich rieche den steifen, verschwitzten Stoff ihrer Uniformen.

»Meine Schwester«, sage ich.

Sie sehen mich an.

Wenn eine Katastrophe sich anbahnt, wenn die schlimmste Katastrophe im Leben kurz bevorsteht, nimmt man die Dinge anders wahr. Es ist, als hätte man die Welt bisher durch eine Art Vlies gesehen, das plötzlich reißt.

Zwischen den Soldaten hindurch sehe ich Ness, die nichtsahnend inmitten der Jüdde steht. Und ich sehe sie mit ganz neuen Augen. Mit den Augen eines Prüüsz. Ich sehe ihr pechschwarzes Haar und ihre kohlrabenschwarzen Augen, die sie als Einzige von uns von Mamm geerbt hat. Jüddehaar, Jüddeaugen. Und ihren Mantel, die exakte Kopie des Mantels der Prüüszesche.

Mein Herz fängt an zu wummern. »Meine kleine Schwester«, sage ich auf Deutsch und zeige auf sie.

Ich sehe sie in der dichten Menschenmenge stehen, zwischen den Koffern und Reisetaschen. Stimmengewirr. Jemand weint, nein, er wimmert leise. Eine Frau oder ein Kind, ich weiß nicht. Ein hoher Pfiff ertönt, gefolgt vom Rattern der aufgehenden Zugtüren.

Da beginnen die Soldaten, die Gruppe bedächtig voranzutreiben. Wie Öl und Wasser, so ordentlich voneinander getrennt, schieben sich die Jüdde und die Soldaten voran. Keinen Augenblick berühren sie sich. Die Gruppe geht langsam in Richtung Bahnsteig. Ich sehe Ness noch hochschauen, ein erstaunter Ausdruck liegt auf ihrem Gesicht. Im nächsten Moment stellt sich ein großer dicker Mann vor sie. Dann ist sie weg. Verschluckt von den sich voranschiebenden, leise sprechenden Menschen.

Ich schreie so laut, dass ich spüre, wie die Haut in den Mundwinkeln aufreißt. Mein linker Arm stößt gegen einen Gewehrkolben. Ich empfinde keinen Schmerz. Stattdessen spüre ich Arme, die sich um mich legen, Hände, die mich festhalten, mich niederdrücken, meinen Mantel, der reißt. Ich spüre, wie meine Beine nachgeben, aber etwas in mir setzt sich mit einer solchen Kraft zur Wehr, dass der Soldat, dessen Gesicht ganz dicht bei meinem ist, mich erstaunt ansieht. Noch ein Schrei bricht aus mir heraus, obwohl ich gar nicht weiß, warum. Nichts kann jemals so schlimm sein, so schlimm – aber in meinem Kopf ist es pechschwarz geworden, meine Gedanken fangen Feuer.

Der Soldat sagt, ich solle aufhören. Was seien das denn für Manieren?

Ich schreie, ich würde erst wieder damit aufhören, wenn meine Schwester bei mir ist.

Deine Schwester?

Meine Schwester. Sie gehört nicht dazu. Sie ist keine Jüddenn!

Keine Jüddenn?

Ich würde doch wohl wissen, wer meine Schwester sei! Ob jemand mit schwarzem Haar und dunklen Augen deswegen gleich jüddesch sei? Bestimmt nicht! Was sollte aus der Welt werden, wenn alle Leute mit dunklem Haar und dunklen Augen gleich jüddesch seien!

Zwischen den Soldaten hindurch sehe ich, wie die Gruppe den Bahnhof betritt. Für einen Augenblick bilde ich mir ein, dass ich Ness erkenne, doch dann schieben sich die letzten

Rücken zwischen den Türen hindurch. Wieder ertönt ein Pfiff, lang und durchdringend. Ich wusste nicht, dass es möglich war, wusste nicht, dass ich noch lauter schreien konnte.

Es muss sich ein Loch in der Zeit aufgetan haben. Plötzlich steht die Prüüszesche bei den Soldaten. Der Vogelfußmantel leuchtet zwischen den Uniformen auf. Sie hält Ness an der Hand.

»Hier, Liebes«, sagt die Prüüszesche zu mir. »Dieses kleine Päckchen darf hierbleiben«, fügt sie an die Soldaten gewandt auf Deutsch hinzu. Ness will zwischen ihnen durchschlüpfen, doch die halten sie zurück. Durch meinen Tränenschleier sehe ich, wie überrascht sie mich anblickt. Es schüttelt mich vor Schluchzen.

»Nicht doch, Kind«, sagt die Prüüszesche beschwichtigend. »Nicht doch.«

Sie erklärt, dass sie Ness gehen lassen müssten, Ness gehöre nicht dazu. Die Herren Soldaten würden doch wohl sehen, dass sie keinen Stern trägt? Sehen Sie doch, meine Herren. Meine Herren? Doch mit zusammengebissenen Zähnen bleiben die Männer stehen und weichen nicht zur Seite.

Da weiß ich, dass etwas passieren wird. Etwas, an das ich für den Rest meines Lebens jeden Tag, jede Stunde denken werde. Ob ich nun will oder nicht. Es wird mich nie mehr loslassen. Jetzt wird das passieren, vor dem ich mich mein ganzes Leben gefürchtet habe. Das, weswegen ich immer auf der Hut war, immer auf der Lauer lag, sogar im Schlaf.

Ich werde Ness verlieren.

»Lasst das Mädchen durch.« Die Stimme kommt von hinten. »Lasst sie durch. Sie gehört nicht dazu.«

Was ich auch über ihn gesagt habe, was ich auch gedacht habe – alles ist vergessen. Schlagartig habe ich vergessen, dass ich ihn gemieden habe und nichts mehr mit ihm zu tun haben wollte. Ich drehe mich um und halte mich an Meester Govaerts fest, nein, ich stürze mich buchstäblich auf ihn, er fällt fast um. Ich presse mich gegen ihn, rufe, heule, dass sie Ness haben, meine Ness, dass sie sie in den Zug stecken wollen, nur weil sie denken, sie sei eine verdammte Jüddenn. Ich stecke den Kopf in das Futter meines Mantels und raufe mir tatsächlich die Haare.

Erst später erfahre ich von Ness, was dann passiert ist. Dass die Soldaten sich nicht von Meester Govaerts' Worten beeindrucken ließen, offenbar konnte nicht einmal er verhindern, dass sie Ness zu den Jüdde zurückdrängten. Doch dann habe er die Menschen auf dem Bahnhofsvorplatz angesprochen, die Menschen, die den Jüdde zum Abschied winken wollten. Er fragte sie, ob sie denn nur zum Zuschauen gekommen seien. Dabei sprach er sie jedoch nicht direkt an, sondern richtete sich immer noch an die Prüüsze. Er sagte ganz ruhig, es sei nicht so klug, ein Mädchen – ein hundertprozentig holländisches Mädchen – in den Zug zu setzen. Ein Mädchen von hier. Und das, obwohl alle wüssten, wie gut die Einwohner dieser Stadt zueinanderhielten. Gerede würde es geben, böses Blut.

Und dann habe sie weggedurft. So einfach sei das gewesen.

Meester Govaerts nimmt mich beim Arm, mir zittern die Beine ganz furchtbar.

»Alles in Ordnung?«

Ich nicke. Blicke nicht auf. Halte nur Ness fest, mit fest zusammengekniffenen Augen. Erst als das Stimmengewirr und die Schritte sich entfernen, mache ich die Augen wieder auf. Wie durch einen Schleier sehe ich noch den Hut, den großen gelben Hut der Prüüszesche, der wie ein auffälliger Komet zwischen den letzten Rücken verschwindet. Sie geht durch die Türen, auf den Bahnsteig.

Diebstahl

In der letzten Oktoberwoche begann unser Vorrat zu schwinden.

»Wo ist das Brot?«, fragte ich.

»Welches Brot?«, fragte Ness zurück.

»Das in der Brottrommel.«

»Vielleicht hat Müllche es aufgegessen.«

Müllche behauptete, sie wisse von nichts.

Zwei Tage später war ein kleiner Rest Fleisch aus der Fleischpfanne verschwunden.

»Was ist aus dem Fleisch geworden?«, wollte ich wissen.

»Welches Fleisch?«, fragte Omm Maij.

Ich zeigte auf die Fleischpfanne, die sauber und leer auf dem Herd stand.

»Aufgegessen.«

»*Onsen*«, sagte ich. »Gestern habe ich den Deckel auf die Pfanne getan und da war noch etwas drin.«

»Die Ratte?«, meinte Ness.

Keine von ihnen schien sich etwas daraus zu machen. Omm Maij verlegte sich stattdessen darauf, das Untier zu fangen. (Seither durften wir nicht mehr in den Keller. Was uns nichts ausmachte. Solange unsere Großmutter nur nicht mehr wie tot neben dem Kanonenofen saß.) Ness zuckte die Achseln. Wie immer hatte nur Müllche Interesse am Schwinden unserer Vorräte. Aber eine tragische Tragödie war das Letzte, was ich gebrauchen konnte, also behelligte ich sie lieber nicht damit.

In der folgenden Woche verschwanden ein Gurkenglas, eine Tüte Muckefuck und noch ein Brot. Anfangs machte ich mir nicht so viele Gedanken darüber. Erst als in der nächsten Woche neue Gerüchte laut wurden, begann ich mir Sorgen zu machen.

»Es sind wieder Tommys gelandet«, hieß es. »Sie verstecken sich auf einem Bauernhof.«

»Unsinn, sie sind auf dem Kirchturm.«

»*Kwatsch!* Und es sind überhaupt keine Tommys. Es sind Prüüsze, die sich als Tommys verkleidet haben. Sie wollen nur alle festnehmen, die ihnen helfen.«

Was auch immer stimmte, Tatsache war jedenfalls, dass irgendwo Menschen steckten, die Essen und Trinken brauchten. Menschen, die ihr Leben aufs Spiel setzten, um es sich zu beschaffen.

Ich dachte an unseren Vorrat, der immer knapper wurde. Bei uns zu Hause kannte ich nur eine, die für so etwas verrückt genug wäre.

Entgegen allen Erwartungen arbeitete Müllche immer noch bei Rosita. Selbst als anderen Mädchen gekündigt wurde, behielt sie ihre Stelle. Ich glaube nicht, dass sie die Arbeit an sich mochte, die war langweilig und eintönig, aber sie hatte Freundinnen dort. Und sie hatte, glaube ich, einen Jungen kennengelernt. Zumindest entdeckte ich einmal abends einen Knutschfleck an ihrem Hals.

Je länger ich darüber nachdachte, desto fester war ich von meiner Theorie überzeugt. Müllche kannte ich wie meine Schürzentasche. Ich wusste, dass sie sich mehr vom Krieg versprochen hatte. Doch außer dem Austragen von Widerstandszeitungen hatte es keine großartigen Aufgaben für sie gegeben. Und wann sagte Müllche schon Nein zu einem Abenteuer? Ihre tragischen Tragödien lagen meiner Schwester derart am Herzen, dass sie zur Not selbst eine inszeniert hätte.

Letztlich war mein Plan genauso einfach wie lächerlich. Sobald Müllche zu Hause war, würde ich erzählen, dass ich wegmusste. Ich würde ein paar Gläser auf den Tisch stellen, eine Wurst und ein bisschen Brot, so viel, dass es nicht auffiel, wenn etwas verschwand.

»Was hast du vor?«, fragte Ness. Ich speiste sie mit irgendeiner Ausrede ab und ging nach draußen, spazierte ein kurzes Stück Schlammbams Sahara entlang und kehrte hintenherum zurück. Dann wartete ich, bis alle aus der Küche gegangen waren, und stellte mich hinter die Tür zum Flur. Wenn sie offen stand, konnte man sich in dem kleinen Winkel zwischen Tür und Wand verstecken.

Ich kam mir völlig bescheuert vor, wie ich da hockte. Wenn Müllche aus irgendeinem Grund die Tür hinter sich zuzog, würde ich mich lächerlich machen. Und woher wollte ich überhaupt wissen, dass sie käme? Wenn ich Pech hatte, war sie durch meine Fragen misstrauisch geworden und würde vorläufig nichts mehr mitgehen lassen. Aber ich saß nun mal da, also blieb mir nichts anderes übrig, als zu warten.

Schritte erklangen auf dem Treppenabsatz. Ich verkrampfte mich ganz furchtbar. Schlimmstenfalls würde ich eben damit drohen, Omm Maij alles zu verraten. Das hatten wir noch nie getan, obwohl wir uns ständig gegenseitig damit drohten. Aber jetzt würde ich es machen, da war ich sicher. Egal, welche Folgen es hätte! Es müsste sein.

Die Tür öffnete sich. Ich hörte Schritte: Jemand ging zum Tisch und blieb dann stehen. Ein paar Sekunden war es mucksmäuschenstill.

Ich wollte schon aufspringen und Müllches Namen rufen, als ich sie durch den Türspalt sah. Oder besser gesagt: nicht sie, sondern einen Mantel. Ich erstarrte.

Es war der Vogelfußmantel.

Die Paterskull

Ness drehte sich kein einziges Mal um. Ich wusste nicht, ob ich froh sein sollte oder stinksauer. Genauso gut hätte ich ein Schwarzmantel sein können oder schlimmer noch: ein Prüüsz!

Hinter dem Hohlweg bog sie auf den Acker ab und ging in Richtung Hexenberg. Da war ich sicher, dass sie etwas im Schilde führte. Weil die Straße um die Stadt oft kontrolliert wurde, hieß das, sie wollte nicht gesehen werden.

Mit einer bis obenhin gefüllten Tasche schlug sie sich querfeldein durch. Sie kämpfte sich durch die lockere Erde. Mit gekrümmtem Rücken stemmte sie sich gegen den Wind. Ab und zu legte sie eine kurze Verschnaufpause ein. Dann duckte ich mich, was Blödsinn war, denn bis auf eine mottenzerfressene Vogelscheuche war der Acker vollkommen leer. Man konnte sich nirgends verstecken. Sie hätte mich sofort gesehen, wenn sie sich auch nur ein einziges Mal umgedreht hätte.

Ness ging geradewegs auf den Krummbrotberg zu. Da machte ich mir erst recht Sorgen. Von dem Acker aus, den wir überquerten, wurden die Krummbrötchen hinuntergeworfen. Dahinter fiel der Boden beängstigend steil in Richtung Hexenberg ab. Diesen Abhang ohne Hilfe hinaufzuklettern war schon schwer genug, ganz zu schweigen davon, ihn mit einer schweren Tasche und einem Rutschel hinabzusteigen … Es war der einzige Moment, an dem ich sie am liebsten zurückgepfiffen hätte. Stattdessen biss ich mir in die Faust.

Kurz vor dem Hang stand eine große Eiche. Dahinter versteckte ich mich. Ich wusste, dass Ness sich umdrehen musste, um hinunterzuklettern. Als sie sich rückwärts auf den Rand zuschob, sah ich, wie angespannt ihr Gesicht war. Dann verschwand sie aus meinem Blickfeld.

Ich war darauf gefasst, jeden Moment das Poltern loser Erdbrocken, einen Schlag oder einen Schrei zu hören. Ich zählte bis zehn. Dann hielt ich es nicht mehr aus und kroch auf den Rand zu.

Es war offenkundig nicht das erste Mal, dass sie das machte. Sie hatte schon ein Drittel hinter sich und befand sich an der Stelle, wo die Bäume aufhörten und man kaum noch Halt hatte. Sie kauerte sich hin und ließ sich in der Hocke hinunter. Schon fast unten angekommen, fiel ihr die Tasche aus den Händen, kullerte weg und blieb auf einem Grasstück liegen.

Geschieht dir recht, dachte ich, hoffentlich ist das, was drin ist, kaputtgegangen. Trotzdem zitterten mir die Beine vor Erleichterung, als sie heil unten war. Meine Erleichterung hielt nicht lange an.

Sie überquerte den Weg in Richtung Olivenhain, ging die Backsteintreppe hinauf, umrundete die erdfarbene Betongrotte, stieg über den verrosteten Stacheldraht und war verschwunden. Einen Augenblick raschelte es noch im trockenen Laub. Dann entfernten sich ihre Schritte und es war wieder still.

»Zum Donnerwetter noch mal«, schimpfte ich.

Nach Trüdd Rüüsels Tod war die Paterskull für kurze Zeit ein beliebter Treffpunkt für Pärchen gewesen, weil es dort so schaurig war. Doch dann war sie in Vergessenheit geraten. Die Pater hatten ihre archäologischen Forschungen eingestellt. In der Absicht, einen Wald anzulegen, pflanzte die Stadt auf dem Gelände noch Birken. Danach wurde das ganze Vorhaben schlicht vergessen. Und jetzt war das Land um die Paterskull wie vernarbt und voll von Senken. Die Birken hatte man nie gepflegt und ein Wildwuchs schütterer, kränklicher Bäume war aufgeschossen. Ihre Rinde war nicht weiß, sondern gelblich und mit Schimmel überzogen. Zweige sprossen daraus hervor, die aussahen, als würden sie schon beim bloßen Hinschauen abbrechen. Neben den Birken wuchsen riesige Brombeersträucher, an denen man sich die Hände aufreißen und die Kleidung zerfetzen konnte.

Mir blieb nichts anderes übrig. Ich musste Ness hinterhergehen. Meine Vermutung hatte sich bestätigt.

Natürlich hatte sie es getan. Hatte dem Tommy Essen und Trinken beschafft. Das Schlimmste war, dass es unsere Schuld war. *Meine* Schuld. Seit dem Versprechen, das ich Omm Maij gegeben hatte, war ich ein noch steiferes Korrekturkorsett für sie geworden als ihr echtes Korsett. Und ich hatte geglaubt, dass sie es akzeptierte.

Plötzlich überkam mich das Gefühl, Ness zum ersten Mal zu sehen. Sie so zu sehen, wie sie wirklich war. Kein anderer als sie konnte sich so sehr vor irgendwelchen Kleinigkeiten fürchten. Und kein anderer als sie konnte die Gefahr in einer wirklich bedrohlichen Situation derartig unterschätzen.

So schnell es ging, kletterte ich den irrsinnig steilen Hang hinunter, überquerte den Weg, stieg über den Stacheldrahtzaun und folgte einem gewundenen Pfad zwischen dicht stehenden Bäumen, der nach zehn Minuten plötzlich im Nichts endete. Ich zwängte mich an einem Brombeerstrauch vorbei und blieb daran hängen. Riss mich los, schürfte mir den Daumen auf.

Ich blieb stehen. Es war still. Kein Rascheln, kein Knacksen mehr. Gar nichts.

Ich passte nicht auf, wo ich hintrat, schob mich durch das Wirrwarr loser Birkenzweige eine steile kleine Böschung hinauf. Da gab der Boden unter meinen Füßen nach. Ich schrie auf, und diesem Schrei war es zu verdanken, dass ich Ness fand. Fast zeitgleich ertönte ein zweiter Schrei.

Sie war halb von einem Strauch verdeckt.

»In Gottes Namen! Was tust du da eigentlich, deiner Meinung nach?«

Sie drückte die Tasche mit der Wurst und dem Brot an sich.

»Fing?«

»Hast du den Verstand verloren? Was, wenn die Prüüsze dahinterkommen?«

»Die Prüüsze?«

»Tu nicht so unschuldig!«

Sie runzelte die Stirn.

»Wenn du Tommys versteckst!«, rief ich empört.

Ness sah mich einen Moment verständnislos an, dann verzog sie das Gesicht. Auch das noch, dachte ich. Wenn sie sich nur nicht einbildet, dass ich sie bemitleide. Doch sie weinte gar nicht. Sie lachte.

Zum Glück für sie hatte sie einen Rutschel. Sonst hätte ich sie derart geschüttelt, dass sie hinterher ihre Knochen einzeln hätte aufsammeln können.

»Entschuldige«, sagte Ness. Dann lachte sie weiter.

»Da gibt es gar nichts zu lachen!«

»Komm mit!«

»Wohin?«

Sie nahm mich bei der Hand. Widerwillig folgte ich ihr.

Schließlich blieben wir vor dem soundsovielten Brombeerstrauch stehen. Der ganze Hang war voll davon.

»Dahin!«

Jetzt erst sah ich, dass ein Brett an dem Brombeerstrauch lehnte. »Was ist das?«

»Der Stollen«, sagte sie, ohne die Miene zu verziehen.

»Was?!«

»Der Stollen von Trüdd Rüüsel.«

»So ein Blödsinn.«

Sie gab mir die Tasche und löste den Knoten, der das Brett an Ort und Stelle hielt. Eh ich mich versah, war sie in einen Hohlraum hineingeschlüpft. Ein pechschwarzes Loch.

»Ness!«

»Wart mal eben«, sagte sie.

Kalte, muffige, nach Schimmel riechende Luft schlug mir entgegen.

»Ness?«

»Ich bin gleich wieder da«, erklang ihre dumpfe, widerhallende Stimme.

Würde es denn überhaupt nie aufhören? Würde es keinen Moment in meinem Leben geben, an dem meine Schwestern mich nicht in irgendein lebensbedrohliches Abenteuer verwickelten?

Die Dunkelheit traf mich wie ein Schlag ins Gesicht. Die klamme Kälte kroch in meine Kleider. Eiskalte Brocken fielen mir in den Nacken. Ich blieb stehen und hörte meinen eigenen Atem, hoch und erschreckt.

»Ness!«

Nach vier Schritten sah ich nichts mehr. Ich hatte keine Ahnung, wie lang der Stollen sein mochte, in dem ich mich befand. An eine solche Dunkelheit gewöhnen sich die Augen nicht. Nie. Etwas streifte meine Wange. Eiskalte Finger, dachte ich. Abrupt blieb ich stehen. Meine Füße weigerten sich einfach weiterzugehen. Panisch tastete ich um mich, doch der Stollen musste breiter sein, als ich gedacht hatte. Ich spürte keine Wände.

Verbarg sie hier ihren Tommy? In dieser rabenschwarzen Dunkelheit? Welcher Trottel versteckte sich schon hier? Plötzlich fielen mir die Geschichten der Pater wieder ein. Über den Geist von Trüdd Rüüsel, der in der Grube spukte.

»Ness!«, zischte ich. »Ness!«

Da geschah es.

Gekrabbel. Stille. Noch mehr Gekrabbel. Stille.

»Nein!«, hörte ich Ness rufen. »Nicht! Nicht …«

Dann kam das Schlimmste. Lachen. Tonloses Lachen.

Ich drehte mich um, fest entschlossen, zum Ausgang zu rennen. Zu dem kleinen Viereck von Licht. Doch zu meinem Entsetzen gab es keinen Ausgang mehr. Vor mir war es stockfinster, genauso wie hinter mir.

Etwas kam auf mich zugerast. Ich hörte es auf dem Kiesboden knirschen, Steinchen spritzten auf.

Dann traf mich dieses Etwas mit einer solchen Wucht, dass ich taumelte und stürzte. Ich stieß mit dem Kopf an die Wand. Steinchen rieselten herab. Sand, Tonnen von Sand, die sich über meinem Kopf befanden. Ich schrie, so laut ich konnte, weil ich wusste, dass alles einstürzen und die Erde Ness und mich unter sich begraben würde. Wie sie Trüdd Rüüsel unter sich begraben hatte.

Das Geheimnis der Grube

Dann war da Licht. Streichholz. Sturmlaterne. Ness. »Alles in Ordnung?« Ihr Gesicht vor meinem.

Doch hinter mir war noch etwas. Etwas Kaltes und Nasses presste sich an meinen Nacken. Langsam drehte ich mich um. Das Erste, was ich im gespenstisch flackernden Licht der Laterne sah, waren zwei gespenstisch gläserne Augen. Man konnte geradewegs hindurchschauen. Ich schrie.

»Ganz ruhig bleiben«, sagte Ness. »Es ist nur die Königin.«

Sie musste total verrückt geworden sein! Doch dann tauchten die Augen wieder auf, diesmal umrahmt vom Umriss eines schmalen, spitzen Kopfes. Die Zunge, die hechelnd aus dem Maul hing, der Kopf, der sich scheu zu mir neigte und ganz vorsichtig die Wurst aus der Tasche fischte.

Die Königin von Amerika.

Ness drehte den Docht höher, sodass die Petroleumlampe heller strahlte. Jetzt sah ich, dass wir mitten in einem Stollen saßen. Einem breiten Stollen. Darin hätte man mit Leichtigkeit zu dritt nebeneinander stehen können. Lange, schneeweiße Wurzeln ragten aus der Decke. Das mussten die eisigen Finger sein, die ich gespürt hatte.

»Wo sind wir hier?«, fragte ich sauer.

»In der Feuersteingrube.«

»Onsen!«

»Nein, ehrlich!«

»Aber die Grube ist doch eingestürzt?«

Sie schüttelte den Kopf. »Der *Stollen* ist eingestürzt.«

Die Königin von Amerika legte sich hin. Sie fraß die Wurst mit ordentlichen kleinen Bissen und wedelte mit dem Schwanz Staub auf. Ich hustete.

»Ich verstehe gar nichts mehr«, sagte ich.

»Die Pater hatten die Vermutung, dass sich in der Paterskull eine Feuersteingrube befand«, erklärte Ness, »aber sie wussten nicht genau, wo. Also fingen sie an, von zwei Seiten zu graben, um sich in der Mitte zu treffen. Aber dazu ist es nie gekommen. Zuvor kroch Trüdd Rüüsel nämlich in einen der beiden Stollen und er stürzte ein. Der zweite blieb erhalten. Nur dass später niemand mehr wusste, dass es ihn gab. Er war völlig mit Brombeersträuchern überwuchert.«

Wieder rieselten Steinchen herab.

»Lass uns rausgehen, Ness!«

»Wart mal eben.«

»Worauf?«

»Dass die Königin fertig ist.«

»Die Königin kann auch draußen fressen.«

Ich wollte nach der Wurst greifen. Der Hund hörte auf, mit dem Schwanz zu wedeln und zog stumm eine Lefze hoch. Ich nahm die Hand zurück.

»Sie teilt nicht gern«, sagte Ness.

»Dann bleibt sie eben hier.«

Ness blieb sitzen.

»Gleich stürzt es noch ein, Ness.«

»Ach wo.«

Sie hob die Laterne zur Decke. Jetzt sah ich dort rostige

Eisenträger. Ein Teil der Grube war mit Holzbrettern verkleidet. Sie sahen verdächtig neu aus. Auf dem Boden stand eine Truhe. Ness schwenkte die Lampe umher.

Der Stollen war einiges tiefer als gedacht. An den Wänden und an der Decke konnte man Streifen im Stein erkennen. Es gab kleine Nischen und Seitengänge. Manche davon waren nicht größer als ein Fuchsloch oder ein Dachsbau. Als Ness einen von ihnen anstrahlte, funkelte es.

»Feuerstein«, sagte sie und ihre Stimme klang verträumt. »Fragst du dich nicht, wer hier vor uns in der Grube war? Wer den Stollen gegraben hat?«

Sie setzte sich anders hin und wieder rieselten Steinchen herab. Einen bekam ich in den Nacken.

»Nein. Das Einzige, was ich mich frage, ist, wie ich schnellstmöglich wieder rauskomme.« Ich erhob mich vorsichtig und vertraute darauf, dass Ness mir folgen würde. Mit dem Licht in meinem Rücken konnte ich mich jetzt besser orientieren. Der Stollen beschrieb eine Rechtskurve. Darum hatte ich den Ausgang vorhin nicht gesehen.

Erleichtert holte ich Luft, als ich wieder Tageslicht sah. Draußen hatte es angefangen zu regnen. Ness, die mir zusammen mit dem Hund gefolgt war, setzte sich in aller Gemütsruhe wieder hin.

»Halt dich gerade«, sagte ich automatisch, während ich mich ängstlich so nah wie möglich beim Ausgang niederließ. Brav gehorchte sie mir. Ich sah sie an.

»Kein Tommy also?«

»Kein Tommy«, sagte Ness.

Und in dem Dauerregen erzählte sie mir die ganze Geschichte.

Vor zwei Wochen hatte Ness die Königin gefunden. Die Hündin war um unser Haus gestrichen, es war eigentlich ein Wunder, dass niemand anders sie bemerkt hatte. Weil Ness wusste, dass unsere Großmutter keine Tiere im Haus haben wollte und weil streunende Hunde aufgegriffen und getötet wurden, versteckte Ness sie zuerst im Verschlag auf der Weide neben unserem Haus.

»Wusstest du, dass die Königin nie bellt?«, fragte sie mich.

Ich nickte.

»Deshalb dachte ich, dass ich sie dort verstecken kann. Aber jedes Mal, wenn ich ihr etwas zu fressen gab und wieder gehen wollte, kratzte sie an der Tür.«

»Wie kannst du nur Lebensmittel klauen?«, fragte ich.

»Sie muss doch was zu fressen haben.«

»So viel?«

Verständnislos sah sie mich an.

»Ness«, sagte ich ärgerlich, »ein Viertel unseres Vorrats ist verschwunden. Ein Viertel! Und dass du Wurst und Brot klaust, kann ich ja noch verstehen, aber wozu braucht der Hund Gurken?«

»Gurken?«

»Ach, hör doch auf!«, rief ich. »Spar dir deine Ausreden.«

»Na ja«, sagte sie. »Jetzt weißt du es also. Und es ist nicht gefährlich. Ich komme auch nur zweimal am Tag. Einmal vor der Arbeit und einmal danach.«

Glaubte sie wirklich, dass mich das beruhigen würde? Was, wenn der Rutschel genau dann anfing zu schmerzen, wenn sie in der Grube war? Was, wenn der Stollen doch einstürzte und sie gerade drin war? Was, wenn die Prüüsze mit ihren

Stiefeln und Gewehren Ness auf dem Weg dorthin entdeckten und glaubten, sie würde einen Tommy verstecken?

Ich schüttelte den Kopf. »Das geht nicht.«

»Doch.«

»Nein.«

»Doch.«

Ich versuchte, mich zu beherrschen. »Ness«, sagte ich, »hör zu.«

»Ich höre schon mein ganzes Leben lang zu«, schnauzte sie mich plötzlich an. »Und es hat mich noch kein bisschen weitergebracht.«

»Ness ...«

»Ich werde doch sowieso bucklig! Ob ich nun auf dich höre oder nicht. Du willst mich nur für den Rest meines Lebens einsperren. So, und darauf habe ich zufällig keine Lust mehr!«

»Mann!«, rief ich wütend. »Wenn du glaubst, dass ich nur so zum Spaß den ganzen Tag hinter dir herrenne!«

»Dann lass es doch bleiben!«, schrie sie zurück. »Lass mich in Ruhe! Du bist nicht meine Mutter!«

Erschreckt sprang die Königin auf, mit angelegten Ohren und eingezogenem Schwanz. Sie wollte wegrennen, doch Ness hielt sie am Halsband fest.

»Ness«, drohte ich, »ich sage es dir noch ein letztes Mal, sonst ...«

Provozierend sah sie mich an. »Sonst was?«

Einen kurzen, schrecklichen Augenblick lag es mir auf der Zunge. Wollte ich ihr Gesicht sehen, wenn ich ihr erzählte, dass sie sterben würde, wenn ich sie »in Ruhe« ließ. Dass sie es mir zu verdanken hatte, wenn sie erwachsen wurde. Falls sie überhaupt je erwachsen wurde.

»Sonst erzähle ich alles Omm Maij«, sagte ich nur.

»Omm Maij merkt es nicht mal, wenn unser Haus von einer Bombe getroffen wird.«

»Gut!«, entgegnete ich ruhig. »Dann liefere ich dich eben jeden Morgen bei den Nonnen ab. Und erzähle ihnen alles. Und mittags bitte ich Nettchen von Nöll, dich abzuholen. Ich sorge dafür, dass du keine Chance bekommst, irgendwohin zu gehen.«

Sie starrte mich hasserfüllt an. Aber das war mir ganz egal. Und es war mir auch egal, als sie anfing zu weinen und fragte, was denn aus dem Hund werden solle? Das könne man doch nicht machen.

»Besser als das Biest hier allein im Stockdunkeln zu lassen«, sagte ich und streckte die Hand hinaus. Es goss immer noch in Strömen und sah nicht so aus, als würde es in absehbarer Zeit aufhören. Ein kleines Schlammrinnsal lief in den Stollen.

»Woher kanntest du die Grube überhaupt?«, fragte ich. »Und wer hat die Holzverkleidung gemacht? Und die Truhe – woher kommt die Truhe?«

Trotzig schwieg sie.

»Dann eben nicht«, sagte ich. »Komm, gehen wir nach Hause.«

»Und die Königin?«

Ich seufzte. »Die nehmen wir mit. Zu Hause sehen wir dann weiter.«

Inzwischen war der Himmel bleigrau. Es regnete immer mehr. Wir waren klatschnass, bevor wir überhaupt beim Hexenbergweg angekommen waren. Diesmal stiegen wir nicht den Krummbrotberg hoch, sondern nahmen den Weg durch die Stadt. Die große Straße war verlassen. Offenbar konnten die Prüüsze den Regen genauso wenig leiden wie wir.

Bis wir zu Hause ankamen, war sogar unsere Unterwäsche durchweicht. Omm Maij meckerte wie immer und schleppte ein Handtuch nach dem anderen herbei, bis sich die Königin zwischen unseren Beinen durchzwängte. Der Hund tapste in die Küche. Es war kaum zu glauben, was für eine Sauerei so ein klapperdürres Vieh, so ein Fliegengewicht, machen konnte. Sofort war der ganze Boden war voll Schlammspritzer.

Angewidert sah Omm Maij den Hund an. Ness blickte zu mir herüber. Die Königin blieb in der Tür zum Flur stehen und legte andächtig den Kopf schief.

»Es ist der Hund des Zigarrenkaisers«, sagte ich. »Wir haben ihn gef...«

In diesem Moment explodierte unsere Großmutter. Sie griff sich den erstbesten Kochtopf, der ihr in die Hände kam, und schleuderte ihn mit voller Wucht in Richtung Hund. Der Topf flog unter Furcht erregendem Klappern durch die Küche und knallte so heftig gegen den Schrank, dass die Tür aus den Angeln gehoben wurde. Die Königin von Amerika stob hinaus und preschte über den Weg davon.

Erschrocken schauten wir zu unserer Großmutter. Ihr Eulenauge drehte sich im Kreis, ihr Blick war völlig wahnsinnig. Unsere Großmutter mochte keine Hunde, das wussten wir. Trotzdem hatte sie noch nie einem Tier etwas zuleide getan. Aber wenn der Topf getroffen hätte – und aus ihrem energischen Wurf schloss ich, dass er hatte treffen sollen –, wäre die Königin mit Sicherheit mausetot gewesen.

»Wieso hast du das gemacht?«, rief Ness entsetzt.

»Um die elende Töle zu verjagen!«

»Aber sie hat kein Zuhause mehr!«

»Das ist nicht unser Problem!«

Ness stand mit geballten Fäusten vor ihr. »Ich hoffe nur, dass ich nie so werde wie du!«, schrie sie.

Omm Maij blinzelte kurz. Dann sagte sie: »Das hoffe ich auch. Mein Leben ist zurzeit nicht gerade ein Zuckerschlecken. Und jetzt ab nach oben.«

»Aber die Königin …«, protestierte Ness.

»Ab nach oben!«

»Ich hasse sie«, sagte Ness an dem Abend. Sie hatte überall gesucht, aber die Königin blieb spurlos verschwunden. »Ich hasse sie wirklich!«

»Das geht vorbei«, meinte Müllche, die viel Erfahrung damit hatte, Omm Maij zu hassen.

Vielleicht hatte Müllche ja recht, was Ness betraf. Aber um unsere Großmutter machte ich mir große Sorgen. Dass sie zerstreut und abwesend war, mochte ja noch angehen. Doch in den vergangenen Wochen zweifelte ich allmählich an ihrem Verstand. Nicht nur, weil sie den Topf geschleudert hatte. Ich hatte den Eindruck, dass sie ganz und gar aus der Bahn geraten war. Ernsthaft.

Eine Woche bevor ich Ness zur Paterskull hinterhergeschlichen war, hatte ich Omm Maij mit dem Nachttopf in der Hand mitten auf der Kellertreppe gesehen. »Was machst du denn da?«, hatte ich sie gefragt.

Der Nachttopf war beinahe voll, er wäre fast übergeschwappt. Dabei hatte unsere Großmutter ihn früher jeden Morgen geleert und gründlich geschrubbt – es war ein Wunder, dass er überhaupt noch einen Boden hatte. Und warum ging sie mit dem Nachttopf in den Keller?

Außerdem führte sie in letzter Zeit Selbstgespräche. Das hatte sie zwar immer schon gemacht, aber nur mit Opa Pije und Mamm. Jetzt murmelte sie auch noch der Ratte im Keller Dinge zu. Einmal hatte sie ihr sogar ein Schlaflied gesungen. Als ich sie vorsichtig darauf ansprach, leugnete sie es glatt.

Es machte mir eine Heidenangst.

Wie man Ratten nicht fängt

Zwei Tage später bekamen wir unerwartet Besuch. »Da ist ein Prüüsze bei unserer Nachbarin in der Küche«, sagte Nettchen von Nöll. »Er weiß was über Papp und die Brüder.«

Es war, als hätten wir einen Stromschlag bekommen. Gerade waren wir noch müde und lustlos gewesen, doch plötzlich saßen wir aufrecht da, unsere Muskeln hart und angespannt, als müssten wir gleich fliehen.

Omm Maij nahm Nettchens Hände. »Was?«, fragte sie. »Was weiß er?«

Aber mehr wusste Nettchen auch nicht. Sie war sofort zu uns gerannt, als sie es erfahren hatte, und war noch ganz außer Puste. Für einen Moment schien Omm Maij uns zurufen zu wollen, was wir zu tun hatten, ehe sie selbst durch den Garten losstürmte – so wie sie es sonst immer gemacht hatte. Doch dann sank sie wieder in ihrem Sessel in sich zusammen und schaute unentschlossen zwischen Nettchen und uns hin und her.

»Sollen wir gehen?«, fragte Müllche.

»Kommt gar nicht infrage«, sagte Omm Maij. Ihrer Meinung nach würden wir sonst nur die Tatsachen verdrehen oder, schlimmer noch, vergessen, was alles gesagt worden war.

»Dann gehen wir eben alle zusammen«, schlug Müllche vor.

Doch Omm Maij schob trotzig das Kinn vor und schüttelte den Kopf. Blitzartig verstand ich, was los war. Sie wollte nicht, dass wir mitgingen – jedenfalls nicht, solange sie nicht sicher war, ob uns gute oder schlechte Neuigkeiten erwarteten.

Omm Maij lud uns derartig viel Arbeit auf, als wolle sie eine ganze Woche wegbleiben. »Und ja nicht in den Keller gehen«, rief sie uns noch vom Gartenweg aus zu. »Denkt dran! Ich will nicht, dass das Untier einer von euch an die Kehle springt!«

Eine der schlimmsten Aufgaben war es, die Teppiche zu klopfen. Es waren große, steife Stoffstücke mit einem Saum aus Eisendraht, an dem man sich die Hände gemein verletzen konnte.

»Erst die Möbel wegstellen, Müllche«, sagte ich.

»So geht es auch«, antwortete sie und zerrte an dem Teppich, auf dem noch das Sofa stand. Mit rotem Gesicht mühte sie sich ab und trat, als er sich nicht herausziehen lassen wollte, gegen das Sofa. Ich schubste sie weg.

»Na komm.«

Als wir den Teppich endlich unter den Möbeln hervorgezogen hatten, war uns so warm wie mitten im August.

»Ob es wohl Neuigkeiten gibt?«, fragte Müllche. »*Echte* Neuigkeiten, meine ich.«

Ich wusste, worauf sie anspielte. Gerüchte gab es am laufenden Band. Aber Neuigkeiten, mit denen man wirklich etwas anfangen konnte, waren selten.

Wir schleppten den großen Teppich nach draußen. Der Himmel hatte sich fast ganz zugezogen. Als wir durch den Garten gingen, kam plötzlich ein kalter Wind auf. Ich spürte den Schweiß auf meinem Rücken prickeln. Wir warfen den

Teppich über den Zaun zwischen dem Garten und der Weide von Wetsels.

Ich wollte gerade die Teppichklopfer aus dem Haus holen, als Ness mir entgegenkam. »Und was hast du so vor?«, fragte ich.

»Ich darf doch sowieso nicht Teppichklopfen, das weißt du genau.« Und ohne eine weitere Erklärung ging sie in Richtung Friedhof davon.

Ich ließ es dabei bewenden.

Müllche nahm den Klopfer in beide Hände und schlug heftig drauflos. Staub und Schmutz von unserem Zementfußboden wirbelten auf wie Nebelschwaden und bald droschen wir beide mit fest zusammengekniffenen Augen und triefenden Nasen auf den Teppich ein. Ich hieb wie wild weiter.

Alles soll gut sein. Sie sollen gesund sein. Sie sollen in Sicherheit sein. Sie sollen bald zurückkommen. Alles soll gut sein. Sie sollen gesund sein. Sie sollen in Sicherheit sein. Sie sollen bald zurückkommen.

»Hallo?«, rief Müllche.

Als ich die Augen wieder öffnete, starrte sie mich an. Ihre Haare waren grau vom Staub. Für einen Moment sah sie aus wie eine blutjunge Version von Omm Maij.

»Willst du den Teppich etwa totprügeln?«, fragte sie schmunzelnd. Sie wollte noch etwas sagen, doch in dem Moment kam Ness zurück. Ich stöhnte. Sie war nicht allein. An einem Stück Schnur hielt sie die Königin.

»Das geht nicht, Ness«, sagte ich. »Du weißt, was Omm von Hunden hält.«

»Nicht, wenn meine Idee funktioniert.«

»Was für eine Idee?«, fragte Müllche.

Sie erzählte es uns.

»Bei dir piept's wohl«, sagte ich. Aber Ness war nicht zu bremsen. »Sie sagt doch selbst, dass sie die Ratte lieber gehen als kommen sieht«, erwiderte sie und zog die Königin an der Schnur hinter sich her.

Ich wusste nicht, wovor ich mehr Angst hatte. Vor der Ratte im Keller oder vor Omm Maij, wenn sie dahinterkam, dass Ness sich über ihr ausdrückliches Verbot hinweggesetzt hatte.

»Wenn die Königin die Ratte fängt, dürfen wir sie bestimmt behalten«, sagte Ness. »Wetten?«

Ich bezweifelte, dass Omm Maij so leicht herumzukriegen war, aber Müllche war natürlich begeistert. »Wie machen wir das?«, fragte sie.

»Zuerst gehen wir rein«, sagte Ness. Doch das war leichter gesagt als getan, denn die Königin hatte eindeutig keine Lust, in ein Haus zu gehen, in dem ihr Töpfe und Pfannen um die Ohren flogen. Müllche hob sie hoch. Darüber wunderte sich die Hündin so sehr, dass sie nur dämlich schaute und sich hineintragen ließ.

»Ich weiß nicht, ob die Idee wirklich so gut ist«, sagte ich. »Ich weiß nicht mal, ob Hunde Ratten jagen. Katzen ja, aber Hunde?«

»Wir haben nichts anderes«, antwortete Müllche pragmatisch. »Und mit etwas Glück erwischt sie das Biest und zerreißt es in tausend Stücke.« Keuchend stellte sie die Hündin vor der offenen Kellertür ab. Die Königin blieb mit eingezogenem Schwanz stehen, sie hatte wohl keinerlei Bedürfnis, auch nur einen Schritt weiterzugehen. Aber wenn meine Schwestern sich etwas in den Kopf gesetzt haben, lassen sie sich nicht so leicht davon abbringen.

»Du gehst voraus«, sagte Ness zu Müllche. »Lock sie mit …« Sie sah sich um.

Müllche schnappte sich den Topf mit der Blutwurst.

»Omm Maij zieht dir die Haut bei lebendigem Leibe ab!«, rief ich erschrocken.

»Ich brauche ihr die Wurst doch nicht zu geben«, sagte Müllche beschwichtigend.

Die Aufmerksamkeit der Königin war geweckt. Sie stellte plötzlich die Ohren auf, nur die Spitzen waren so scharf geknickt wie der Rand eines Papierschiffchens. Aus dem Keller drang dumpfes Scharren. Wir sahen uns an.

»Wenn wir jetzt nicht weitergehen, traue ich mich gar nicht mehr«, meinte Ness.

»Vielleicht wäre das auch besser«, sagte ich, »es wäre besser, wenn … Müllche!«

Müllche hatte sich mit dem Topf voll Blutwurst an mir vorbeigezwängt. Augenblicklich folgte ihr die Königin. Na ja, folgen – sie stürzte sich eher hinunter.

»Müllche!«, wollte ich sie noch warnen.

Doch es war schon zu spät. Im Keller schepperte etwas mit fürchterlichem Getöse. Ich hatte das Gefühl, mein Herz würde stehen bleiben.

»Müllche? Müllche?«

»Wir sind unten«, sagte sie nur.

Als wir im Keller ankamen, lag der Topf auf dem Boden und die Königin schnappte gierig nach dem letzten Stück Blutwurst.

»Ich schwöre dir, Müllche«, knurrte ich, »wenn Omm Maij dich nicht umbringt, tu ich's.«

Müllche rappelte sich mit gequälter Miene hoch. »Ach«, antwortete sie, »so viel war es nun auch wieder nicht.«

»Wir können nur hoffen, dass sie die Ratte findet«, sagte Ness düster. »Sonst sind wir alle dran.« Aber jetzt, da es keine Blutwurst mehr gab, hatte die Königin keinerlei Interesse mehr am Keller. Müllche zog das widerspenstige Tier hinter sich her.

»Das ist überhaupt keine gute Idee«, flüsterte ich.

»Hast du eine bessere?«, flüsterte Müllche zurück.

Das eine Mal, als die Ratte an mir vorbeigeschossen war, hatte ich noch lebhaft in Erinnerung. Omm Maijs Verbot, den Keller zu betreten, störte mich eigentlich gar nicht. Mit jedem Schritt wurde ich nervöser. Und ich war nicht die Einzige.

»Was war das?«

»Was?«

»Wo?«

»Da.«

»Eine Flasche.«

»Flaschen glänzen. Das hier glänzt nicht. Es sieht aus wie Fell.«

»Es ist kein Fell.«

»Vielleicht hat die Ratte Tollwut.«

»Hör auf damit, Ness.«

»Hör doch selber auf.«

Ich glaube, dass wir mit jedem Schritt insgeheim starben vor Angst. Doch es passierte nichts. Sogar unter dem Kellerboden war es merkwürdig still. Wenn ich noch an Hausgeister geglaubt hätte – geglaubt hätte, dass es sie wirklich gibt –, hätte ich gedacht, dass sie die Luft anhielten.

Es passierte gar nichts. Jedenfalls bis wir zum dritten Keller kamen.

»Warum hat sie das gemacht?«, flüsterte Ness. Sie zeigte auf die Tür des dritten Kellers. Ein Besen steckte unter der Klinke.

»Sie hat sie eingeschlossen«, flüsterte Müllche.

»Eingeschlossen?«, flüsterte ich zurück. Ich hatte keine Ahnung, warum wir immerzu flüsterten. Der Ratte hätte normales Reden bestimmt nichts ausgemacht. Wenn sie keinen Lärm ertragen konnte, hätte sie sich nicht unser Haus ausgesucht.

»Um sie auszuhungern.«

Das war völliger Blödsinn. Es gab genügend Spalte zwischen den Trennwänden. Das Biest hätte mit Leichtigkeit dazwischen gepasst.

»Außer …«

»Außer was?«

»Außer es ist eine sehr große Ratte.«

Müllches Wangen glühten so stark, dass sie fast leuchteten. Sie kostete das Abenteuer in vollen Zügen aus, da war ich sicher. Ness hörte ich ängstlich fiepen.

»Nimm den Besen weg«, flüsterte Müllche.

»Mach's doch selber«, entgegnete ich leise.

»Das geht nicht«, sagte Müllche und klammerte sich dankbar an den Topf. »Wenn ich den Topf absetze, dann …«

Was dann geschehen würde, erfuhren wir nicht. Im selben Moment zwängte sich die Königin zwischen unseren Beinen durch, sprang gegen die Tür und wedelte wie wild mit dem Schwanz.

»Was macht sie da?«

»Sie riecht das Biest«, flüsterte Müllche. »Sie riecht es.«

Auf der anderen Seite der Tür hörte ich etwas knacken. Dann fiel etwas um. Etwas Großes.

»Ist das die Ratte?«, fragte Ness.

Mein Herz hämmerte noch mehr als zuvor. Das Vieh war in meiner Fantasie noch nie klein gewesen, doch nun nahm es Furcht erregende Ausmaße an.

»Jetzt!«, befahl Müllche. »Jetzt, Fing!«

Ich dachte nicht weiter darüber nach, kräftig zog ich am Besen. Müllche hatte inzwischen Ness den Topf gegeben, sie trat noch kräftiger gegen die Tür, während Ness den Topf hoch über den Kopf hielt, als wollte sie die Ratte zu Brei schlagen.

Dann passierte alles gleichzeitig. Über uns hörten wir die Küchentür aufgehen, Schritte auf dem Dielenboden und Omm Maijs Stimme.

»Müllche?«

»Ness?«

»Fing?«

Bei jedem Namen stieg ihre Stimme noch einen Ton in die Höhe.

Im selben Moment kam etwas aus dem dritten Keller auf uns zugerauscht. Mitten durch die Luft flog es, groß und Furcht erregend. Viel größer und beängstigender, als eine Ratte je sein konnte. Es stieß einen langen, schauerlichen Schrei aus.

Wir schrien nicht. Rannten nicht weg. Wie angewurzelt blieben wir stehen.

Das Einzige, was ich noch denken konnte, war, dass ich in meinem Leben schon oft danebengelegen hatte, aber noch nie so daneben wie jetzt.

Es gab wirklich Geister.

TEIL 5

Der Schatz der Linde

1942–1943

Die grenzenlosen Möglichkeiten des Wundergesundheitsbettes

Der Geist kam mitten durch die Luft auf uns zugeflogen, mit einem schrecklichen Tosen, als hätten sich die Pforten der Hölle aufgetan. Er hatte schlohweißes Haar. Sein Gesicht war verzerrt, der Mund weit aufgerissen.

Wir brüllten das ganze Haus zusammen.

Wie immer war es unsere Großmutter, die als Erste in Aktion trat. Sie kam in einem Wahnsinnstempo die Treppe heruntergerast, doch statt sich schützend vor uns zu stellen und dem Geist mit Weihwasser oder Kruzifixen zu Leibe zu rücken, tat sie genau das Gegenteil. Sie gab beschwichtigende Geräusche von sich, während sie dem Geist aufhalf und uns wie Hühner vor sich herscheuchte. (»Nach oben! Marsch! Und keine Widerrede!«)

Erst als der Geist in echte Tränen ausbrach, als er sich an der Königin festklammerte und die Hündin nicht mehr aufhören wollte, mit dem Schwanz zu wedeln und den Geist abzulecken, kapierten wir es endlich.

»Verdöllt!«, sagte Müllche. »Das ist ja … So was aber auch!«

»Liesl!«, rief Ness.

Omm Maij stapfte zusammen mit Liesl die Kellertreppe hinauf und ging in die Küche, dicht gefolgt von der Königin. Eine blutige Schramme zog sich quer über Liesls Gesicht. Jetzt, bei Tageslicht, sahen wir, dass ihr Haar nicht weiß war, sondern gelb. Hellgelb.

Sie war es wirklich.

Erst später begriffen wir, was geschehen war. Liesl hatte geschlafen, als der Blutwursttopf polternd zu Boden gefallen war. Im Halbschlaf hatte sie sich eingebildet, die Prüüsze würden gerade in den Keller stürmen. Zuerst wollte sie sich verstecken, doch dann merkte sie, dass es kein Versteck für sie gab und man sie auf jeden Fall finden würde.

Liesl hatte auf dem ausrangierten Wundergesundheitsbett geschlafen und entdeckte in ihrer Not eine unvermutete Anwendungsmöglichkeit. Eine, die mit Sicherheit nicht in der Gebrauchsanweisung stand. In dem Moment, als wir die Tür aufrissen, stieß sie sich vom Federboden ab, um sich mit einem verzweifelten Sprung nach vorn, in die Freiheit zu katapultieren.

Vor lauter Wut ignorierte Omm Maij uns ganze fünfzehn Minuten. Doch schließlich gab sie Liesl etwas zu essen und ließ sie in der Küche zurück. Uns nahm sie mit in die gute Stube.

»Wie ist sie hierhergekommen?«, fragte ich.

»Gebracht.«

»Von wem?«

Sie öffnete den Mund, doch dann schüttelte sie nur den Kopf.

»Wie lange ist sie schon da?«, fragte Müllche.

Omm Maij starrte vor sich hin.

»Omm?«

»Zwei Wochen etwa.«

»*Zwei* Wochen!«

»Im Keller?«

Sie nickte.

»Aber warum hast du es uns nicht einfach gesagt?«, fragte ich.

»Ich wollte euch nicht damit belasten.«

Mitten in der Nacht wachte ich auf. Durch den Spalt im Boden drang noch Licht.

»… und Marken haben wir auch nicht genug«, hörte ich meine Großmutter murmeln.

Als ich hinunterkam, saß Omm Maij an dem mit Oberteilen und Ärmeln übersäten Küchentisch. Es war nicht das erste Mal, dass sie unsere Garderobe auseinandernahm, weil ihr etwas Kopfzerbrechen bereitete. Sie rückte einem Knopf mit einem Trennmesser zu Leibe, doch der gab nicht nach. Mitten auf dem Tisch stand Opa Pijes Zwiebackdose, Mamm in ihrem Rahmen daneben.

»Und könnt ihr mir mal verraten, warum Menschen nicht ausgewachsen zur Welt kommen?«, maulte sie. »Einfach zusammengefaltet oder aufgerollt. Dieses blöde Wachsen immerzu.« Und übergangslos: »Setz dich oder geh wieder nach oben. Es macht mich ganz kirre, wenn du hier so rumstehst.«

Wortlos rückte ich einen Stuhl heran. Die Petroleumlampe war eigentlich nicht hell genug zum Nähen. Wir mussten sparen, das Öl wurde allmählich knapp. Aber ich glaube nicht, dass es Omm Maij störte. Bei schlechtem Licht konnte man schiefe Nähte, einen losen Saum oder falsch angenähte Knöpfe nicht so deutlich sehen.

In der Ferne flog ein Flugzeug vorbei, kaum lauter als ein dicker Brummer unter einem umgedrehten Glas. Trotzdem verharrten wir einen Augenblick mucksmäuschenstill, ganz körperlos, wir bestanden nur noch aus vier Ohren. Wir lauschten so lange, bis das Geräusch verstummt war.

»Omm?«

»Ja?«

»Was wusste der Prüüsz bei Nettchen von Nöll über Papp?«

Sie antwortete nicht gleich und ich fing an zu zittern. »Du musst es mir sagen.«

Sie legte ihre Hand auf meine. »Es ist nicht das, was du denkst. Ich wollte nichts sagen, weil … na ja … weil es nichts zu sagen gibt. Er hatte einen Mann aus Limburg mit vier Söhnen gesehen, aber es gibt so viele Männer mit vier Söhnen. Die Chance, dass sie es sind …«

»Es könnte doch sein«, sagte ich.

»Es hat keinen Zweck, sich umsonst Hoffnung zu machen.«

»Aber vielleicht …«

»Was kann man sich von einem Vielleicht schon kaufen?«, maulte sie. Dann schüttelte sie den Kopf und starrte nur noch vor sich hin.

»Omm.«

Sie schüttelte den Kopf.

»Omm?«

Wieder schüttelte sie den Kopf, nachdrücklicher diesmal, und nun konnte ich sie im Licht der Lampe sehen. Einer der Lieblingssprüche meiner Großmutter war, dass sie schon mit anderthalb Beinen im Grab stand, doch ich hatte sie noch nie als alt empfunden. Jetzt war es das erste Mal.

Sie sagte: »Die ganze Zeit ist das arme Kind umhergeirrt. Bei Maastricht war sie untergetaucht. Auf dem Land. Sie hat sich sogar eine Weile auf einem Lastkahn versteckt, irgendwo in der Nähe von Born.«

»Aber sie war doch im Ausland? Das haben die Nonnen doch gesagt?«

Omm Maij zuckte die Achseln. »Vielleicht haben sie es wirklich geglaubt. Mich würde es aber nicht wundern, wenn sie das Gerücht absichtlich in die Welt gesetzt hätten.«

»Und warum ist Liesl umhergeirrt?«

»Anscheinend konnte sie nirgends lange bleiben. Immer war irgendwas. Einmal wäre sie fast verraten worden. Ein anderes Mal ... Das Ehepaar, bei dem sie untergetaucht war, stritt sich ihretwegen. Und dann bekam sie Heimweh. Sie hörte auf zu essen. Niemand konnte sie dazu bringen. Sie weigerte sich einfach. Kannst du dir das vorstellen?«

Ich dachte an das eine Mal, als Liesl sich urplötzlich hintenüber vom Stuhl hatte fallen lassen, damit sie bei uns übernachten durfte. Ja, sie hat ihnen das Leben bestimmt schwer gemacht, dachte ich grimmig.

»Aber wie ist sie dann bei uns gelandet?«, fragte ich.

»Erst sollte sie zum Zigarrenkaiser. Aber der hat sie nicht aufgenommen.«

Mir blieb vor Staunen der Mund offen stehen. »Er hat sie nicht aufgenommen?«, fragte ich ungläubig.

»Du darfst es dem armen Mann nicht übel nehmen«, sagte meine Großmutter. »Er hat den Kopf verloren, seit ...«

Sie beendete ihren Satz nicht, doch das war auch nicht nötig. Niemand wusste, was sich genau in Vught abgespielt hatte, als der Zigarrenkaiser hingeradelt war. Er war zehn Tage weggeblieben und bei seiner Rückkehr war sein dunkles Haar ergraut gewesen. Er schloss sich in seinem Salon ein und ließ angeblich niemanden an sich heran, nicht einmal Anna.

»Ich kann das Kind doch nicht wegschicken«, sagte Omm Maij. »Aber was, wenn die Prüüsze wiederkommen?« Ihre Stimme versagte. Sie gab sich große Mühe, nicht die Fassung zu verlieren, doch ihre Hände zitterten. »Ich kann euch doch nicht in Gefahr bringen?«

Ich war noch nie besonders mutig gewesen und allein schon bei der Vorstellung, die Prüüsze mit ihren Stiefeln, ihren Gewehren und ihren harten Stimmen könnten wieder in unser Haus stürmen, wurde mir speiübel vor Angst. Aber dummerweise war niemand anders da, niemand außer mir.

»Liesl bleibt hier«, sagte ich hundertmal mutiger, als ich mich fühlte. »Und alles wird gut.«

Omm Maij wischte sich über die Augen. »Na ja«, sagte sie. Wie immer wirkte es, als hätte sie sich ihren Kummer nur ausgeborgt. Wie ein teures Kleid, das sie in gutem Zustand zurückgeben musste.

»Das Gegenteil von Sorgen«, sagte ich sanft.

»Eher lernen die Bäume noch laufen«, erwiderte sie.

Papp hatte sein Leben lang den Kopf in den Wolken getragen. Und immer wieder hatte er uns mit seinen aussichtslosen Unterfangen Ärger eingebrockt. Genau wie Omm Maij hatte ich jedes Mal die Luft angehalten und das Schlimmste befürchtet, wenn er wieder einmal irgendwo »das Gegenteil von Sorgen« gewittert hatte. Aber jetzt, da Papp weit weg war, begriff ich, dass er uns immer auch etwas sehr Wertvolles gegeben hatte: Hoffnung.

Und Omm Maij, von der ich stets geglaubt hatte, sie wäre die einzige treibende Kraft, vermisste unseren Vater samt seiner Hoffnung vielleicht am meisten von uns allen. Omm Maij und Papp waren wie die zwei Riemen eines Ruderboots. Man brauchte beide, um Kurs zu halten.

Liesl war noch wach, ich sah ihre Augen glänzen. Sie lag auf meiner Seite des Bettes auf einem Strohsack. Sie sagte nichts. Als ich mich hinlegte, spürte ich ihre Hand. Liesl hielt sich nicht an mir fest, doch ich spürte eine ganz leichte Berührung an meinem Nachthemd. Und ich weiß, dass ich nach ihrer Hand hätte greifen sollen. Es wäre so einfach gewesen. Aber ich brachte es nicht fertig, weil ich nicht wusste, was passieren würde, wenn ich ihre leichte Hand nahm und so schrecklich schweren Kummer darin fand.

Quietsch und Knarr

Man kann sich nicht immer fürchten. Das geht einfach nicht. Nach den ersten Tagen, an denen wir uns vor Angst alle naselang fast in die Hose gemacht hatten, stellten wir uns auf die Furcht ein, wie sich der Körper auf kaltes Wasser einstellt. Ich mochte mir noch so oft vorhalten, »wir könnten festgenommen werden oder vielleicht sogar noch schlimmer«. Doch schließlich verlor der Satz seine Bedeutung. Er wurde zu einer Art Lied, das man zu oft gehört hat.

Tagsüber blieb Liesl in unserem Zimmer und sah sich Bücher an, die Ness aus der Bibliothek mitbrachte. Nach der Arbeit, wenn es dunkel war, ging Müllche mit ihr auf den Friedhof. »Irgendjemand muss ja mit ihr und dem Hund Gassi gehen«, wie sie fröhlich sagte. Und wenn jemand kam, versteckte sich Liesl im Keller. Sie sagte wenig.

Seit sie bei uns war, aß sie wieder, aber nicht viel. Das einzige Mal, als sie etwas verweigerte, war, als Omm Maij vergessen hatte, Milchprodukte und Fleisch zu trennen.

»Das darf ich wegen meines Glaubens nicht«, sagte sie auf Deutsch.

»Das tut mir leid«, antwortete Omm Maij entschieden, »aber es lässt sich nicht mehr ändern. Und du musst essen. Du bist nur noch Haut und Knochen. Krank werden darfst du nicht auch noch. Es ist so schon schwer genug.«

Zu meiner großen Überraschung aß Liesl alles auf.

Die Wochen vergingen eine nach der anderen. In der Stadt munkelte man, der Krieg nähme zum ersten Mal eine weniger gute Wendung für die Prüüsze. Die Russen würden ihnen eine Lektion erteilen. Aber manche Leute sagten auch, die Prüüsze würden einen neuen Einmarsch vorbereiten, um andere russische Städte zu erobern. Sie würden verbissener kämpfen denn je.

Ich verlor zum dritten Mal meine Anstellung. Weil der Winter vor der Tür stand, wurde die Eisproduktion fast halbiert. Diejenigen, die zuletzt angefangen hatten, mussten als Erste gehen. »Ich frage mal bei Rosita nach«, bot Müllche unbekümmert an.

Ich musste in ein Büro neben der Fabrik kommen. Hinter einem Schreibtisch saß ein übellauniger Mann, der mir ein Loch in den Bauch fragte.

»Drei Stellen in drei Jahren«, sagte er verdrießlich. Er sah mich an, als wäre ich der unzuverlässigste Mensch, der ihm je untergekommen war. Ich wurde rot, aber Müllche, die neben mir stand, zwickte mich verstohlen in die Seite.

»Auf Fing kann man sich verlassen, Meneer Wagemaker. Sie wird hart arbeiten.«

»Dafür stehst du ein?«

In dem Kittel und mit ihrem Haarnetz war Müllche fast nicht wiederzuerkennen. Selbst ihre Stimme erkannte ich kaum.

»Selbstverständlich, Meneer Wagemaker«, antwortete sie strahlend. »Und unter Ihrer fachkundigen Anleitung, Meneer Wagemaker, wird sie sich sicher gut machen.«

Irgendwo war da was schiefgegangen. Wenn vor dem Krieg jemand gesagt hätte, Müllche würde mir eines Tages eine Stelle beschaffen und müsste den Arbeitgeber von meinen Qualitäten überzeugen, hätte ich laut gelacht.

»Mach dir nichts draus«, sagte Müllche auf dem Weg zur Fabrikhalle, »er hat Hämorrhoiden.«

Ich fragte lieber nicht, woher sie das wusste.

Eine Zeit lang lief alles glatt. Langsam gelangten wir zu der Überzeugung, dass die ganze Welt zu sehr mit sich beschäftigt war, um sich um eine einzelne kleine Jüddenn zu kümmern. Unsere Angst wich allmählich Langeweile. Die Tage folgten einem starren Muster und Omm Maij führte wie von jeher das Zepter.

Wir standen auf, frühstückten, gingen zur Arbeit, kamen zurück, verdunkelten das Haus, aßen zu Abend, saßen eine Weile am Kanonenofen und gingen schlafen. Das war's.

Bis zu dem Tag, an dem unsere nach und nach erworbene Selbstsicherheit mit einem Schlag zu Bruch ging.

Anfang Januar bekamen wir einen Brief. Omm Maij las ihn und wurde kreidebleich.

»Was ist?«, riefen wir. »Was?«

»Was sollen wir denn jetzt machen?«, sagte sie nur immer wieder. »Was sollen wir denn jetzt machen?«

Ich wagte nicht einmal, den Brief in die Hand zu nehmen. Schließlich las Müllche ihn.

»Sie kommen zu uns.«

»Wer?«

»Die Prüüsze«, sagte sie. »Die Prüüsze aus Geleen.«

Die Prüüsze aus Geleen hatten eine Woche zuvor für großes Aufsehen gesorgt. Wegen der Bombe. Bis dahin hatte sich nur hin und wieder mal eine Bombe in unsere Gegend verirrt, ohne allzu viel Schaden anzurichten. Doch die Bombe auf Geleen war was anderes. Es hieß, sie sei zielgerichtet abgeworfen worden. Die Prüüsze machten sich diese Tatsache geschickt zunutze, um in der Zeitung vor der »verräterischen Tommy-Armee«, wie sie sie nannten, zu warnen.

Durch die Bombe waren ein paar Häuser niedergebrannt. Ein ganzer Block, der zum Einquartieren der Prüüsze vorgesehen gewesen war, ging verloren. In Absprache mit unserer Stadt wurde beschlossen, dass hier Häuser zur »Zwangseinquartierung« zugewiesen werden sollten, bis der Block in Geleen wieder aufgebaut war.

Eine Liste wurde erstellt, auf der Neun Offene Arme ganz obenan stand. »Viel Platz vorhanden«, hieß es in dem Brief als Erläuterung.

Müllche versprühte Gift und Galle. »Viel Platz vorhanden!«, rief sie zornig. »Dafür haben sie ja wohl selbst gesorgt! Man könnte meinen, die Prüüsze hätten Papp und unsere Brüder nur festgenommen, um sich selbst hier ausbreiten zu können!«

Man gebe uns zwei Wochen Zeit, um unser Haus entsprechend herzurichten. Omm Maij bekam fast einen Nervenzusammenbruch.

Liesl, die am belgischen Kanonenofen saß, schaute zwischen unserer Großmutter und uns hin und her. Sie sagte kein Wort, aber ihre Blicke sprachen Bände.

Müllche fasste sich als Erste wieder. Sie sagte, ich solle mein schönstes Kleid anziehen und Ness ihr Korrekturkorsett.

»Das habe ich doch schon an«, erwiderte Ness.

»Dein *altes* Korrekturkorsett.«

»Warum?«, fragte Ness.

Müllche antwortete nicht.

»Das Quietsch-Knarr-Ding ziehe ich doch nicht an«, protestierte Ness. »Außerdem ist es zu klein.«

Und als wir weiter moserten, sagte Müllche: »Wollt ihr die Prüüsze im Haus haben oder nicht?«

Müllche war jetzt schon fast größer als ich, hatte langes, welliges Haar und ihre Brüste waren deutlich sichtbar. Aber irgendwie wirkte es bei ihr wie eine Verkleidung. Dicht unter der Oberfläche lauerte immer noch der knüppelharte General.

»Habt ihr eine bessere Idee?«, fragte sie.

Hatten wir nicht.

Wir sahen so anständig aus, als würden wir zur Weihnachtsmesse gehen. Nun ja, gehen … Müllche legte ein solches Tempo an den Tag, dass wir ihr keuchend über Schlammbams Sahara hinterher traben mussten.

»Was machen wir?«

»Das wirst du schon noch merken.«

»Du kannst doch wohl was sagen.«

»Weiter geht's.«

»Ich kann nicht mehr«, protestierte Ness.

»Müssen wir so rennen?«, fragte ich.

»Ja, das muss sein.«

Müllche trieb Ness vor sich her, als wäre sie der Wind persönlich.

Im Rathaus kam Müllche bei dem für die Einquartierung zuständigen Beamten gleich zur Sache.

»Wir kommen aus einer guten katholischen Familie. Ich gehe davon aus, dass Ihnen das bewusst ist«, erklärte sie. »Und Sie wissen sicherlich auch, dass unsere Brüder und unser Vater in Deutschland, äh … arbeiten. Zurzeit sind wir ein reiner Frauenhaushalt. Im Hinblick auf die guten Sitten scheint es uns also nicht ratsam, Männer bei uns einzuquartieren. Verstehen Sie?«

Müllche blickte sittsam zu Boden, streckte jedoch gleichzeitig die Brust heraus. Sie sah nicht aus wie fünfzehn, eher wie fünfundzwanzig. Da der Beamte keinen besonders überzeugten Eindruck machte, brachte sie ihren größten Trumpf ins Spiel.

»Außerdem«, sagte sie und schob Ness nach vorn, »haben wir noch die Sorge für unsere schwerbehinderte Schwester.«

Ness war kreideweiß. Mühsam versuchte sie, ihr Keuchen zu unterdrücken, und die zu engen Ledergurte und -schnallen des alten Korrekturkorsetts machten einen Höllenlärm. Als sie dann in Ohnmacht fiel, wusste ich nicht, ob es gespielt war oder echt.

Wieder zu Hause, sagte Müllche: »Bei der Stadt liegt ein Antrag vor, dass sie auf die Zwangseinquartierung bei uns verzichten sollen. Aus ...«

»Aus moralischen und gesundheitlichen Gründen«, ergänzte ich.

»Also kommen sie nicht?«, fragte Omm Maij hoffnungsvoll.

»Jedenfalls bekommen wir Aufschub«, antwortete ich.

»Und vielleicht bleiben sie auch ganz weg«, sagte Ness.

Doch eine Woche später bekamen wir wieder einen Brief. Darin stand, unser Antrag sei aufgrund »des Ernstes der Lage« abgelehnt worden. Am 1. Februar würden vier Soldaten hier einquartiert. Und es gebe keine Berufungsmöglichkeit.

Das Päckchen

Damit war unsere Lage heikel geworden. Liesl musste bis Ende des Monats woanders untergebracht werden, und hinzu kam, dass wir schon eine ganze Weile eine Person mehr durchfüttern mussten. Unsere Vorräte an eingelegtem Obst und Gemüse gingen erschreckend schnell zur Neige, und auch unser Zigarrenvorrat würde nicht mehr lange reichen. Dabei war an ein Ende des Winters vorläufig nicht zu denken.

»Wir brauchen mehr Marken«, seufzte Omm Maij. »Mit diesen kommen wir nicht mal mehr eine Woche aus.«

»Vielleicht von Fejjs Eltern?«, schlug ich vor.

»Dann müsstest du aber hingehen«, sagte sie. Sie wusste, dass ich seit der Panne mit der aufgeplatzten Zuckertüte lieber nicht zum Schleichhandel von Fejjs Eltern ging. Müllche hatte diese Aufgabe mit Begeisterung übernommen. Aber im Augenblick war sie noch bei Rosita. Ein Eilauftrag war hereingekommen. Erst sollte ich, zusammen mit den anderen Gelegenheitsarbeitern, auch dableiben. Doch dann hatten die meisten »festen Mädchen« protestiert. Sie wollten das zusätzliche Geld nicht mit allzu vielen anderen teilen.

Nachdem die Keller in der Stadt im Lauf des Winters überschwemmt worden waren, hatten Fejjs Eltern den Schwarzmarkt ins Dachgeschoss verlegt. Dort war es jedoch beengter und hellhöriger. Aus Angst vor den Nachbarn konnte man eigentlich nur noch nach Vereinbarung kommen.

Fejjs Mutter machte mir die Tür auf. »Fing! Was für eine Überraschung!«

Früher haben wir bei Fejj gegenüber gewohnt. Ihre Wohnung war mein zweites Zuhause gewesen. Ich hatte sogar eine Zeit lang insgeheim geträumt, Fejjs Mutter wäre in Wirklichkeit meine eigene.

Sie zog mich in den schmalen Flur und schloss die Tür. »Ist Müllche nicht da?«

»Sie muss Überstunden machen.«

»Aber dafür bist du gekommen! Mensch, das findet Fejj bestimmt schade. Sie ist den ganzen Tag unterwegs.«

»Ja, schade.«

»Brauchst du was?«

Sie verzog keine Miene, als ich es ihr sagte, und fragte auch nicht nach. Manche Leute waren wütend auf die Schieber, weil sie sich angeblich am Krieg bereicherten, aber ich wusste, dass Fejjs Mutter half, wo sie nur konnte.

Sie ging voran, die steile Treppe zum Dachboden hinauf, nahm zwei Markenkarten und füllte eine Tüte mit Zucker und eine mit Bohnen.

»Aber wir haben nicht mehr viel …«, stammelte ich, weil es mehr war als gewollt. Sie legte mir die Hand auf den Arm. »Ist schon gut. Möchtest du eine Tasse Tee?«

»Ein anderes Mal gerne. Jetzt möchte ich vor allem zu Hause sein, bevor es dunkel wird.«

»Das kann ich gut verstehen. Grüßt du Omm Maij von mir?«

Draußen schneite es, zum ersten Mal seit einem Monat. Es war nasskalt und es dämmerte schon. Winzig kleine, leuchtende Flocken schwebten herab. Der Himmel über der Stadt war rosa. In der Einkaufsstraße war es ruhig, die meisten Geschäfte schlossen gerade.

Es schneite weiter und der Schnee bildete eine dünne Zuckerschicht auf den Pflastersteinen. Die Geräusche klangen gedämpfter als sonst. In der Nähe des Markts merkte ich, dass mir jemand folgte.

Zuerst ängstigte ich mich gar nicht besonders. Ich war sogar so geistesgegenwärtig, ein paarmal die Richtung zu wechseln. Dann war ich mir sicher. Ich wagte nicht, mich umzudrehen, doch ich hörte Schritte hinter mir, die sich weder näherten noch entfernten. Es waren die Absätze von Frauenschuhen. Als ich den Markt zum zweiten Mal überquerte und die Schritte mich einholten, bekam ich einen Schweißausbruch.

War es eine Prüüszesche? Jemand vom NSB? Hatte sie mich gesehen, als ich zu Fejjs Mutter gegangen war? Ein schrecklicher Gedanke schoss mir durch den Kopf: Wusste Fejjs Mutter hiervon? Wusste sie …? Hatte sie …?

Eine Hand griff nach meinem Unterarm und hielt mich kräftig fest. Ich drehte mich um. Ich kannte die Frau nicht. Sie hatte ein unfreundliches strenges Gesicht. Ihr Haar war steif zu einer Art Rolle gelegt, sodass die Frau noch strenger wirkte. Sie schielte.

»Ihr habt Post bekommen, die für uns gedacht war, glaube ich.«

»Post? Bestimmt nicht!«

Ich versuchte, unbeschwert zu klingen und mir eine gute Ausrede einfallen zu lassen, um möglichst rasch wegzukommen, aber das Einzige, was mir durch den Kopf ging, war: Denk an den Zucker! Drück nicht zu stark mit den Armen. Denk um Himmels willen an den Zucker!

Da hörte ich Stimmen. Gelächter. Eine Tür schlug zu. Das Gelächter näherte sich. Einen Augenblick überlegte ich, ob ich um Hilfe rufen sollte. Aber was hätte ich schon rufen sollen? Hilfe, ich habe Zucker und Bohnen unter dem Mantel versteckt?

Die Frau packte nun auch meinen anderen Arm. Eh ich mich versah, hatte sie mich an sich gezogen. Ich hatte solche Angst, die Schmuggelware zu zerdrücken, dass ich mich nicht mal wehrte.

»Aber sicher«, sagte sie scharf. »Ihr habt ein Päckchen bekommen. Es ist falsch zugestellt worden. Du musst deiner Großmutter sagen, dass heute Abend jemand kommt, um es abzuholen.«

Die Leute kamen noch näher. Ich spürte ihre Blicke. Zu meiner Bestürzung schmiegte die Frau ihre Wange an meine. »Sag demjenigen, der sie abholen kommt, er soll das Päckchen beim Schmied abliefern. Um acht Uhr. Sag ihm, er soll dem Schmied sagen, dass das Päckchen angekommen ist.« Sie drückte ihr Gesicht an meines. »Kannst du dir das merken?«

Benommen nickte ich.

Sie löste sich von mir und entfernte sich. Einen Moment lang sah ich sie noch durch den fallenden Schnee gehen. Dann bog sie um die Ecke und war verschwunden.

Meine Knie waren so weich, dass ich mich auf die Bordsteinkante setzen musste und bestimmt eine Viertelstunde lang sitzen blieb.

Da traf ich eine Entscheidung. Eine Entscheidung, die besser zu Müllche gepasst hätte. Die Müllche eigentlich hätte treffen sollen. Genau genommen war sie ja diejenige, die zu Fejjs Mutter gehen sollte. Ich war noch nie heldenhaft gewesen und schon gar nicht scharf auf tragische Tragödien. Dennoch traf ich die Entscheidung.

Ich sagte mir, dass es für alle Beteiligten besser war, wenn möglichst wenige davon wussten. Dass ich es deshalb tat.

Es war die verhängnisvollste Entscheidung meines ganzen Lebens.

An dem Abend wartete ich, bis Omm Maij, Ness und Müllche in der Küche zugange waren, und rief dann Liesl unter irgendeinem Vorwand zu mir hoch.

»Jemand kommt dich holen«, sagte ich, »um dich woanders hinzubringen.«

Sie sah mich ausdruckslos an.

»Aber davor musst du erst mit mir kommen.«

Sie sagte immer noch nichts. Ich konnte ihr kaum in die Augen schauen.

»Du sollst nur deinen Mantel mitnehmen. Sonst nichts.«

»Die Königin ...«

Ich schüttelte den Kopf. Die Frau hatte nicht von einem Hund gesprochen und ich bezweifelte stark, dass sie einen gebrauchen konnten.

»Ohne die Königin gehe ich nicht«, sagte Liesl trotzig.

An ihrer Stelle hätte ich dasselbe gesagt, wenn mich jemand an einem Winterabend vor die Tür hätte setzen wollen und mir auf der ganzen Welt nur noch diese elende Töle geblieben wäre. Trotzdem hätte ich sie am liebsten kräftig durchgeschüttelt. Wenn sie nicht freiwillig mitkam, konnte ich es vergessen.

»Gut. Aber ich weiß nicht, ob sie danach noch mitdarf. Ich kann dir nichts versprechen. Und noch was, Liesl ...«

Ich sah sie eindringlich an. »Erzähl es niemandem weiter, verstanden?«

Lange Zeit sagte sie nichts. Dann, kaum sichtbar, nickte sie. Ich schrieb rasch einen Zettel und legte ihn oben auf die Treppe.

Bin kurz weg,
Liesl ist bei mir.
Gleich wieder da.
Fing

Ich ging die Treppe hinunter, schickte Liesl mit unseren Mänteln in die Zigarrenwerkstatt und warf rasch einen Blick in die Küche. Auf dem Tisch lagen Kartoffeln und rote Bete. Wir hatten auch noch ein Stück Rindfleisch ergattern können. Und es stand ein Kännchen wässriger Milch für den Nachtisch da. Ness und Müllche zankten sich aus irgendeinem Grund. Omm Maij hatte ihre weiße Schürze umgebunden und drosch mit gerunzelter Stirn die Zähigkeit aus dem Fleisch. Etwas brutzelte auf dem belgischen Kanonenofen.

Es sollte das letzte Mal sein, dass ich die drei so sah.

Der Himmel von Noh Heäm

Ich schlüpfte in die Zigarrenwerkstatt, wo Liesl auf mich wartete. Sie hatte unsere Mäntel dabei. Ich setzte meine Mütze auf, zog die Fäustlinge an und schlang einen Schal um den Hals.

Dann gingen wir in den Winterabend hinaus. Es hatte aufgehört zu schneien, der Himmel klarte auf. Ich dachte an früher, als wir gerade erst hergezogen waren und ich mich vor der Dunkelheit gefürchtet hatte, die ganz anders war als die in der Stadt, wo – zumindest vor dem Krieg – immer irgendwo ein Licht brannte. Die Nacht über Schlammbams Sahara konnte so dunkel sein, dass sie nicht vor den Augen aufhörte. Die Dunkelheit konnte dahinter kriechen, geradewegs in die Seele hinein. Jetzt war ich dankbar dafür.

Auf halbem Weg in die Stadt bogen wir auf den weiß bepuderten Acker ein. Ich hatte beschlossen, mich der Schmiede von hinten zu nähern. Das war sicherer. Wir hatten Gegenwind, und das war beruhigend. So würde man uns kaum hören. Liesl ging schweigend an meiner Seite. Vor uns trabte wie ein Geist die Königin, blieb immer wieder stehen und drehte sich um, mit ihren Knickohren und den runden Glasaugen.

Ich würde froh sein, wenn Liesl weg war.

Ich wusste, dass ich das nicht denken sollte. Aber so war es nun einmal: Ich wollte wieder vor Neun Offen Armen sitzen können, ohne Angst haben zu müssen um mich, um meine Schwestern, um Omm Maij. Ohne mich zu fragen, wo Liesl gerade steckte und ob jemand sie sehen konnte.

Leise rief Liesl die Königin.

»Pscht«, machte ich.

Plötzlich blieb ich stocksteif stehen. Schräg vor uns stand jemand, die Arme weit geöffnet. Ich hätte mich ducken können, versuchen zu fliehen, ihm zur Not sogar eins überbraten können, aber ich tat nichts von alledem. Ich blieb nur stehen, mit Pudding in den Beinen.

»Vogelscheuche«, flüsterte Liesl. Mir wurde heiß und kalt vor Erleichterung. Natürlich, die Vogelscheuche! Was hatte ich denn gedacht?

Die Königin schob sich an uns vorbei. Ich hoffte inständig, dass die Hunde vom Nasehermes auf der Vorderseite des Hofes lagen. Wenn sie anschlügen, hätten wir genauso gut in Begleitung einer Blaskapelle kommen können.

Die Rückseite der Schmiede tauchte wie ein kleiner, gedrungener schwarzer Kasten vor uns auf. »Bleib du mit der Königin hier«, sagte ich leise. »Ich schaue erst mal.«

Liesl protestierte nicht.

Weit vor mir lag die Kurve, die Schlammbams Sahara in Richtung Stadt beschrieb. Ich blickte zum Himmel. Dicht oberhalb des Hexenbergs lugte ein winziges Stück Mond hervor. Er würde heute Nacht nicht voll sein, aber doch ziemlich rund. Ich war froh, dass wir fast da waren, und ging vorsichtig weiter.

Kein Laut drang vom Hof her, kein Knurren, kein Bellen, gar nichts. Ich dachte an den alten Mattie, der so betagt und träge war, dass er zum Wedeln nicht mal mehr den Schwanz hob. Mit etwas Glück war der junge Mattie auf Kaninchenjagd. Im Hof stand ein halb umgekippter Amboss.

Ich ging einen Schritt vor. Und erstarrte gleich darauf. Im Schatten hatte sich etwas bewegt. Schob sich im Dunkeln weiter. Mir brach der Schweiß aus. Sekunden verstrichen. Nichts geschah. Ich holte ein paar Mal tief Luft und rief meine zitternden Beine zur Ordnung. Vorsichtig öffnete ich die Stalltür.

Als Erstes sah ich Noh Heäm.

Ich werde nie vergessen, wie das große Pferd an diesem Winterabend da stand.

Noh Heäm wandte mir den großen Kopf zu und sah mich an. Sein echtes Ohr drehte sich nach vorn. Neben dem Pferd hing auf jeder Seite eine große Sturmlaterne, die sanft an einem Haken schaukelte und ein mildes, warmes Licht verbreitete.

Einen Moment vergaß ich, wo ich war und was ich hier zu suchen hatte. Ich blickte nur auf Noh Heäm in dem Licht, das ihn umschloss wie eine Kugel mit Schnee darin zum Schütteln. Das große Pferd mit den bernsteinfarbenen Augen sah zu mir und kaute gemächlich sein Heu. Ich trat einen Schritt auf es zu, streckte vorsichtig die Hand aus und streichelte die weiche Stelle zwischen den Nüstern.

Hinten im Stall bewegte sich etwas.

»Ich habe ein Päckchen«, sagte ich und wunderte mich, wie fest meine Stimme klang.

Nasehermes tauchte aus dem Schatten auf, groß und bärbeißig wie immer. Er trug noch seinen Lederschurz, die Falte zwischen Mund und Nase sah aus wie mit Tusche gemalt. Falls er überrascht war, mich zu sehen, ließ er es sich nicht anmerken. Er nickte nur.

Manchmal passt alles. Dann tut man, was man tun muss,

genau im richtigen Moment. Als wäre man eins mit Zeit und Ort. Als hätten alle sich abgesprochen, damit man sich in diesem Augenblick an diesem Ort befindet. Als hätten alle sich abgesprochen, damit alles wieder gut wird.

Mir dämmert, dass es zu glatt läuft, dass es so nicht weitergehen kann. Doch da ist es schon zu spät.

Die kleine Tür im Tor der Schmiede fliegt auf. Ich werde über den Haufen gerannt, stolpere über einen Eimer und falle auf die Knie. Zwei Prüüsze, Pistolen.

»Hände hoch!«

Der Schmied macht einen Satz. Ich weiß weder wohin noch warum. Aber was immer er vorhat, es geht daneben. Ein Mann hält ihm eine Pistole an den Kopf. Ein anderer drückt ihn zu Boden. Sie schreien ihn an.

Meine Gedanken sind erstaunlich klar. Ich weiß, dass ich entwischen kann, wenn ich aus dem Lichtkegel von Noh Heäms Lampen komme. Langsam schiebe ich mich auf Händen und Knien nach hinten. In dem Moment geht mir auf, dass es gar keine Prüüsze sind. Prüüsze tragen nicht Zivil. Und Prüüsze rufen auch nicht »Hände hoch!« auf Niederländisch. Schwarzmäntel!

Ich stoße leicht gegen etwas Weiches. Versuche, es mit dem Hinterteil zur Seite zu schieben. Es gibt nach, aber nur ein bisschen. Ich sehe mich um. Ein Paar Stiefel habe ich versucht wegzuschieben. In den Stiefeln stecken Beine, darüber ein Oberkörper. Ein dritter Mann schaut zu mir herunter. Er scheint nicht zu wissen, wie er sich verhalten soll. Ich auch nicht.

»Steh auf«, sagt er dann. Seine Stimme klingt nicht unfreundlich.

Brav gehorche ich.

»Wer bist du? Was tust du hier?«

Ich sehe ihn an.

»Du bringst ein Päckchen, hast du gesagt?«

Ich schweige.

Plötzlich beugt er sich ein wenig vor. Runzelt die Stirn. »Kenne ich dich nicht irgendwoher?«

Ich muss lachen. Es geht nicht anders. Der Mann muss auch lachen und die Situation wird noch komischer. Aber am seltsamsten ist, dass er recht hat. Sein Gesicht kommt mir auch bekannt vor. Nur woher?

»Also?«

Ich zucke die Achseln, stelle mich dumm, mir fällt nichts anderes ein.

Er sieht Nasehermes an. »Das Päckchen?«, fragt er mit müder Stimme.

Der Schmied sagt nichts, aber sein Gesicht spricht Bände. Der Mann nickt.

Da holt einer der beiden anderen Männer richtig aus. Ich kann nicht erkennen, womit, aber der Schmied, der gerade noch auf den Knien hockte, stürzt hintenüber. Ich höre, wie etwas bricht. Nasehermes stöhnt. Er rappelt sich wieder auf, hält die Hände vors Gesicht. Ich sehe einen Schatten zwischen seinen Händen hervorsickern, einen Schatten, der keiner ist.

»Wo ist das Päckchen?«

Diesmal bekommt er einen Tritt in den Magen.

Als die Tür wieder aufgeht und die Königin unvermittelt hereinspaziert, weiß ich nicht, ob ich entsetzt oder erleichtert sein soll. Liesl folgt ihr blinzelnd. Sie bleibt stehen und starrt auf die Schwelle wie auf eine schwierige Matheaufgabe.

Hinter ihr sagt jemand auf Deutsch: »Du musst die Füße heben.«

Liesl fragt etwas. Aus irgendeinem Grund kann ich sie nicht verstehen.

»Weil du steif vom Sitzen bist, nicht wahr?«, antwortet dieselbe Stimme.

Er war schon immer groß darin gewesen, aufzutauchen, wenn man ihn am wenigsten erwartete. Auf dem Friedhof, als ich ihn richtig kennenlernte. Am Gartenzaun, als er plötzlich wegmusste. Mitten in der Kolonne von Schwarzmänteln, als er sich auf den verschütteten Zucker stellte. Und jetzt hier.

Der Unterkiefer fällt ihm herunter, als er mich sieht.

Der Mann ist nur halb so müde, wie er sich gibt. Sein Blick flitzt zwischen Filip und mir hin und her, ich sehe ihn rasend schnell nachdenken. »Kennst du sie?«

Filip zögert kurz, dann nickt er.

»Aha«, sagt der Mann. Und dann, mit einer Kopfbewegung zu Liesl: »Ist das alles?«

Filip nickt.

»Sonst niemand?«

Filip schüttelt den Kopf.

Der Mann sieht unzufrieden aus. Ich weiß nicht, ob es an seinem Ausdruck liegt oder an seiner Frage, aber schlagartig wird mir klar, woher ich ihn kenne. Er ist einer der Schwarzmäntel, die den Ausweisfälscher letztes Jahr so unbedingt schnappen wollten, dass sie alles vermasselten. Der Übereifrige, den Meester Govaerts zur Schnecke gemacht hat, als er ihm widersprechen wollte.

»Wer ist sie?«

»Sie hat nichts damit zu tun«, antwortet Filip.

»Wer ist sie?«

»Es geht um den Schmied. Das ist unser Mann!«

»So, so, junge Liebe«, sagt der Mann lächelnd und blickt von Filip zu mir.

Mich hält er damit nicht zum Narren. Unter dem Lächeln liegt etwas Stahlhartes, mit gezacktem Rand. Dann schaut er kurz zur Seite. Und als er wieder zu mir herübersieht, ist sein Blick triumphierend. »Sie war das Dienstmädchen«, sagt er. »Govaerts' Schützling. Finche? Nein, Fing.« Er lacht. Dann spannt sich sein Gesicht wie eine Trommel. »Du solltest besser reden, Mädchen.«

Vor lauter Nervosität lache ich wieder. Etwas Dümmeres kann ich nicht tun.

»So, du findest das also witzig?«

Er tritt einen Schritt vor. Hebt die Hand.

»Lass mich mit ihr reden«, sagt Filip.

Filip führt mich in eine Ecke der Scheune hinter eine Trennwand aus Holz. Es ist die einzige Stelle in der kleinen Schmiede, wo wir einigermaßen ungestört sind. Plötzlich zittern mir die Beine.

»Alles in Ordnung?«, fragt Filip leise.

Ich nicke, will etwas sagen, aber es kommt kein Ton heraus.

»Warum könnt ihr euch nicht einfach mal zusammenreißen?«, zischt Filip dann sauer. »Warum denkt ihr Boons immer, dass ihr euch alles erlauben könnt?«

»Wer sagt das denn?«

»Ach, hör doch auf.«

»Ist das deine neue Arbeit?«, frage ich. »Kinder verhaften?«

»Das hilft doch jetzt niemandem weiter, Fing, nicht

wahr?« Seine Stimme ist wieder sanft. Er kommt einen Schritt näher. Ich spüre seine Hand auf meinem Unterarm. Noch ein Schritt. Jetzt liegen seine Hände auf meiner Hüfte.

»Nicht«, sage ich. Doch ich bleibe stehen. Er legt die Stirn an meinen Kopf. Noch ist sie kalt, doch ich spüre, wie sie unter seiner Haut warm wird.

»Ich habe Schluss gemacht«, sagt er.

Ich nicke.

»Sie ist nicht mehr mein Mädchen.«

Erneut nicke ich.

»Sag einfach, was du weißt. Dann rede ich mit ihm und du kannst wieder nach Hause.«

Es klingt so verlockend. Nach Hause.

Plötzlich laufen mir Tränen übers Gesicht. Er küsst sie weg. Ganz behutsam. Dann küsst er mich auf die Stirn. Und dann auf den Mund. Als wäre es die normalste Sache der Welt. Und ich küsse ihn auch. Küsse ihn, als gälte es mein Leben.

»Ja?«, fragt er.

»Nein«, sage ich.

»Doch nicht so gesprächig?«

Filip schweigt. Er sieht mich nicht mehr an.

»Dann ist sie selbst schuld.« Der Mann nimmt mich an der Hand. Er trägt als Einziger keine Handschuhe. Seine Hand ist erstaunlich sanft. Er tut es achtlos, beinahe zerstreut.

»Ihr bleibt hier«, sagt er, dreht sich um und zieht mich in Richtung Tür.

Zweieinhalb Jahre dauert der Krieg schon, aber erst jetzt, hier, in diesem Augenblick, wird mir klar, dass ein kleiner, fast zu vernachlässigender Teil von mir sich nie davon hatte abbringen lassen, dass Papp recht hat. Dass Krieg Kinder nicht betrifft. Dass niemand Kindern Böses will.

Dann werden mir zwei Dinge bewusst:

1) Im Krieg ist niemand sicher. Auch Kinder nicht.

2) Ich bin kein Kind mehr.

Ich tue nichts. Leiste keinen Widerstand. Es ist, als wären wir, der Mann und ich, durch Fäden miteinander verbunden. Seine Hand liegt schon auf der Klinke, da stellt sich Filip vor ihn.

»Nein.«

Es ist ein schüchternes Nein. Selbst in Hermes' kleiner Schmiede klingt seine Stimme, als käme sie von weit her.

»Aus dem Weg, Junge«, sagt der Mann. Nicht sauer oder wütend. Eher in dem aufmunternden Ton, mit dem man ein Kind ermutigt, das sich nicht traut, etwas zu tun. Doch Filip bleibt stehen. Und als er wieder spricht, klingt seine Stimme ganz anders. Wie wenn er innerhalb von Sekunden Jahre älter geworden wäre.

»Sie hat nichts damit zu tun.«

»Das hast du schon mal gesagt.«

»Weil es so ist.«

Einen Augenblick sieht es so aus, als würde der Mann es sich überlegen. Dann – ich weiß nicht, wie – hält er eine Pistole in der Hand. Er richtet sie auf Filip.

»Weg da.«

Ich habe mich oft gefragt, wie es wohl ausgegangen wäre. Ob Filip stehen geblieben wäre und ob der Mann auf ihn geschossen hätte. Was passiert wäre, wenn ich wirklich mit dem Mann nach draußen gegangen wäre.

Es gibt keine Antwort. Wird nie eine Antwort geben.

Ein paar Abende ist es ruhig gewesen, doch jetzt höre ich das Geräusch ganz deutlich. Flugzeuge. Sie kommen in unsere Richtung. In weiter Ferne ertönt Luftalarm. Wir bleiben stehen und lauschen: Es scheint ewig zu dauern. Dann geht plötzlich alles doch rasend schnell. Ein Pfeifen erklingt, es ist noch weit weg, doch dann dröhnt der erste Einschlag bis zur Schmiede.

Wir rennen alle von der Tür weg. Drängen uns dicht zusammen wie Tiere bei einem Waldbrand. »Licht aus! Licht aus!«

Da erst sehe ich, dass sie Taschenlampen dabeihaben. Das Licht geht aus. Wir sitzen eng beieinander. Ein zweiter Einschlag. Ich schreie, als ein Dachziegel haarscharf an meinem Kopf vorbeisaust. Es ist immer noch nicht dunkel. Alle gleichzeitig erkennen wir, woran es liegt.

Noh Heäms Petroleumlampen verbreiten einen so glühenden Schein, dass man die Löcher in dem niedrigen Dach der alten Schmiede sehen kann. Die Prüüsze achten normalerweise peinlich genau darauf, dass alles gut verdunkelt ist. Aber eher bei Fenstern und Türen. Nicht bei Dächern. Dächer kann niemand kontrollieren. Außer Piloten in einem Flugzeug.

Weitere Flugzeuge nähern sich. Aus dem Summen wird ein Brummen. Einer von ihnen hält dem Schmied eine Pistole an den Kopf. »Mach es aus! Jetzt!«

Doch ehe der Schmied irgendetwas tun kann, kommt ihm einer der Schwarzmäntel zuvor. Mit einer Mistgabel mäht er erst die eine, dann die andere Petroleumlampe von ihrem Nagel.

Die ganze Zeit über hat Noh Heäm sich kaum gerührt. Er hat auf seinem Heu herumgekaut, ein bisschen mit dem echten Ohr gezuckt, und nur beim ersten Einschlag ist er ein Stück zurückgewichen und hat einen Huf umgestellt.

Doch jetzt geht das Licht aus. Ganz aus.

Natürlich kannte ich die Geschichte. Aber selbst wenn ich sie geglaubt hätte – selbst wenn ich alles bis ins kleinste Detail geglaubt hätte –, ich wäre immer noch nicht auf das gefasst gewesen, was dann geschah.

Erst denke ich, dass jemand mit einem scharfen Gegenstand über eine Metallplatte kratzt. Nein, dass zehn Menschen es tun. Es ist ein fürchterliches Geräusch. Vor Schreck presse ich mir die Hände auf die Ohren, doch das Kreischen übertönt alles andere.

Es ist ein Schrei. Jemand schreit. Noh Heäm.

Es durchdringt alles. Ist Mensch und Tier zugleich. Dazu, mindestens genauso laut, seine Hufe auf dem Beton.

Ich kann nichts sehen. Gar nichts. Keiner von uns sieht etwas. In dieser Dunkelheit sind wir alle blind. Panik bricht aus, alle wollen weg, doch keiner weiß, wohin.

Ich spüre einen Luftzug neben mir. Dann bekomme ich einen Mordsschlag ab, werde wie eine Feder hochgehoben und krache gegen die Holzwand.

Ich weiß nicht, wie lange ich liegen bleibe, ab dem Moment nehme ich alles nur noch wie durch einen Schleier wahr. Noh Heäm galoppiert dicht – um Haaresbreite – an mir vorbei, er berührt mich fast. Ich weiß nicht, wie er das macht, es ist hier viel zu klein zum Galoppieren, doch er tut es wirklich und knallt dann mit voller Wucht gegen eine Wand. Etwas fällt mit einem enormen Dröhnen um. Als würde die Schmiede einstürzen.

Dann sehe ich etwas, was gar nicht sein kann. Noh Heäm

leuchtet. Wie von innen heraus. Doch es kommt nicht von innen. Sein Flachsschwanz hat Feuer gefangen. Genau wie das Stroh in einer Ecke der Schmiede. Die Flammen leuchten in der Dunkelheit.

Es ist, als würden wir alle gleichzeitig zu uns kommen. Wir rennen zur Tür. Der Mann strauchelt, will wieder aufstehen, doch wir stolpern über ihn, krabbeln über ihn hinweg. Noh Heäm kommt auf uns zugedonnert. Ich weiß, dass ich nach der Tür suchen sollte, die irgendwo hinter dem umgefallenen Amboss und den losen Brettern sein muss, trotzdem drehe ich mich um.

Immer schon wusste ich, dass Noh Heäm groß ist, aber so riesig wie jetzt kam er mir noch nie vor. Seine Augen sind nicht mehr bernsteinfarben, sondern pechschwarz mit einem schneeweißen Rand drum herum. Seine Brust ist dunkel vom Angstschweiß. Und er kreischt.

Ich sehe, wie Noh Heäm den Mann überrennt. Wie das ehemalige Grubenpferd mit hoch erhobenen Beinen auf ihm tanzt, als würde er ein Kunststück vorführen. Das laute Hallen der Hufe, das für einen Moment gedämpft wird, als würde Noh Heäm die Hufe auf einen Mehlsack setzen. Nur, dass es kein Mehlsack ist. Der Kopf des Mannes ist auf einmal ganz klein, so klein wie eine Erbse.

In dem Moment komme ich zu mir. Ich greife nach Liesls Hand, die plötzlich dicht bei mir steht. Wir zwängen uns an den Brettern vorbei, stoßen die Tür auf. Rennen vier Schritte und bleiben wieder stehen. Stocksteif.

Da steht noch ein Schwarzmantel. Er muss die ganze Zeit draußen gewartet haben und versperrt uns jetzt den Weg in die Freiheit.

In der Hand hält er eine Pistole, zitternd richtet er sie auf uns. Im nächsten Moment, mir ist nicht klar, warum, rennt er davon.

Vielleicht hat er Angst, sich den Flugzeugen zu verraten, wenn er abdrückt. Vielleicht will er auch nicht auf uns schießen. Aber am wahrscheinlichsten ist, dass er völlig überrumpelt ist, als er erst zwei Mädchen zur Tür herauskommen sieht und dann, den Bruchteil einer Sekunde später, Noh Heäm, der durch die Lattenwand auf der Rückseite der Scheune bricht. Die daumendicken Planken fliegen wie Streichhölzer durch die Luft. Kreischend, als würde er geradewegs aus der Hölle kommen, die Mähne und den Schweif in Flammen: Noh Heäm, der sein eigenes Licht trägt, während der Boden unter ihm bebt und die mächtigen Hufe Funken sprühen.

Auf der Flucht

Wir flogen über die Äcker. Unsere Schuhe klapperten auf der steinhart gefrorenen Erde, während wir versuchten, in den Furchen zu bleiben. Wir stolperten und stürzten, ließen uns aber keinen Moment los. Liesls Hand klammerte sich so fest an meine, dass ich keinen Unterschied mehr zwischen ihrer Hand und meiner spürte.

Ich hörte sie keuchen. »Halt!«, rief sie. »Halt!«

Doch ich zerrte sie weiter. Auch wenn sie fiel, rannte ich stolpernd voran, bis sie wieder mitkam. Wir durften nicht anhalten. Die Flugzeuge, die den Boden zweimal zum Beben gebracht hatten, waren mit einem hohen Jaulen abgedreht. Jetzt, da wieder Stille eingekehrt war, hörte ich Stimmen. Ich konnte nicht verstehen, was sie riefen, aber ich konnte es mir denken. Und Liesl offenbar auch, denn sie ließ mich plötzlich los und rannte vor mir her.

Eichen tauchten vor uns auf, streckten ihre breiten schwarzen Kronen in den Himmel, und dadurch war ich vorgewarnt. Jetzt lief Liesl ein paar Meter vor mir. Zuerst dachte ich, dass sie sicher stehen bleiben würde, weil sie schließlich schon hier gewesen war, doch dann fiel mir ein, dass sie den Krummbrotberg ja nur von der anderen Seite kannte.

Ich bekam ihren Arm gerade noch zu fassen. Sie rutschte mit einem Bein weg und wäre um ein Haar in die Tiefe gestürzt. Ich bekam keine Luft mehr, wollte mich setzen, doch das ging nicht.

»Nach unten«, sagte ich.

»Nach unten?«, wiederholte sie und schaute in die Schlucht. Ich setzte mich an den Rand, tastete mit den Füßen nach den ausladenden Baumwurzeln.

»Stütz dich mit den Füßen darauf ab«, sagte ich. »Das erste Stück ist am schwersten, danach wird es einfacher.« Das sagte ich mir genauso gut wie ihr.

Der Mond, zu drei Vierteln voll, zog inzwischen seine Bahn über den Himmel. Das wird wohl der einzige Grund sein, weswegen wir uns nicht das Genick brachen.

Keuchend standen wir auf dem Hexenbergweg, rechts und links von uns ragten die hohen, steilen Hänge auf. Hier gab es keine Stimmen mehr, nur noch das Flüstern des Windes in den Eichen, ein eindringliches, unheimliches Geräusch, als würden die Bäume hoch über unseren Köpfen hinabschauen, auf uns zeigen und raunen: »Da! Da!«

Mein Kopf glühte. Mein rechtes Auge tränte. Die Träne war noch warm, wenn sie das Auge verließ, aber schon kalt, wenn sie mir über die Wange kullerte. Ich wischte sie mit dem Fäustling weg. Es schüttelte mich vor lauter Frösteln.

Da erst merkte ich, dass ich keinen Mantel mehr trug. Ich wusste nicht, wann oder wie ich ihn verloren hatte. Der Frostwind schabte über meine Wangen wie Glasstaub. Ich hatte gedacht, dass es im Schutz des Hohlwegs wärmer sein würde, aber das war ein Trugschluss gewesen. Von der Stadt her wehte ein eisiger Luftzug den Weg hinauf, so bitterkalt, dass es sich anfühlte, als stünden wir nicht auf festem Boden, sondern mitten in einem eiskalten, reißenden Fluss.

Der Wind war so entsetzlich kalt, dass ich nicht mehr

denken konnte. Ich drückte die Fingernägel in die Handballen, so fest, dass es schmerzte. Wieder wischte ich eine Träne weg.

Wie sicher waren wir? Hier, im Dunklen unter den Bäumen, könnte uns niemand finden. Aber für wie lange? Wie lange würde es dauern, bis sie sich Lampen beschafft hatten? Sollten wir hierbleiben?

Aus der Ferne kamen neue Flugzeuge heran. Die Flaks konnte ich von hier aus nicht sehen, aber hören.

Hier konnten wir nicht bleiben. Entweder die Schwarzmäntel oder die Prüüsze nahmen uns fest oder wir würden eine Bombe von den Tommys auf den Kopf bekommen. Wenn sie Geleen bombardierten, warum nicht auch unsere Stadt?

Es gab nur einen Ort, wo wir hinkonnten. Der letzte Ort auf Erden, wo ich hinwollte. Aber uns blieb nichts anderes übrig.

Die Paterskull mit ihren kreuz und quer zwischen seltsamen Hügeln und Birken und Brombeersträuchern verlaufenden Pfaden war tagsüber schon verwirrend genug. Doch jetzt, mitten in der Nacht, dauerte es keine fünf Minuten, bis ich die Orientierung vollkommen verloren hatte. Und diesmal war keine Ness da, die mir den Weg zeigen konnte.

Liesl versuchte sich an mir festzuhalten, doch der Weg zwischen den Brombeersträuchern war zu schmal. Genervt schüttelte ich sie ab. Ich ging weiter und ärgerte mich immer mehr. So schwer konnte es doch gar nicht sein, den Stollen zu finden, oder? So groß war die Paterskull nun auch wieder nicht!

Ich hatte das Gefühl, mich immerzu im Kreis zu drehen.

Immer wieder rutschte ich aus, stürzte einmal so schwer über eine Baumwurzel, dass mir die Luft wegblieb.

»Wo ist die Königin?«, fragte Liesl.

»Keine Ahnung.«

»Die Königin soll kommen.«

»Halt den Mund.«

Je mehr Zeit verstrich, desto dümmer kam ich mir vor. Ab dem Moment, als ich beschlossen hatte, Liesl wegzubringen, hatte ich eine verhängnisvolle Entscheidung nach der anderen getroffen. Und nun lief ich hier herum, am letzten Ort der Welt, an dem ich herumlaufen wollte, im tiefsten Winter, mit höllischen Kopfschmerzen, ohne Mantel, ohne Licht.

»Ich bin müde.«

»Geh weiter.«

»Ich will aber nicht!«

Ich ging weiter, vier, fünf Schritte. Dann hörte ich sie hinter mir herkommen. Ich hörte ihren Schritten an, dass sie wütend war. Gut so. Mit Wut im Bauch ging es sich leichter.

»Wohin gehen wir?«

»Das wirst du gleich sehen.«

»Wie lange noch?«

»Nicht mehr weit.«

Noch ein Hügel. Ich blieb stehen. Derselbe Hügel? Liesl setzte sich. Ich zog sie wieder hoch.

»Ich will nicht mehr.«

»Willst du denn erwischt werden?«

»Dann erwischen sie dich auch.«

»Ich bin keine Jüddenn.«

Sie ließ sich fallen. Ich hörte ihren Kopf irgendwo gegenstoßen, aber sie sagte keinen Ton. Sie lag kopfunter auf dem Hügel, die Arme und Beine weit von sich, als wäre sie so vom Himmel gefallen. Ich zog und zerrte an ihr, doch sie blieb stocksteif liegen. Ich lasse sie einfach hier, dachte ich, gehe einfach weg. Ich habe getan, was ich konnte. Und ich weiß, dass ich es getan hätte. Ich hätte sie zurückgelassen. Mitten in der Nacht. Im tiefsten Winter. Ich hätte es getan.

Soll also niemand auf die Idee kommen, mich je wieder die Heilige Boon zu nennen.

Zum dritten Mal in dieser Nacht wurde am Himmel ein Brummen laut. Drei Flugzeuge, vielleicht sogar vier. Sie flogen tiefer als zuvor. Und sie kamen genau auf uns zu.

Ich zerrte Liesl auf die Beine. Wir rannten linksherum, rechtsherum, und dann standen wir plötzlich vor der Grube. Es war mir ein Rätsel. Sicher waren wir hier schon ein Dutzend Mal vorbeigekommen, aber das Brett am Brombeerstrauch war mir bisher immer entgangen.

Selbst jetzt, direkt vor dem Eingang, zweifelte ich noch. Ich hatte unheimliche Angst, den baufälligen Stollen zu betreten, genauso viel wie draußen zu bleiben. Aber es gab keine Zeit mehr nachzudenken, also löste ich den Knoten, schob die sich sträubende Liesl hinein und ging hinterher.

Die Mitte der Dunkelheit

Erneut hatte ich das Gefühl, ich müsste um jeden Schritt kämpfen, ihn erringen.

»Und wehe, die Lampe ist nicht mehr da, Ness Boon«, murmelte ich leise vor mich hin. »Weil ich nämlich nicht weiß, was ich dann mache.« Meine Stimme klang dumpf und zornig. Und vor allem der Zorn darin gefiel mir.

Das Brummen der Flugzeuge und das Pfeifen des Windes verebbten, alle Geräusche wurden undeutlicher. Auch wir selbst wurden undeutlicher, bis wir nur noch aus Atem und dem Scharren unserer Hände und Füße bestanden.

Ich war unsicher. War der Stollen beim letzten Mal auch so lang gewesen? Was, wenn er sich unbemerkt verzweigt hatte und wir jetzt immer tiefer unter die Erde krochen, ohne je wieder einen Ausgang zu finden?

»Hör auf, daran zu denken«, wies ich mich zurecht. »Hör in Gottes Namen auf damit.« Und in dem Moment stieß ich mir den Kopf an. Das musste die Stelle sein, wo der Stollen eine Biegung machte.

»Wir sind da«, sagte ich und bekam plötzlich furchtbare Angst. So furchtbare Angst, wie ich sie noch nicht mal in der Scheune gehabt hatte, als wir erwischt worden waren.

O Gott, bitte lass die Lampe hier sein. Sonst weiß ich überhaupt nicht weiter.

Mein Kopf schmerzte immer mehr. Wieder kullerte mir eine Träne über die Wange und ich wischte sie mit dem Fäustling weg.

Wie soll ich das Ding nur anbekommen? Ich weiß nicht mal, ob Ness die Lampe damals mit Streichhölzern aus der Grube angezündet hat. Was, wenn es hier gar keine gibt? Was dann?

»Sind wir da?«, fragte Liesl mit einem so kleinen, leisen Stimmchen, dass sie noch von einer Maus übertönt worden wäre. Und dadurch wurde ich wieder ruhiger.

»Ja«, sagte ich.

Blind streckte ich die Arme in der Leere um mich aus, ertastete den breiter werdenden Stollen, spürte, wo der Boden sich ein wenig absenkte, und stieß dann auf die Truhe.

»Gleich haben wir Licht«, sagte ich.

Mit zitternden Händen suchte ich nach dem Beschlag. Die Truhe öffnete sich mit einem hässlichen Knarren, trotzdem war ich noch nie so froh über ein Geräusch gewesen. Ein Griff hinein und ich hatte die Sturmlaterne gefunden. In der Truhe befanden sich zum Glück auch ein Bündel gefettete Watte und Streichhölzer. Ich zog die Fäustlinge aus und zündete die Laterne an.

Sie war nicht in Ordnung. Egal, wie hoch ich den Docht drehte, sie leuchtete nur auf einer Seite. Ich konnte Liesl nur sehen, wenn ich den Kopf ganz nach rechts wandte.

Sie war kreidebleich.

»Hier sind wir in Sicherheit«, sagte ich. »Ehrlich.«

Sie schien mich gar nicht zu hören. Erschrocken blickte sie auf etwas, was ich nicht sehen konnte. Auf mich.

»Was ist?«, fragte ich.

Sie machte den Mund auf. Und wieder zu.

»Was?«

»Dein Auge«, antwortete sie.

Wieder kullerte mir eine Träne über die Wange. Nur dass es keine Träne war. Der Fäustling, mit dem ich mir das Gesicht abgewischt hatte, war voll dunkler Flecken. Tränen hinterließen keine Flecken. Entsetzt begriff ich, dass nicht die Lampe nicht in Ordnung war, sondern mein Auge. Ich konnte mit dem rechten Auge nichts sehen. Mir drehte sich der Magen um.

»Gib mir deine Hände«, sagte Liesl auf Deutsch.

Ich schüttelte den Kopf. Sofort bekam ich wieder stechende Kopfschmerzen.

»Gib mir deine Hände«, wiederholte Liesl. Sie wartete meine Reaktion nicht ab, sondern nahm sie einfach.

»Wo ist dein rechter kleiner Finger?«

»Was?«

»Wo ist dein rechter kleiner Finger?«

»Wie meinst du das?«

»Dein rechter kleiner Finger, wo ist er?« Sie zwickte mich in den linken kleinen Finger.

»Da. Spürst du das?«

»Ja, aber was ...«

»Du brauchst nichts weiter zu tun. Denk nur an den Finger. Dein linker kleiner Finger.«

»Warum soll ...«

»Mach einfach mit.«

Ich gehorchte.

»Rechter Daumen. Denkst du daran?«

»Ja.«

»Linker Ringfinger. Rechter Daumen. Rechter Mittelfinger.«

Sie hörte gar nicht mehr auf, einen Finger nach dem anderen aufzuzählen. Es war die seltsamste Medizin, die ich je bekommen hatte, aber nach einer Weile legte sich die Übelkeit ein wenig.

»Von wem hast du das gelernt?«, fragte ich. Meine Augen waren geschlossen. Dann fühlte es sich an, als wäre alles in Ordnung.

Ich glaube nicht, dass man jemanden lächeln hören kann. Trotzdem hörte ich es. »Schiffer«, antwortete sie auf Niederländisch und es klang wie Schiefer.

Ich versuchte nachzudenken, aber es war, als wäre bei dem Schlag auf meinen Kopf etwas kaputtgegangen.

Ich konnte nur noch an das denken, was gerade geschah. Da war mein Kopf, der wehtat. Liesl, die sich bewegte. Die Kälte, die Eiseskälte, die man kaum bemerkte, bis sie einem durch Mark und Bein gedrungen war und sich nicht mehr vertreiben ließ.

»Fing?«

»Was ist?«

»Die Königin kommt nicht mehr, oder?«

Plötzlich strömten wieder alle möglichen Gedanken in meinen Kopf. Filip, der mich küsste, der Schmied Hermes, der zusammengeschlagen wurde. Und Noh Heäm, immer wieder Noh Heäm, der wie ein Fleisch gewordener Albtraum auf dem Mann tanzte. Der Kopf des Mannes, klein wie eine Erbse.

Die Bilder bestürmten mich mit solcher Gewalt, dass ich trotz meiner Schmerzen erschreckt die Augen aufriss. Die Lampe warf flackerndes Licht auf das Gestein. Es war zu schwach, um den ganzen Stollen zu erhellen, aber es genügte, um die unmittelbare Umgebung zu erkennen.

Ich sah die merkwürdigen Streifen an den Wänden und an der Decke. Beim letzten Mal hatte ich sie auch schon bemerkt, doch nun begriff ich, was es war. Schlagspuren. Spuren der Grubenarbeiter, die hier irgendwann einmal, vor Tausenden von Jahren, Feuersteine ausgegraben hatten. Wer waren die Menschen gewesen, die Stollen hier unter die Erde gegraben hatten? Woher hatten sie den Mut genommen, sich freiwillig unter die Erde zu begeben, wo man doch so leicht lebendig begraben werden konnte?

Unsere Lage war verzweifelt. Wir saßen unter der Erde in einer baufälligen Grube fest und über uns flogen Flugzeuge, die Bomben abwarfen. Wenn eine von ihnen traf, waren wir rettungslos verloren und niemand würde uns je wiederfinden.

Aber wir konnten nirgendwo anders hin. Sobald die Flugzeuge weg waren, würden die Prüüsze und die Schwarzmäntel sich auf die Suche nach uns machen. Im Freien würden sie uns garantiert finden.

Wieder öffnete ich die Truhe. Ich weiß nicht, was ich mir davon versprach. Essen oder Decken zu finden, vielleicht, obwohl ich wusste, dass ich beim ersten Mal nichts anderes gefühlt hatte als die Laterne und die Watte.

»Das Gegenteil von Sorgen«, murmelte ich. »Das Gegenteil von Sorgen.«

Ich fand eine Metallflasche mit Schraubverschluss, öffnete sie und schnupperte vorsichtig daran. Dann kostete ich. Es war Wasser. Es roch nach Erde, schmeckte aber nicht schlecht.

»Hier, Liesl.«

Wir tranken beide einen Schluck. Als sie mehr haben wollte, nahm ich ihr die Flasche weg.

»Kommt sie wirklich nicht mehr?«, fragte sie.

»Vielleicht hat sie sich ja versteckt. Vielleicht …«

Doch sie glaubte mir nicht. Ich glaubte mir ja selbst nicht.

Was blieb mir anderes übrig? Was außer dem, womit ich selbst mein Leben lang getröstet worden war?

Ich erzählte Geschichten. Darüber, wie meine Familie und ich das erste Mal Schlammbams Sahara entlanggegangen waren. Um uns Neun Offene Arme anzusehen. Wie wir die Haustür gesucht hatten, sie aber nirgends finden konnten. Wie wir die Größe des Hauses gemessen hatten. Mit den Armen. Und wie wir dann neun Mal die Arme spreizen mussten, um die Wände auf der Vorder- und der Rückseite des Hauses zu berühren.

Und nach dieser Geschichte kam eine andere. Die Geschichten folgten aufeinander, als wären sie durch einen hauchdünnen Faden verbunden. Ich erzählte sie nicht nur Liesl, sondern auch mir. Die Kälte wurde weniger beißend davon, sie linderten den Schmerz.

Oder vielleicht hoffte ich das nur.

Die Flamme wurde immer kleiner.

Dann kam unweigerlich der Moment, in dem das Petroleum verbraucht war, die Laterne zu blaken anfing, das Licht ein letztes Mal hell aufleuchtete und dann erlosch. Wie das letzte Lichtpünktchen an der Zigarre des Zigarrenkaisers.

Wir verschwanden in der Dunkelheit. Lösten uns darin auf.

Trotz der Kälte, trotz der stechenden Kopfschmerzen muss ich eingenickt sein. Es dauerte eine Weile, bis ich merkte, dass ich immer weiter erzählte, die Wörter und Sätze kamen von selbst aus meinem Mund. Ich brauchte nichts dafür zu tun. Das Komische war nur, dass ich die Geschichte gar nicht kannte. Es dauerte lange, bis ich begriff, dass es nicht meine Worte waren.

Es waren Liesls.

Die Puppe, die alles sah (II)

1937–1938

1

Großpapas Laden liegt am Ende der Einkaufsstraße. Großpapa, Großmama, Rivka und ich wohnen darüber. Es ist ein schmales, zwischen zwei anderen eingezwängtes Haus. Rivka sagt immer, man könnte meinen, unser Haus würde die Luft anhalten. Links von uns wohnt die Witwe Kant, rechts der Drogist Mannhauer.

Großmama sagt nicht viel und bewegt sich wenig. Oft liegt sie tagsüber im Bett, als hätte sie Kopfschmerzen, aber Großpapa sagt immer, dass sie nur ein bisschen müde ist.

»Wovon denn?«, frage ich.

Sanft zieht er mich an den Zöpfen. »Vom Drehen der Welt natürlich.«

»Fühlt sie das?«

Großpapa sagt: »Nein, Liebes, deine Großmutter fühlt das nicht. Sie *hört* es.«

»Was für ein Geräusch macht es denn?«, frage ich. Und er antwortet, er wisse es auch nicht so genau, schließlich würden *seine* Ohren ja nicht hören, wie die Welt sich dreht. Aber es müsse eine Art Knirschen sein, wie das Uhrwerk einer riesigen, uralten Standuhr.

Manchmal, wenn Rivka und ich aus der Schule kommen, durch den roten Samtvorhang treten und die Treppe hinaufsteigen, kocht Großmama gerade *Latkes* und *Gefilte Fisch* und dann gibt es Honigkuchen zum Nachtisch. Das schöne Tischtuch liegt auf dem Tisch. Dann lacht sie und singt ein Lied von früher.

Die ganze kleine Küche steht voll brutzelnder Töpfe und Pfannen. Im Ofen schmort *Tscholent*. Ich fürchte mich vor dem Ofen. Wenn Großmama ihn anzündet, klingt er wie ein Hund, der wütend bellt. Immer ist zu viel zu essen da. Den Rest der Woche schickt sie Rivka und mich mit ihren Töpfen und Pfannen zu den Nachbarn, bis wir alles los sind. Vor allem Mannhauer freut sich darüber. Großmama sagt dann immer zufrieden: »Seine Frau mag ja aussehen wie eine Zuckertorte, aber kochen kann sie nicht.«

Solange ich mich erinnern kann, wohnen Rivka und ich bei Großpapa und Großmama. Mama ist bei einem Ausflug vom Ruderverein ertrunken. Da war Rivka vier Jahre alt und ich eins.

Manchmal muss ich deswegen weinen und meistens tröstet mich Rivka dann. Aber wenn sie schlechte Laune hat, behauptet sie, dass ich noch zu klein war, um mich an Mama zu erinnern. Sie sei viel älter als ich und habe echte Erinnerungen an sie. Und ob sie etwa weinen würde? Nein, oder? Dann guckt sie mich böse an. Großpapa sagt immer, dass man mit Rivkas Augen den Ofen anzünden könne.

Unser Vater ist zum Geldverdienen nach Amerika gegangen. Aber er ist nicht verschollen, wie manche Leute sagen, wenn sie denken, dass ich sie nicht hören kann. Man kann nicht verschollen sein und jedes Jahr einen Karton schicken mit Geschenken, eins für Rivka und eins für mich.

Großpapas Laden gehörte früher Großmamas Opa. Man muss drei Steinstufen hinuntergehen und die hölzerne Tür mit dem Pinocchio öffnen. Der schlägt die Augen auf, wenn man die Klinke drückt. Sein roter Mund dient als Briefkasten.

Der große Ladentisch ist schon so abgenutzt, dass das Holz ganz fahl geworden ist. Ich streiche gern mit der Wange über die abgeriebenen Stellen. Oder ich höre Großpapa zu, der mit den Kunden redet oder an der Geschenkpapierrolle dreht. Das schabt so schön.

An der Wand hinter dem Ladentisch befindet sich eine große Nische. Wie ein Miniaturzimmer auf Hüfthöhe. Erst standen die Modelleisenbahnen darin, aber dann hat Großpapa »Die bunte Puppenwelt« daraus gemacht.

In der Nische gibt es sechs kleine Stühle und einen kleinen Kochherd. An der Wand des Puppenzimmers ist ein unechtes Fenster. Daneben befindet sich ein Rad. Wenn man daran dreht, verändert sich der Blick. Es gibt eine Schneelandschaft, einen Sommer mit einem Heuhaufen und eine kleine Stadt auf einem Hügel im Herbst. Zuerst gab es auch ein Tulpenfeld, aber da waren die Farben nicht gut, also kann man es nicht mehr richtig erkennen, man sieht nur noch ein paar Streifen. Großpapa hat es selbst gemalt.

Die Puppen sind keine Spielpuppen, sondern Puppen für große Leute. Einige sind fast so groß wie ich. Sie tragen teure Kleider und kosten viel Geld. Außer ihren Augen können sie nichts bewegen. Ich mag die Puppen nicht.

»Komm«, sagte Rivka einmal am Sabbat.

»Keine Lust«, antwortete ich. Aber ich ging trotzdem mit.

Wir stiegen die Treppe hinunter. Rivka hielt etwas in der Hand, aber sie wollte es mir nicht zeigen. Das tat sie erst unter der Treppe.

»Was willst du mit dem Lippenstift?«, fragte ich.

»Komm«, sagte Rivka wieder.

Wir zwängten uns in die Nische. Sie musste sich bücken, um in den kleinen Spiegel über der Anrichte schauen zu können. Sie hielt den Lippenstift an den Mund, ließ ihn aber gleich wieder sinken. Oben waren Schritte zu hören.

»Kinder?«

Erschreckt sah sie mich an.

»Kinder? Seid ihr unten?«

Rivka warf mir einen eindringlichen Blick zu. »Nichts sagen!« Mit dem Lippenstiftpunkt an der Unterlippe sah es aus, als würde sie bluten.

Großpapa blieb kurz stehen, ehe er weiterging. Wir hörten ihn die Treppe zu Großmama hinaufgehen. Rivka legte den Lippenstift in die kleine Schublade und ging weg.

Ich weiß nicht, warum ich es getan habe. Weil ich sauer war, dass sie mich wieder mal allein ließ, glaube ich. Oder weil ich die Puppen noch schöner machen wollte, damit Großpapa sie besser verkaufen konnte. Aber er fand sie überhaupt nicht schöner. Es war das einzige Mal, dass ich eine Ohrfeige bekam.

Darum mag ich die ollen Puppen nicht.

2

Es ist die Woche vor dem Pessachfest. Rivka spielt draußen mit Nanet. Ich darf nicht mitspielen und weine. Großpapa kommt nach draußen und sagt etwas, was ich nicht verstehe.

»Aber sie ist zu klein für das Spiel«, antwortet Rivka. »Außerdem kann sie nicht verlieren.«

»Kann ich wohl!«, rufe ich.

»Ihr seid Schwestern«, sagt Großpapa kopfschüttelnd. »Welche Schwestern gehen denn so miteinander um? Wie soll das nur werden, wenn es uns mal nicht mehr gibt?«

»Dann sind wir beide groß«, erwidert Rivka gleichgültig. »Dann spielen wir nicht mehr.«

»Rivka …«, sagt Großpapa missbilligend.

Danach darf ich mitspielen. Das Spiel heißt Puppenhexe. Eine ist die Puppe und die andere die Puppenhexe. Die Puppe muss sich verstecken, aber wenn die Puppenhexe sie findet, darf sie nicht wegrennen, sondern muss ganz still sitzen bleiben. Wenn es der Puppe gelingt, bis hundert mucksmäuschenstill zu sitzen, darf sie weiter Puppe bleiben. Wer am längsten Puppe ist, hat gewonnen.

Nanet und Rivka beschließen, beide die Puppenhexe zu sein. Weil sie alles zusammen machen, sagen sie.

»Das ist ungerecht! Dann suchen zwei auf einmal!«

»Entweder oder«, sagt Rivka.

Ich verstecke mich. Es ist keine schwierige Stelle, aber das macht nichts. Zu zweit würden sie mich sowieso überall finden. Ich höre sie kommen. Es ist schwierig, ganz still sitzen zu bleiben, aber ich weiß, dass ich es kann. Rivka und Nanet kommen mit gekrümmten Hexenfingern zu mir.

»Die Puppenhexe kommt!«, sagen sie mit scheußlich hohen Stimmen. Sie bauen sich rechts und links von mir auf und fangen an zu zählen. Ich merke sofort, dass sie viel langsamer zählen als sonst. Aber ich weiß, dass ich es durchhalten kann. Das weiß ich. Ich werde gewinnen.

»Sie hat gezwinkert«, sagt Nanet. »Sie hat verloren.«

»Haha! Zwinkern darf man!«, rufe ich. »Sag ihr, dass man zwinkern darf, Rivka.« Das ist nämlich das Einzige, was man darf, weil niemand es bis hundert durchhält, ohne zu zwinkern.

»Ja«, sagt Rivka nachdenklich, »aber den Mund darf man nicht bewegen.«

»Also hast du trotzdem verloren«, sagt Nanet.

Und dabei hatte ich mir so fest vorgenommen, nicht zu weinen. »Großpapa!«, rufe ich.

Doch der ist gerade mit einem Kunden beschäftigt. Ärgerlich ruft er zurück, dass ich den Mund halten soll. Jetzt bin ich auf alle wütend und verstecke mich in der Nische unter der Treppe.

»Ui!«, sagt Großpapa, als der Kunde weg ist. »Zum Glück haben die Wände keine Ohren, sonst wären meine Geheimnisse hier nicht sicher.«

Wenn er glaubt, dass ich ihm zuhöre, hat er sich geschnitten.

»Ich könnte ja mal einfach so erzählen, wo ich nächste Woche den *Afikoman* verstecke.«

Ich spitze die Ohren.

Solange ich mich erinnern kann, findet Rivka das Stückchen Brot, das Großpapa an Pessach versteckt. Nie ich. Egal, wo er ihn versteckt, immer findet sie den Afikoman. Und dann darf sie ihn in die polnische Schale legen, die Silberschale mit der Serviette, die extra dafür gedacht ist.

Als er es dann ausspricht, verstehe ich die Welt nicht mehr.

»Das ist ja eine bescheuerte Stelle«, murmele ich.

»Was sagst du da, Wand?«, fragt Großpapa. »Du musst ein bisschen lauter sprechen. Und ein bisschen wandiger. Sonst denke ich am Ende noch, dass du gar keine Wand bist.«

»Das ist eine bescheuerte Stelle«, wiederhole ich.

»Wollen wir wetten?«, sagt Großpapa.

Er kann sagen, was er will, es ist und bleibt eine bescheuerte Stelle. Aber da ich nun weiß, wo der Afikoman versteckt ist, habe ich jedenfalls größere Chancen, ihn auch mal zu finden. Suchen tue ich sowieso schon jedes Jahr.

Pessach kommt. Genau wie jedes Jahr erzählt Großpapa die Haggada nach, den Exodus. Er erzählt nicht so gut wie sonst. Und einmal bricht er mitten im Satz ab. Später sagt Rivka, es liege daran, dass unser Nachbar Mannhauer kein *Chametz* mehr von uns annehmen möchte. Obwohl er das schon seit Jahren tut.

»Dann war es das aber auch für ihn mit unseren Töpfen und Pfannen«, sagt Großmama böse. Und bricht dann plötzlich in Tränen aus.

Durch das ganze Theater dauert die Geschichte noch länger als sonst. Ich zapple so auf meinem Stuhl herum, dass Großmama fragt, ob ich ins kleinste Zimmer muss. Damit meint sie die Toilette, aber sie sagt immer nur das kleinste Zimmer.

Als wir endlich suchen dürfen, will ich den Afikoman gleich nehmen. Aber Großpapa hält mich zurück. Er zwinkert. Wir sehen Rivka zu, die unter der Spüle sucht und oben auf den Küchenschränken. Sie rennt die Treppe zum Schlafzimmer hinauf und wieder herunter. Ich höre sie keuchen.

Nach einer Viertelstunde kommt Rivka zurück. »Nichts!«

»Nichts?«

»Bestimmt von den Mäusen aufgefressen«, sagt sie.

»Bloß nicht!« Kreischend hebt Großmama die Füße hoch. Ich muss mich beherrschen, um nicht zu lachen.

Die ganze Zeit über stand die polnische Schale schon auf dem Tisch. Direkt vor unserer Nase.

»Hast du vielleicht eine Idee?«, fragt Großpapa und sieht mich an. In meinem Bauch gluckst ein Lachen, das hinauswill, und es juckt mich in den Fingern.

Ich falte die Serviette auf. Einen Moment lang bleibt es still.

»Das ist ungerecht!«, ruft Rivka dann. »Du musst den Afikoman verstecken. So lautet die Regel. Du hast ihn gar nicht richtig versteckt!« Sie stampft auf den Boden, nörgelt, verzieht wütend das Gesicht, aber es hilft alles nichts.

»Manchmal ist die beste Art, etwas zu verstecken, indem man es gar nicht versteckt«, sagt Großpapa.

3

Irgendwann brauchen Rivka und ich nicht mehr zur Schule zu gehen. Ich finde das nicht schlimm. Unsere Lehrerin, Frau Schmidt, hat einen Mann, der erst Arbeit hatte und dann nicht mehr. Und damit kann sie nicht umgehen. Einmal hat sie mir mit dem Lineal kräftig auf die Finger gehauen, weil ich geredet habe, obwohl wir still sein sollten. Aber ich war es gar nicht, es war Mannhauers Tochter. Ich habe Großpapa nichts davon erzählt, weil der immer sagt, die großen Leute wüssten nicht immer alles, der gute Gott aber schon, und das genüge. Und dass man vom Petzen ein Mopsgesicht bekäme.

Eine Woche nachdem ich nicht mehr zur Schule gehen brauche, steht ein Karton vor der Tür. In dem Karton sind Löcher. Rivka und ich schauen auf die Straße und sehen Latkas Vater weggehen. Früher war er Papas bester Freund, das wissen wir von Großpapa. Latkas Vater und Papa waren wie Brüder, sagt er immer, ein Herz und eine Seele. Nur schade, dass sie nicht denselben Glauben hatten.

In dem Karton ist ein Hund. Er ist komisch dünn und weiß, aber trotzdem schließe ich ihn sofort ins Herz.

Rivka sagt, dass wir den Hund von Latkas Vater bekommen hätten. Das ist Blödsinn. Wir haben ihn von Papa. Papa hat Latkas Vater gesagt, dass er den Hund kaufen soll. Am liebsten hätte er das natürlich selbst getan, aber man kann nun mal keinen Hund in Amerika kaufen und ihn dann in einem Pappkarton über den Atlantik schicken.

»Tu nicht so doof! Es war Latkas Vater!«, ruft Rivka wütend. »Es ist immer Latkas Vater! Jedes Jahr. Aber nicht, weil Papa ihn darum bittet, sondern weil Latkas Vater Mitleid mit uns hat! Mitleid!« Sie schleudert mir das Wort ins Gesicht.

»Gar nicht«, erwidere ich. »Er hat uns ganz oft was geschickt und immer waren ausländische Marken darauf.«

»Du bist aber auch so doof!«, sagt Rivka.

»Rivka!«, sagt Großmama scharf.

»Es sind nicht mal amerikanische Briefmarken!«, verteidigt sich Rivka. »Und wer arbeitet bei der Post? Latkas Vater!«

Großmama sagt, dass das nichts ausmache. Es sei zwar lieb gemeint von Latkas Vater, aber wir könnten den Hund trotzdem nicht behalten. Unsere Wohnung sei ohnehin zu klein.

»Es ist eine Hündin«, sage ich, weil ich das sofort gesehen habe. »Und sie ist ein Geschenk von Papa. Geschenke darf man nicht zurückgeben.«

Großmama presst die Lippen aufeinander, als hätte sie in eine Zitrone gebissen. Als läge ihr etwas auf der Zunge, das man lieber nicht in Worte fasst. Zur Sicherheit schlägt sie erst eine Hand vor den Mund und dann die andere.

»Dina«, sagt Großpapa nur.

»Und wie soll sie heißen?«, fragt er an diesem Abend.

»Die Königin von Amerika«, antwortet Rivka spöttisch.

»In Amerika gibt es keine Königin«, entgegnet Großpapa.

»Dann kann sie ja die Erste werden.«

Großpapa schüttelt den Kopf. »Kind«, sagt er, »wenn du Stahl so gut verbiegen könntest wie Wörter …«

Darüber hat er schon Klagen zu hören bekommen. Dass Rivka zu klug sei. Und dass es Mädchen nichts bringen würde, zu klug zu sein. Schon gar nicht solchen Mädchen wie uns.

Plötzlich schlägt im Nachbarhaus eine Tür zu. Die Königin bellt los. Es ist laut und schrill und hallt durch die kleine Küche.

»Still!«, sagt Großpapa, »denk doch an Omas Ohren!«

Und darüber müssen wir alle drei laut lachen.

Großmama kommt immer seltener nach unten. Weil ihre Ohren zu gut werden, sagt Großpapa. Aber das ist gelogen, meint Rivka.

»Warum dann?«, frage ich.

»Sie ist krank, weil die Leute wütend auf uns sind«, sagt sie.

»Warum?«

»Weil wir Schabbes feiern und in die *Schul* gehen.«

»Ist das alles?«, frage ich.

»Manchen geht das schon zu weit.«

Einmal spiele ich draußen mit Eva, als die Witwe Kant sie hereinruft. Die Witwe Kant ist ihre Oma. Sie sagt, Eva solle nach Hause gehen, aber dann sehe ich Eva am Fenster stehen und erst eine Stunde später zusammen mit ihrem Vater herauskommen. Beim nächsten Mal sagt Eva, dass sie nicht mehr mit mir spielen möchte.

»Warum nicht?«

»Weil ihr Jesus umgebracht habt.«

Das ist mir egal. Ich finde sie sowieso blöd. Beim Fangenspielen wurde sie immer gleich müde. Und ich bin gar nicht allein, sagt Großpapa, der es irgendwie mitbekommen hat, obwohl ich nicht gepetzt habe. Ich höre ihn noch ein paar böse Wörter sagen und dann nimmt er mich auf den Schoß. Er sagt, eines müsse ich mir gut merken und das sei, dass ich nicht allein bin.

»Gott ist immer da«, sage ich. »Oder?«

»Der auch«, antwortet Großpapa. »Aber wer, wenn nicht du, hat außer Gott noch einen Großpapa, eine Großmama, eine Schwester und die Königin von Amerika?«

»Rivka ist nicht immer nett«, sage ich.

»Aber sie ist deine Schwester, und du hast nur eine.«

»Manchmal wünschte ich, ich hätte noch eine.«

»Aber das ist nicht so.«

»Mama hatte eine Schwester.«

»Psst«, macht Großpapa. Das tut er immer, wenn ich von Mamas Schwester rede. Die hatte erst denselben Glauben wie wir, aber später nicht mehr.

4

Eines Tages wird Großmama noch kränker. Etwas tut ihr weh, aber wenn ich sie frage, was, sagt sie, ich solle lieb sein und nicht so viel fragen. Es ist sicher richtig schlimm, sonst würde Großpapa nicht so besorgt aussehen. Es gibt nicht mehr viele Ärzte, die uns helfen wollen. Die meisten sind jetzt auch böse auf uns, doch zum Glück kennt Großpapa noch einen.

Ein Auto hält vor unserer Tür, aber niemand steigt aus.

»Kommt«, sagt Großpapa, »gehen wir.«

Wir gehen nach draußen, aber Rivka möchte nicht einsteigen. Seit ihrer Blinddarmoperation mag sie keine Ärzte mehr.

»Komm«, sagt Großpapa.

»Warum?«, fragt sie.

»Darum.« Er nimmt sie kräftig beim Arm. Rivka versucht sich loszureißen.

»Ich kann doch auch zu Hause bleiben!«

»Das kannst du nicht«, erwidert Großpapa. »Wir bleiben zusammen.«

Großmama gibt ein ganz merkwürdiges Geräusch von sich. Großpapa sieht sie erschrocken an und lässt Rivka wieder los. Mannhauer und die Witwe Kant stehen am Fenster und schauen nach draußen.

»Ist schon gut«, sagt Großpapa. »Wir sind ja bald wieder da.«

Wir steigen ein.

»Soll der Hund auch mit?«, fragt der Mann am Steuer. Dann müsse er nämlich gleich das ganze Auto sauber machen. Und dass nur die Sonne umsonst scheine. Steif halte ich die Königin fest. Großpapa drückt ihm seufzend Geld in die Hand.

Beim Wegfahren sehe ich, wie Rivka uns hinterhersieht. Ihre Augen sehe ich am längsten. Mannhauer und die Witwe Kant schauen nicht mehr nach draußen. Nur ihre Gardinen bewegen sich noch.

Der Arzt hat nicht einmal ein Sprechzimmer. Er wohnt in einer der Straßen mit Mietskasernen, aber da dürfen wir nicht anhalten. Der Mann am Steuer lässt uns erst am anderen Ende der Wohnblöcke aussteigen.

Beim Arzt muss Großpapa wieder jemandem Geld geben – nicht dem Arzt, sondern einer strengen, gebieterischen Frau. »Und der Hund muss draußen bleiben«, sagt die Frau. Sie will die Königin nach draußen schieben, aber die zieht die Lefze hoch und knurrt.

»Still jetzt!«, sagt die Frau. Plötzlich sieht sie ganz verängstigt aus. Geschieht ihr recht.

»Setz dich schon mal ins Auto«, sagt Großpapa. »Wir kommen gleich.«

»Ist das noch da?«, frage ich.

»Natürlich.«

»Woher weißt du das?«

»Weil ich den Mann bezahlt habe, Schätzchen.«

Aber es steht kein Auto mehr da. Ich gehe zurück. Die Frau macht auf.

»Da ist kein Auto«, sage ich.

Sie zuckt die Achseln. »Was nun? Rein oder raus?« Und sie sagt, ich dürfe nicht im Hausflur warten, weil mich sonst die Nachbarn sehen könnten. Und der Hund müsse auf jeden Fall draußen bleiben.

Es ist nicht weit zu Fuß nach Hause. Ich kenne den Weg. Außerdem mag die Königin sowieso keine Autos. Ich habe der Frau gesagt, dass ich schon mal nach Hause gehe. Dass sie das Großpapa und Großmama ausrichten soll.

Als ich in unsere Straße einbiege, ist sie verlassen und dunkel. Hier und da brennt Licht im Spalt zwischen den Vorhängen. Es ist so still wie auf einer Postkarte. Ich klopfe an.

Sofort erscheint Rivkas Gesicht hinter der Pinocchio-Nase. Natürlich tut sie erst, als wäre es ihr egal, dass ich jetzt da bin, aber dann kämmt sie mir die Haare und bringt mich ins Bett.

»Rivka?«

»Was ist?«

»Was weißt du noch von Mama?«

»Schlaf.«

»Erzähl mir noch mal die Geschichte von dem Sommerkleid«, sage ich.

Einen Moment denke ich, dass sie verärgert weggehen wird. Dass sie mit der Zunge schnalzen wird, wie sie es immer tut, wenn sie sich über etwas ärgert. Doch sie macht nur das Licht aus und bleibt stehen. Ich sehe bloß noch ihren Schatten.

»Mama hatte ein Sommerkleid«, erzählt sie dann, »und auf der Straße wurde gefeiert. Ein Sommerfest. Überall hingen Lampions, die sie zusammen mit den anderen Töchtern der Ladeninhaber gebastelt hatte. Mama war am schönsten und ihr Lampion auch. Ich durfte ihr beim Aufhängen helfen. Und alle kamen her und sahen uns dabei zu.«

Sie hat die Geschichte vom Sommerkleid schon so oft erzählt, dass es sich anfühlt, als wäre ich selbst dabei gewesen. Ich kenne jedes einzelne Wort, jede ihrer Gesten.

»Und jetzt schlaf«, sagt sie.

5

Ich wache auf und das Sommerfest hat gerade begonnen. Da sind Leute auf der Straße, sie rufen und trinken und ihre Gläser gehen immerzu kaputt. Das flackernde Licht des

Lampions, den Mama in der Einkaufsstraße aufgehängt hat, dringt in unser Zimmer.

Rivka sitzt in ihrem Bett. »Sind Großmama und Großpapa auch auf dem Fest?«, frage ich und reibe mir den Schlaf aus den Augen.

Aber dann fällt mir ein, dass es schon längst nicht mehr Sommer ist. Letzte Woche hat es geschneit. Jetzt nieselt es. Trotzdem gehen draußen immer noch Gläser kaputt.

Als wir an der Pinocchio-Tür stehen, sehen wir keine Lampions mehr, nur noch Fackeln. Und das Fest, das da näher kommt, sieht auch nicht mehr aus wie ein Fest.

Rivka schließt die Tür ab. »Warum machst du das?«, frage ich.

Wir schauen zum Fenster hinaus. Da sind viele Leute. Mit Laternen und Fackeln. Es sieht aus, als würden sie sich streiten, aber nicht untereinander. Ich sehe die Witwe Kant. Ihr Gesicht glänzt, als wäre es aus Glas. Sie ruft etwas. Und im Hintergrund erkenne ich den Drogisten Mannhauer. Er ruft nicht. Er sieht eher aus wie jemand, der bei einem Spaziergang im Frühling plötzlich in einen Sturm geraten ist. Aber er tut nichts, als sie die Scheibe der Metzgerei Schmetz einschlagen.

»Sind sie jetzt auch schon auf Schmetz böse?«, frage ich.

Rivka wiegt sich leise hin und her, als würde sie auf einem Schiff stehen. Darum weiß ich, dass sie nachdenkt.

Auf einmal klirrt es so laut, dass ich denke, unser Schaufenster sei zersprungen. Aber als ich aufblicke, ist es noch heil. Die Stimmen sind jetzt ganz nah. Die Königin von Amerika bellt, es hallt durch den Laden.

Es ist, als würde Rivka plötzlich aufwachen. Sie nimmt mich beim Handgelenk und zieht mich hinter sich her ins Geschäft.

»Was hast du vor?«

Sie antwortet nicht. Sie tut mir weh, so fest drückt sie zu.

»Zieh dein Nachthemd aus«, sagt sie dann. Ihre Stimme ist seltsam zittrig. Ich will mein Nachthemd nicht ausziehen, es ist viel zu kalt.

»Wo sind Großpapa und Großmama?«, frage ich.

»Weiß ich nicht. Zieh dich aus.«

Sie zerrt an mir herum, aber ich mache mich ganz steif. »Wenn du nicht tust, was ich sage«, schimpft sie, »spiele ich nicht mehr mit dir. Und ich rede nicht mehr mit dir. Ganze drei Monate.«

Einmal hat sie eine Woche lang nicht mit mir geredet. Egal, was Großpapa sagte, ob er freundlich zu ihr war oder böse, ob er mit Strafe drohte oder ihr gut zuredete, es half nichts. Eine Woche ist eine lange Zeit. Drei Monate sind noch viel länger.

Sie schiebt mich in die bunte Puppenwelt. »Was hast du vor?«, frage ich wieder.

Sie fängt an, die Klammern vom Hut der größten Puppe zu lösen.

»Was machst du da?«, frage ich sie erschreckt. »Das darfst du nicht!«

Aber sie hört nicht auf mich. Nun zerrt sie das Kleid von der Puppe. Die ist plötzlich merkwürdig nackt. Ihre Arme, ihre Füße und der Kopf sind aus Porzellan, alles andere besteht aus Stoff und Stroh.

»Zieh das an.« Sie hält mir das Puppenkleid hin. Ich habe das Kleid noch nie ohne Puppe gesehen. Von außen wirkt es schön glatt, aber innen ist es rau und unfertig. Das Kleid ist mir zu klein. Es zieht mir die Schultern krumm. Und auf der Rückseite sind spitze Metallhaken, die in die Haut piken. Ich wehre mich. Sie gibt mir eine Ohrfeige. Und noch eine.

Dann schiebt sie mich rücklings auf eines der Stühlchen. Ich schaue auf das Fenster mit dem Stellrad. Es ist die Winterlandschaft, aber ich kann schon ein Stück der misslungenen Tulpen sehen.

»Sitz still!«, befiehlt sie mir. »Und beweg dich erst wieder, wenn ich es dir sage.«

Dann macht sie sich an der zweiten Puppe zu schaffen. Der Puppenhut will nicht abgehen. Er steckt in den Haaren fest. Es dauert lange. Dann setzt sie ihn auf.

Ich will sie noch fragen, wie man Puppenhexe spielen soll, wenn beide die Puppe sind. Aber dann gefriert alles in mir. Nicht nur meine Arme und Beine werden steif, sondern auch meine Gedanken.

Das Einzige, was ich noch denken kann, ist, wie seltsam es ist, dass ich gerade glaubte, unser Schaufenster sei kaputtgegangen. Das war nämlich hundertmal, ja, tausendmal leiser als das Klirren jetzt. Vor Schreck kann ich mich gar nicht mehr bewegen, meine Arme und meine Beine nicht, Kopf und Oberkörper auch nicht. Das Einzige, was sich noch bewegen lässt, sind meine Augen. Meine Augen, die in den Lippenstiftspiegel schauen und alles sehen.

Alles.

6

Die Königin ist wütend, sie bellt. Die Leute sagen, dass sie aufhören soll. Rivka steht schon wieder unten im Laden. Sie möchte auch, dass die Königin aufhört zu bellen, aber sie weiß nicht, wie sie das anstellen soll. Selbst schuld, denke ich wütend.

Der Laden war schon lange nicht mehr so voll. Manche Leute kenne ich. Sie schauen zu Rivka, reden aber nicht mit ihr. Als wären sie erschrocken, weil nur ein Mädchen da ist. Einen Moment glaube ich, sie würden kehrtmachen und gehen. Da bellt die Königin wieder los.

»Still!«, sagt Rivka. Sie trägt immer noch den vornehmen Puppenhut. Er ist lila und hat einen Schleier. Zusammen mit ihrem Nachthemd sieht das seltsam aus.

»Wo sind deine Eltern?«, fragt ein Mann.

»Ich habe keine«, antwortet Rivka.

»Lüg nicht.«

»Sie lebt bei ihren Großeltern«, sagt eine Frau. Erst sehe ich sie nicht, der Spiegel zeigt nur einen kleinen Ausschnitt des Ladens. Aber ihre Stimme erkenne ich sofort. Es ist Frau Mannhauer.

»Wo sind deine Großeltern?«

»Weiß ich nicht.«

»Hör zu, Mädchen.« Jetzt spricht ein Mann, sein Tonfall ist ruhig. »Wir finden sie doch sowieso. Aber dann müssen wir sie suchen. Und dabei kann was kaputtgehen. So ist das, wenn man gründlich sucht. Das möchtest du doch nicht, oder?«

»Das war es also, was Sie da gemacht haben?«, fragt Rivka. »Etwas suchen?«

Wieder wissen die Leute nicht, was sie sagen sollen. Sie sehen sich erst gegenseitig an, dann schauen sie auf ihre Hände, ihre Schuhe, zupfen sich die Kleidung zurecht. Ihr Gemurre geht in ein Rumoren über und dann erlischt das Gerede. Wie ein nass gewordenes Feuer, das sich nicht aus eigener Kraft wieder anfachen kann.

»Sie sind weggegangen«, sagt Rivka dann.

»Weg?«

»Sie haben es doch selbst gesehen, Frau Mannhauer, oder?«

Frau Mannhauer sieht erschreckt aus, als wäre es ihr lieber gewesen, wenn Rivka sie nicht angesprochen hätte.

»Äh ... ja«, sagt sie dann. »Sie sind in einem Auto weggefahren. Der Großvater, die Großmutter und die kleine Schwester.«

Einen Moment habe ich wieder das Gefühl, die Leute würden kehrtmachen. Um nach einem anderen Haus zu suchen, wo sie besser wütend bleiben können. Dann fliegt ein Stein durch die Luft. Haarscharf an mir vorbei.

Und dann geht es schief.

Die Königin von Amerika, die gerade ein bisschen ruhiger geworden war, bellt wieder los und hört überhaupt nicht mehr auf. Das Bellen prallt von den Wänden wie ein verzweifelter Vogel, der vergeblich nach einem Ausgang sucht.

»Sorg dafür, dass das Biest die Klappe hält.«

Rivka zieht am Halsband, sie versucht, der Königin die Schnauze zuzuhalten, aber die reißt sich los. Ein Mann tritt nach vorn. Er hat einen Knüppel in der Hand.

»Klappe!«

Die Königin springt ebenfalls nach vorn. Als wollte sie dem Mann in die Arme springen, wie am Anfang immer bei Großpapa. Der Mann und die Königin fallen hin, die Leute springen zur Seite.

Ab jetzt sehe ich nur noch Bruchstücke. Die Zähne der Königin. Den Knüppel. Rivkas Puppenhut. Rivka, die auf dem Rücken des Mannes sitzt wie bei einem Spiel.

Ich höre die Königin bellen, bellen, bellen, bis sie sehr hoch und lange jault und dann auf einmal nichts mehr tut.

Und Rivka: »Warte, bis die Puppenhexe kommt! Warte, bis die Puppenhexe kommt!«

Die Leute müssen sie für verrückt halten. Aber sie ist nicht verrückt.

Sie braucht keine Angst zu haben. Ich rühre mich nicht von der Stelle. Zuerst nicht, weil ich ihr zeigen will, dass ich es wirklich kann. Ich will es beweisen. Aber dann hat es nichts mehr mit meinem Willen zu tun. Ich kann mich nicht mehr bewegen.

Nie mehr werde ich mich bewegen können.

Kein Weg zurück

Was hast du dann gemacht?«

»Gewartet.«

»Wie lange?«

»Bis es dunkel wurde und wieder hell.«

»So lange bist du sitzen geblieben?«

»Ja.«

»Einen ganzen Tag und eine ganze Nacht?«

»Ja.«

»Und dann?«

»Dann hat Latkas Vater mich gefunden.«

»Was ist mit Rivka passiert?«

»Sie haben sie mitgenommen.«

»Wohin?«

»Weiß ich nicht.«

»Und was ist mit deinem Opa und deiner Oma passiert?«

»Weiß ich nicht.«

»Zu Hause haben wir mindestens zehn Halmaspiele«, hatte sie einmal gesagt. »Und sieben Mensch-ärgere-dich-nicht. Und Dampflokomotiven. Und Schachteln mit Buntstiften. Und alle Bände von ›Der junge Forscher‹ mit Mikroskop und Lupe und allem Drum und Dran.«

Ich hatte geglaubt, sie zu kennen. Ich hatte danebengelegen. Gründlich daneben.

»Und das Kleid?«, fragte ich.

»Welches Kleid?«

»Das du nie ausziehen wolltest.«

»Was ist damit?«

»War es von Rivka?«

Sie antwortete nicht, aber ihr Schweigen sagte genug. Später erzählte sie, Latkas Vater habe ihr gesagt, sie solle sich umziehen. Weil das Puppenkleid zu auffällig sei. Aber Liesl war vom Stillsitzen so steif geworden, dass sie sich kaum bewegen konnte. Also war Latkas Vater ins obere Stockwerk gegangen. Doch er hatte das falsche Kleid genommen. Das von Rivka.

»Es ist meine Schuld«, sagte sie.

»Warum?«

»Sie hätten sie niemals entdeckt, wenn ich nicht so ein Theater gemacht hätte. Niemand konnte so gut Puppe spielen wie Rivka. Aber sie hatte nicht genug Zeit.«

Ich wusste, dass ich etwas sagen sollte. Es war nicht ihre Schuld. An so etwas konnte doch niemand schuld sein? Doch gleichzeitig wusste ich, dass es mir an ihrer Stelle genauso gegangen wäre. Und dass niemand mich dazu gebracht hätte, meine Meinung zu ändern.

Nur Rivka selbst.

Ich glaube, dass sie danach nichts mehr sagte. Sie zitterte nicht mehr. Ich auch nicht. Es war schon eine Weile her, dass meine Zähne geklappert hatten. Etwas huschte an mir vorbei, doch es machte mir nichts aus. Es fiel mir auch etwas ins Genick, aber ich rührte mich nicht. Schlafen wollte ich. Schlafen.

Jetzt war es überall dunkel.

Ich träumte vom Sommer. Ich wusste, dass es ein Traum war, das war das Verrückte. Omm Maij saß auf dem Sofa in den Bäumen. Ich sagte ihr, ich wüsste, dass ich träume. Und ich wüsste auch, dass es nicht normal sei, auf dem Sofa in den Bäumen zu sitzen.

»Ach, das tue ich doch oft«, antwortete sie.

Müllche und Ness waren auch da, doch sie saßen hinter einem Busch. Jedes Mal, wenn ich mich auf die Zehenspitzen stellte, um sie zu sehen, wuchs der Busch. Ich konnte sie essen hören und bekam dabei furchtbaren Hunger.

Ich regte mich auf. »Ist der Krieg zu Ende? Kann mir mal jemand verraten, ob der Krieg jetzt endlich zu Ende ist?«

In der Ferne ging Emmaus vorbei. Er trug seinen Nikolausbart und wäre immerzu fast darüber gestolpert. »Emmaus!«, rief ich. »Emmaus! Pass auf, dass du nicht auf deinen Bart trittst!«

Die Sonne war grell, aber nicht warm. Und sie sauste mit rasender Geschwindigkeit über den Himmel. Sie schien mir in die Augen. Ich kroch hinter einen Busch, doch sie kam mir mit ihrem Licht hinterher.

»F-Fing?«

Ich war außer mir vor Wut. Dass diese elende Sonne es wagte, mich zu verfolgen. Dass sie es wagte, mir so ins Gesicht zu scheinen. An mir zu rütteln. Ich schlug nach ihr und die Hand tat mir weh. Die Sonne fühlte sich hart und kalt an.

»F-Fing?«

Ich weiß nicht genau, wann ich es endlich kapierte. Es fühlte sich an wie eine Ewigkeit.

An diesem eiskalten Januarmorgen, als Beätes uns im Stollen in der Paterskull fand, war nicht die Tatsache, dass er uns gefunden hatte, der größte Schock. Der kam erst, als wir hinausgingen. Ans Licht.

Es muss kurz nach Sonnenaufgang gewesen sein, an einem trüben, grauen Wintermorgen. Das Licht war noch schwach und an diesem Tag sollte es auch nicht mehr viel heller werden, aber durch die dünne Schneedecke auf dem Boden blendete es mich derart, als würde ich an einem heißen Sommertag direkt in die Sonne schauen.

Ich legte mir schützend die Hände über die Augen.

»Gleich geht es wieder«, hörte ich Beätes sagen.

Ich spürte, wie er mich führte.

»Das ist ein Baum. Merkst du es?«

Ich merkte es.

»Lehn dich an.« Ich hörte ihn weggehen, etwas zu Liesl sagen und wiederkommen.

»Fing?«

»Ja.«

»L-Liesl muss weg.«

»Ich weiß«, sagte ich erschöpft. »Ich wollte … Ich hatte vor …«

»Ich bringe sie weg.«

»Du?«

»Ja.«

»Wohin?«

»Das darf ich nicht verraten. Du musst hierbleiben, verstanden?«

Er wollte losgehen, doch ich griff nach seinem Handgelenk. Das tat ich blindlings, aber ich bekam es gleich zu fassen. »Das geht nicht«, sagte ich panisch. »Sie suchen uns überall. Sie werden sie finden. Sie dürfen nicht …«

Behutsam löste er meine Hand von seinem Arm. »Keine Angst. Alles wird gut. Hörst du mich?«

Ich nickte. Die Bewegung löste eine Explosion von Glasscherben in meinem Kopf aus.

»Wir gehen jetzt«, sagte Beätes.

Ich öffnete ein Auge.

Liesl stand neben ihm. Ihr Haar war grau vor Staub, ihr Gesicht kalkweiß vor Übermüdung, ihr Mantel voller Sand. Sie sah aus wie ein Geist.

»Liesl«, sagte ich. »Liesl …«

»Ich heiße nicht Liesl.«

Ich wusste nicht, was ich sagen sollte. Ich wusste nur, dass ich mir wünschte, wir hätten das alles nie erlebt. Und dass ich für den Rest meines Lebens auf eine Weise mit ihr verbunden sein würde, auf die ich nicht einmal mit Müllche oder Ness verbunden war. Ob ich nun wollte oder nicht.

Wir fielen uns nicht in die Arme oder so.

Sie hielt mir die Hand hin. »Leeba«, sagte sie. »Mein richtiger Name ist Leeba.«

Ich schüttelte ihr die Hand. Das war alles. Es war genug.

Sie entfernten sich. Nach wenigen Schritten drehte Beätes sich um. »Bleib da«, sagte er. »In einer Stunde bin ich wieder bei dir.«

Ich nickte.

Erst nachdem sie weg waren, fiel mir auf, dass er kaum gestottert hatte.

Ich wusste, dass ich es versprochen hatte. Aber es ging nicht. Ich wollte nur noch eines. Nach Hause. Mit aller Macht.

Ich weiß nicht mehr, wie ich den Krummbrotberg hinaufkam. Ich weiß nichts mehr von dem letzten Stück auf Schlammbams Sahara.

Ich weiß nur noch dies:

Noh Heäm steht im Garten vor unserem Haus. Mit seinen großen gelben Zähnen rupft er mit Raureif überzogenes Wintergras aus der verschneiten Erde. Wenn er die Halme durchbeißt, knackt es leise. Sein Flachsschwanz ist abgebrannt, es ist nur noch ein mickriger verrußter Rest übrig, und seine Mähne ist versengt, aber das Juteohr ist beinahe unversehrt.

Er blickt kurz auf, dreht den riesigen Kopf zu mir. Wolken schwarzgrauen Dampfes kommen aus seinen Nüstern. Als würde er die Nacht ausatmen. Dann sehe ich, dass der Dampf nicht von ihm kommt. Und dass es kein Dampf ist, sondern Rauch.

Rauch, der aus Neun Offenen Armen aufsteigt. Aus der Küche. Oder vielmehr aus dem, was einmal die Küche war.

Vielleicht ist es merkwürdig, aber ich bekomme keinen Schreck. Vielleicht ist nach dieser Nacht einfach keine Angst mehr in mir übrig. Ich stehe da wie ein Mehlsack und glotze blöd auf das, was vorher unser Zuhause war.

Die Außenmauer der Küche ist weggesprengt. Man kann direkt hineinschauen. Ich sehe unseren Küchentisch – schwarz vor Ruß und krumm wie eine Katze, die einen Buckel macht. Eines der Tischbeine ist kürzer als die anderen. Der Tisch kippelt sanft im Wind hin und her. *Tock, tock.*

Jemand muss den Tisch reparieren, denke ich. Sofort. So schwer kann das nicht sein. Einfach ein neues Tischbein anfertigen. Oder etwas drunterstellen.

Mein Denken verlangsamt sich immer mehr. Ich weiß, dass es nichts mit meiner Verletzung zu tun hat, sondern dass ich das – dieses langsame Denken – selbst tue. Es ist so ähnlich wie Gehen auf dünnem Eis, meine Gedanken bewegen sich mit äußerster Vorsicht voran.

Als dann irgendwo im Haus ein Geräusch ertönt, kann ich mich kaum davon losreißen. Widerwillig sehe ich auf.

Omm Maij. Sie kommt aus dem Haus. Sieht mich. Bleibt stehen und blickt mich an. Ihr Eulenauge zittert. Ihre Arme hängen wie Lumpen herunter. Die Schürze hat sie noch umgebunden. Wir haben sie ihr irgendwann einmal zum Nikolaus geschenkt. Sie ist weiß. Besser gesagt: Sie war weiß. Jetzt ist sie voll Flecken. Dunkelrote Flecken.

Ich dachte, all meine Angst wäre aufgebraucht, aber in mir ist doch noch ein ganzes Fass davon, das jetzt plötzlich aufgeht.

»Ness?«, frage ich. »Müllche?«

Ihr Mund zittert zu sehr, als dass sie etwas sagen könnte. Sie kommt auf mich zu, Tränen laufen ihr über die Wangen. Gerade eben sehnte ich mich noch nach ihrer Umarmung, aber jetzt wehre ich mich dagegen. Ich kämpfe mit aller Kraft, die mir noch bleibt.

»Wo sind Ness und Müllche?«, schreie ich.

Ich stürze vorwärts. Als ich nach ihr fasse, falle ich direkt an ihren Armen vorbei.

Salz und Tränen

Ich kann mich nur noch an das Grau erinnern. Eine lange, endlos lange Zeit immer nur Grau.

Ich lag mit dem Gesicht zur Wand, einer Wand mit einer Streifentapete wie Nieselregen. Das Bett war zu schmal, meine Beine suchten, fanden aber niemanden. Nur ich passte hinein.

Meistens sah ich die Streifen verschwommen und manchmal gar nicht. Daran merkte ich, ob es Tag oder Nacht war. Manchmal wurden meine Lippen von selbst feucht und dann sagte jemand: »Trink.«

Ich gab vor, die Stimme nicht zu hören, und trank nicht, egal, wie durstig ich war. Wenn sie merkt, dass ich sie höre, holt sie mich zu sich in den Himmel, dachte ich. Und so lieb ich sie hatte und so sehr sie mir fehlte, ich wollte nicht. Nein, ich wollte nicht.

Die Stimme sagte: »Wir sind tot, sagt sie.«

Eine andere Stimme: »Mach mal die Augen auf, Fing.«

Ich dachte, das ist der Trick eines Engels. Wenn ich die Augen öffne, weiß ich, wie es im Himmel aussieht und dann lassen sie mich nie mehr weg. Ich weiß, dass das merkwürdig klingt. Und mittlerweile schäme ich mich auch, dass ich mich unter der Decke verkrochen habe wie ein kleines Kind, bis ein paar starke Hände mich fanden und sagten: »Schluss jetzt, es reicht! Ich stehe schon mit anderthalb Beinen im Grab und das ist schlimm genug.«

Ich schlug die Augen auf. Starrte sie ungläubig an, während die Wände um mich her langsam feste Gestalt annahmen.

Omm Maij, Ness und Müllche sahen mich an. Ich kniff die Augen wieder fest zusammen.

»Hier«, sagte sie, und ich spürte eine Hand, die entschlossen nach meiner griff und sie erst an ihre Wange legte, dann an die von Ness und Müllche. Feuchte Wangen.

»Wir haben uns alle drei das Salz aus den Tränen geweint«, sagte Omm Maij. »Hast du je einen Toten gesehen, der das kann?«

Ich musste husten. Und mich dann übergeben.

»Schlaf jetzt«, sagte sie, nachdem sie alles sauber gemacht hatte.

»Aber wie …«, stammelte ich. »Wie …?«

»Psst … Schlaf. Später, *Kenk*, später.«

Ich fiel in einen tiefen Schlaf, schlief zwei Tage und zwei Nächte am Stück. Falls ich etwas geträumt habe, kann ich mich nicht daran erinnern. Danach sah ich manchmal Schemen in der Tür, wenn ich für einen Moment aufwachte. Verschwommen, als würde ich durch eine aufgepustete Schweineblase schauen, doch ich wusste sofort, dass es Müllche und Ness waren.

Ich wusste noch mehr.

Zum Beispiel wusste ich, dass ich bei Fejj war. Dass ich auf dem illegalen Dachboden lag, wo früher der alte Taubenschlag gewesen war. Wo unsere Brüder ihre Tauben gehalten hatten.

Ich wusste, dass ich eine gewaltige Gehirnerschütterung

hatte. Dass etwas mit meinem Auge nicht stimmte. Dass unser Haus in Trümmern lag.

»Der Rest kommt später«, sagte Omm Maij. »Schlaf jetzt. Psst. Psst.«

Als ich Wochen später zum ersten Mal wieder aufrecht sitzen konnte, ohne dass sich gleich alles um mich drehte, hielten Müllche und Ness es nicht länger aus. Sie schlüpften zu mir ins Bett. Wir mussten uns alle drei auf die Seite drehen, um nicht herauszufallen. Sie schoben ihre Füße zwischen meine, und wir wurden wieder zu einem unentwirrbaren Knoten, zu einer Schwesternmaschine.

»Ich dachte wirklich, ihr seid tot«, sagte ich.

»Tot?«

»Wegen dem vielen Blut!«

Sie tauschten Blicke. Einen Moment glaubte ich, sie würden mich für verrückt erklären, doch dann flüsterte Müllche Ness etwas ins Ohr. Beide grinsten. Sie ließen mich zappeln. Natürlich taten sie das. Schließlich hatten sie sich die Kunst, Geschichten zu erzählen, jahrelang von Omm Maij abgeguckt.

»Weißt du noch, was es an dem Abend zu essen geben sollte?«, fragte Ness dann.

»Was hat das denn damit zu tun?«

»Weißt du es noch?«

Ich wusste es nicht mehr.

»Rote Bete«, sagte Ness.

»Sie hatte den Topf mit der Roten Bete gerade vom Feuer genommen«, erzählte Müllche. »Da haben wir die Flugzeuge gehört. Und sie ist die Treppe heruntergerannt. Mit dem Topf voll spritzendem Rote-Bete-Blut in den Händen.«

»Verstehst du?«, fragte Ness.

Ich sah sie an. Da fing erst Müllche zu kichern an, dann Ness und schließlich ich. Und dann mussten wir so lachen, dass ich mich übergeben musste.

Die Welt ist flach

Eine Woche später erfuhr ich, was in jener Nacht, in der ich mit Liesl zur Paterskull geflohen war, geschehen war. Ich durfte wieder sitzen. Zum ersten Mal hatte ich mich einen ganzen Tag lang nicht erbrochen.

Müllche hatte eine Zeitung dabei. »Nicht gerade ideal«, sagte sie. »Die Zeitung ist zur einen Hälfte zensiert und zur anderen Hälfte gelogen, aber immerhin gibt sie ein Bild.«

Sie schlug die Zeitung auf und hielt sie mir vors Gesicht. Ich versuchte zu lesen, doch nach einem halben Satz drehte sich wieder alles.

»Lies du es mir vor«, bat ich.

Bombenregen auf die Stadt
Anwohner dem Tod von der Schippe gesprungen

Gestern Nacht wurde unsere Stadt das Opfer eines feigen Angriffs der Engländer.
Die Attacke hat alle in Angst und Schrecken versetzt, zum Glück jedoch nur wenig Schaden angerichtet. Die meisten Bomben gingen in den Randgebieten nieder, in der Nähe des Hexenbergs und auf den Feldern im Osten der Stadt.
Eine Familie traf es hart. Sie hatte sich beim Bombenalarm in den Keller geflüchtet, doch die Großmutter wollte noch einmal in die Küche, um den Hausrat in Sicherheit zu

bringen. Eine Bombe warf sie von der Treppe und wie durch ein Wunder entkam sie dem Tod. Nur wenige Augenblicke später detonierte die zweite Bombe und sprengte die Außenwand der Küche weg.

Ich schlug die Hand vor den Mund. »Wäre sie fast umgekommen?«

»Um ein Haar.«

»Nur, um irgendwelchen Hausrat zu retten?«

»Nein«, sagte Ness.

»Mamm und Opa Pije«, erklärte Müllche. »Sie hatte die Zwiebackdose und die Nähschachtel oben vergessen. Wir haben sie angefleht, im Keller zu bleiben, aber sie wollte nicht auf uns hören.«

»Also ist Neun Offene Arme nicht von einer Bombe getroffen worden, sondern von zweien? Und eine davon hat sie fast umgebracht und die andere hat ihr das Leben gerettet?« Ich hörte selbst, wie zittrig meine Stimme klang.

»Nicht ganz«, antwortete Ness. Sie öffnete den Mund, um weiterzureden, da hielt Müllche sie zurück.

»Schau mal, wie verschwitzt sie ist.«

Ich ließ mich erschöpft in die Kissen zurücksinken.

»Den Rest erzählen wir dir heute Abend«, sagte Müllche.

Doch am Nachmittag bekam ich so hohes Fieber, dass Omm Maij schnell den Arzt kommen ließ. Nachdem er bei mir gewesen war, wollte er sie unter vier Augen sprechen. Sie hätten die Tür aber genauso gut offen lassen können, ich wusste es sowieso schon.

Es war mein Auge.

Noch am selben Tag wurde ich operiert. Beim Aufwachen spürte ich nichts Besonderes, nur ein dumpfes Pochen. Mein Kopf war um mein verlorenes Auge herum fest einbandagiert. Doch ich konnte auch schon vorher nichts mehr mit dem Auge sehen, also lief es fast auf dasselbe hinaus. Die Operation sei gelungen, sagte der Arzt.

Doch das Fieber sank immer noch nicht. Ich bekam Albträume, in denen ich versuchte, mich vor Flugzeugen zu verstecken oder in denen ich unter der Erde verschüttet wurde und keine Luft mehr bekam. Und immer wieder war da Noh Heäm, der auf dem Mann tanzte und ihn mit seinen Hufen zertrampelte, immer wieder sah ich den Kopf des Mannes, klein wie eine Erbse.

Müllche und Ness erzählten mir später, es sei ganz schön knapp gewesen. Der Arzt ließ sich nicht davon abbringen, dass das Fieber mit der Infektion und der beidseitigen Lungenentzündung zusammenhing. Doch als es nach vier Tagen immer noch nicht sank, schritt Omm Maij ein. Sie war Tag und Nacht nicht von meiner Seite gewichen und hatte mich fantasieren gehört. Wahrscheinlich zählte sie einfach nur zwei und zwei zusammen.

Schritte kamen die Treppe herauf.

»Du kriegst eine Viertelstunde«, sagte Omm Maij.

Ich öffnete mein eines Auge.

»H-hallo, Fing.«

»Eine Viertelstunde!« Omm Maij warf ihm einen strengen Blick zu und polterte die Treppe wieder hinunter.

»Sie ist in Sicherheit«, sagte Beätes sofort.

Mehr wollte er mir nicht verraten, sosehr ich ihn auch bedrängte. Er stand an meinem Bett und sah auf die Kappe in seinen Händen hinunter.

»Solltest *du* Liesl an dem Abend in der Schmiede abholen?«

Er schüttelte den Kopf.

»Wer denn sonst?«

Er lächelte entschuldigend.

»Aber woher wusstest du, wo wir waren? Wie hast du das in Gottes Namen herausgefunden?«

»Der Sch-Schmied hat euch wegrennen sehen. In Richtung Hexenberg. D-da dachte ich, dass ihr vielleicht z-zur Grube ...«

Ich sah ihn erstaunt an. »Woher kennst du die Grube?«

Er lächelte. »Ich h-habe sie vor zwei Jahren entdeckt.«

»Du?«

Na klar! In dem Moment ging mir auf, wer die Truhe in die Grube gebracht hatte. Und die Bretter an die Decke gezimmert. Die Bretter, die so neu ausgesehen hatten.

Mit Beätes sprang Omm Maij genauso um wie mit uns anderen. Sie machte »kst, kst« und scheuchte ihn hinaus wie eine ins Haus geflatterte Taube.

Aber das Fieber sank allmählich. Beätes kam wieder. Und wieder.

Und so erfuhr ich nach und nach die ganze Geschichte.

Nach unserer Flucht hatte die Schmiede Feuer gefangen und war völlig abgebrannt. Der Schmied habe nichts dagegen unternommen, hieß es. Die Prüüsze stellten es als großes Unglück dar. So stand es zumindest im Vernehmungsbericht. Dass fünf NSB-er irgendwie an dem Unglück beteiligt gewesen waren, wurde heruntergespielt. Zwei von ihnen kamen bei dem Brand ums Leben. Die drei anderen suchten schleunigst das Weite und verschwanden Hals über Kopf aus der Stadt.

Doch das war nur die offizielle Version, tatsächlich ergriffen die Prüüsze sehr wohl drastische Maßnahmen. Meester Govaerts, den sie als Drahtzieher des sogenannten Unglücks ansahen, wurde umgehend versetzt. Keiner wusste, wohin.

Dann wurde die Angelegenheit unter den Teppich gekehrt. Mittlerweile hatten die Prüüsze ganz andere Sorgen.

Ich ließ es mir eine Zeit lang durch den Kopf gehen.

»Also werde ich gar nicht gesucht?«, fragte ich dann.

»Sie wissen nicht mal, w-wer du bist.« Es dauerte eine Weile, ehe ich wagte, danach zu fragen.

»Beätes?«

»Ja?«

»Ist Filip …«

Er schüttelte den Kopf. »Er ist einer von d-denen, die sich aus dem St-Staub gemacht haben. Aber keiner weiß, w-wohin.«

Ich hatte da so eine Vermutung. Doch ich würde es nicht sagen. Ich hatte auch Geheimnisse.

An diesem Nachmittag kam der Arzt, sah sich die leere Augenhöhle an, hob fachmännisch das Lid hoch, als wäre sein Sprechzimmer jeden Tag voller Leute, die ein künstliches Auge bekommen sollten, und schob das Glasauge an Ort und Stelle. Es war nicht rund, keine Murmel, wie ich gedacht hatte, sondern eine kleine Halbkugel, eine Art Spiegelei, dessen Eigelb aus blauem Glas bestand. Es war starr und erst noch kalt, doch bald passte es sich der Körpertemperatur an.

»Zwinker mal«, sagte er.

Ich zwinkerte. Am Anfang tränte das Auge, doch das besserte sich bald.

»Und?«, fragte ich.

»Man sieht fast keinen Unterschied«, meinte Ness. Sie stand dicht bei mir, zusammen mit Omm Maij, Fejj und ihren Eltern. Diesmal war es Müllche, die Abstand hielt. Müllche, der General. Ihre Lippen zitterten.

»Müllche«, sagte ich, doch dann wusste ich nicht mehr weiter.

Sie brach in Schluchzen aus, zersplitterte, zerfiel in tausend Teile. Alle erstarrten. Als ich zu ihr wollte, verfehlte ich die Stufe. Ich stolperte, hörte alle erschreckt die Luft anhalten. Doch gleich darauf fanden meine Hände das Tischchen, als wären sie immer darauf gefasst gewesen, dass ich irgendwann einäugig durchs Leben gehen musste.

Zu Anfang dachte ich ständig an Liesl. Zumindest nannte ich sie in Gedanken immer noch Liesl und nicht Leeba.

Dann hoffte ich, dass sie dort, wo sie sich befand, wirklich in Sicherheit war. Dass sie bis Kriegsende in Sicherheit bleiben würde. Oft schämte ich mich auch für das, was ich getan hatte, dafür, wie ich mich ihr gegenüber verhalten hatte.

Je mehr Zeit verging, desto verschwommener wurde die Erinnerung an sie. Es gab andere Dinge, um die ich mich kümmern musste.

»Da ist wieder Besuch für dich«, sagte Omm Maij.

»Er heißt Beätes.«

»Ja«, sagte sie. »Der.«

Sie strich mir eine Strähne aus dem Gesicht.

»Kommt er jetzt jeden Tag?«, fragte sie.

»Vielleicht.«

Der Schatz der Linde

Es dauerte noch mehrere Wochen, bis ich mich einigermaßen erholt hatte. Der Winter war sehr streng gewesen, er hatte von Oktober bis Anfang März gedauert, doch an einem Sonntag war die Luft so mild, dass Fejjs Mutter alle Fenster aufriss. Ich roch die Düfte der Stadt, die frisch mit grüner Seife geschrubbten Gassen, den beißenden Rauch, der aus den Schornsteinen aufstieg. Ich hörte das Kreischen der Scherenschleifer auf der Straße und weiter weg die Stimmen der Marktverkäufer.

Eine große Sehnsucht überkam mich.

Omm Maij wollte nichts davon hören. »Kommt gar nicht infrage. Du bist noch viel zu geschwächt. Eh du dich versiehst, bist du wieder krank«, sagte sie.

Doch der Winter hatte auch von ihr seinen Tribut gefordert. Gleich nach dem Essen schlief sie ein, mitten in der kleinen Stube von Fejjs Eltern, den Kopf auf dem wackligen Tisch.

Kichernd machten wir uns aus dem Staub. Fejjs Mutter tat, als würde sie es nicht merken.

»Wir müssen dir was zeigen«, sagten Müllche und Ness.

»Was denn?«

»Komm mit.«

Noch bevor wir den Marktplatz erreicht hatten, war ich völlig außer Puste.

»Ist es noch weit?«, fragte ich.

Im selben Augenblick, wie auf Absprache, kam Beätes mit einer Schubkarre aus der Brunnenstraße. Als würde er den ganzen Tag immer nur seine Schubkarre über den Markt schieben. Außerdem, und das machte es noch lächerlicher, waren Kissen und eine Decke darin ausgebreitet.

»Setz dich«, forderte Müllche mich grinsend auf.

Sie und Beätes schoben mich abwechselnd.

Beätes hatte mir zwar versichert, dass ich nicht gesucht würde, und anscheinend nahm auch niemand Notiz von mir, aber trotzdem war ich froh, als die Stadtmitte hinter mir lag. Wir überquerten die große Straße, kamen am Waisenhaus vorbei, bogen links ab und gelangten schließlich zum Haupteingang des Friedhofs. Es war der offizielle Eingang, den wir so gut wie nie benutzten, der mit der breiten Auffahrt.

»Was machen wir hier?«, fragte ich.

Ihr Gesicht bekam einen geheimnisvollen Ausdruck. Ich kümmerte mich nicht darum. Ich freute mich viel zu sehr, endlich wieder draußen zu sein, um mich daran zu stören. Es war ein herrlicher Tag. Die Bäume warfen mit Blüten um sich wie mit Konfetti. Die Sonne war fast schon warm. Ich nickte ein, hörte die Stimmen meiner Schwestern und dann und wann die von Beätes. Die Schubkarre knirschte auf dem weißen Kies zwischen den Gräbern.

Ein Pater in seiner braunen Kutte kam uns entgegen. Er nickte freundlich.

Ich sah es erst, als wir den Friedhof schon halb durchquert hatten. Vor Schreck schlug ich die Hand vor den Mund.

Die große Linde war umgestürzt. Wie riesig der Baum in Wirklichkeit gewesen war, konnte man erst jetzt erkennen.

Obwohl man alle Äste abgesägt und den Stamm zum Teil schon abtransportiert hatte, nahm die Linde immer noch ungeheuer viel Platz ein. Wie durch ein Wunder hatte ihr Sturz nur wenige Gräber beschädigt.

Die ganze Umgebung des Baums war mit Pflöcken und Bändern abgesperrt. *Betreten verboten* stand darauf.

Noch mehr Pater spazierten hier herum.

»War das eine Bombe?«, fragte ich.

Müllche und Ness sahen sich an.

»Erzähl du es ihr«, sagte Müllche.

»Erinnerst du dich noch an den Zeitungsartikel?«, fragte Ness. »Über die zwei Bomben, die unser Haus getroffen haben?«

Ich nickte.

»Sie haben sich getäuscht. Es war nur eine.«

»Eine was?«

»Eine Bombe.«

»Aber es gab doch zwei Einschläge?«

»Der zweite war von einer echten Bombe. Von ihr wurde das Haus getroffen.«

»Und der erste? Der von der Kellertreppe?«

»Das war der Baum.«

»Der Baum?«

»Die Linde hat die Kellertreppe zum Einsturz gebracht«, erklärte Müllche.

»Wie soll das denn gehen?«, fragte ich. »Der Baum ist doch nicht aufs Haus gefallen?«

»Es waren die Wurzeln«, antwortete Müllche.

»So ein Blödsinn«, erwiderte ich verärgert. »Wie sollen Baumwurzeln eine Treppe zum Einsturz bringen? Außerdem sind Linden Tiefwurzler, keine Flachwurzler. Da wachsen die Wurzeln senkrecht in die Erde, also können sie überhaupt nicht bei unserem Haus herausgekommen sein.«

Ich warf Beätes einen Blick zu. »Oder?«

»N-normalerweise schon«, sagte er.

Beätes ging auf einen der Pater zu und fragte etwas. Der Bruder nickte. Beätes schlüpfte unter dem Absperrband hindurch in die Kuhle, ging in die Knie und wühlte mit den Händen in der Erde.

»Was machst du da?«

Er kam wieder aus der Kuhle geklettert und zeigte mir etwas. Etwas Schlammiges.

»Was ist das?«

»Sch-Schau doch.«

Er wischte es mit dem Ärmel sauber. Gab es mir.

»Ein Stein«, sagte ich dümmlich.

»Gut schauen!«, sagte Ness.

Der Stein glänzte ein bisschen. Er war schwarzblau.

»Ein Feuerstein?«

Erwartungsvoll blickten sie mich an. Aber ich kapierte immer noch nichts. Was war der Zusammenhang zwischen diesem Feuerstein und der umgestürzten Linde? Und was hatte unsere Kellertreppe mit dem Ganzen zu tun?

»Komm mit«, sagte Müllche. Sie nahm mich fest beim Arm. Ich seufzte. Das war ja klar: Sie hatten sich etwas in den Kopf gesetzt und wenn ich erfahren wollte, was passiert war, beugte ich mich am besten ihrem Willen.

Beim Schuppen der Daamses wimmelte es von Patern. Schweigend gingen sie ein und aus. »Was haben die alle hier zu suchen?«

Der Schuppen war immer rappelvoll gewesen mit Gartengeräten, Holz und einem Haufen anderem Zeug. Doch jetzt war er leer geräumt. Auf allen Planken und Tischen lagen Feuersteine. An jedem von ihnen hing ein von den Patern aus Watersleijde fein säuberlich beschriftetes Kärtchen mit einer Nummer und einem Datum.

Da merkte ich erst, dass es keine gewöhnlichen Feuersteine waren. Sie waren behauen. Einige waren rund, andere eckig und hatten einen scharfen gezackten Rand.

»Was ist das?«, fragte ich leise.

»Der neueste Fund der Pater«, erklärte Beätes.

Einer von ihnen kam auf uns zu. Er grüßte Beätes, Müllche und Ness wie alte Bekannte.

»Und du bist also Fing?«, fragte er und sah mich vorsichtig an. »Geht es dir wieder besser, Kind?«

Ich nickte.

Müllche machte einen Knicks. »Hochwürden«, sagte sie, »würden Sie Fing erzählen, was Sie uns erzählt haben?«

Und das tat er. Ich hörte mit wachsendem Staunen zu.

Der Sturz der Linde hatte einen archäologischen Schatz freigelegt – eine riesige Sammlung uralter behauener Dinge aus Feuerstein. Beile, Klopfsteine, sogar Schmuck. Wie es die Sachen hierher verschlagen hatte, war noch ungeklärt, doch wo sie ursprünglich herkamen, stand fest.

»Aus der Feuersteingrube?«, fragte ich.

Der Pater nickte. Der Schatz müsse an der Fundstelle schon ewig vergraben gewesen sein, erzählte er, schon lange, bevor der Samen der Linde keimte. Lange, bevor es einen Weg namens Schlammbams Sahara gab. Sogar lange vor der Gründung der Stadt.

Und es sei der Schatz gewesen, der für Gottes Wunder gesorgt habe, sagte er.

Als die Linde noch ein winziges, frisch gekeimtes Pflänzchen gewesen war, hatte sie ihre zarten Wurzeln in die Tiefe wachsen lassen. Alles verlief ganz normal, bis der Baum so groß wurde, dass die Wurzeln auf Widerstand stießen. Die Zeit und das Gewicht der Erde hatten die Gegenstände aus Feuerstein zu einem Riesenklumpen zusammengepresst, dagegen kam keine Wurzel an.

Und nun kam das Erstaunlichste: Aus Überlebensdrang hatte der Baum seine Wurzeln in eine andere Richtung gelenkt.

Ich runzelte die Stirn. Es dauerte eine Weile, bis ich begriff, worauf der Pater hinauswollte. »Soll das heißen, dass die Wurzeln zur Seite gewachsen sind?«

Der Pater nickte.

»Und noch?«, fragte Müllche.

»Auf die andere Seite von Schlammbams Sahara?«

»Weiter«, sagte Ness.

»Sind sie bis zu unserem Haus gewachsen?«

»Noch weiter.«

Da begann es mir langsam zu dämmern.

»Bis unter den Keller«, hörte ich mich sagen.

Müllche und Ness nickten zufrieden.

»Das ›Achchchch …‹«, rief ich aufgeregt. »Das ›Achchchch …‹«

Der Pater sah mich ein wenig erschreckt an. Er glaubte wohl, mit mir würde etwas immer noch nicht ganz stimmen. Doch Müllche und Ness strahlten, als hätte ich das große Los gezogen. »Und wir dachten immer, wir haben Hausgeister!«, sagte Ness.

»Dabei waren es einfach nur die Wurzeln der Linde, die am Kellerfußboden schabten«, rief Müllche.

Und da begriff ich es erst *wirklich*. Begriff, was an jenem Abend genau passiert war. Ich sah es so deutlich vor mir, als wäre ich dabei gewesen.

Müllche, Ness und Omm Maij, die sich im Keller versteckt hatten, als die Flugzeuge kamen. Omm Maijs Schreck, als sie merkte, dass Mamm in ihrer Nähschachtel und Opa Pije in seiner Zwiebackdose oben geblieben waren. Ness und Müllche, die versuchten, sie zurückzuhalten. Und Omm Maij, die sie nicht oben stehen lassen konnte, aus dem einfachen Grund, dass Mamm und Opa Pije in ihren Augen genauso lebendig waren wie Ness, Müllche und ich.

Wie sie hinaufgehen wollte. Und wie der Baum exakt in dem Moment nach hinten stürzte und wie ein Hebel bewirkte, dass sich die mehr als faustdicken Wurzeln durch den Kellerboden bohrten.

Im Bruchteil einer Sekunde, nachdem Omm Maij von der Treppe geflogen war, explodierte die Bombe in unserem Vorgarten und sprengte die ganze Außenwand der Küche in die Luft. Wäre unsere Großmutter in dem Moment oben gewesen, dann hätte sie es nicht überlebt.

Nicht umdrehen

Wir standen vor Neun Offenen Armen. Es war ein trauriger Anblick – unsere übel zugerichtete, aufgesprengte Küche, die rußgeschwärzten Türen und die Fenster, die schief in den Angeln hingen.

»Hier«, sagte Beätes und gab mir ein Stück Holz, einen Eimer weiße Farbe und einen Pinsel. »Ich muss g-gleich wieder arbeiten.«

»In Ordnung«, sagte ich.

»Schaffst du es den g-ganzen Weg zurück?«

»Na klar.«

Er schaute mich an. Ich schaute zurück. Er lächelte. Ich lächelte zurück.

Und weg war er.

So groß wie möglich schrieb ich:

PAPP, PITT, ET, JRADES UND KRETJENG
WIR SIND HEIL UND GESUND BEI FEJJ.
KOMMT SCHNELL!

Danach ging ich um die Ecke und sah Ness, die hoffnungsvoll auf die herausgerissene Haustür starrte. Ich hakte mich bei ihr unter. Ich wusste, dass sie dasselbe dachte wie ich.

All die Jahre hatte Omm Maij Tag und Nacht wie eine

Löwin auf die Fotos aufgepasst. Erst in ihrem großen grünen Krokodilkoffer, dann in allerlei Büchsen, Dosen und Schachteln. Jedem Unglück hatte sie versucht vorzubeugen, erst unzähligen Umzügen, dann Überschwemmungen und schließlich einer verirrten Bombe und einem umstürzenden Baum. Und es hatte nichts geholfen. Alles war umsonst gewesen.

Als Ness und ich wieder um die Ecke bogen, stand Müllche am Gartenzaun. In den Händen hielt sie Hausrat – eine Pfanne, mehrere Töpfe und noch ein paar andere Kleinigkeiten.

»Bist du etwa reingegangen?«, fragte ich sie erschrocken.

»Ach was«, log sie, ohne mit der Wimper zu zucken. »Ich habe durchs Fenster gegriffen. Es ging ganz leicht.« Aber die ganze Vorderseite ihres Mantels war voller Splitter und Staub. Manche Dinge änderten sich eben nie.

Wir zogen das Gartentor sorgfältig hinter uns zu. Es war der einzige Teil der Umfriedung, der nicht weggesprengt worden war. Jämmerlich war es und zu nichts gut, aber etwas anderes konnten wir nicht tun.

Wir drehten uns nicht mehr nach Neun Offenen Armen um. Das wäre taktlos gewesen und ungehörig.

Schweigend gingen wir in Richtung Stadt, sahen auf unsere Füße, die zuerst in den Schatten der hohen, über den Weg ragenden Eichen traten und dann wieder ins Licht. Das ewige Rauschen des Windes und das fröhliche Klimpern eines Teelöffels im einzigen, wie durch ein Wunder heil gebliebenen Glas waren alles, was ich hörte.

Danksagung

Unsere goldene Zukunft ist, wie *Das Gegenteil von Sorgen* – das erste Buch über Fing, Müllche, Ness und ihre Familie – keine historische Abhandlung, sondern ein Roman. Die Stadt im Buch hat Ähnlichkeiten mit Sittard im Süden der niederländischen Provinz Limburg, aber es ist nicht dieselbe Stadt. Ich habe historische, kulturelle und geografische Eigenheiten verwendet, wenn sie gut in die Geschichte passten. An anderen Stellen bin ich von der Realität abgewichen. So gibt es zum Beispiel in Sittard einen waldigen Hügel, der *Kollenberg* – zu Deutsch Hexenberg – genannt wird, aber das Gebiet ist weniger weitläufig als im Roman. Im Mittelalter gingen die Ausläufer des Hexenbergs tatsächlich noch übergangslos in den Wald jenseits der Grenze nach Deutschland über.

Früher gab es auch eine Sandgrube im Berg, doch einen Feuersteinstollen gab es nicht. Feuersteine werden nur weiter südlich gefördert, zum Beispiel in Valkenburg und in Ryckholt.

In Sittard hat der Zweite Weltkrieg relativ gesehen die meisten jüdischen Opfer der Niederlande gefordert. Nur ein Prozent der dort ansässigen Juden hat überlebt.

Viele Menschen haben mich beim Schreiben dieses Buchs unterstützt. Bei einigen von ihnen möchte ich mich ausdrücklich bedanken: Bei Peer Boselie und Jac Lemmens, die mir fachkundig geholfen haben, die Geschichte der Juden in Sittard zum Leben zu erwecken; bei Wilma van den Brink und Marion Voncken dafür, dass sie mich ihre Arbeit *De Jodenvervolging in Sittard* (*Die Judenverfolgung in Sittard*) lesen ließen und mir einiges dazu erklärten; bei Herrn Silbernberg, der in *Jochie, je moet er trots op zijn (Junge, du solltest stolz darauf sein)* seine beeindruckende, ergreifende Lebensgeschichte, die eines jüdischen Jungen, schrieb und illustrierte; bei Marjolijn Hof, Rebecca Noldus, Anneke Scholtens, Marianne Grootenboer-Snoei, Floortje Zwigtman und meinem Mann. Danke, danke und nochmals danke fürs Mitlesen und die wertvollen Ratschläge und ermutigenden Kommentare, mit denen sie mich zum Arbeiten brachten und bei der Stange hielten. Dik Zweekhorst, Jacques Dohmen und Nelleke Berns, den Lektoren und ehemaligen Lektoren des Querido-Verlags möchte ich für ihre gründliche und genaue Arbeit danken, bis aus meinem Text schließlich ein Buch werden wollte.

Zu guter Letzt möchte ich Frau Linssen-Rutten besonders herzlich danken. Sie hat mich an der Geschichte ihres Lebens teilhaben lassen, vor allem aber hat mich ihre Offenheit, Weisheit und besondere Milde gegenüber allem, was in jenen schwierigen Kriegsjahren geschah, tief berührt.

Glossar

Glossar der Ausdrücke im Öcher Platt

Die hier aufgeführten Ausdrücke stammen aus dem Öcher (Aachener) Platt. Die Übersetzerin dankt Herrn Richard Wollgarten, Präsident und Geschäftsführer des Öcher Platt e.V., Verein für Mundart und Volkskunde, für die Übersetzung der Limburger Dialektausdrücke ins Öcher Platt.

Ajjen Eck	Auf der Ecke
Bokseschiißer	Angsthase
Bedrövvde	Betrübte, Traurige, Bekümmerte
Et	Kurzform von Etienne
Fejj	Kurzform von Sofie
Fing, Finche	Kurzformen von Josefine
Flatschmull	Schwatzbase, Petze
Joffer	Fräulein
Jrades	Kurzform von Gerardus
Küehl	Kohl
Noh Heäm	buchstäblich: nach Hause; hier Name eines Pferds
Jüdd, Jüddenn	Jude, Jüdin
jüddesch	jüdisch
Kal	Karl
Kenk	Kind

Kretjeng	Kurzform von Chrétien
Kwatsch	Quatsch
Maij	Kurzform von Maria
Meälepess	wörtlich Amselpisse; wird im übertragenen Sinn verwendet, wie im Hochdeutschen: »Das ist kein Katzendreck.«
Modder	Mutter
Müllche	Mündchen, Küsschen; hier: Spitzname von Maria Boon
Nasehermes	Hermes mit der großen Nase
Ness	Kurzform von Agnes
Net-Jüdd	Nichtjude
Nettchen	Kurzform von Antoinette, Jeanette
Niehzüüg	Nähzeug
Nüimelefüimel	Bezeichnung für ein weinerliches kleines Mädchen, Zimperliese; hier als Spitzname verwendet
Nöll	Kurzform von Arnold
Omm	Oma
Omm Maij	Oma Maria
Onsen	Unsinn
Opa Pije	Opa Pierre
Paterskull	wörtlich »Kuhle der Pater«; hier als Bezeichnung für eine Grube, in der Feuersteine und Steinkohle gefördert wurden
Pitt	Kurzform von Peter
Pije	Kurzform von Pierre
Prüüsz, Prüüsze	Deutscher, Deutsche
Prüüszesche	Deutsche
Schlamm	Kohlengrieß mit feuchtem Lehm gemischt; das billigste Heizmaterial, das bis in den Zweiten Weltkrieg hinein verwendet wurde

Schlammbuur	Verkäufer von Schlamm
Schloddermatant	unordentliche, schlampige Person
Trüdd Rüüsel	Eigenname; Trüdd ist die Kurzform von Gertrud
verdöllt	verflixt, zum Teufel
Voll-Jüdd	Volljude
Zent Jupp	Heiliger Josef; anlässlich des Tages des Heiligen Josef am 19. März gibt es in Sittard alljährlich einen Markt.

Glossar der jiddischen Ausdrücke

Afikoman	Das letzte Stück *Matze* (ungesäuertes Brot), das am Ende der Pessachmahlzeit versteckt wird. Traditionell verstecken die Erwachsenen das Stück Brot und die Kinder müssen es finden oder umgekehrt. Die Kinder bekommen fürs Verstecken oder fürs Finden eine Belohnung.
Chametz	Sauerteigbrot; zur Vorbereitung auf das Pessachfest entledigt man sich üblicherweise des *Chametz* aus dem ganzen Haus. *Chametz*, das man findet, darf man verkaufen, verschenken oder wegwerfen.
Tscholent	jüdisches Ofengericht
Gefilte Fisch	jüdisches Fischgericht
Haggada	die Geschichte des Auszugs der Juden aus Ägypten, die jedes Jahr zum Pessachfest erzählt wird
Latkes	kleine frittierte Kartoffelpuffer
Pessach	jüdisches Frühjahrsfest; es dauert acht Tage und erinnert an den Auszug der Juden aus Ägypten
Schul	umgangssprachlich für Synagoge
Sabbat	Samstag; der wöchentliche jüdische Ruhetag
Schabbes	umgangssprachlich für Sabbat

Glossar der niederländischen Ausdrücke

Holländer	Streng genommen die Bewohner der Provinzen Nord- und Südholland. Ähnlich wie man sich etwa in Bayern von »den Preußen« abgrenzt, sehen die Limburger einen großen Unterschied zwischen sich und den Bewohnern der nördlichen Provinzen. Wenn hier also von »den Holländern« die Rede ist, sind nicht die Niederländer im Allgemeinen gemeint, sondern »die da oben« – sowohl im geografischen als auch im übertragenen Sinn.
Jeugdstorm	Jugendorganisation der niederländischen nationalsozialistischen Partei
Jonkheer	wörtlich »Jungherr, junger Herr«; in Belgien und den Niederlanden der Adelstitel für den untitulierten Adel, etymologisch verwandt mit dem deutschen Wort Junker
Jugendsturm	siehe *Jeugdstorm*
Krähe	Spitzname für Totengräber, die in ihrem schwarzen Frack eine gewisse Ähnlichkeit mit dem schwarzen Vogel aufweisen
Meester	Anrede für unterschiedliche hochgestellte Persönlichkeiten, zum Beispiel Lehrer oder Anwälte
Meneer	Herr

Mevrouw	Frau
NSB-er	Mitglieder der niederländischen Nationalsozialistischen Partei
Schwarzmantel	umgangssprachlich und abwertend für die Mitglieder der niederländischen Nationalsozialistischen Partei (NSB)
Zwartjas	siehe Schwarzmantel